# 中国珍珠王

## 沈志荣和他的欧诗漫世界

ZHONGGUO ZHENZHUWANG

何建明

著

作家出版社

**图书在版编目（CIP）数据**

中国珍珠王：沈志荣和他的欧诗漫世界／何建明著.
－－北京：作家出版社，2021.6
　　ISBN　978－7－5212－1125－2

　　Ⅰ.①中… 　Ⅱ.①何… 　Ⅲ.①纪实文学－中国－当代
Ⅳ.①I25

中国版本图书馆 CIP 数据核字（2020）第 183679 号

**中国珍珠王——沈志荣和他的欧诗漫世界**

作　　者：何建明
责任编辑：田小爽
装帧设计：留白文化
出版发行：作家出版社有限公司
社　　址：北京农展馆南里 10 号　　　邮　　编：100125
电话传真：86－10－65067186（发行中心及邮购部）
　　　　　　86－10－65004079（总编室）
E－mail: zuojia@zuojia. net. cn
http: //www. zuojiachubanshe. com
印　　刷：北京汇林印务有限公司
成品尺寸：152×230
字　　数：285 千
印　　张：22
版　　次：2021 年 6 月第 1 版
印　　次：2021 年 6 月第 1 次印刷
ISBN　978－7－5212－1125－2
定　　价：60.00 元

欧诗漫控股集团有限公司创始人　董事长　沈志荣

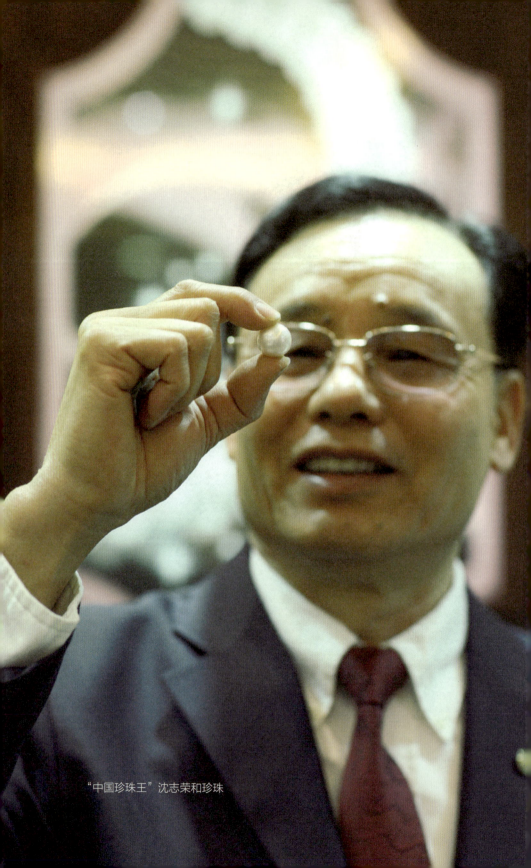

"中国珍珠王"沈志荣和珍珠

# 目录

contents

　　有人夸他一生只为一颗珠。在我看来，他本人应该就是我们国家乃至世界上的一颗异常珍贵和独一无二的珍珠。这颗珍珠所发出的光芒，折射出的是中国人的伟大民族奋斗精神，照亮和温润的是人类每一颗爱美与健康的心……

　　沈志荣和欧诗漫，中国和世界珍珠业之王！

——题记

# 开篇

## 与伟人的一次对视，笃定了他一生的信仰

    不是所有人都有机会能与一代伟人有一次特别深情的对视的。沈志荣很荣幸，他与中国改革开放的总设计师邓小平就有过这样一次特别深情的对视……他一直为之骄傲，这也奠定了沈志荣的人生基座和事业方向。

    这次对视发生在 1988 年 4 月 13 日这一天，沈志荣作为全国人民代表大会的代表，在出席第七届全国人大会议之际，与全体代表一起接受党和国家领导人接见。作为当时嘉兴地区唯一的农民代表，沈志荣自然既兴奋又激动，当时他心存一个愿望：希望能跟敬爱的小平同志握次手、说句话，亲口告诉他，是改革开放让一个普普通通的农民水产养殖技术员搞成功了人工珍珠，并且赶上和超过了珍珠大国日本水平……

    "小平同志好！""小平同志好——！"当邓小平等党和国家领导人一起出现时，排列得整整齐齐的两千多名代表立即欢呼起来，即使被排在照相的第二排位置的沈志荣，也根本无法接近他想与之握手和说话的邓小平。于是沈志荣只能与海浪呼啸一般的代表们一样，拼命地欢呼和高喊着，他一边喊，一边举着手中的照相机不停地"咔嚓"

着。那个时候，代表中很少有人有相机，所以沈志荣举着相机的动作和欢呼声，似乎格外引起了几米外的邓小平的特别关注，所以他向沈志荣、向沈志荣的镜头，招手又点头，那目光也格外深情……

哈哈，那一瞬，沈志荣的心都快要跳出来了：小平看到我啦！正朝着我笑呢！

一代伟人邓小平此刻的目光确实与沈志荣的碰在了一起，而且那目光充满慈祥、赞喜之意……

沈志荣不能不激动得热泪盈眶，不能不把这与伟人的瞬间对视，永恒地锁定在他的人生坐标上——为国家、为中华民族和人类的未来，把珍珠事业做好、做大，让全中国和全世界爱美、爱健康的人享受到珍珠所给予的温润与幸福！

在之前和之后的几十年里，许多人一直好奇和不明白为什么沈志荣能够"一生只为一颗珠"，孜孜不倦、努力执着地永不变轨迹。如果你知道了他与邓小平那一瞬充满历史性的对视后，或许就会明白沈志荣"为什么是这样"的真谛了。

"我一生最敬佩小平同志，也最感激他。没有他，就没有我的今天和欧诗漫的今天，当然也不会有中国今天欣欣向荣的珍珠事业。"沈志荣不是那种滔滔不绝的"会说"的人，但他却无数次庄重地跟我说过这句话。

把自己一生的事业和命运归结在一个伟大人物所带来的福祉上，这在共和国的亿万民众中极常见。沈志荣是其中之一，这种朴实的表达也印证了这个时代所给予他的机遇和影响。

沈志荣亲手拍下的那张邓小平向他微笑致意的照片，一直挂在他的办公室。沈志荣告诉我，这几十年来，每当企业和自己遇上"好运"或"倒霉"时，只要站在这张照片前，凝视一会儿邓小平那亲切慈祥的目光，"啥事情都不会再起波澜了！该干什么就干什么，一直朝着设想好的方向干下去就不会有错"。沈志荣说他这辈子格外崇敬邓小平的

主人公在第七届全国人民代表大会第一次会议上与邓小平对视

原因就在于此。"我心里服他!"一句朴实的话,道出了一位当代创业者的心底真情。

从一名水上人家的苦孩子,到"中国珍珠大王"之间,是一条漫长而艰难的道路,自然也是一次又一次攀越喜马拉雅山般的艰险之路……

# 第一章

## 千年有奇传一人

历史是一部奇书。中华民族的历史更是一部由无数传奇组成的超大奇书。许多传奇的人物，他们出生的年代、地点相差很远，然而最终他们又因为某一件事而"重逢"在了一起……东方文化中称之为"缘"或"缘分"。中华传统文化中和后来渗透到了每个社会细胞中的佛教文化中讲究的也就是这个"缘"，并有道：万物皆有缘。

我们都知道，佛教源于古代印度，后传入了我们中国。今日之世界里，佛教发展中心却并非印度，而是我国。

佛教何时传入中国？说法不同，比较一致的说法是东西汉时代。有则传说：公元 64 年的某个晚上，东汉明帝在古都洛阳城的寝宫中做了一个异梦，梦见一位身材高大的金人头上顶着白光，在宫殿里飞来飞去。那个年代，人们倘若在晚上做了个梦，第二天早晨就要来解梦和圆梦。皇帝的梦更是需要一个合理的解释。于是第二天早朝的时候，解释皇帝的梦就成了朝廷议论的中心话题。朝会现场，有一位非常博学的大臣傅毅对皇上说："臣听说西边有神，它的名字叫佛，就是陛下梦见的那个样子。"汉明帝刘庄听后十分高兴，便派遣由两位大臣带领的 18 人的一支队伍向通往西域之径寻佛。这一行人，翻山越岭千万里，来到西域的大月氏国，遇到了印度高僧摄摩腾和竺法兰，他们邀请二位高僧同去中国。二高僧欣然同意。于是这一行人以白马驮载佛经、佛像，于永平十年（公元67年）回到当时的国都洛阳。这就是中国佛教史上的第一次西天取经。

汉明帝刘庄为自己能借梦寻找到西方神佛而兴奋不已，他先安排两位高僧暂住专司外交礼宾事务的官署鸿胪寺，第二年又敕令于洛阳城西雍门外1.5公里远的地方修建了一座僧院，并为纪念白马驮载佛经的功劳，特将僧院命名为"白马寺"。此寺也由此名噪千古。

另一种说法称：在中国历史上，第一位阐述佛法的外籍高僧叫安世高，是东汉佛教翻译家，本名为清，字世高，安息王国的太子。此人从小就是努力学习的好少年，上知天文下知地理，年轻时候在西域即享有盛誉，后因不喜王权争夺，跑到中土，也就是中国，是中国佛经汉译的首位创始人。当初来译经的主要目的是看到佛教徒求神拜佛，祈求长生，安世高认为这样的"佛教"绝对不对，所以就把梵文的佛经翻译成中文供广大佛教徒学习。而且安世高的"信佛"念经时的方法是"静坐在地"的禅法，要求信徒坐禅时专心计数呼吸次数，使分散浮躁的精神专注，从而进入安谧宁静的境界，不仅容易被人接受，也能让人体味"佛"的善哉。佛教由此也迅速在中国大地上传播开来……

这也引出一个问题：那些常年奔波在外的信佛者期待随时可以念佛、拜佛，可毕竟寺庙有限，何处见佛呢？于是"请佛"便成为一件重要事情，急需解决，且佛为何物、何样，又成一事！

然而，佛像到底是何样，说法也不一致。现在我们已经十分清楚地知道，中国的佛祖形象就为释迦牟尼，它与现在的印度佛像基本上没有太多一致性。那么佛像又是如何演变成今天这个样的？而当初的佛像又是什么样呢？这些，都是我们需要了解一下的问题，因为这跟本书的主人公从事的事业相关——从中国最早的人工珍珠培育工艺中诞生的德清附壳佛像珍珠。

　　根据史籍的记载和古代文化遗址的研究，人们一向认为起源于印度的佛教图像，是沿着西域的丝绸之路，从流沙万里的亚洲大陆的腹地一程一程地由"沙漠之舟"骆驼驮进中原的。新疆是西域丝绸之路的必经之地，出土有反映佛教内容的文物，包括佛像。其中著名的是1959年在新疆民丰县北尼雅遗址旁边的一座夫妇墓葬中，发现两块白底蓝色棉布，其中一块的左下角印出一个长、宽均为32厘米的方框，框内有一个半身菩萨像，菩萨的头后面有顶光，身后有背光，上身赤裸，手持花束。棉花的种植在新疆要远远早于内地，上面这尊菩萨无疑是表现出了那个时代的当地的一种艺术风格。然而同中原的东汉佛像图比较，这尊菩萨具有浓厚的希腊风格。敦煌莫高窟内的佛像和相关的壁画，可以称为东方佛教与佛像最古老的"母窟"了。

　　然而我们又发现，在中国大陆最东端濒临黄海岸边有一座摩崖石刻佛像——孔望山摩崖造像，其刻凿时代为东汉年间，是一尊比敦煌佛像早了200多年的佛教图像。孔望山摩崖佛像中，有立佛、坐佛，其中最生动的要数佛涅槃图。立佛巨大而易碎，不易随身佩戴。坐佛，则可以方便外出的行者。

　　佛非凡人，佛像更值得信徒尊敬。所以佛像以何物来制，则是当时社会的一大用脑问题。佛为尊，尊为贵，贵者需要万物之精灵方可造之。

　　何谓自然界的精灵之物？古时的人类还没有多少开天辟地的金属制造的手段与办法，因此那些来自自然界的珍贵和稀奇之物，便被人类称作精灵之物，玉与珠则是古人信奉的"万物之精华"。

　　"沧海月明珠有泪，蓝田日暖玉生烟。"这是唐代诗人李商隐《锦瑟》里的一句经典诗语，间接阐释了华夏古人对玉与珠的珍视与喜爱。然而我们知道，比唐代早3000年的中国夏朝的先民就已经发现了珍珠，并认为那是天雷孕育而生又经月光抚养成形的宝物。之后又经大约300年的进化，即在距今4000多年前的大禹治水时代，珍珠已经成为献给宫廷的贡品，甚至上升为国家的钱币。可见，中国古代对珍珠特别重视。

文艺复兴时期至今，关于自然哲学的理论思想家爱默生先生有一句名言：自然就是美。他还有一句重要的话：美，可以催发人类对自然的依恋和爱慕。

当看到一颗特别饱满和透亮的珍珠时，是否会有一种欣然兴奋与激动的不舍情绪涌至心头，流露于眼神之中？是的，我们或许都有这种感受：当一颗硕大的珍珠出现在你的眼前时，你一定眼神一亮，甚至可能连身边最美的爱人也会暂时放开，去聚精会神地观赏那颗深深吸引你的珠子。那珠子在那一刻占据了你全部的心空与情感。你会因它而迷恋和贪婪，你也会因它而执着地坚信世界上确实有比人更美的自然和自然之精灵的存在，它们其实像神灵一样诱发你的欲望，同样也可以像清澈的甘泉甜美和净化你的心灵。而假如这颗珠子可为你所拥有，并伴你日久天长，你的身心会因这种来自自然界的神美之物而去痼疾、蓄炼养颜健体的精气神，从而也会变得心若水、思如流、行高尚。如果你是一位女性，当你佩戴一颗特别硕大美丽的珠子后，是高贵者则更高贵，是美艳者则更美艳，是普通而平庸者，也会渐成晶莹剔透之玉质……珍珠，就是具有这般魔力的自然之灵性之物。正如爱默生所说："自然的所有部分持续不断地相互合作，为人类带来福利。风播种着种子，太阳蒸发着海水，风又把蒸发的水汽吹向田野；在地球的另一边，冷空气又把这蒸水凝集成雨，雨水滋养着植物，植物供养着动物，如此形成了自然以神圣的施舍养育人的一个永无休止的循环……"

自然赐予人类的珍珠就在这样的循环中永无休止地施舍于我们美的雨露和光泽，滋润了一代又一代爱美的人……

关于珍珠，世上有太多的传说和故事——

位于印度和斯里兰卡之间的马纳尔湾，据说是历史上采集天然珍珠最早的区域，已有 2500 年的历史，采到的珍珠常作为礼物由使者带往印度。但是现在这片水域只是偶尔才能采到天然珍珠了。波斯湾的采珠区，主要集中在沙特阿拉伯海域的浅海区和巴林岛附近。历史上，阿拉伯海湾盛产完美无瑕的天然珍珠，直至 20 世纪 70 年代早期该地区开采出石油和天然气以前，天然珍珠一直都是卡塔尔国的重要收入来源。

这一地区的采珠业始于公元前 300 年。由于波斯湾地区历史上盛产珍珠，因此，波斯的国王和王后经常以珍珠为配饰。在巴黎卢浮宫的波斯馆内，存有一条珍珠项链，这条项链可能是现存最早的天然珍珠饰品，它来自波斯国王的宫殿苏萨（Susa），在 20 世纪初发现于阿克马埃梅尼德（Achmaemenid）公主的石棺内。大约在公元前 200 年，古埃及贵族才开始使用珍珠首饰。犹太教法典中曾经提到：古代的埃及人、波斯人以及印度人等均十分喜爱珍珠，把它视作护身符和财富的象征，并一直延续了几千年的历史。古印度在按照"纳瓦拉特那"风格所制作的金指环或银指环中就镶嵌有珍珠。

"丝绸之路"起自中国古代都城长安（今西安），经中亚国家、阿富汗、伊朗、伊拉克、叙利亚等而达地中海，以罗马为终点，全长 6440 公里。这条路被认为是连接亚欧大陆的古代东西方文明的交汇之路，而丝绸则是最具代表性的货物。数千年来，游牧民族或部落、商人、教徒、外交家、士兵和学术考察者沿着丝绸之路四处活动。丝绸之路把珍珠传给了古罗马人，来自东方的珍珠，源源不断地进入罗马，维纳斯（Venus）寺庙内部是用珍珠装饰的，而富人们则把珍珠装饰在衣服上。

在古罗马帝国的富人中，珍珠是一种最受欢迎的珍宝，男性和女性竞相攀比自己用作装饰的上等珍珠，妇女总是佩戴着珍珠入睡，甚至其寝室及马饰等都闪耀着珍珠的光彩。这种古老的炫富，今天我们看来仍然不失为一种精美之举。

国外有关珍珠的传说，还有许多。如古罗马的博物学家普林尼（公元23—79年）曾经记载道，在罗马把颗粒大、质量好的珍珠称为尤尼奥（Unio），把颗粒小、质量差的珍珠称为马加利塔（Margaritae）。在庞培（Pompey）征服期间的罗马，人们对珍珠已经非常熟悉了。在庞培凯旋的队伍中，共有33顶珍珠王冠，一幅用珍珠制作的庞培画像和一个用很多珍珠装饰的献给缪斯（Muses）的神像以及大量的珍珠装饰品。有人曾评述道，在当时的所有珍贵物品中，珍珠的价值是排在第一位的。

在公元1096年至1291年的近两百年的"十字军"东征时期，东方的珍珠被"十字军"大量带到欧洲，从此欧洲人开始视东方珍珠为奇宝，珍珠被广为传播和珍藏。在以后的几个世纪中，珍珠开始被用作个人饰物。皇爵、贵妇等上流社会人士无不用珍珠作为装饰品以荣耀自己。而统治者为了对珍珠奢侈使用的集权，甚至立法限制普通公民使用珍珠。1530年至1612年，欧洲许多国家纷纷立法规定人们按地位、等级来使用珍珠。

欧洲的所谓"珍珠时代"，也正是从这个时期开始的。英国女皇伊丽莎白一世和凯瑟琳·德·麦迪斯就是著名的珍珠爱好者，这一点，从她们的肖像上便可以看出。

其实，正当欧洲的"珍珠时代"如火如荼时，中国的"珍珠风暴"也在到处涌动，或者还要早于欧洲各国……

一位译名叫"麦嘉湖"的西方珍珠专家曾撰文指出：珍珠发现的优先权是一种没有人会争辩的荣誉，因为这既不需要天赋，也无须智慧。人类不可能一直食用软体动物却错过它们产出的珍珠。麦嘉湖先生认为，古人类开始在海底寻找食物时，就已经发现了蚌中的珍珠，这在哪个人类发源得较早的地方都可能发现珍珠，其本身并不稀奇。称奇的是谁开始把珍珠作为珍品用作于人类生活和社会进步的一种稀罕之物，这才是十分重要的，因为这与文明社会的发展史紧密相连。麦嘉湖指出：中国作为文明古国，在最古老的《尚书》中，就已经有邻国（今江苏省东北部地区）将珍珠作为贡品进献给朝廷的记载。11世纪之前，周公（指南针发明者）编纂了最早的字典，书中说明珍珠是陕西的珍贵产品之一。淮河也发现了大量的珍珠，在东南亚各地，从喜马拉雅山到太平洋，从满洲到海峡，都有这种被推崇的装饰品，它可以用来装饰鞋子、腰带、耳环、项链和头饰，以及用于点缀民间的神灵。现在，在普陀岛上，可以看到一尊菩萨的金像，这是送给康熙皇帝的礼物，约五英寸高，雕像身上镶嵌着一颗巨大有光泽的珍珠，菩萨从那儿"升"到了天空。中国历史对珍珠的诸多记载，显示了宫廷以及装饰者所赋予其的价值，在这儿引入一些参考资料再合适不过了。

绍兴（位于杭州和宁波之间的一座古城）的一位珍珠商人受皇后委托（公元前202年）采购一颗周长三英寸的珍珠，事成之后，他获得了500件银（1500美元）作为酬劳；一位公主得知后，心生嫉妒，以更高的奖励作为报酬也委托商人获得一颗更大一英寸的珍珠。在我们这个时代之前一个世纪，皇帝派遣信使去海域购买"月亮珍珠"，其中最大的周长为两英寸。随后，一颗从印度进口的，如李子般大小的珍珠被送上朝廷。据说，大约在这一时期，皇帝所拥有的一些珍珠光彩夺目，三分之一英里外都能看见它们的光彩。其中，"光之山"珍珠尤为突出，其是在江苏的扬州发现的，如拳头般大小，即使在黑暗中，也能在三英里外看见。

一个典故就是，大约140年前，一座犹太寺庙被火烧毁，寺庙里的屏风和窗帘都曾装饰有大量珍珠，这些宝石有可能会在废墟中被发现！这将是非常有趣的考古活动。

各种尺寸的珍珠经常被从厦门运往宫廷，它们的产地是锡兰。其中一件贡品珍珠极其光彩熠熠，足以照亮一个房间，但其光泽在约三年后完全消失了，这是一个奇妙且充分证实的分子间变化的例子。

这儿可能需要引用珍珠发生分解的类似情况，尤其是在已经排除光线照射并且暴露在湿气中。可能由于它们的易腐特质，莱亚德（Layard）或博塔（Botta）在发掘亚述宫殿时，并没有发现这些东方宝石。

明帝，10世纪早期的君主，因他的奢侈而闻名，他有如此众多的珍珠来装饰他的华盖、马匹和战车，以及随从和其贵族的随从，道路上经常散布着从其华丽列队上散落的宝石。

有一件奇闻轶事记载，公元1023年 Jingtsung 统治期间，一个大使带着来自 Chulien（很可能是一个马来亚国家的名字）的贡品，请求允许他们在包含皇帝在内的观众中举办他们国家的习俗，称为"散居宫"。随后得到批准。他们中的一人走到皇家大厅的一侧，跪在那里，拿着一个莲花状的金色容器，里面装着大量的各种珍珠。按照他们国家最最尊敬的习俗，把里面的东西撒落在皇帝面前的地板上。侍从们把十两（近一磅）的珍珠扫了上来，皇帝把这些珍珠分给了他的官员们。在前一个统治时期，一个大使馆也进行了一个类似的辉煌的东方展示，这个国家的国王被称为"世洛斋"（Shih lo chay in tóló），其大使是"巴驻李"（PahTóLi）。送礼人带来了一封用金粉书写的信，一顶帽子，一件由珍珠串组成的衣服，以及一百零五两不同尺寸的珍珠……

从这位欧洲人记载的当时中国朝廷上下以及民间对珍珠的敬重，也可以看出当时珍珠业在中国社会的地位和重要性。而正是这种特别的影响力与珍贵性，那些可以执掌珍珠来源和培育能力的人，便成为了那个时代的中华民族英雄。

> 春水龙湖水涨天，家家楼阁柳吹绵。
>
> 菱秧未插鱼秧小，种出明珠颗颗圆。

这首明代诗作描述了中国珍珠之乡——湖州的珍珠养殖的繁荣景象。约八九百年前的 12 世纪末与 13 世纪初的湖州德清地区，"珍珠大王"叶金扬的名声早已鹊起。因此有关叶金扬的珍珠制造技术也被那些传教士们广为探访并传播到西方列国。从十六七世纪之后，一直到 19 世纪甚至 20 世纪之初，那些研究中国珍珠的西方学者，无一例外地把"叶金扬"（许多西方人还把叶金扬译成"叶纯阳"，这是湖州德清方言迷惑了洋人所致，他们根本听不清浓重的当地方言里"金扬"跟"纯阳"有何区别）视作世界珍珠养殖技术的始祖。法国人路易·布唐先生（L.Boutan）在其《珍珠》一书中这样指出：

> 用软体动物产生珍珠，似乎是中国比所有其他民族都走在了前面……中国人把珍珠制造工序的发现归功于湖州府的一位本地人，名叫叶纯阳，生活在公元 13 世纪末。他死后，人们在距湖州府 40 公里的小山，为他建立了一座寺庙；在这个寺庙里他的名声依旧，仍然受到尊重，逢年过节时，人们举行特别的佛事活动来赞美他。这属于一个垄断行业，由某些村庄和家族控制，如果其他村庄或家族想从事这行业的话，必须向叶纯阳寺庙支付贡税，并承诺支付一笔钱作为寺庙维修费用。

路易先生还指出：

> 中国南方人也从事这项艺术活动，主要是广东地区的人

们，格瑞尔在 1772 年记录了这一切。1825 年，欧洲第一次指出了这一点，并注意到了这些半球形佛像珍珠（灰色的佛像珍珠），用壳体连接着，打碎之后发现它们拥有很厚的外壳，后者是由同心珍珠层构成，周围还有小块凸起形状的珍珠层。

而书中对叶金扬在自己家乡湖州德清培育人工珍珠有更清晰的描述：

> 在浙江省（中国东部）的湖州府一带，也就是杭州以北 75 公里的一座城市，人造珍珠工场就设置在那里。在湖州附近，布满了 1—2 米深的湖泊和池塘，在这些湖泊和池塘里，每逢干旱季节，人们挖了纵横交错的渠道来引水；这些湖泊里生长了一种很大的蚌，也就是佛像珍珠蚌。

就在叶金扬等中国珍珠业界风云人士叱咤天下时，欧洲尚未形成真正的"珍珠时代"，而后来得以迅速形成和风靡，不得不说与一位叫马可·波罗的意大利"威尼斯商人"有着密切关系。因为是他第一个对从中国、特别是在"行在"（当时他笔下的杭州城别名）所看到的珍珠宝物，进行大力推荐和传播的。

马可·波罗是世界公认的大旅行家，也称得上是西方第一个"中国通"。他游历了世界众多地方，公元 13 世纪末时，不远万里，横穿欧亚大陆来到元代的中国。由于马可·波罗受到元代大汗的特别信任和赏识，他被留在元朝宫廷长达 17 年之久。这期间他常受命到全国各地巡察。也正是由于这个经历，马可·波罗有机会对神秘的东方大国开展广泛而深入的察情。1277—1287 年间，马可·波罗曾多次来到杭州并多次居住此地。当时的杭州，十分繁荣，尤其曾一度是南宋首都，所以马可·波罗看到的杭州不仅繁荣，且浩大无比，故他盛赞杭州是"The Heaven City"，意即"天城"，是"世界上最宏大壮丽的城市"！又言杭州的"赏心乐事是如此之多，以至人到那里，仿佛置身天堂一般"！大概这位欧洲旅行家已经听说了当地人所说的"上有天堂，下有苏杭"这一谚语。马可·波罗对杭城规模大小和地理环境了如指掌，说："行在城规模是如此宏大，其方圆公认有 100 里左右。城内街道和运河十分宽大。""这个城市所处方位如下，城的一面有一个碧波盈盈的淡水湖泊，另一面则有一条大江。通过延伸到城区每一地方的许多大小河渠，湖水和河水带走各种污秽浊气，然后流入上述湖中，接着又从那些运河流入大海。这使空气洁净，非常合乎卫生。人们可由陆路和这些河渠往来城内各地。街巷和河道都很宽阔，舟船、车马往来便捷，为居民运送各种必需物品。"这与杭城左江右湖、运河纵横的地理状况完全吻合。而马可·波罗忽略了他在行在内所看到的一江一湖的名称记载，这就是杭州的西湖与钱塘江。但作为旅行家的他，并没有失掉意大利商人的天性，乃至他为"商铺林立，鱼市繁盛"的商市万分惊叹而发出了"邑屋繁华，货殖填委"的如此感慨，并以甚为称叹的笔调将商贸繁盛情况描述得细致入微："城中有许多方形街区，市民在那里开设市场。由于经商者人数众多，市场必须十分开阔广大。""城中就有十大露天市场，其形方正，每边长各为半里。这些市场沿线，有一条宽达 40 步的大街，亘贯全城南北，街上有许多平坦的桥梁横卧，以利往来。这些市场周围长达 2 里，每隔 4 里即有一处。"这里所说的，其实就是杭州的厢坊和御街。

作为一个有见地的意大利旅行家和商人，马可·波罗先生以其特有的敏锐，在万物呈现的杭州市场上格外留意到这样一个现象，即"象犀珠玉之珍……常溢于庐市"。这里的"象犀"可以肯定其所说的是象牙和犀牛角，这两样东西不是杭州本地稀有之物，为什么陈列于市，说明了当时的杭州市场的开放性，来自印度、尼泊尔、缅甸等国的象犀珍宝此时已经非常多地出现在中国内地市场。"珠玉"显然是中国自产的"东方瑰宝"，这令意大利商人格外关注。虽然我们还没有从马可·波罗的"游记"中找到专门的关于"杭州玉"的描述文字，但他却对当时的杭州城内的男人和女人有一段令杭州人至今感激他的描述："男人跟女人一样，皮肤很细，外貌很潇洒。不过女人尤其漂亮，眉目清秀。她们的服装都很讲究，除了衣服是绸缎做的外，还佩戴着珠宝，这些珠宝价值连城。"男人为什么皮肤细腻且潇洒还真没有研究过，大概江南男人被太多的水滋润的吧！女人的美，在欧洲旅行家的眼里，更令他亮眼的是她们身上的穿着和佩戴的饰品。绸缎是杭州的特产，珠宝同样是这里的特产。

软绸明珠，其实也是杭州自古以来的人文特色与自然产物之品质。我们在这里不说丝绸了，只言珠宝。在13世纪末来到中国的马可·波罗眼里所看到的杭州珠宝，显然有一种珍珠宝贝格外引起他的关注，那便是当地已名噪一时的"珍珠大王"叶金扬所培育的附壳佛像珍珠。叶金扬是距杭州不远处的湖州德清人，这位可谓世界淡水珍珠养殖第一人的"珍珠大王"，随当时中国民众大举信佛之势，创造性地培育出了一种"弥勒佛"珍珠像，轰动"天城"内外，随后佛像珍珠流传到神州各地。当然，这股风潮自然引起了像马可·波罗这样的外国旅行者及传教士们的注意和兴趣。从步马可·波罗后尘到中国的几个著名传教士所著的书中皆能找到对叶金扬和他的珍珠培育的详细记述。

古代利用叶金扬珍珠养殖技术培育出的附壳（佛像）珍珠

我们知道，叶金扬的珍珠培育技术和他当时培育出的附壳佛像珍珠，之所以名噪东西方世界，这跟公元十二三世纪全球宗教激荡传播有关系。

基督教教义中讲到，在上帝创造伊甸园时，就在伊甸的河中放置了大量珍珠玛瑙，而道教宫观内，神仙的装饰及其所使用的器物中自然也少不了珍珠。

当时伊斯兰教最为活跃的波斯，可谓"无珠不教"，统治者和教徒们，对珍珠的聚敛程度，远比对黄金等其他饰品要严重得多！

珍珠在佛教中则是"七宝"之一，西天极乐世界便是用黄金、珍珠和玛瑙铺筑而成的……十分重要的一点是：自西方传教士不断拥入中原大地，原先封闭的东方人也开始不断远行。信佛者远行企盼平安保命，于是随时需要求神拜佛。如上面所言，立佛巨大，无法随身而带，一般质地的坐佛又不显尊贵和对佛祖的虔诚，所以湖州德清人叶金扬培育创造的附壳佛像珍珠便成为当时风靡佛界的一件美事，就像现在人们追捧的"华为"5G一样抢手。

在意大利"威尼斯商人"兼旅行家马可·波罗之后200多年时，第一位西方传教士正式以传教士名义来到了中国，他叫利玛窦。1584年，利玛窦获准从广东入境，进入肇庆地区传教。他声称自己来自"天竺"，致使当地中国官方以为他是佛教徒。利玛窦解释来中国的原因："我们是从遥远的西方而来的教士，因为仰慕中国，希望可以留下，至死在这里侍奉天主。"他表现出的表象虔诚，欺骗了当时的中国人。不过他从西方带来了许多用品，比如圣母像、地图、星盘和三棱镜等，包括欧几里德的《几何原本》，让许多当地百姓和官员十分好奇并为之所吸引，甚至眼界大开。

几乎可以这么肯定：利玛窦的传教是以"新知识"来迷惑和影响那些相信他的中国人的。他也很会拍中国人的马屁，口上从来都一直在称赞除了中国文明还没有沐浴"我们神圣的天主教信仰"之外，"中国的伟大乃是举世无双的"，"中国不仅是一个王国，中国其实就是一个世界"。他甚至感叹"柏拉图在《共和国》中作为理论叙述的理想，在中国已被付诸实践"。不过有一点他说了真话：中国人非常博学，"医学、自然科学、数学、天文学都十分精通"。

利玛窦后来"北上"，到了北京，热衷于他的传教，并获得很大成果——当时他领导的耶稣会信徒已经非常之多了。后来他在北京没有受到官方朝廷的更多宠爱，失意后返回中国南方，在"1598年12月5日—1599年2月"期间，"利神父穿过山东，来到徐州，又冒着严寒从徐州来到扬州……此后，利神父又在镇江府渡过了长江，进入了通往苏州的运河，然后又沿河到了浙江的嘉兴和首府杭州"。这时的利玛窦，向西方世界做了一个特别重要的贡献，即他第一次使用了"杭州"一词，他的先师马可·波罗一直称杭州是"行在"。这"行在"到底为何物，连中国人自己都解释不清。利玛窦的"杭州"一词出口，让中国这座从南宋时繁华起来的名城从此扬名天下。

出现在杭州的利玛窦，对这座东方城市的认知比马可·波罗更深刻和细致。关于这座城市和社会风物中流行的珍珠养殖与叶金扬的附壳佛像珍珠，他自然更为熟悉和倾心，因为利玛窦他本人就是位"知识型"的传教士。将所有大中华先进的技术和民间知识介绍到欧洲，是他除传教之外的"头等重任"。

聪明的利玛窦，被他的同胞称为西方人中能够标注"Hamceu"（杭州）的第一人。他把中国的许多科学技术包括珍珠养殖技术源源不断地"输送"回了他的故乡，影响了一批又一批后来者抵达东方古国来探险寻宝。西班牙人曾德昭便是这支"探险寻宝"队伍中的一位，他在中国生活的时间长达22年，这期间杭州是重要的一站。1637年，他从澳门返回欧洲，开始撰写巨著《大中国志》，由此闻名天下。

与其他国家来的传教士和冒险家相比，曾德昭是个"歌颂派"，他对中国的好感可谓溢于言表。这位在中国经历了万历、天启和崇祯三个朝代的洋传教士，虽然亲身经历了明朝灭亡的前夜，但在他的笔下，中国社会仍然一片繁荣，尤其是在他"居杭州时为多"的日子里，对中国南方的繁荣景象留下了许多值得我们回味的描述——"我曾在流往杭州的南京河的一个港湾停留了 8 天……一个沙漏时辰过去，仅仅数数往江上航行的船只就有二百艘。那么多的船只都满载货物，便利游客，简直是奇迹。船只都有顶篷，保持清洁，有的船饰以图画，看来是作为游乐之用的，不是运货的。"

这里的人"不乏长寿和愉快的人，可以看见许多精力旺盛和健壮的老人"。"女人非常爱美，有钱人家的女人穿的是丝绸，脖子上则佩戴着一颗颗圆润且光泽异常耀眼的珍珠。据说这座城的附近有一位珍珠先驱者，他的培育技术让杭州这座天城名扬四海。许多信仰佛教的信徒，都佩戴着他创造的附壳佛像珍珠而云游天下……"

曾德昭的《大中国志》堪称一部抒情式的"文艺志书"，其中对中国社会的描述，非常具有文学纪实性。可以肯定地认为，曾德昭这位洋传教士，一定也非常喜欢中国古典文学。

"午梦扁舟花底，香满西湖烟水。急雨打篷声，梦初惊。却是池荷跳雨，散了真珠还聚。聚作水银窝，泛清波。"相信杨万里这首赞美杭州的词，曾德昭也会熟知或读过。

17 世纪前后，中国社会进入一个极其动荡的岁月，南北差异越来越拉大，北"政治与政权"，南"商贸与经济"，呈两大地域的明显区别。来华的一批批洋人们虽然似乎还有些惧怕中国朝廷，却义无反顾地、成群结队地热衷在南方做生意。丝绸、瓷器和珍珠这三大商品仍然是首选的主要贸易货物。杭州及周边，这三样货物样样都有，且资源充足。太湖之隔的苏州与杭州又是毗邻，两个"天堂"之城又能随时调节货源，所以这一阶段，苏杭二城，双雄并起，再度将以丝绸、瓷器和珍珠贸易为主的陆海"丝绸之路"推到一个高度繁荣的水平。我们所关心的珍珠生意和珍珠技术——特别是德清叶金扬的淡水人工培育珍珠技术，开始被系统地介绍和传播到西方世界……

　　在这个历史阶段，我们不能不提及一部重要著作，它叫《天工开物》，作者宋应星，这是一部全面系统总结明代以及此前历代农业和手工业生产技术的巨著。该书详细总结记载了各种农作物和工业原料的种类、产地、种植加工和生产技术、工艺装备、制造过程，以及组织管理生产的经验，提供了大量确切数据，并附有 123 幅插图。在创作过程中，宋应星十分重视调查、试验，虚心向农夫、技师和工匠请教，对一些关键技术和操作要点每每亲自实践体会，所述的每个内容，作者对其技术指标，无一不是运用数量、比重等数学、物理方法亲自实验，将专业人士提供的数据与长期积累的经验汇总与总结，并上升到科学理论的概括。《天工开物》作为反映资本主义萌芽时期工农业生产技术的科技百科全书，不但在中国科技史上前所未见，树立了光辉的里程碑，而且在世界科学技术从古代中世纪传统向近代科学转

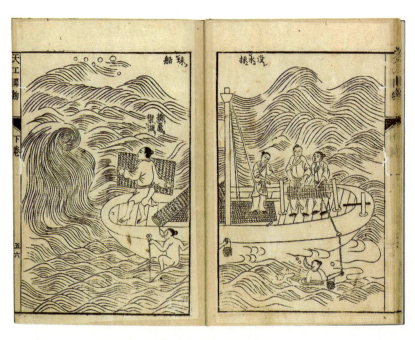

《天工开物》中的"采珠图"

变的潮流中也居于前列，产生了深远影响。英国学者李约瑟称《天工开物》是"中国的文艺复兴时代的开篇之作"，宋应星是"中国的狄德罗"。《天工开物》后来传入日本后，形成了一个很有影响的"开物学派"，对日本的明治维新产生重要推助力。

《天工开物》对珍珠的形成也总结出了一套"东方理论"而被传播至欧洲等地，他说："凡珍珠必产蚌腹，映月成胎……取月精以成其魄。"

这个时候，中国的珍珠培育技术已经相当成熟，尤其是湖州德清的叶金扬育珠技术早已在神州大地上广泛运用与传播。但在工业革命前夕的欧洲，珍珠的诞生与形成，在理论和实践上仍处在"上帝"的想象诗意之中。宋应星的《天工开物》问世5年之后的1642年，一位欧洲炼金术士费弗朗索先生这样论述他们的珍珠理论："珍珠母是上帝注入，在吸收上天花蜜之精华后形成珍珠。银色珍珠、苍白色珍珠或淡黄色珍珠由阳光或露水的纯度决定。露水组成的小颗粒慢慢变得如冰一样坚硬，它们在阳光的自然打磨下慢慢形成……如果露水丰富，珍珠的颗粒会很大；如果有雷电，珍珠则会发育不健全，奇形怪状或颗粒无收。"

但是，我们绝不能嘲笑此时的欧洲，因为此时的欧洲其实已经在许多方面完全超越了我们古老而伟大的东方大国——中国。也可以说，他们在这二三百年前就在酝酿的一场伟大革命，让其已经开始赶超我们，这场革命波澜壮阔，意义深远，它便是至今仍然影响着世界文明社会的欧洲文艺复兴。这场空前绝后的文艺复兴运动，始源于14世纪至16世纪，是欧洲历史上罕见的一次新文化运动，也是人类历史上一个百花齐放、硕果累累、群星争艳、人才济济的光辉时代。革命导师恩格斯曾称它为"人类从来没有经历过的最伟大、进步的变革"，"是一个需要巨人而且产生巨人的时代"。确是如此。

这场最早源于意大利的文艺复兴运动，使欧洲早于世界任何其他地区率先完成了从封建主义向资本主义过渡的阶级准备、思想准备和物质准备，它的指导思想是人文主义，其核心是"人乃万物之本"，主张以个人作为衡量一切事物的尺度。人文主义者重视人的价值，提倡个性与人权，主张个性自由，反对天主教的神权；主张享乐主义，反对禁欲主义；提倡科学文化，反对封建迷信。当我们了解欧洲这段历史进程和社会变革的内因与核心后，便会发现，无论是马可·波罗，还是步他后尘的传教士利玛窦、曾德昭等人，不远万里，来到神秘的中国，除了谋求一定的"强盗"的"掠夺"野心之外，更多的恐怕是与他们母国正在发生的追求人文主义和探求科学精神的变革有关。要不然，这些人怎么可能漂洋过海远行，有的一生在远离故土的异国他乡吃尽千辛万苦也在所不辞，甚至有的把生命都留在远方。最终我们会发现，这些人仅仅做了一件或两件事：把东方的文化和文明技术，记录下来，然后传播到他们的国家，或者传播到全世界去……而这，我认为应该是欧洲文艺复兴的组成部分。因为东方的传统文化和人们创造的先进技术，恰恰正是欧洲文艺复兴所需要与特别倡导的东西。

文艺复兴的伟大实践和积极成果，又为之后的工业革命的诞生奠定了坚实的人文与精神基础。这两场伟大的革命，使古老而原本先进的中国一下落后了，甚至再也无力迎头赶上，直到中国共产党领导下的中国特色社会主义新时代开始，才重新有了赶上和超过欧洲的今天……这一程，我们花费了曲折的四五百年时间。

呜呼！然，历史就是如此。你不前进，人家在前进；你前进了，人家可能比你飞奔得还要快！

只有一样东西是永恒的：创造了人间奇迹的一切文明先进的东西，会始终得到有识之士的尊重，也总会得到传承与传播。

湖州德清叶金扬的珍珠培育技术，便是引起欧洲人士高度重视的东方文明之一，几百年来始终被不断传播到欧洲乃至世界各地。

甚至很多时候，欧洲人的这种传播与传承的热衷和疯狂让人感到有些不可思议。这是为什么？不为什么。因为也正是文艺复兴运动的波澜壮阔、深入人心，有权有势的各国宫廷的王室与贵族们，对大自然界的珍宝——珍珠的渴望与占有欲，越来越不能满足，甚至不惜为一颗奇珍硕珠而打一场战争，推翻一个朝廷。那时，欧洲海洋沿岸的捕捞珍珠差不多已经断绝货源了，于是捕捞珍珠的风潮又吹到"新世界"美洲大地的各海岸，据说当时下海捕捞珍珠的印第安人达数十万人之多，许多印第安人为潜海采珠最后葬身大海，命归西天……蚌礁的严重破坏，给海洋生态环境造成巨大损害。神圣的罗马帝国皇帝查理五世为此专门颁布过禁止印第安人虐待珍珠蚌的相关法律，然而这并没有阻止西班牙人疯狂破坏海岸整片蚌礁的行为。

"我们为什么不学学中国人培育珍珠的技术呢？"于是有人向自己的国王和权贵们提出建议。

"上帝之物能人工制造？"欧洲人再次被神秘的东方古国的先进文化与技术力量所吸引，于是一个又一个冒险家前往东方，前往马可·波罗、利玛窦和曾德昭等先驱者描述过的"行在"和"天城"杭州及叶金扬的故乡德清探寻人工养殖珍珠的秘诀——

聪明的欧洲人找到了"门道"，而且把整个德清珍珠养殖技术的细节弄得一清二楚：

　　　　仅限于两个相邻的村庄，靠近德清，在浙江北部，位于一个丝绸产区。在 5 月或 6 月，大量的贝（Mylilus edulis）从距离大约三十英里的江苏太湖装篮带来，尺寸为成年贝中精选最大的。由于贝的健康程度在旅途中受到影响，它们在水中的竹笼里暂缓数天，为了满足人类的虚荣心，这些贝随后会被带出接收基质。珠核在形式和材料上多样，最常见的是颗粒状，……由此获得的不规则碎片在铁研钵中用沙子研磨，直到光滑、呈球形。另一类模子由小图像组成，通常是坐姿的佛像；有时则由鱼组成，它们由铅制成，铸造得非常薄，通常浇注在一块印有印记的木板上。自从几年前第一次引起国外人的注意以来，这些形式的珍珠令人非常惊讶。

珍珠核的引入（植核）是一种相当精致的手术。用一把珍珠母做的小勺轻轻打开外壳，用铁针小心地将软体动物的活动部分（鳃和内脏）拨向壳的一侧；然后在分叉的竹棒上依次引入异物，并在动物的外套膜或肉质表面上分成两排平行排列。如果在一侧放置了足够量，则在另一侧重复该操作；受刺激体刺激，经受的动物痉挛地压迫其骨架两侧，使基质保持在适当的位置。该操作结束后，贝被一个接一个地摆列在运河、溪流或池塘中，相隔五或六英寸，深度为二至五英尺，数量为五千至五万。

如果在引入模子后几天取出，将会发现它们通过膜状分泌物附着在壳上，膜状分泌物在稍后看起来好像浸渍了钙质物质；最后，多层珍珠母沉积在每个珠核上，该过程与较高发育的动物中的钙质结核形成过程类似。泥灰色的脊通常从一个珍珠瘤延伸到另一个，并将它们连接在一起。

在整个季节中，大约需要向水库中六次投入人粪尿，为动物提供营养。尤其要谨慎防止山羊粪便落入，因为它对贝非常有害，根据数量大小，其阻碍优质珍珠母的分泌甚至会杀死贝。

11月，手工小心收集贝壳，去除肉质部分，用锋利的刀子将珍珠分离出来，如果珍珠的基础是珍珠母，则不会被除去；但如果是土质和金属基质则需要被切除，然后将融化的黄色树脂倒入空腔，并用一块珍珠母巧妙地盖住孔口。在这种情况下，这些超半透明珍珠薄膜具有媲美实心宝石的光泽和美感，且可低价大量供应，以便所有想要拥有它们的人都能买到；作为主要购买者，珠宝商和其他人将它们加入头饰、环饰和各种女性饰品中。少量的贝壳及其黏附的珍珠被保留下来，出售给好奇或迷信的人，此时，这些标本已经进入欧洲和美洲主要的公共和私人橱柜。它们一般约七英寸长，五英寸宽，包含有双排或三排珍珠或图像；每个瓣膜中，前者数量多达二十五个，后者则为十六个！动物能在引入如此多刺激物后存活下来，并且在如此短时间内，在所有刺激物上分泌一层珍珠母，这无疑是一个惊人的生理现象。实际上，一些博物学家对其可能性表示强烈怀疑，认为珍珠是通过某种成分黏附在贝壳上；但对生长在不同阶段的活体标本进行检查时发现，每个瓣膜都镶嵌着珍珠，充分证明了其真实性。在一些贝壳的整个内表面上出现了一丝黄色，表明受体动物最近分泌的珍珠母不是自然的；然而，所有的肉质都被吃掉了。

在钟管（Chungkwan）和十字港（Siauchangngan）村庄，有超过五千个家庭参与这个独特的工业分支；然而，他们的（经济）支持主要来自培育桑梓、饲养丝虫以及其他农业活动。对于那些不是贝类管理专家的人，贝死亡率大约 10% 或 15%；而对其他擅长管理的人来说，在整个养殖季都不会有损失。村民们把这个发明归功于他们中的很多人的祖先，他的名字是余顺阳（Yu shunyang）。村民们已经为其建立了一座寺庙，在这里神圣的荣誉归于他的形象。他大约生活在 14 世纪末。浙江地形学提及一颗在公元前 490 年被送到宫廷的珍珠，它类似佛像，大小为三英寸。这种相似之处可能是奇特的，但却是以通常的方式产生的不规则形状的珍珠。那些现在制造的珍珠只有半英寸长，在壳中有一个蓝色色调，并随着从基体中移除而消失……

（摘自《Pearls and Pearl-making in China》，作者麦嘉湖）

瞧，这回又出来个"余顺阳"了！其实，他就是叶金扬，德清方言里的"叶金扬"，让"老外"听后再译出文字，估计能再出现些诸如"许琴洋"之类的名字。德清叶金扬只有一个，德清人工培育珍珠的也只有叶金扬一个，他是珍珠培育的圣祖，无法改变，当地人为他们心目中的"珍珠大王"修建的寺庙也只有一座。

然而，在实践中国德清人叶金扬的人工培育珍珠技术的同时，欧洲君主们对珍珠的渴望与企求到达了顶点，逼迫一些科学界的"能工巧匠"研究出他们所要的珍珠奇宝来。于是1761年，瑞典的大自然学家林奈先生尝试在黑蝶珍珠贝壳上采取环锯术代替以往打开蚌瓣膜的方式植入珍珠核并培育出一颗珍珠。他兴奋得把第一颗培育的珍珠献给了国王君主。但林奈再想完成他的"发财梦"时，却发现，他的这种方法，造成蚌的死亡率超高，最后不得不放弃。

11年之后，同为瑞典人的一位科学家叫格瑞尔，亲至中国德清，在叶金扬故乡的土地上，对当地的人工培育珍珠技术进行了详细考察与学习，并且掌握了全套技术。之后，他把叶金扬的人工培育珍珠技术带回了欧洲。从此，西方世界也有了成功的人工培育珍珠的新天空……

再过几十年，欧洲又一场更加伟大的革命席卷那里的每一个国家，也带动和影响了全世界，它就是持续了近200年的工业革命——资本主义和资产阶级的产生，人类进入了完全崭新的时代。而就在这个时候，作为东方大国的中国，却进入了封闭与没落的晚清，整个国家的制造业以及珍珠养殖业等也被邻近的日本超越，连同大名鼎鼎的叶金扬也在民间渐渐被淡忘和消失。

再之后，一场政治浩劫和"农业学大寨"运动，让大片大片养殖河蚌及培育珍珠的"温床"湖漾，变成了种水稻的粮田，曾经的珍珠大国几乎灭绝了珍珠产业，更恐怖的是谁要是佩戴了珍珠项链，谁就是"资产阶级"，会被批斗甚至丑化。这一幕，如今50岁以上的人几乎都经历过，就像昨天的事一样历历在目，想起来就会心有余悸。

不知远在苍穹的叶金扬知此景况，会如何悲切？同一时期，在中国东海之邻的日本国，出现了一位名叫御木本幸吉的珠宝商人，也是当时珠宝生意做得最大的一位，至今在世界上仍然是珍珠商店里的"老大"。

御木本幸吉在1893年培育出了第一颗完美的珍珠，那时的中国晚清王朝已经处在日薄西山的势态。这一年也是后来成为拯救中华民族并令其重新崛起的领袖的毛泽东的诞生之年。就在这一年，御木本把那颗完美的珠子献给王室后，曾许下一个愿望："有一天要让全世界的女人都佩戴上珍珠。"这句豪言后来他真的在全日本实现了。

1858年，御木本幸吉出生于日本的一家名为"阿波幸"的小面馆。父亲的生意并不好，经营每况愈下。作为长子的御木本幸吉，在13岁时便辍学回家，帮助家人料理生意。因为年纪小，他的任务是去市集买菜。路上他经常经过一家经营珍珠生意的珠宝店，那家商店里的珍珠都是天然珍珠，潜水员把牡蛎从海里捞上来，再由岸上的工人用小刀剖开牡蛎，然后从里面挖出闪闪发光的珍珠。从此御木本幸吉喜欢上了珍珠，为他以后成为珠宝商人埋下了伏笔。

20年后，已经成家的御木本幸吉和妻子一起贷款买下了英虞湾的一片海域，开始尝试养殖珍珠。他以超过常人的商业眼光，开始通过人工手段向牡蛎的珍珠壳内植入刺激物来激发牡蛎生长珍珠。据日本珍珠业史学家介绍，御木本幸吉动此念头，是看了几本欧洲人写的"人工珍珠培育技术"书籍，据伊丽莎白《珍珠》书籍记载，1890年，日本渔业局出版了一本名为"改良水产养殖的理论"的小册子，通过插图详细说明了中国古老的珍珠养殖技术。御木本看到后，向自己的妻子透露了按照中国的方法人工养殖附壳珍珠的新计划。特别指出了中国德清叶金扬的人工培育珍珠技术即附壳珍珠培育，是他的"新计划"的核心部分。但御木本幸吉的试验并不是一帆风顺的，尤其是19

世纪末日本海岸线突遇久不散去的赤潮，让御木本幸吉等养殖的牡蛎全部死亡。望着一片片散不去的赤潮，闻着臭气熏天的成千上万的牡蛎，御木本幸吉几近绝望……是妻子在这个时候一直支持他继续试验下去。直到1893年7月11日这一天，御木本幸吉终于在自己养的牡蛎中发现了日本国第一颗人工培育的珍珠。

"苍天关照我了！地母恩惠御木本幸吉了！"他哭了，哭后又疯一样地笑。尽管这颗珍珠其貌不扬，但御木本幸吉还是凭此申请了日本的人工养珠专利。8年后，御木本幸吉女婿西川藤吉、学生见濑辰平终于养殖出了几颗光泽极佳又浑圆的珍珠——证明他的人工培育珍珠获得成功。

随即，御木本幸吉在国内和海外大规模地开办珍珠商店，名声迅速遍及全世界。1927年，当御木本幸吉游历欧洲及美国时，遇到发明家爱迪生，对方看了一颗颗亮晶晶的人工珍珠，大为惊叹地表示："这绝对是世间的奇迹！"御木本幸吉的人工珍珠和珍珠首饰品，开始誉满世界，称霸全球。御木本幸吉过世后，日本政府为他追颁了日本国一等荣誉奖章，并尊他为"日本珍珠王"。

御木本幸吉在日本珍珠界拥有至高无上的地位。到1940年，他经营的珍珠养殖场达360家，年产珍珠1000万颗。但即便已经在珍珠养殖行业称王称霸，御木本幸吉在告别人世前，曾对他的家人和学生嘱托：御木本家族和日本珍珠业有今天，不能忘记中国的叶金扬。

也许正因这一嘱托，在新中国成立即将10周年之际的1958年，受日本人工养殖珍珠技术影响的中国留学生熊大仁，带领学生在广西北海，开启了海洋人工养殖珍珠的先驱之路，并在两年之后成功培育出第一批海水人工有核珍珠。

这一成功预示着中国人工培育珍珠沉默了数百年后，再度鸣起号角。

谁也想不到的是，几年后的1967年初夏这个"九九艳阳天"的日子里，在叶金扬的老家浙江德清，一个年仅 19 岁的小伙子却以非凡的勇气和智慧，凭着民间传说中的"叶金扬培育珍珠"经验，伏在家门前的漾水中"弄"起河蚌来，并在次年成功地采收了 40 粒淡水游离珍珠。

然而这仅仅是个开端。仍在世界各地称王称霸的日本"珍珠大王"，做梦也不曾想到与他们一水相隔的那个自甲午战争之后一直让人瞧不上的邻国，那一位看上去瘦不啦唧的中国小伙子竟然又用了不到 10 年时间，在德清雷甸的那片漾里，养殖了 100 万只繁殖人工珍珠的三角小河蚌……这个数字对外行来说也许没有什么概念，然而那些日本珍珠专家们一听就傻眼了：不可能！他，一个突然从水里冒出来的中国人怎么可能一下子抢占了我们全日本养殖珍珠河蚌的总和呢？不可能！绝不可能！

哈，但这已经是事实了，无法改变。让日本同行更无法接受的现实是：又仅三四年时间，德清的人工珍珠产品以绝对的数量和质量超过了稳居世界市场龙头近百年的日本人工珍珠产业！还是这个瘦瘦的德清人创下的奇迹。

"叶金扬显灵了！""中国叶金扬转世复生了！"

一时间，日本、欧洲……甚至整个世界的珍珠界都在流传一个传说：古老的中国和奔腾跃进在当代世界发展前列的中国，有两位相隔近千年的"珍珠大王"，如今一起被世人所传颂——他们便是在湖州德清同一片波光粼粼的漾水中诞生的两个史诗般的人物：

叶金扬——沈志荣。

# 第二章

## 惊天问世

世界上许多重要事件和伟大人物，并非一开始就惊天动地，只是后来人们渐渐发现：那件事、那个人最初发生和出现后，他们改变了人类和社会发展史，因此回头再看这些事和人的时候，才意识到他们的重要性。

那天我在德清采访，来到一个叫"小山"的地方。

所谓的"小山"，就是一片漾塘前面的一座小山包，当地人干脆叫这个不足50米高的山包叫"小山"。此处山包不高，但在它的旁边却有几个特别大的湖面，当地人称之为"漾"。因为与小山相伴，所以这片漾统称为"小山漾"。

小山漾碧波荡漾，四周风光美不胜收。这里除了有漾面外，周边还有诸多湿地。我去的时候，已经是初冬时节，虽说江南，但山风吹来，还是稍有寒意。但在湿地上，却见成群结队的白鹭在水草和田野上觅食。我们每每前行一些，它们就"扑扑"飞翔一段，十分美妙。在小山和漾之间有一块平整的空地……走近一看，方知此处就是上文中提到的大名鼎鼎的叶金扬古寺所在地。史书上记载的叫"小山寺"。

现在所能看到的还尚存着部分南宋时的寺城遗迹，那些早已风化了的青砖和残留的石柱，足可以证明这座小寺的古老。唯有一口古井保留得很完整，它深深的井洞，仿佛能够让我们听到800多年前叶金扬撑着篷船在漾上与飞鸟们嬉戏珍珠情的阵阵回声……

据说，当地人为了纪念这位中国淡水珍珠养殖的鼻祖，数百年来一直保留着祭祀仪式。也因为这一生生不息的传统，也让叶金扬的名字传遍了全世界。

叶金扬的重要意义，在于他在十二三世纪时，当中国的佛教传遍神州大地，他创造的附壳佛像珍珠对民间传播佛教起到了不可估量的作用；从科技角度，他又让人类在人工培育珍珠技术上迈出了非凡的一步，而这一步影响到了整个世界的人工培育珍珠事业的大飞跃，同时也为今天珍珠走进人们的日常生活并美化生活做出了不可磨灭的伟大贡献。我们的祖先喜欢以祭祀的方式来颂扬那些为人类做出过杰出贡献的人。祭祀叶金扬的方式是为他筑造了一座寺庙，并让寺庙一直

祭祀叶金扬活动

巍峨挺立在德清的那片漾旁……于是，叶金扬成为了当地的一种文化和文化传承现象；也可以视之为一种精神，一种从这个江南鱼米之乡的水域里升腾出的精神。这种精神自诞生之日起，就像一股清流，潺潺不停地流淌在岁月的波纹里，浸透着这个地方的清新气息，从而源源不断地润泽这片大地上的一代又一代庶民百姓，也簇拥着无数杰出的精英们开拓进取、各领风骚于他所在的那个时代，甚至影响后世与后人。

叶金扬自然不会想到，数百年之后，在他故乡的这片水域里，竟然还会重新翻腾起惊涛骇浪，欲惊整个世界"殊"——

"俱往矣，数风流人物，还看今朝。"这"风流人物"就是沈志荣，德清水孕育出的又一位"珍珠大王"。

在当今中国的"体制意识"中，公众对一个人物的认识，多数是受不同时期内的宣传导向所影响，这无可非议。但纵观历史的长河，我们会惊诧地发现：许多貌似"扭转乾坤"的人物，其实仅仅是苍穹间的流星一闪而已，除了在他所在时代的"当下"留下一点痕迹和声响外，整个人类历史和史记上根本不会有其任何印痕。相反，那些看似并不伟大的人，却在历史的长河里闪闪发光。叶金扬就属于这样的人，他在他的故乡漾面上，犹如永不消逝的波光，永远放射着光芒。

现在，他的这份光芒更加耀眼不熄，是因为又一位传承者比他更高地举起了那盏火炬，遥领世界淡水珍珠规模化养殖和珍珠深加工产业之先锋……沈志荣第一次领"当惊世界殊"的时间为1975年。

这个时间，中国的国民经济因"文革"的动荡而处于大衰退和大崩溃的边缘，恰恰此时日本的人工珍珠养殖产业遥遥领先于全球。但叶金扬家乡的一件事、一个人，让珍珠大国的日本人惊呆了：

中国德清的一个"雷电大队"（他们把"雷甸"误译为"雷电"）竟然在人工珍珠培育的数量和质量方面都赶上了整个日本的水平！

"雷电"太厉害了！日本人从一个又一个的"贸易进口"单上看到

了来自中国的珍珠产品信息后，既兴奋又紧张——为质地精美、价格便宜、货源又源源不断的中国珍珠而兴奋，同时又为那个迅速崛起和超越于他们的"雷电"珍珠大队而万分紧张。

军国主义时代的日本，喜欢充当国际军事舞台上的强大"杀手"。"二战"结束后，作为军事大国的日本支离破碎。然而，高举"经济复兴"旗帜的日本民族又迅速在全球经济领域与科学战线成为另一种方式的强大国家。他们又扮演并成为国际经济与科学技术领域舞台上的强大"杀手"，并且异常看重竞争对象里面的异族"杀手"。

儒学文化和武士道精神相融的东方岛国日本，骨子里有着严谨而爆发力强大的潜质，因此也比较尊重在他们看来是强大的竞争对手（私下里称之为你死我活的"杀手"），目的只有一个：学取你所长，为我而用，最终战胜你，甚至消灭你……

对那个他们不曾见过，却每年在"进口"贸易单子上常见的"中国雷电"珍珠就是如此的心态——战胜你，甚至有朝一日消灭你，但首先是尊重你。

从1975年开始，日本珍珠界的大亨们与科学家们已经都在关注"中国雷电"了，可那时中国的大门是封闭的，日本珍珠产业的巨头们心急火燎，又毫无办法。即使借助盟国的卫星也只能看到中国德清大地上的一片片白茫茫的漾面，"雷电"大队的珍珠养殖业仅仅是忽隐忽现的未知数……

再急又能怎样？等等历史的伟大机遇吧！

中日两国虽为近邻，文化又相似，但自古吵吵闹闹，甚至在近一二百年间，打得你死我活……日本珍珠界人士想到这些，不由得长吁短叹，十分悲观。

然而，世界风云变幻不以人们的意志为转移。

1978年10月的最后一周，全日本疯狂和振奋起来：中国领导人邓小平踏上日本国土，成为中华人民共和国成立以来首位访问日本的国家领导人。

在这被称为"学习之旅"的途中，邓小平一路访问，一路感慨：

——在参观日本现代化工厂时，他感慨道："我懂得什么是现代化了！"

——在乘坐新干线列车时，他说："就感觉到快，有催人跑的意思，我们现在正合适坐这样的车。"

——在松下电器公司，他对公司创始人松下幸之助说："日本企业值得我们学习的东西很多。"并希望日本企业和专家们多到中国去看看，帮助我们搞现代化。

"邓公的话，让我们的心激荡了起来！"全日本的企业家、生意人、科学家、专业人士，还有普通平民，都开始争先恐后地跨过东海，踏上中国大陆……这中间，有一支 12 人组成的日本珍珠考察访问团也在次年的 4 月"捷足先登"于上海大港。

他们的行程非常紧凑，第一站是上海的嘉定，第二站是苏州，第三站在杭州，最后一站选定在德清的"雷电"大队……

"雷电"大队？起初，中方官员愣住了，在地图上找了半天就是没找到湖州德清县境内有个"雷电"大队。

"珍珠，他们生产的珍珠大大地好……"日本访问团中有人操着半中文半日语说。

噢，德清的雷甸大队，不是打雷的雷电大队！

"哟西！""哟西！"日本专家一听原来是这么回事，于是便搂住翻译，使劲转圈，笑得前俯后仰。"我，还是相信它是雷电大队！"笑罢后，团长先生脸一板，严肃地对团员们说："要细细观察，好好学习他们的一切！"

"是！"日本访问团成员个个立马绷紧神经，跟着中方接待人员向"雷电"大队进发……

"你们……你们怎么开了条船来呀？"从杭州到德清有 50 公里路

程，用现在的速度，坐车不到一个小时就可以到了。但40年前的1979年，中方接待人员带着12位日本代表团成员在杭州西门的一条河边等了好几十分钟后，只见一条机动水泥船靠岸过来，船上一位三十来岁的渔民打扮的船老大招呼道："你们是日本代表团的吧！快上船吧——"

"你、你你……我问你，谁让你用条船来接日本客人的呀？"省城的"官员"显然火了，气得语无伦次地训斥那位"船老大"。

"是、是我自己想的法子嘛！不用船用啥来接？"船老大一脸茫然，不知错在何处。

"车子！为什么不开车子？"

"我们的拖拉机上县城拉肥料去了！再说，那破车'突突突'的还不如机动船快呢！"船老大笑呵呵地回答道。

"我说的是汽车！谁跟你说拖拉机嘛！"省城里的官员这回真火了。

"哈哈……这可实在对不住了！"船老大赶紧解释道，"我们那个地方只有公安局、法院才有小汽车，那可是在逮人时才用得上呀！我们接日本朋友哪能用那车子嘛！"

"你！"省城的官员气得直跺脚。

最后还是翻译叽里咕噜跟日本访问团说了一通，转头跟那位省城官员说，日本朋友很喜欢坐船去德清，他们说只要见到那个沈志荣就行！

"我就是沈志荣！"船老大突然张着笑口冲日本访问团说。

"你？就是沈——志——荣先生？"日本访问团成员没想到那个让他们梦寐以求的"叶金扬再生"——中国珍珠大王沈志荣竟然就站在他们面前。"哟西！哟西！"又一阵"哟西"之后，全体日本访问团成员异常兴奋地登上了沈志荣特意开来迎接他们的机动水泥船。

40年后的今天，沈志荣说起当年"船接日本代表团"的往事，也不由得哈哈大笑起来，说："那个时候，我们确实既不知道'外事'是啥概念，也根本没有其他合适的条件从杭州将日本客人接到乡下的漾边让他们去参观我们的河蚌养殖场呀！"

但是据沈志荣回忆，这第一次开着水泥船接来的日本专家访问团，不仅没有对他渔民的接待方式感到不满，相反一路兴奋不已。为何？因为4月的江南实在太美，美得一路上日本客人兴奋得站在船舱内或甲板上手舞足蹈个不停——

看，江边两岸，此时正值桃红柳绿最为艳丽之时，飘落在水中的柳叶与桃花，让原先盘踞在水草中的鲫鱼和鲤鱼欢腾争抢。而机动船开过之际，鱼儿们冲着船尾追赶，它们时而与飞驰的船身并进，时而冲到船头，仿佛要比个高低……其情其境，惹得十几位日本朋友像孩童一般欢叫起来。

再眺望岸头和延绵到远方的那成片的金黄色油菜地和绿油油的麦田时，他们的情绪达到了高潮，甚至有人高声冲翻译呼叫……沈志荣并不懂日语，后来翻译笑着告诉他，日本朋友在用日语念诵诗人白居易的"江南好，风景旧曾谙。日出江花红胜火，春来江水绿如蓝。能不忆江南？"的经典词句。虽说沈志荣只念了五年半书，但对赞美自己家乡的这首词他还是熟悉的。那一刻，他内心对日本朋友有了另一种敬重："洋人"还真不简单，连我们老祖宗说的话他们都知道啊！

是的，"东洋人"——江南一带的人管日本人都这么叫，他们似乎也是第一次看到沈志荣家乡的中国江南水乡的春天美景，尤其是乘着船在水面上观赏沿途的江南春色与风物，那种惬意着实令人心旷神怡。这并非卖弄，在20世纪70年代末，即使在浙江德清，广大农村还很落后，但风物和环境却是非常自然的状态，同已经是发达国家的日本的乡村相比，尽管整洁度和现代化水平差别很大，但沈志荣家乡的水与土、江与田，基本上还属于原始农耕式的风景，比如那水面清澈干净，在前行的机动船上，可以看见水中的鱼儿在追赶，江底的水草在摇曳，扑面而来的风中闻得见阵阵麦田的泥土清香味，偶尔有几粒吹拂到你嘴唇上的雨滴甚至有些甘甜……

70 年代末雷甸水产村捕鱼场景

"那时我们家乡的景色和环境确实好，像书本上说的那样诗情画意。"沈志荣也这样向我描述。

离开杭州越远，离沈志荣家乡的雷甸越近，日本朋友越开心，因为仿佛越到乡下和湖区，那江南的春天像是越肆无忌惮、明目张胆，撩拨着人的心弦：漾上的水中，暖暖风儿乍起，让宽阔的水面荡起层层涟漪；在距离岸头近的漾边，你可以在水中看见农家人居住的青瓦白墙房屋、田埂上悠然吃着草的山羊和咯咯叫唤的鸡群的倒影；漾的中间，是望不到边的养殖河蚌网络，一条条舢板在其间的水面上划动，那舢板上有许多穿着花格罩衣或毛衣的姑娘们还在唱歌和嬉戏……如此鲜活、生动和美妙如画的中国水乡，让远道而来、看惯了现代工业文明的日本友人，别有一番滋味和感慨，所以虽然走了数个小时的水路，心底的欢快却丝毫不减。这让第一次接待"外宾"的沈志荣也大为放松：原来外国人也蛮好玩的！

随后的日子，沈志荣更加心潮澎湃，因为日本同行对他作为"大队长"（日本人把生产大队支部书记称为"村长官"）领导下的雷甸水产大队所养殖的珍珠蚌的规模和产量，简直惊讶得目瞪口呆。"当时我们雷甸一个河蚌养殖场的河蚌数量就达到 150 万只，相当于全日本珍珠河蚌的总和！"沈志荣说。

20 世纪 70 年代雷甸大海漾的珍珠养殖

日本同行无论如何也不敢相信这样的事实！他们面面相觑，不知说什么好。因为他们此行也去了江苏的苏州、上海的嘉定和浙江的杭州这三个养殖河蚌与生产珍珠的地方，如果再加上雷甸沈志荣这里的珍珠河蚌，在世界上骄傲了100多年的"大日本"珍珠事业不就完蛋了嘛！

倘若不是眼见为实，日本同行绝对不会相信这个残酷的现实。中国人竟然把如此惊天的事情"藏"得那么严实啊，而且形成这个强大产业和技术的对手竟然是过去从未听说过、毫无半点名声的德清渔民沈志荣！

于是日本同行开始谦卑地围到沈志荣的身边，好奇而神秘地问他："沈先生，你是否就是叶金扬先生的后裔？你是否获得了他的河蚌养殖技术真传？能向我们透露点你的超级秘诀吗？"

"我？叶金扬……后裔？哈哈……不是的。嗯……也可以说是吧！秘诀倒是没有，就是……就是自己慢慢琢磨出来的。"沈志荣被问得有些不好意思，也不知道到底如何回答日本客人的问题。那个时候，"外事纪律"很严格，回答错了是要"吃苦头"的。

"你一定要跟我们好好'交流''交流'。"日本同行缠住老问题不放过沈志荣，软磨硬泡逼他讲讲"秘诀"和"经验"。

"小沈啊，对外国人说话可要谨慎哟！有些话该说，有些话不该说的。"沈志荣从来就没有过"外事"经验，啥话能讲、啥话不能讲，他哪知道！不过有一点他内心是清楚的：这"日本人"曾经大大地坏——抗日战争欠了我们中国人多少血债！可是……可是人家在养殖和培育珍珠方面还是很厉害的，如果我们也能从人家那里"套"点经验过来，不也是很好的事嘛！沈志荣心里这样嘀咕。

虽然没人教他如何做方为妥，但沈志荣心头这么想。有了这样的"定位"，之后的时间里，沈志荣完全自如地把握了与日本同行的尺度。但对日本同行一直在议论的一个问题，沈志荣有些"警惕"和意外，因为这个问题令他内心泛起了层层波澜——

"沈先生太伟大了！一个人竟然搞出了与我们整个日本国不相上下的庞大河蚌养殖产业啊！他的人工培育珍珠技术也快超过我们日本国了！简直就是惊天问世！日后的中国珍珠业和世界珍珠业都会受你沈先生的影响……"

日本同行的这话，开始沈志荣并没有在意，但是等外宾走了后，他越回想日本人说过的这"惊天问世"四个字，心头越震荡，这四个字背后所付出的辛苦或许只有他知道。

很多与沈志荣一起工作的人，都觉得他有时"很凶"——"脸色铁青，批评起人来不管三七二十一！"

第一次采访沈志荣时，他自己也为了一件事跟两个儿子"吵了一架"。"我把桌子都掀翻了！"沈志荣说。

沈志荣脾气有点大。但当你与沈志荣坐下来静静地交谈，交谈那些往事，交谈那些他经历的奋斗生涯，交谈他年少走过来的步步"初心"时，你会发现，其实沈志荣是个非常感性、内心情绪非常脆弱的人，说到伤心处他会流泪，甚至泣不成声……

原来，即便再强大的人，内心其实也会有一块非常脆弱和微小的地方，它经不起撞触，一旦撞触，就可能犹如冰山轰然而塌。日本人怎知沈志荣的河蚌繁殖研究成功与人工珍珠事业的崛起，经历了何等艰难与痛楚。但沈志荣自己明白一点：创业和奋斗其实并不是太难，难的是战胜自己的命运，那才叫苦，才叫悲，才叫考验和锤炼人生呵！

望着微波起伏的漾面，看着丰收的河蚌和一袋袋闪闪发光的珍珠，沈志荣先是擦汗，后来发现自己的眼眶在慢慢湿润，再后来竟然热泪纵横，收也收不住……

他想到了培育河蚌和研发人工珍珠的昨天，因为想到了河蚌和珍珠的昨天，也就想起了自己的昨天和昨天的昨天，所以他的眼泪无法收敛，一直流淌，流淌到与漾一样的世界。

现在，我们倒回去追溯沈志荣从眼眶里溢出的某一滴泪水——

首先是 150 万只的河蚌是怎么养育出的，日本人觉得不可思议，中国同行自然也很惊诧，因为关于人工珍珠和河蚌养殖，在叶金扬之后的数百年中，德清的地位早已被邻近的浙江诸暨和苏州的吴县等远远地甩到了一边。一说起珍珠，诸暨人会搬出一位出生在他们那边一个叫"苎萝村"的地方的绝代佳人西施。这则《明珠射体孕西施》的传说本身就很传神和优美，另一方面也让珍珠发源于诸暨有了"定论"。

故事要从遥远的月亮说起：月宫里的嫦娥，拥有一颗巨大的珍珠，她十分珍爱它，时常带在身边，只在外出时让五彩金鸡守护。一天，嫦娥离开后，金鸡便像平日一样，将珍珠抛来抛去，偷偷玩起来。金鸡玩得一时兴起，结果用力过猛，珍珠一下子弹出月宫，直落九霄云下，掉进浙江诸暨的浣纱溪里。金鸡大惊失色，振翅飞出月宫，紧追出来。没有想到的是，这珍珠原来也是有灵性的，眼见金鸡追来，珍珠无处可逃，忽见溪边有一妇人浣纱，它情急生智，一下子跳出水面，径直飞入妇人的口中。妇人回到家后，珍珠便在腹中成孕，16 个月后生下一女，就是历史上的西施。嫦娥珍藏的珍珠，变身为美女西施。

这就是《明珠射体孕西施》的传说。西施后来的故事，也几乎是每个中国人都耳熟能详的。古时吴国与越国大战，越国一败涂地后，国王连出数个苦肉计，其中之一就是将心爱的美女西施献给吴国国王。到了吴国后，吴王给了西施很多珍珠首饰，甚至连她住所的帘幌都是珍珠串制的。后吴国被越国打败，西施随相好范蠡从此隐居他乡。民间传说范蠡后来化名陶朱公，经商买卖珍珠生意，结果大发其财。还有一种说法是：吴国灭亡之时，西施沉水而死，重又归于珍珠。从水中到月宫，从仙境到人间，从珍珠到美女，从美女重又回归珍珠。一颗珍珠的轮回，包含了从人间到仙境，从灵物到人，从纯洁的珍珠、纯洁的少女之情到波谲云诡的宫闱政治，美好的女人最后终要回归到美好的灵物。这样一则优美而复杂、凄婉而苍凉的珍珠传奇，它承载着中华民族重要历史和博大精深的文化，也说明了珍珠本身的光芒。

再说另一个"珍珠之乡"——太湖另一岸的吴县（现合并于苏州市的吴中县和相城区），也有一个"珍珠西施"的传说：

西施本是月宫中嫦娥的掌上明珠，她奉玉帝之命，下凡来拯救吴越两国黎民百姓脱离连年战乱之苦，于是珍珠便成了她的化身。

原来嫦娥仙子有一颗闪闪发光的大明珠，十分逗人喜爱，常常捧在掌中把玩，平时则命五彩金鸡日夜守护，唯恐丢失。而金鸡也久有把玩明珠的欲望，趁嫦娥不备，偷偷将明珠含在口中，躲到月宫的后面玩赏起来，将明珠抛上抛下，煞是好玩。但一不小心，明珠从月宫滚落下来，直飞人间。金鸡大惊失色，为逃避责罚，也随之向人间追去。（有传说现在苏州工业园区的金鸡湖就是那只月亮上掉下来的金鸡的落脚点。）

嫦娥得知此消息后，急命玉兔追赶金鸡。玉兔穿过九天云彩，直追人间吴地。正在这一天，湖边的西山上有一农家之妻在水中浣纱，便见水中有颗光彩耀眼的明珠，忙伸手去捞。此刻，明珠却像长了翅膀似的径直飞入她的口中，并钻进腹内。该妇人从此便似有了身孕。

一晃 16 个月过去了，女子只觉得腹痛难忍，但就是不能分娩，急得她的丈夫跪地祷告上苍。忽一日只见五彩金鸡从天而降，停在屋顶，顿时屋内珠光万道。恰在这时，只听"哇"的一声，妇人生下一个光华美丽的女孩，取名为西施。故有"尝母浴帛于溪，明珠射体而孕"之说。

西施长大后，为化解吴越两国的仇怨、造福两地百姓，就拂袖长舞，将无数珍珠撒在江南水乡的每一片江湖之中，从此吴江及许多江南水乡都成了光芒四射的"珍珠之乡"，并一直繁荣和延绵至今……

"苎萝山下如花女，占得姑苏台上春。一笑不能忘敌国，五湖何处有功臣。"（《西施》，唐，崔道融）关于西施，关于西施与珍珠，关于西施与珍珠及珍珠惠及庶民百姓的故事流传久远，成为美谈始终在民间传扬。

德清的沈志荣，并不是出生在雷甸，他的老家在绍兴柯桥，那是个很美也很古老的名镇，素有"金柯桥"之称。其生父家也是富庶人家，但新中国成立后就成了挨批受斗的"四类分子"（"文革"中称地主、富农等为"牛鬼蛇神"）。一个完整的家庭出现了分裂。母亲不得不去上海当保姆，"老大"沈志荣（那时他不姓沈）才几岁，一个妹妹被无情的生活和环境折磨而亡，小弟弟和身为哥哥的他则挣扎着活了下来……

1948 年年初出生的沈志荣，他的童年记忆与所有江南水乡的孩子基本差不多：水田里玩，水田里帮大人干点收割稻子一类的活。现在的人不相信四五岁的孩子能帮大人干活，但这绝对是事实——在江南生活的农村孩子几乎都是这样。如果再大上两三岁，那就不是下地玩，而是正经干活了——人民公社成立之后就是正式的"小农民"了，每天会按照你的劳动时间记上工分，当然按照当时的"工分"标准，一个七八岁的孩子干一天农活，大约合计一毛钱。其实一位壮劳动力干一天活，也就是五六毛钱。贫困时代的中国就是这个水平，现在的年轻人无法想象沈志荣他们那代人在少年时代所经历的生活境况。

不在母亲身边的沈志荣，小时候生活在亲戚家，后来随母亲改嫁到了德清雷甸，沈志荣就成了德清雷甸人，并且改姓为沈。

"小时候的日子太苦，不堪回首……"与沈志荣交谈时他并不想多说这段往事。但我看到一段十年前一位记者采访他的录像，其中回忆这段经历时沈志荣泣不成声了大约两分钟。那时沈志荣已 60 岁，一个 60 岁的男人，而且是一个事业已经非常成功的 60 岁的男人，提起一件事会如此泣不成声，可想而知这埋在他心底的事是何等地痛。

心底有深深痛楚的人，一般都具有强大的潜在能力与奋斗精神，因为他们深知改变悲惨命运是他们一生唯一的选择，沈志荣没有与我探讨这个问题，但他告诉我，他是一个认准了方向绝不会改变的人，而且认准的事一定要成功！

他就是这样一个人。他后来选择了珍珠事业，并且完全实现了自己的梦想。这也才有了我写这本书的可能。

回到他的"初心"之路的源头吧——

沈志荣从小生活在贫苦家庭，珍珠是啥样，他并不太知道，只知道有钱的人和爱美的女人才在脖子上挂一串珍珠项链。至于珍珠是从哪里来的，一般生活在水乡的人都知道，是河蚌里长的。若再有人往下问河蚌为啥长珍珠，就没人回答得出来了。但沈志荣从小获得的有关珍珠的说法则是一个童话式的传说，也很独特：说是月亮上的月亮公公和月亮婆婆爱看地球上的万千世界，可月亮总要下山，所以月亮公公和月亮婆婆就很生气，他们就用大锯锯桂花树，而就在锯的过程中，大片大片的树屑往下飘落，一直落到了人间，于是地上的动物争抢着吃桂花树屑，河里的蚌也张开嘴，将月亮上飘下的这些桂花树屑裹在自己的怀抱里……日久天长，树屑在河蚌的精心呵护下，渐渐成为晶莹闪亮的珍珠。

呵，原来珍珠是仙树上掉下来的宝贝呀！听到这个传说的时候，沈志荣12虚岁。那时在参加生产队到杭州拱宸桥那条河上捞绿水萍的劳动，正巧有个晚上是中秋节，老船工沈福根和李志法带着第一次出家门劳动的沈志荣在乘凉时，望着星空，聊着这个传说。

那个夜晚，星月皎洁，月亮上的"桂花树"看得清清楚楚，所以只读了五年半小学课程的沈志荣仰头遥望着月亮，听着两位长辈讲述的"月桂树屑与珍珠"的故事，格外出神。而之后他也试着潜到水下去捉蚌，想取颗珍珠看看，但每次都失败。于是他回头问那些讲述"月桂树屑与珍珠"故事的长辈，人家就取笑他，说："珍珠是仙人之物，哪那么容易取到嘛！"

"可为什么有人戴着珍珠项链嘛！那珍珠是哪个地方来的？"小沈志荣又好奇地问。

"这个……"长辈被问住了，支支吾吾地告诉他，河蚌里的珍珠是稀罕之物，千百只蚌中偶尔有一两只蚌里有珠。

"我们德清以前有位了不起的人能给河蚌种植上珍珠，他是'仙人'，叫叶金扬，他还有自己的寺庙呢！"

沈志荣第一次听说了自己家乡有个"仙人"会种珍珠……

一切似乎都给他后来的命运铺设着一条忽隐忽现的道路，这条道路叫"珍珠人生道路"——

或许是命里注定，他的命要与水连在一起：上了五年半小学、读完12册课本后，沈志荣就离开了学校，到雷甸联合养鱼场一头扎进了雷甸那处漾上……

漾是先人留下的，主要为了泄洪和运输方便，以及人畜生活所用。雷甸那边的水，与近邻的一条古运河相通，从南到北的船只都会经过他沈志荣当学徒工的渔业大队管辖的那片河面。上世纪六七十年代时，沈志荣家乡的多数河面归属于国营渔场管理，后来渔业与农业不停地发生矛盾和变化，特别是"农业学大寨"后，专业渔业大队管理的河面越来越小，"最后只剩下3600多亩面积。"沈志荣说。

这3600多亩漾面后来成就了沈志荣的一个了不起的人生梦想，而沈志荣其实也实现了中国人的一个伟大梦想——世界人工珍珠史上重新恢复了中国的应有地位。

我们知道，全世界的人都喜欢珍珠，因为它有特别温润和光艳的色泽，是一种自然的美。女人们喜欢珍珠是因为它晶莹剔透和清澈干净的质地，很像她们自身的心灵和身体；男人们则更加认同这一点，所以男人们总愿意珍藏那些特别圆润、硕大并且光泽耀眼的珠子。男人们还觉得女人的眼泪很像珍珠，不管悲还是喜，其泪滴总是让他们不忍嘲讽玩弄。这也就让珍珠一被人类认识之后，立即风靡各个地区和不同文化的所有国别。

在中国的传统文化里，国人对水自古就有特别的感情，所谓"上善若水"，概括了中华民族对水的至高赞美。作为水之精灵之物的珍珠，毫无疑问，更是高贵几许。

沈志荣16岁到雷甸联合养鱼场当学徒工，正值中国刚刚从困难时期摆脱出来的1964年，党中央意识到恢复经济和富强人民生活的重要。

当学徒工的沈志荣，一个月能拿18元工资，这在当时和当地绝对算是"有钱人"。在我老家苏州的农村，一般家庭若是两个大人带三个小孩的话，一年辛苦下来，通常年底分红结算时，不透支便算是好的，若能在春节前分红到手十几元钱，那一定是个"好年"了！想想，沈志荣小小年纪上一个月班就能拿到18元现金，一年应是216元，这个钱数在农村绝对是"有钱人"了！

"我把每个月的工资全部都交给母亲。"沈志荣说，"如果自己要些零花钱，比如到镇上去洗个澡，那就从母亲那里要几毛、几块钱。"

洗个澡算是沈志荣上班之后一件非常"隆重"的事了。"算是长大了一些，懂得点讲究了。男孩子嘛，也有些想法了……"他说的"想法"是希望别人当自己是个"男人"了。

有尊严地生活和工作，这恐怕是苦出身的沈志荣一生的品质和对自己最基本的要求了。即使年岁七十有余的今天，他仍然保持着这种外在品质。

18元，20元，25元……当学徒工的三年，工资在不断上涨，但这不仅没有消磨沈志荣的意志和筋骨，相反他更加勤奋好学。他的养父虽然对他要求很严，平时也显得"很凶"，但养父心灵手巧，特别是他的竹匠手艺，远近闻名。这让爱学好强的沈志荣受益匪浅，所以在渔业大队当学徒工时，他把队上的活儿样样学了个遍，最后连造简易房子都能"上手"。也正是这一点，养鱼场里的人都喜欢他，获得信任的他干活也更加卖力和好学上进。

青年沈志荣

20世纪六七十年代，中国对农村和渔业体制的管理经常出台些新政策，沈志荣所在的养鱼场的政策也随之变来变去。有一天，上面通知说周边原来那些散游的渔民都要集中到他们的养鱼场，组成新的不再是拿工资而是与人民公社生产大队的农民一样拿工分的渔业生产大队了！这回"渔业工人"沈志荣他们，一下变成了真正的农民——拿工分与拿工资是上世纪中国社会"农"与"非"的分水岭。然而在那个年代，全中国上下的9亿干部与群众，只要毛泽东和"上级"一句话，全都无条件服从和执行，并且不会打折扣。生活在最底层的沈志荣他们自然不用说，是绝对的"服从派"。

从"工人"变为"农民"的沈志荣，丝毫没有松懈工作干劲。1964年的"四清"运动之后，全社会只有一个目标：把国家经济和百姓的生活搞上去。于是无论是乡村还是城市，都在"革命加拼命"地搞建设。但这个时间非常短，大好形势的1965年过去，1966年便出现了前所未有的一场"文革"政治运动。

"省城杭州有'保皇派'和'革命派'，县城跟着也有了两个造反派，甚至在渔业大队也出现了两派……我出身不好，所以只能是'中间派'。"沈志荣嘲讽自己。

人生便是如此，当你不被历史的潮流涌到浪尖或冲到最深渊时，你反而会彻底失望与平静了，这个时候你会安心致力于某一件事，因此到头来，你可能比别人走得更高远。

在这一点上，沈志荣说自己是个"幸运者"。"当年一起进渔业大队的三个学徒工，其他人都是'红五类'，唯独我是'黑五类'子女，连当兵的路都被堵死了，我只有一条路可走：在自己家乡的漾水里沉浮人生，度过一辈子……"沈志荣说他当时非常羡慕身边那些出身好的人，但也死了自己那颗曾想到外面闯一闯的"野心"。

现在许多有关"文革"的书籍和文章中，都说当时的中国社会和生产"全面瘫痪"。大体情况确是如此，但在局部、在某些领域，其实还是有所发展，并没有停滞，甚至有些事一直在坚持着发展，这与周恩来总理的努力，以及国家实际需要有关。比如一些人民生活的必需品进出口货物没有断。我的家乡苏州与沈志荣家乡湖州紧挨着，同属苏南鱼米之乡的腹地，江浙两省的一些地方特产，如我们苏州的刺绣、花边、黄酒等基本上没有停止过"外贸"——主要是出口日本，换取一些国家必需品。其中还有珍珠出口。

本来珍珠是我国特有的传统产品，但后来慢慢消失了，特别是叶金扬的技术被欧美等国"学"走后，又传授到日本，最后我国的珍珠反而越来越少，到了连中药配方中必须有的珍珠粉供应都得到日本进口的地步。

北京，一位中央领导这样疾呼："这，太有失国格！我们应该捡起老祖宗留下的技术，培育自己的人工珍珠，为解除百姓疾苦、造福于人民所用。"

就是在这种背景下，苏南几个历史上曾经有过"珍珠之乡"称号的水乡，接到有关部门发出的一份"关于为了完成外贸出口需要"的"内部通知"，悄然掀起了一股人工培育珍珠的风潮……出生在江南腹地的苏州地区的我，对这一段岁月十分熟悉，而且幼时每天也是目送自己的姐姐到"珍珠厂"去上班——那是我们苏州众多乡镇企业的一部分。当时我看到的我姐姐他们的"珍珠厂"大约有三四十个人，每天都在"做"珍珠（实际是在珍珠贝的体内植入细胞小片），后来也看到家门前的河面上出现一片又一片悬挂着的"珍珠蚌"……

我想应该是在同一时候，一个我还不熟悉的地方也在开办人工珍珠培育学习班，它就是沈志荣所在的嘉兴地区。"当时能够参加这样的技术培训学习的都是各个地方的农技人员，我们养鱼场也派了一个人去，是老渔工王子成师傅。他是我们养鱼场的骨干了，只有他才有资格参加这样的技术培训班。"沈志荣回忆说。

那是 1967 年初夏的一个早晨，上工后的沈志荣和两个年轻伙伴吕荣夫、王阿根同去场部堆放鱼饲料。这个时候，他们看到老渔工王子成端坐在一张破桌子旁，眼睛盯着桌上的几只河蚌，见沈志荣他们过来，便招招手："来来，看看这些蚌里有没有货……"

沈志荣好奇地问王子成："蚌里会有啥货呀？"

"珍珠呀！"王子成头也不抬地回应道。

"珍珠？"一听这，吕荣夫和王阿根"噌"地跑到了沈志荣前面，围到王子成的小桌前。

"你们把蚌撬开看看有没有珍珠……"王子成指指桌上的河蚌，对小伙子们说。

这回沈志荣也上前抢了一只河蚌，吕荣夫和王阿根手里也各捡了一只蚌，但三个人捏着又湿又滑的河蚌却犯难了：这怎么撬得开嘛！

"用它！"王子成笑了，指指桌上的剪刀和镊子，"这是我去嘉兴学习时带回来的家伙，你们试试撬开蚌。还有这些资料，这玩意儿我是弄不清爽了，你们年轻，脑子灵，交给你们了！如果能在你们手上把珍珠种出来，那就是无产阶级革命的伟大胜利了！"王子成说了套当时的口号式的话。

沈志荣等一听便抢过剪刀和镊子，开始七手八脚地撬起河蚌壳……

"王师傅，除了蚌肉，啥都没有嘛！"一会儿，桌子上已经有一堆河蚌壳和粉白水润的蚌肉摊在那里，但唯独不见珍珠的影儿。

"真没有？"王子成凑过头，一只只检查，就是没有发现他所说的"珍珠"。

"还真是没有啊！"王子成叹了一声，道。

"有蚌肉吃嘛！"王阿根拎起几块蚌肉，做了个鬼脸。

"小赤佬，你就知道吃！"王子成骂了他一句，又道，"我在学习班上人家把河蚌撬开后，给我看……里面有好几颗真珍珠哟！"

沈志荣问："那他们的蚌是不是跟我们这里的不一样？"

王子成摇摇头："蚌是一样的，但人家蚌里的珍珠是人工培育出来的。"

"啊，珍珠能培育呀？"沈志荣吃惊不小，这也是他头一回听说。以前所有印在他脑子里的"珍珠"都是"月桂落珠"的传说。

"稀奇吧！"王子成抓起桌上的三张油印纸和一把医用剪刀及镊子和两根铜丝，对沈志荣、吕荣夫和王阿根说，"喏，这些东西是我从嘉兴学习班上带回的，反正我这把年纪、这个塞满水的脑袋是弄不出珍珠来的，你们年轻，你们去弄弄看吧！弄出名堂了，你们就是队上的功臣，我让队上给你们多记点工分……"说完，王子成哼着《我们走在大路上》的曲子，走了。

"王师傅，我们这儿以前有人弄出过河蚌珍珠吗？"沈志荣一看王子成走了，便着急地追问道。

"听说老早老早以前有人在我们这儿就弄出过珍珠来的……"王子成连头都没回，但他的那句话，却在沈志荣的头顶和耳边回荡了许久许久。

一堆废弃的河蚌前，另外两位年轻伙伴早已不知去向，只剩下沈志荣独自站在那里发呆……

河蚌里真的生珠啊！原来河蚌里的珍珠是可以人工种出来的呀！我们这儿的叶金扬老祖宗真的本事大嘛！发呆的沈志荣内心从此掀起了翻江倒海之巨澜！

人工珍珠是我们中华民族自己创造出的宝贝，我们不仅可以成功养殖，还应该比别的国家搞得更好！世界上最早最好的人工珍珠养殖是我们德清人搞出来的呀！为什么不赶快赶上去呢？

那些日子里，沈志荣只要躺下身子，闭上眼睛，就会听到天空中回响起一个声音——这声音的口音是德清的，这声音又有些低沉……他想那一定是在上苍的叶金扬老祖宗在与他说话。

是的，老祖宗在给我鼓劲、给我方向、给我力量啊！那些日子里，沈志荣常常夜不能眠，甚至一天比一天感觉有一种无形的力量，在无穷、无止地鞭策与激励自己去干一件大事，这就是从王子成手里接过那几件简易工具，试着去搞人工珍珠！

"我这个人就有个特点：一旦认准了的事，必须想法搞成功！不搞成功，不搞出个名堂，心不死！"已至"古来稀"之龄的沈志荣总结自己大半生的人生体会时如此说。

"人工珍珠"现在看来似乎并不是多么复杂的事，但对当时的沈志荣来说，就是攀登高山、到月亮上去的事：仅学了五年半小学的文化知识，仅有三张油印纸的"全部参考资料"和剪刀、镊子加铜丝的几个东西……能让蚌长珍珠？

夜晚，沈志荣回到自己和奶奶住的房间里，一盏煤油灯燃起的灯芯像一朵淡黄色的花蕾，从墙缝里吹过的小风将它吹得左右摇摆……

"团团，早点睡吧啊，明早还要上工呢！"奶奶被灯光扰醒了，嘀咕道。

"嗯嗯！"沈志荣赶紧吹灭煤油灯。但他的眼睛无法闭上，依然想着蚌里为什么能长出一颗颗珍珠……他想不出奥妙到底在哪里。他又轻轻地划亮火柴，然后用身子挡住火光，怕惊醒了奶奶，一边又偷偷地看起那几页油印纸上的字和图案。纸上有些字他还不认识，于是查字典；那些图也过于简单，无法让沈志荣看出究竟。

唉，桂树啊，你真能把树屑飘落到人间，那该有多好啊！月亮下，沈志荣仰首望月，感叹万千。

"嗯……隐隐约约还记得那个上海来的谢老师好像说过：那河蚌的外膜受到异物侵入的刺激后，蚌便会分泌出珍珠质，日久天长，慢慢地长成了珍珠……再细说我就说不上来了。"沈志荣无法看明白纸的文字和图案时，就追着王子成师傅去问，王子成被问急了，就摸了半天的头，嘴边蹦出几个字，剩下只能摇头。无奈，有一天又被沈志荣追得无话可说了，王子成一跺脚，说："你让我少烦点心好不好？我这么个石头脑壳，能逼得出啥名堂嘛！"

"你真想做事，就去请县里的陈技术员，她也去过嘉兴学习班的。"王子成总算想出了一个逃脱沈志荣的办法。

王子成说的陈技术员叫陈琳芝，这位浙江水产学校毕业生在当时算是"大知识分子"了，其实也是一个年轻的姑娘。她应邀到沈志荣他们的养鱼场指导珍珠培育，王子成便对沈志荣及王阿根说，你们得先到河里摸些蚌上来。

陈琳芝技术员到养鱼场那天，沈志荣、吕荣夫和王阿根三个小伙子毕恭毕敬地等在鱼饲料仓库，等着县里的这位女技术员给他们讲述和指导人工珍珠培育技术。

"先喝口水吧，里面放了红糖……"沈志荣端过一碗水，放在陈琳芝面前。女技术员脸一红，因为在当时用红糖水待人就像现在给客人泡一壶顶级好茶一样，很客气的了。

陈琳芝看了看放在桌子上的几只刚从河里摸上来的河蚌，挑了其中一只，然后用刀将蚌壳撬开，指着河蚌的外套膜说："你们用镊子把外套膜剖开，切成小片，再把小片放入河蚌的外套膜结缔组织里面……我看到老师就这么做的，材料上也是这样写的。"

沈志荣听着陈技术员总共不到半分钟的技术指导，有些发愣，眼睛直愣愣地看着女技术员，希望从她嘴里还能说出一个小时、两个小时甚至更长的话来，但人家女技术员红着脸，支支吾吾地冲坐在一旁的王子成道："就这些，我也跟你们王师傅学的一样多……"

"是是，就这些东西。本来我们那个培训班还有几天时间学习，可造反派到处都打起来了，学习班不得不散伙……所以我们也就稀里糊涂带了些资料和工具回来了。"王子成似乎根本就不相信真能搞出珍珠来，冲沈志荣他们摇摇头，说，"成不成，还要靠你们自己！"说着，他就把"同学"陈琳芝送走了。

"这么几句话就完了？"

"我看呀，人家县里的技术员都没把它放在心头上，凭我们几个半文盲能搞得出来？"

吕荣夫、王阿根把一堆河蚌往地上一甩，一边摇头一边叹气。

唯独沈志荣仍然不停地摆弄着河蚌，颇感兴趣地说："如果照陈技术员说的话，我看我们也是可以试试的……"

他的一句"试试"，就是几千只河蚌的活受罪——育珍珠，先得有蚌。蚌在何处？蚌在河湖漾塘江溪中。水乡的人都知道，蚌一般都潜在湖底、河床的泥里，当然也有小蚌浮在江岸的水面上。可以育珍珠的蚌通常需要大一些，所以这类蚌都在泥床或漾底江心，必须靠潜水或用罱泥的工具才能捕捉到。小时候，我们南方的孩子都会在三四米深的江河里潜水捕鱼摸蚌。而罱泥是一种很费体力的劳动，人在水面的船上，用双手加脚力，通过网织的扇形大夹子，将湖底、河床的有机淤泥夹起，这个时候有些藏身在泥里的河蚌就一起被带了上来。但罱泥捕蚌太费力，所以简单的办法就是人直接潜下湖底、河心去捕摸。因为自然野生的蚌并不是很多，有时捕摸一天也未必能逮到几十只。

"蚌跟人一样，它也讲究环境，死水塘它不会待，水流太湍急的地方它也不待，只在水流流动适中、泥土又能相对稳定的地方栖息和生存繁殖。"沈志荣不仅从小在水乡长大，而且工作又在养鱼场，当学徒工的三年里对家乡江湖河塘漾溪沟浜里的"水产"早已了如指掌。"德清一带的蚌也有几种，最多的要算背角无齿蚌，这种蚌比较适合食用，尤其是春天，你捕上几只这样的蚌，放点咸肉和春笋与蚌肉同炒，绝对是道鲜美的佳肴。还有一种叫鸡冠蚌，学名称它为褶纹冠蚌。再一种是三角帆蚌，壳大，形状扁平，呈三角形。后两种可以育珍珠。"沈志荣说。

养鱼场就这么些人，想搞"新鲜事物"的也还是沈志荣、吕荣夫和王阿根这三个小伙子。三个人中，沈志荣干事最实，也最卖力，所以他渐渐地成为三人中的王，"你志荣叫咋干，我们就跟着咋干"！

摸蚌不需要太多技术，但耗力消神，需要耐力，用现在的话说，必须具有精气神。蚌很善性与温和，基本上任人摆布，但也有例外：一旦它要张嘴袭击你的时候，也可以死死地夹住你的腿肚子和手指，让你疼痛不已。不过基本上很少有这种情况出现，即便出现，人足够有力量反制河蚌——使一些劲就能将其蚌壳掰开，如果再狠一点把蚌壳掰裂，那么这只蚌很快就会死亡。没有外壳保护的蚌是不能生存的，而蚌壳除了保护蚌自身生命外，还可以创造出我们人类极其奢望的珍珠。包括人类在内，地球上几乎所有的生物，很少有像蚌一样的，那硬邦邦的两扇原本用于保护自己身体的外壳，被异物侵入受伤后竟能以顽强的自愈力维持生命，并且日积月累长出新的稀罕之物——结晶体的珠宝。这就是神奇的大自然所产生的奇妙现象。石头也是如此：一场惊天动地的地壳运动或火山爆发后，一些普通的生物和植物甚至是平常的石头，在这种运动中渐渐变成了价值连城的黄金、钻石，或者石油、天然气。然而与上面这些物质的生成相比，蚌能生成出珍贵的珍珠过程则远比石头成金、成油的时间要短得多，而且是我们人类可以控制与掌握的，这就使得珍珠更适用于人类的某种奢望和需求。

为什么人类很早发现珍珠并重视珍珠，或许缘故就在于此：它是人类某种奢望和欲望的可控制物。其实在民间——我知道，因为从小生活在水乡，百姓在田野和水上的日常生活中喜欢把蚌与女性联系在一起，因为蚌的形状和它的生存方式恰如女性的生殖器，一合一张，显示着它的活力和存在，并彰显出它的异常美丽和生殖能力。蚌在水中游动的时候，是靠两扇外壳张开后扇动着行进的，在其扇动的过程中，可以看到平时无法得见的神秘而洁净的玉色内体。那内体浅淡呈一些红，俗称肉色，而且是极致和鲜嫩的浅红肉色。蚌的内体在游动时呈现的那般活力、那般美丽，很容易让人联想到性欲异常和高潮时的女性生殖器，所以在江南水乡的民间，很多地方都把蚌比喻为女性或女性的生殖器的隐喻物。

女性的生殖器不仅吸引着异性，而且是繁殖生命的温床，它因此神圣，且自古让人崇拜。河蚌能够生产人类特别喜爱的珍珠奇宝，其形状又与女性生殖器相似，因此千百年来也就格外受到人类各种文化的青睐和传播，民间的种种珍珠的传说，几乎都与美女联系在一起，这其中就是因为蚌本身的形态与女性最神秘和最吸引异性的器官如此相似。

其实在中国的古代，人们早有把河蚌成珠与女人怀孕论为一样的说法。所谓蚌孕珠如人怀妊，并且把月亮的圆缺盈亏与之联系在一起。唐代诗人高适的《和贺兰判官望北海作》中就这样说："日出见鱼目，月圆知蚌胎。"宋代文莹的《湘山野录》卷中也有这样的话："潭州一巨贾，私藏蚌胎，为官吏所搜，尽籍之，皆南海明胎也。"如此美妙的比喻和传说，在当时，读书有限的沈志荣并不知晓，他对人工育珠一事的研究也并没达到那么高深美妙的境界。沈志荣在20世纪60年代中后期接触和加入"河蚌育珠"的时候，其实只有一个目的：为干出点名堂，让社员们（即现在的村民）的生活水平提高一点点。

"一公斤品相好的珍珠可以卖到两三千元，这是我们辛辛苦苦泡在水田里干几年的活都干不出来的呀！"沈志荣感慨。从那个时候走过来的人，都会有这种感慨。

现在，沈志荣带头下的三个德清雷甸联合养鱼场的小青年想做一件大事，一件改变养鱼场、改变雷甸甚至改变德清和中国的大事：人工培育珍珠。

"志荣，你说怎么弄？这、这么多河蚌咋种珍珠进去嘛！"王阿根把十指插在头发根里，望着一堆河蚌发愁。

吕荣夫则在翻看着一只只河蚌，也不知所措。"我看哪，真要把珍珠从我们手上弄出来的话，我就可以上医院当医生去了……"吕荣夫嘀咕道。

"啥意思？"王阿根问他。

吕荣夫苦笑。"你自己不想想，前些天陈技术员教我们做珍珠的办法就是给河蚌做手术嘛！我这双大老粗的手，还能给蚌做手术？你能吗？"他抓起王阿根的手，问。

王阿根摇头："我不行！"

"啥行不行的！试试再说呗！"一边正在选蚌的沈志荣对自己的两位伙伴说。

"你有把握？"吕荣夫瞪着双眼问沈志荣。

沈志荣摇头："跟你差不多，但总得试试嘛！"又说，"我看陈技术员那天做的示范操作，跟医生动手术差不多。我们也给河蚌做手术就是了……"

"那就试试吧！反正失败了再去漾里多摸些蚌回来呗。"王阿根说。

沈志荣等开始了给蚌做手术的准备工作：对着那三张油印纸上的每一句话和那些操作示范图，准备好剪刀和镊子。但光这些还不行，得有"手术台"什么的……所有这些也不是太难的事，模仿医院手术医生们所能用到的手术工具，他们一件一件地准备——蚌也是一个生命活体嘛！沈志荣明白无误地告诫两位伙伴。

"知道知道，它们跟人一样，躺在手术台上，一旦出问题就活不过来了！"王阿根朝吕荣夫翻翻眼皮，道。

手术开始了——但沈志荣他们发现，每一只蚌的"嘴"闭得紧紧的，轻轻地撬不可能撬开，重重地使劲撬，蚌壳马上碎裂，壳一碎裂就意味着蚌面临死亡。

"这这……"沈志荣三人没想到一上手就遇上了难题。原来性情温和的河蚌竟然还有一套非常坚定而顽强的自我保护能力：当有外敌侵入，它紧闭壳壁，根本无法摧毁和伤害，除非用巨大的力量猛烈狠砸，当然一旦蚌壳受到破坏，也就意味着此蚌的死亡。如此看来，蚌还有一种"宁可玉碎，不为瓦全"的品质。

沈志荣他们起初并不太熟悉和了解蚌的这种特性，但有一点他们清楚：凡是能孕育珍珠的蚌，都必须是健康和完整的，不能"带病怀孕"。"不然，生出个傻子或者痴呆的怎么弄呀！"王阿根的这个比喻，沈志荣和吕荣夫笑着认同。

"不能碰伤了蚌壳，更不能割伤蚌体里面的地方……"沈志荣从医生做手术的道理上琢磨着给蚌做手术的基本要领。然而蚌依然不那么"听话"，你无法撬开它紧闭的"嘴"……

这可怎么办？王阿根气得抓起一只大蚌，猛地甩出几丈远，然而那蚌在硬邦邦的地面翻滚了十几个个儿，依然耍着脾气，根本不理会沈志荣他们。

性情温和的河蚌一旦犯起脾气来，还真让沈志荣他们一时束手无策。

两个伙伴有些沉不住气了。"手术室"——那间破旧的养鱼场饲料仓库的一张桌子边，沈志荣发愁了：这可怎么办？他想不出招数，就只好蹲到旁边放着无数河蚌的池塘去观察蚌嘴何时自我开启的一幕……

哎哟，原来如此！看着看着沈志荣突然兴奋地跳了起来，原来那些垒在池塘里的河蚌们看起来相互之间没有什么"动静"，其实细看就会发现，垒在最上面的河蚌会自然"呼吸"，这一"呼吸"就把"嘴"给张开了。这张"嘴"的蚌基本都贴在水的平面上，"大概它有'出气'。"沈志荣这样理解。

只要你张嘴，我就有机会！沈志荣为自己的这一发现而心旌荡漾。他耐着性子，挑了几只"条件较好"的河蚌，养在塑料盆内，并且故意让蚌口朝上，稍稍露出水面一点点……同时他在旁边准备好竹塞等工具，只等河蚌一旦"开口"，立即下手行动……

憨厚的河蚌哪知人的这些诡计，等它感觉需要的氧气和水分不够的时候，它便开始紧张地"呼吸"起来，一呼一吸便必须张开"嘴巴"，露出它粉红色的内体……就在这一瞬间，早在一旁准备着的沈志荣说时迟那时快地将竹塞插进张开的蚌壳中间，待河蚌反应过来时，它再也无法合拢"嘴巴"，只得任人摆布。

大概任何一种生物的繁殖本身都是件十分痛苦的事。河蚌生珍珠，其实是一种"皮外孕"，即非自身产子所孕，而是被外界强行实施的皮壁质受孕，而且必须切割开外套膜……这一系列的非自孕的折磨，对河蚌来说显然是痛苦和难忍的。然而若没有这种人工和外力影响，任何一只蚌体都不可能自生出半颗珍珠。

正如一位哲人所说：自然界的财富与美，就是由许多动植物的死亡与覆灭换来的。也有诗人这样比喻，珍珠就是女人的眼泪，可见世上的珍贵之物常常也可能是某种伤心之物。

珍珠之美，是河蚌以其生命的痛苦过程为我们人类所奉献的一份精神结晶。

显然，沈志荣他们那会儿搞珍珠时不会考虑到那些细腻的感情，他们只有想法子在河蚌的"肚子"里放进切片，然后让蚌能够慢慢"怀孕"，直到把珍珠胎儿养育大……"是，哪想那么多嘛！"沈志荣谈起当年的育珠初期，这样说。

蚌嘴被沈志荣用"诡计"撬开了，但要动"手术"，还得让蚌"嘴"张开相当长一段时间，而且这"嘴"既不能张太小，也不能张太大，小了无法在蚌肉植入切片，大了容易在手术时掉进杂物，这样河蚌会得病而死亡。手术时间也不能太长，时间一长，有的蚌就再也合不拢嘴了，一旦如此，这只河蚌很快便会死亡。

"跟人动手术一样，你得争分夺秒、准确无误地把手术做完、做好，否则河蚌会被毁了，你也等于白干一场。"沈志荣说，人工培育珍珠虽然不是高科技，但需要讲究科学和科学态度。

在河蚌内人工植种珍珠胚胎，一般都是女性操作，因为这是项动手能力很强的工作，特别需要心细和认真，也就是说需要心灵手巧的人才能干得了这活。它比绣花的难度还要大，因为河蚌是有生命的，任何偏差都会造成河蚌受伤与死亡，所以沈志荣他们称"种珍珠"是给蚌"动手术"，道理也在于此。

相比于以前干农活和养鱼捕鱼等粗放型的简单劳动，沈志荣带着两位伙伴试验人工珍珠培育的"动手术"活要复杂和艰难得多。尤其是缺少技术和可参考的经验，也没有像样的专业工具，最初给一只河蚌动"手术"，沈志荣他们要折腾三四个小时。如此长时间的折腾，沈志荣他们累得直不起腰，河蚌则被他们折腾得再也合拢不了"嘴"——合不拢"嘴"就意味着失去生命。

"天哪，怎么比女人生孩子还难呀？"王阿根一边擦着汗，一边直摇头。

"所以你要对你娘好一点……"吕荣夫挖苦王阿根。

"说什么呢你？"愤怒的王阿根抄起一只死掉的河蚌，扣在吕荣夫的脸上。

俩人便滚在地上又笑又闹地干起仗来。

"你们哪，省点劲吧，想想怎么把这些蚌的'手术'都给做了……"瘫在一边的沈志荣则这样对伙计们说。

"唉，费尽心思和工夫都种好了，也不知能不能长成珍珠呀！"王阿根有些泄气。

"志荣你说我们这样干到底能不能产出珍珠嘛？"吕荣夫也表示怀疑，双眼盯着沈志荣，似乎要他打包票。

沈志荣直挺挺地躺在饲料堆上，眼睛朝天翻着，有气无力地说："我也没有生过小囡，就看老天能不能让这些河蚌怀孕上了……"

"哈哈哈……如果它们真能怀孕上了，志荣你说我们到底是算这些河蚌的接生婆呢，还是啥呢？"王阿根又起劲了，蹦起身子又跟伙计们开起玩笑来。

"喊，你想做啥就是啥呗！"吕荣夫双手抓住一对河蚌，左看右看后，瓮声瓮气道，"我看还是做它们的老丈人比较好！"

"对对对，做老丈人好！我也做它们的老丈人！"王阿根说完，三个年轻人仰天大笑起来。

苦中作乐的一句玩笑话，让他们仿佛增添了无比的信心和力气，单调、枯燥且臭腥味异常的"手术"似乎也变得充满希望与生机。

1967年的那个初夏，是沈志荣一生事业的重要开端，也是他做梦最多的一年。"那时一是每天想着到底我们的'手术'做得对不对，二是待上千河蚌都植入了切片后，又天天想着到底能不能在它们身上长出珍珠，所以说是天天做梦，而且白天也做梦……"沈志荣说他自那时起，晚上经常睡不着，老做梦，后来还由此患上了神经衰弱。

第一批摸索和试验性的人工珍珠河蚌，约有1000多只，经过存放、实验、宰杀到正式植珠的手术，最后成活的仅剩下几百只，这对沈志荣他们来说，就是了不起的"伟大胜利"了！接下去的活就是要把这些"怀孕"上的河蚌，重新放入水中养殖。而放在何处，怎么个放法，又有许多讲究。因为不敢有任何闪失，所以沈志荣主张把这些河蚌放在竹篓子内后，全部放养在他家旁边的河道里，这样他每天都可以看得见，也便于观察河蚌们的成长。

任何一件过于看重的事情放在你心头的时候，压力就会变得像山一样巨大和沉重。之后的日子对沈志荣来说，便是如此。

从理论上讲，河蚌被插入细胞膜片后，细胞膜片慢慢"长大"，一直等到几年后就完全成为人类期待的那种光泽艳丽的珍珠。然而这个过程，就像女人十月怀胎一样，到底是否怀上、胎儿是否健康等等，旁人并不知道，只有"母亲"河蚌知道，而它所怀的"宝宝"状况如何，与环境、与它的健康和营养等又有密切关系。所有这些，对当时的沈志荣他们来说，就像他们对女人如何怀孕生孩子的认识一样，可谓一无所知。

"所以连夜里做梦都在想着河蚌肚子里的东西到底长得怎么样了！

是不是长成了珍珠……"坐在我面前的沈志荣已经两鬓斑白，但讲起年轻时的往事，依然泛出一脸稚嫩的自嘲。

沈志荣说他是喜欢做梦的人，但一生因为珍珠而做的梦太多，故无数个夜晚他"整宿整宿地睁着眼睛看天……"。

白天他有事没事地跑到河边去看那些悬挂在水里的河蚌是不是还能张嘴和合拢嘴，因为能够张嘴和合拢嘴，就意味着这蚌在"手术"后还是活的，反之则是死的。他要仔细看那些活着的蚌是否有异样，它们是否与以前自由生活状态下有所不同，不同又在哪里，等等，都是他关心的内容。

有人笑他真的成为"蚌爸爸"似的。沈志荣心想：我真能当"爸爸"就是阿弥陀佛了，我会天天祈祷和帮助"蚌妈妈"完成"十月怀胎"大任哩！

其实，河蚌怀胎成珠的时间比人怀胎的过程要长得多，所以遇到的外在不可预测的破坏因素也会多得多。正是这样的情况，让年轻的"珍珠爸爸"沈志荣他们几位紧张得常常不知所措。

江南的仲夏时节，台风和雨水变得很多，一场台风来临，河道和漾面上浪涛滚滚，悬挂在水里的网箱中的河蚌就会随之摇曳或相撞，这也让沈志荣很是担忧。每当此时，沈志荣急得直往水里跳，想用自己的身子去挡住风浪，去用双手阻止蚌与蚌的相撞……

"阿荣啊，你真是疯了嘛！这点风浪算个啥，河蚌才不惧呢！它的壳是吃素的呀？"有一回王子成等老师傅看到沈志荣的"傻"劲后，便嘲讽地对他说。

可不，啥时候见蚌壳被风浪撞碎碰破过嘛！沈志荣悄悄托起几只河蚌往自己脸上一贴，亲昵道："你们欢吧，这回我倒是放心了！"

一个又一个白天这样过去，但一个又一个夜晚却并没那么容易消磨。那些日子的夜里，沈志荣只要一闭上眼，脑海里就翻腾出许多奇怪和有趣的"云世界"：比如那些蚌像跟他捉迷藏似的，突然消失得无影无踪；或者它们跟乌龟和大青鱼打架，结果一只只搞得头破血流⋯⋯这个时候，沈志荣会突然惊醒，吓得一身冷汗。甚至有几个夜里他被这样的噩梦搅醒后，偷偷半夜里从床上爬起，跑到河边察看那些悬在水中的河蚌是否安好。当然也有让他回味的好梦，比如有时做的梦特别让他心花怒放：一只蚌里竟然长了一颗比玻璃弹珠还要大的珍珠，高兴得沈志荣连忙交给母亲。母亲手捧这颗闪闪发光的大珍珠，逢人就说是她家志荣育出来的，于是好多姑娘家的大人前来跟沈家谈亲。后来，沈志荣把这颗硕大的珍珠挂在了他最心爱的姑娘脖颈上，于是他竟然也笑出了声⋯⋯这般"梦里娶媳妇"的夜晚，沈志荣感觉特别享受。

"我们家的阿荣该找对象了！"第二天早晨，母亲见到儿子精神抖擞地起来吃早饭，就会嘴上嘀咕这么一句话。

"不要不要，现在不行！"沈志荣一听急了，连声说。

"那你说啥时候要？"母亲就问他。

沈志荣把一碗粥往肚子里一倒，抹抹嘴，就出门了。"等育出珍珠吧！"他身后，飘来一句让母亲不知如何是好的话。

"神经快出毛病了呀！"母亲望着儿子远去的背影，无奈地长叹一声。

沈志荣飞步去的地方还是悬挂着河蚌的家后面的那条河道岸边。今天他有些心神不定，见吕荣夫和王阿根也过来了，便说："已经有十几天了，也不知这些蚌肚子里啥样⋯⋯"

"要不弄起来看看？"王阿根说。

吕荣夫表示反对："时间太短了点吧！弄出来看也不一定能看出个啥名堂来。"

王阿根则坚持道："十几天时间不短了，人做手术一般一个星期就要拆线了，蚌肯定比人要更耐事，已经十几天，好坏该有个结果嘛！"

俩人争执不下，目光集中到了沈志荣身上。又想了想，沈志荣从岸头的地上站起身子，拍了拍裤子后屁股上的泥尘，说："我看阿根说得有道理，手术成功不成功，这十几天了也该能看出点眉目……"

"那就看看吧！"吕荣夫后来也附和了。

几百只河蚌被一一从水中拖起，放在岸头。才十几天时间，当河蚌被堆放在一起时，沈志荣就感觉有些不对劲："啥味道呀，嗡臭嗡臭的！"他的话还没落地，王阿根拿起一只河蚌，悄悄一用力，那蚌嘴便裂开了，里面喷出一股异常难闻的嗡臭味……

"完了完了！肚子里全烂了！"王阿根用手指戳蚌肉，那变了色的蚌内体立即溅出一股发黑的脓水，差点溅到沈志荣的嘴角。

"怎么会是这个样呀？"那一瞬，沈志荣的脸色铁青，顺手一甩将王阿根撇到一边，自己扑到蚌堆上，开始检查每一只让他日夜牵挂的河蚌……这可是他的全部希望和企盼呀！

开始他是小心翼翼地一只只撬开河蚌的嘴，真的有点像妇产科大夫给怀孕女子检查受孕情况……后来他变得像闯入万丈深渊的疯子一样，一边号一边扒拉着一只又一只的河蚌，他忽而使劲地将它们的嘴猛烈地扒开，忽而干脆将它们举过头顶狠狠地朝地上扔去，再用砖砸、用榔头敲蚌壳，而且一边敲、一边号，一直到他无力地瘫在地上……

"怎么会是这样？怎么会是这样啊……"瘫在地上的沈志荣一会儿抓住王阿根的胳膊，一会儿揪住吕荣夫的衣襟要他回答。

"我、我也不知道……"

"我哪知道变成这个样！"

两位伙计被沈志荣弄得心惊肉跳，连连后退。

"怎么会……怎么会……"望着眼前一大堆不是长脓就是已经腐烂发臭的河蚌，两行泪水顿时挂在了沈志荣的脸颊上。他双手抓着岸头的泥巴，想痛哭一场，可哭不出来；他想大喊一声，嗓子口又像堵了一团棉絮。

"那种失败的滋味不好受，我能记得一辈子。"沈志荣现在这样回忆当年的那场痛苦的失败。后来他才慢慢明白：原来天气太热的时候，是不宜对河蚌进行"手术"的，一般气温相对在 20 摄氏度左右是给河蚌植入细胞片的最佳时间，气温过冷过热都不宜。

"志荣，还有二十来只是活的！"绝望之时的沈志荣听到王阿根这么说，好像捡了一根救命稻草。他赶紧把这二十几只河蚌像抱婴儿似的搂在怀中，回头对吕荣夫和王阿根说："快挑两个最好的竹篓，赶紧再把它们放回河里……"

"行行！"于是三个人手忙脚乱地重新将这仅存的二十几只河蚌小心翼翼地放入河水之中。

河蚌安顿完毕后，沈志荣的心却更加被这些河蚌牵缠着，而且一直牵缠了 600 多天。不过这回他像即将从硬壳中蜕变出的雄鹰一样，不飞则已，一飞冲天——

还是 1967 年的那个年份，但季节不一样了，桂花满地飘香，预示着收获的季节到了，等守了三个多月的沈志荣实在等不及了，一天下工前，他叫住吕荣夫和王阿根，说："明早我们再把那些河蚌拿起来看看……"

吕荣夫没有说话，王阿根有些心急，说："要是再……再那个了怎么办？"

"你别先触晦气嘛！"吕荣夫见沈志荣直皱眉头，就怪王阿根"乌鸦嘴"。

沈志荣摆摆手，说："捞起来再看一看，成不成也算个了结，省得把我们一个个快弄成神经病了……"

吕荣夫和王阿根点点头，似乎都没有多少信心。

第二天开工前，沈志荣早早地蹲坐在河边岸头，眼睛发直地看着河中央悬挂的那两个装着河蚌的竹篓子……"阿荣，我们来啦！"吕荣夫和王阿根前后脚来到沈志荣跟前，等待他发号施令。

"胜败在此一举！"沈志荣平时属于那种话不多，但一出口就特别有力量的人。他站起身子那一瞬间，双腿就跟着率先走到了河道边缘……

很快，放置二十几只河蚌的两只竹篓被拖到了河边的岸头。

"开始吧！"沈志荣拿起一把剖刀，交给吕荣夫，但对方没有接。又转交给王阿根，对方更是直往后退，并连声说："还是你来！你动手……"

沈志荣其实并不想亲自动手，他真有些怕再次看到他不想看到的局面。可两个伙计不愿动手，所以只能自己干了。

"那就我来吧！"沈志荣说着就稳了稳刀子，然后抓起一只色相比较鲜活的母蚌，对准蚌嘴，不轻不重地小心翼翼地剖开……就在这一刻，目不转睛的沈志荣眼前突然被一道闪电般的光亮耀了一下。

"哎哟……"沈志荣下意识地轻叫了一声。

"怎么啦？"

"怎么啦？怎么啦？"

一旁的王阿根和吕荣夫都被吓了一跳。沈志荣闭了闭眼，双手依然保持着剖蚌的动作，而后再度睁开双眼，瞅了一眼手中的河蚌，对两个伙计说："我看到里面有一道光似的刺着我眼睛了……"

"啥光？"王阿根吓得直跺双脚，问。

吕荣夫则在一旁张大嘴巴大笑起来，道："可能就是珍珠吧？"

"是珍珠吗？"王阿根一听，大叫起来，想从沈志荣手中抢过河蚌。但被沈志荣一把拦住："急啥？"

吕荣夫和王阿根轻手轻脚地围在沈志荣身边，四目集中聚焦在沈志荣手中的那个蚌壳缝隙间……"看到了吗？里面……那发亮的地方，有点淡黄的白……"沈志荣一边轻轻地扒开蚌嘴，尽量把它有限度地扒大一点儿，又极其小心地怕刺疼了母蚌，一边喃喃地告诉伙伴，"看清楚了吗？里面，是珍珠吧！"

"是，是珍珠，一粒粒的排队长着呢！"吕荣夫说他已经看清楚了，还说那个幼珠的排列很像他的刀法。

"胡扯！我看看……是，是发亮的珠苗苗！"王阿根扒开吕荣夫，眼睛凑到沈志荣手中的蚌缝边缘，眯起双眼，然后连声高呼起来，"看见了！是珍珠！是珍珠啊！"

沈志荣随即将刀抽出，更是兴奋地说："你们都看到了吧！那肯定就是我们种的珍珠！"

"来来，再剖一只，我要看看我们的培育是不是真正地成功了！"沈志荣随手捡起另一只母蚌，小心翼翼地剖开，河蚌的嘴再次被剖开一条缝隙……"看到了！看到了！这个蚌里也有亮光！也有珍珠啦！"

这一现实让三个德清小伙子彻底地疯狂了！他们相互拥抱，互相捶拳，然后打滚在一起，又喊又叫……

"阿荣出啥事啦？出啥事啦？你们、你们干啥呢？"沈志荣的母亲突然出现在小伙子们面前，她是听到这边的叫喊声，匆匆赶过来的。

"妈，我们搞成了！珍珠搞成啦！"沈志荣举起两只母蚌，一脸泛着红光，对母亲说。

"好好。搞成就好！快把河蚌放进水里，时间长了它会渴的！"母亲的话提醒了沈志荣他们。三位小伙子便又叫又唱地抬着竹篓，重新将河蚌放进河里，然后蹲守在岸头，议论起另一个重要话题：什么时候幼珠才能长成真正的珍珠呀！

"书上说至少还要两年！"

"两年是不是太长了！长老了怎么办？"

"长老了是不是跟人一样，反而不好看了？"

"哈哈哈，没听说珍珠长老了不好看！应该是越长越好看才对……"

三人你一言，我一语，似乎谁也说服不了谁，其实他们谁也不知成熟的珍珠到底是如何长成的。此刻的沈志荣他们，只有一个梦想：就是希望珍珠快快长成。然而珍珠的孕育期要比"十月怀胎"的人长出两三倍。做事讲究实在的沈志荣在有过一次"苦头"的教训之后，心里明白，自己的人工培植珍珠的路还长着，能不能在两三年之后从蚌里正式取出正儿八经的珍珠来，不是一天两天的事，上千天的时间里，谁能说得准不出现旮旮旯旯的事？

"我们还是保密为好，你们也要做到啊！"沈志荣对两位伙伴说。

但沈志荣他们干的活不是在实验室，而是在露天的河面上，别说养珍珠这么大的事，就是某某家来个提亲的事儿，不出半天，整个队上的人差不多全知道了，更何况沈志荣他们搞珍珠搞出名堂了的这般惊天动地的事！

先是渔场的领导听说这件事后，跑来问沈志荣有没有这事，沈志荣对自己的领导不能说谎，只能点头。"好小子，行啊！为我们渔场争光了！"渔场领导连蚌都没看，回头就向县里做了汇报。当县里再把这事传回到雷甸公社时，那可真是炸开锅："渔场的几个小伙子育出了珍珠？这事我们怎么不知道？走走，去看看，是真是假，眼见为实嘛！"

"要派搞水产的技术员去，他们懂行。"一位主要领导特别吩咐道。于是几位水产技术员专门来到雷甸，找到沈志荣，说要亲眼看一看珍珠河蚌。

开始沈志荣不想让他们看，因为自从消息传出后，总有"领导"或"专家"嚷着非要他们撬开河蚌看个究竟。但沈志荣心疼呀：这河蚌虽不是人，但怀上珍珠的蚌跟怀孕的妇女差不多的道理，你不能天天扒开肚皮去看胎盘吧！

不看我们哪知道你说的珍珠到底是真是假嘛！领导和专家往往会生气地回敬沈志荣。无奈，沈志荣只能给珍珠蚌"做手术"——每撬开一回蚌嘴，沈志荣就心疼一回：这样下去，二十几只母蚌用不了几天不就全部"报销"了嘛！

怎么办？沈志荣绞尽脑汁，才算想出了一个办法：要看也只能一批人凑到同一个时间看，每次有人想看时他把母蚌用开口器撑开一条细缝，尽量放在亮光下，那些想看的人必须站在同一个角度，眯一眼就能看得见蚌壳侧壁上长着的颗颗小珍珠……"是是，是珍珠！看见了！看见了！"获得满足后的领导与专家们个个都会高兴得手舞足蹈，直夸沈志荣他们了不起。

"好好干！为我们德清、为你们雷甸争光。年底，我们给你评学习'毛选'先进分子！"县"革委会"领导拍拍沈志荣的肩膀，大为欣赏和鼓励道。

这是沈志荣第一次获得"大领导"的表扬和鼓励，而这也给了他巨大压力：母蚌里的珍珠苗苗并不意味着几年后就是可以收获的珍珠呀！要是之后的两三年时间里，河蚌出点啥毛病，珍珠成为泡影，咋向领导和渔场上的父老乡亲们交代嘛！从小吃尽人间苦难的沈志荣，最怕别人瞧不起自己，所以他十分清楚：如今雷甸培育出了珍珠的事名声在外，可中途出了意外，自己还能在雷甸抬得起头吗？

想到这里，沈志荣的内心异常沉重。有办法救自己吗？他问母亲。母亲告诉他："多学习，多请教呗。啥事都是人闯出来的，这里的祖宗叶金扬能够搞出佛像珍珠，也不是他生来就会的，也是慢慢摸索出来的呀！"母亲的话给了沈志荣极大启发，从此他把去杭州买书看作为自己生活中的一件大事来安排：只要队上有活到杭州去，他抢着去；如果队上有农闲，他就往杭州城里跑，跑到城里的同一个地方——新华书店。

如今的人都说读书能指引人生的方向，可许多人书读了不少，但越读却越不知自己的人生方向在哪里。然而，沈志荣如饥似渴地读书时，他心里想的只有一个方向：书本上的每一个字都会指导我如何养殖好河蚌、培育出好珍珠。

只上过五年半小学的沈志荣，今天我们在采访时，你会经常听他讲到一个地名：杭州市区的解放路，因为这里就是他当年常去的新华书店。老店员都认识沈志荣，称他"小沈"。

小沈看书、买书是出了名的。老店员要是有一段时间没见"小沈"

过来，再见到时都会问他"前些日子为啥没来"一类的话，当他们听到沈志荣的珍珠与河蚌健康成长的事情后，也会跟着他高兴。

"那时在书店，一蹲下来就是几小时……凡是有用的书就买下背回家去。我就是靠书店这位'老师'帮的忙，慢慢对养殖河蚌与培育珍珠技术有了些基础。"沈志荣回忆说。

1967 年的盛夏，虽然沈志荣的珍珠蚌仍在水中宁静地度过它们的"孕育期"，但现实中的沈志荣却经历了人生几场惊涛骇浪。先是渔场和渔业专业队，被改为雷甸水产大队，渔场与水产大队的根本区别，在于前者的员工是拿工资的，后者的社员是拿工分的，还是沈志荣，但他的身份发生了质的变化，从工人到了农民。上世纪六七十年代甚至整个 20 世纪的中国，拿工资的人与拿工分的人就是天与地的区别，许多拿工分的人为了跳出"农门"，不惜一切拼命与努力，但可能是两手空空而归。即便是"文革"之后，9 亿农民中能实现跳出"农门"梦想的只有两条路：一是千军万马抢过高考这条"独木桥"，二是当兵去。今天 45 岁以上有些成就的人，基本上靠这两条路子才改变了自己的人生，包括我们这些人。沈志荣属于"异类"——他本来是吃商品粮的，却被一阵不知从哪儿吹来的风，将命运从水面上刮到了地面上，从此也成为拿工分的"老农"。只念过五年半小学的沈志荣不可能走"高考"这条路，他年轻那会儿大学的门处在关闭状态，即使后来开启了，也只接受选送的"工农兵大学生"，像他这样有家人的历史比较复杂的人也根本不可能被保送，更何况他还小学未毕业。剩下可能的一条路就是当兵去。1968 年的秋季征兵开始，当农民的沈志荣认为自己必须"搏一搏"，结果报名、体检都成功了，但后来"政审"这一关没通过，最后是王阿根去了部队，吕荣夫走了当时很多人走的路——参加"革命工作"。当年一起入队、一起搞珍珠的水产大队三青年，唯独留下沈志荣一人。

那些日子里，雷甸的人常常在傍晚时间，看到河边或漾岸头有个孤独的身影站在那里，有时一站就是几小时，他的目光盯着水面，脸上挂满了忧虑的表情……此人就是沈志荣。

"行人南北分征路，流水东西接御沟。"沈志荣那时并不知晓白居易的这句诗，但他内心的感受却如诗人所写的意境一样。

他的人生到了一个十字路口……命运不能假设。如果可以假设，也许那年沈志荣能够成为一名人民解放军士兵，他或许就成为军官，一生军旅；或许他也能参加"革命"去了，成为一名官员。但这两种命运的结果是，中国少了一位珍珠大王，中国和德清的珍珠事业也不会像今天这样为世界所瞩目。

"老天帮了我一个忙，让我留下来搞珍珠，要不是这样，今天的德清肯定不会有像现在一样名气很大的珍珠产业，中国也不会有欧诗漫……"沈志荣这样告诉我。

1967年的冬天格外异常，没有下雪。失去了两位伙伴相伴的水产大队的生活，让沈志荣感到特别孤独。而且在全国上下的"农业学大寨"风潮中，"以粮为纲"大旗下，养殖珍珠就是属于"不务正业""想走资本主义的副业"，"批判"和"打倒"的口号，不绝于耳，令沈志荣内心痛苦万分。

他又在夜里不停地做梦了……那梦常常令他惊醒后一身冷汗，因为许多回他梦见"造反派"举着大刀长矛，将他视作比自己生命还重要的二十几只母蚌从水里拖起，蛮横地用石头和铁锤砸破蚌壳，尚未成形的幼珍珠被撕裂后一片狼藉地甩在岸头，许多饿狗又被残暴地放出，它们疯狂地吞吃着那些蚌肉与幼珍珠……

"你们！你们赔我河蚌！赔我珍珠——！"噩梦中的沈志荣声嘶力竭地喊着、号着，而后大汗淋漓地坐在床头痛苦地流泪。

"阿荣，你又做噩梦了？唉，你这个心思呀，全被珍珠牵走了呀！"只有母亲知道他的心事，也只有母亲是最心疼他的。

"该找个对象了。"背过身去的母亲，端着盏油灯，喃喃地说着。

第二年桃花盛开的季节里，沈志荣又做了一个梦——一位美丽大方、温柔贤惠的姑娘向他款款走来，然后轻轻地贴近他的耳边说了一句特别温存和甜美的话："我知道你要做珍珠爸爸，那我就是珍珠妈妈……"

　　"好啊！"沈志荣一把将其搂住，紧紧地搂住。

　　是的，这一年他真的搂住了一位美丽大方、温柔贤惠的姑娘，这姑娘后来成了他的妻子，并且和他一直相伴到如今……

　　"珍珠象征女性，因为我毕生从事珍珠事业，所以我命运里遇到的三个女性，也都支撑着我的人生，她们是我从小与之相依为命的奶奶，给了我生命和无限关爱的母亲，以及始终支持我事业、与我同甘共苦，还给我生了两个儿子的妻子……"让沈志荣最感到幸福的就是他所拥有的这份"女事"。

　　就在沈志荣喜结良缘的那个岁月里，改成水产大队的那些原国营渔场工人们一直在折腾，因为事后他们发现上面下来的一纸"渔改"

1969 年沈志荣与夫人的结婚照

政策，使得他们的生活水平完全变了样：原来每月都能拿到工资，现在只有等到年底才能有"分红"的日子，一下变得迷茫，更不用说从"国营渔场工人"到农民的身份落差所带来的失落感，因此水产大队相当一部分人的人心不安宁。这给县上造成很大压力。

上世纪 80 年代初沈志荣全家福

怎么办？县领导专门开会研究对策，最后决定：发挥水产大队的自身优势，促进稳定。"雷甸不是搞珍珠养殖成功了吗？这可是个热门，让那个很有本事的小沈上来当师傅，把'河蚌育珠'训练班弄起来，搞热门了，全水产大队的日子不是好过了嘛！"县领导直接指姓点名，要沈志荣担当重任。

从被批判，到被重用；从无人问津，到热门受宠……沈志荣觉得自己就像坐上了直升机，心头晃晃悠悠的，同时又百感交集：看来，我这辈子真要吃"人工培育珍珠"的饭了。

果不其然，德清"河蚌育珠训练班"开起后，靠几年前王子成师傅参加嘉兴珍珠培训班拿回的一把镊子、两根铜丝和三张油印纸，加上自己在杭州解放路新华书店买回的几本《水产养殖》书籍，沈志荣登上了讲坛，而且一讲就再也停不下来……开始是自己水产大队的人来听，后来是雷甸各生产大队的人来听，再后来是德清全县的技术人员来听，再再后来连杭州、嘉兴、绍兴，甚至江苏苏州、安徽芜湖那边的人也来听了。

"小沈老师！"

"沈老师！"

"沈师傅……"

沈志荣被人叫出名的头衔和称呼也一直在不停地变化，而有一点不变的是他的那个"河蚌育珠训练班"报名的人数越来越多，到了需要事先排队甚至有人想插班的地步。

"'养珍珠，到雷甸'！好，这名声叫响了，就等于告诉全国人民：我们德清就是中国人工养殖珍珠的发源地，因为古有叶金扬，今有沈志荣！"县领导听说沈志荣办班好景后，十分得意道。

"我们办班的时候，正好遇上了江南一带社队企业兴办初期，大家对因地制宜河蚌育珠兴致特别浓，但包括一些省县专业科技人员也没有人真正有实际育珠的成功经验，我们雷甸就不一样，我们有成功的育珠标本放在大家的面前，所以信誉程度特别高，训练班也就格外红火。"沈志荣说。

然而，沈志荣心里清楚：光凭河里悬挂着的那二十几只母蚌的育珠标本，是不够的，哪一天让参加训练班的人都亲眼看到他育出的珍珠真货，这才叫"硬碰硬"呢！

盼啊盼，沈志荣一边给来自四面八方参加训练班的人讲课，一边盼着河里那二十几只蚌早点能产出珍珠。他表面上若无其事、内心却焦急万分地度过每一天、每个月的分分秒秒……"那种煎熬是很难受的，闷的时候就想发阵子疯！"沈志荣日后这样说。

但在珍珠出世之前，有人曾多次催他把河里吊着的母蚌取上岸剖开取珠，他总坚定地摇头："还不到时候呢！"

后来，母亲悄悄对他说："那些河蚌有 600 多天了吧？"意思是可以看看了。"不行！万一没熟咋办？"他依然坚定地摇头。

再后来，是妻子细声细语地在枕头边吹着他耳朵说："瓜熟了是要及时摘的……"沈志荣掐了掐手指，若有所思："还应该有一个星期。"

一个星期过去了。妻子没有催他，母亲没有催他，外人更不敢催他。但他自己却已经迫不及待了：那一天清晨，他特意换了件干净点的衣服，将自己的心境调整得十分庄严，然后迈着有力的步伐，走到河道边，登上小舢，划到放置河蚌的那两只竹篓前，而后轻轻地将其拎起，再回到岸头，坐在那张桌前……

该是剖开河蚌看结果的时候了！也许是太专注的缘故，沈志荣并没有发现此刻他的身边已经围聚了不止一两个，而是 10 个、20 个水产大队的人……他们都在等待与他们命运相关的一件大事：河蚌育珠是否成功？！

母蚌被一只又一只地剖开。所有人的目光与沈志荣的眼睛一样，紧紧地盯着那些被剖开的母蚌内侧……"啊，我看到光亮了！"一道白光闪出，沈志荣的身边，便腾起一片欢呼！

"啊，我看到珍珠啦！"又一道白光闪出，更高的一阵欢呼再起……

如此一轮又一轮的欢呼声，让剖蚌的沈志荣越剖越心潮澎湃、激动万分：是的，是珍珠！是的，是我想要的珍珠啊！

等到他将二十几只母蚌剖完时，全屋子的人都在跳啊、叫啊，甚至有的还在唱……

"你们看、你们都看到珍珠了吧……都看到了吗？"沈志荣也在叫，也在喊，他还在叫和喊之中，流着泪，哭出了声……

他一边擦着眼泪，一边擦着汗水，将头快要埋到河蚌堆里了——他在一颗一颗地数着那些刚从河蚌体内取出的珍珠粒：1、2、3……30、31……总共 40 颗啊！

别小看了这 40 颗现在看起来也并不是太完美的珍珠，它对沈志荣意义重大，对德清也意义重大，对中国同样意义重大，因为它的诞生，意味着沈志荣的人工育珠正式成功，也从此让德清的"珍珠之乡"有了最强有力的现实佐证——古有叶金扬、今有沈志荣，这两个"珍珠大王"，既是历史和现实的真实人物，又都诞生于德清，还有什么比这更能证明德清是名副其实的"珍珠之乡"！而沈志荣的成功，也意味着中国人工珍珠的辉煌历史正式开启。

1968 年初秋这一天，是值得大书特书的一天，因为就是这个日子，沈志荣在河蚌中取出自己培育的这几十粒货真价实的珍珠，是一个"惊天问世"的事件，并不为过。因为后来我们所知道的当代中国人工珍珠养殖史上就有这样重重的一笔，而它也被重重地载入了世界人工珍珠养殖史上……

# 第三章

## 先为蚌王

我们已经知道珍珠产自贝类水生动物——蚌。而蚌又有海生蚌与淡水蚌。

海生蚌通常喜欢生活在凉爽的海域，而且寿命也相对长。淡水蚌则是我们常见的那种河蚌，它有 1000 多种，栖于全世界大部分地区的溪流、池、湖中。两类蚌受外力作用都可能生产珍珠。海生的蚌类，一般为楔形或梨形，长 5—15 厘米左右，壳平滑或肋状，多有毛状的角质层，许多种的壳外表呈深蓝或深绿褐色，内面有珍珠光泽。这类海生蚌常以足丝固着于硬物表面或相互依附成团，有时钻入软泥或木中，它们最怕银鸥、蛎鹬和海星等天敌。

河蚌通常是可以食用的水产品，具有商业价值。大的河蚌也有 11 厘米左右。中国古时就有食河蚌传统，特别是在南方，喜欢用咸肉和竹笋来炒蚌肉，是道佳肴。在欧洲，中世纪开始就有养殖河蚌的记载。

我们重点来说河蚌。别看它外体"光滑溜溜"，其实它有强大、肌肉质的足。平时它大多栖身于浅水水域，"入眠"时又埋于水底泥沙之中，免受波浪之扰。它呼吸用鳃，其鳃很大，呈瓣状，左右各 1 个，每个又分为两瓣，都是由细长的鳃绦紧密连接而成。蚌活动时，身体是张开的，水流随之流经肉体。那些新鲜的水流经过鳃时，就同血管中的含碳酸气的血液进行气体交换，把氧气输送到血液中，这样蚌体内的污水就随着水流从排水孔流出。这一吸一排的过程，其实就是蚌在呼吸和摄食的过程，也就完成了它一次新陈代谢的过程。

河蚌的外形呈椭圆形和卵圆形。壳质薄，易碎。两壳膨胀，后背部有时具后翼。壳顶宽大，略隆起，位于背缘中部或前端。外体的壳面一般都很光滑，具同心圆的生长线或从壳顶到腹缘的绿色放射线。

常见的淡水蚌有两大类，一类喜欢生活在流动的河水里，它们的贝壳很厚，两个贝壳在背面相接合的部分有齿，壳的珍珠层较厚，叫珠蚌；另一类喜欢生活在水面平静的池塘里，它们的贝壳很薄，两个贝壳在背面相接合的部分没有齿，叫池蚌。它们的身体很柔软，活动能力很小，但却有两扇坚硬的石灰质的贝壳保护着身体，遇到敌害向它进攻的时候，柔软的身体便立刻缩到两个贝壳的中间，同时把两个贝壳紧紧地关闭起来，形成一道攻不破的"铜墙铁壁"。

蚌的身体上有两块很发达的肌肉，它依靠这两块肌肉将柔软的身体与坚硬的贝壳连接在一起，并用来关闭贝壳，所以称这两块肌肉为闭壳肌。这两块闭壳肌几乎同样大小，都是由肌肉纤维所组成，呈圆柱状，一块在身体前方，叫作前闭壳肌；一块在后面，叫后闭壳肌。闭壳肌的伸缩力很强，由于它们的伸缩，贝壳就随着张开或关闭。

贝壳背面的韧带很有弹性，它的作用好像小弹簧，任务跟闭壳肌刚刚相反，是使两个贝壳保持张开的状态。两个闭壳肌一收缩，使肉柱缩短，因而将左右两个贝壳关闭起来。肌肉收缩得越紧，肉柱越短，贝壳关闭得就越紧。如果两个闭壳肌松弛了，伸展了，肉柱便由短变长，失去了牵引左右两个贝壳的作用，贝壳便在韧带的弹力作用下恢复到张开的状态了。

贝壳的结构由外层、中层、内层三层所组成：最外边的一层很薄，差不多是黑色的，由一种有机物质所组成，叫作角质层；中间的一层很厚，是贝壳的主要部分，为白色，由许多角柱状的碳酸钙所组成，叫作棱柱层；最里边的一层很光亮，是由角质和石灰质所形成的许多小薄片重叠排列而成，叫作珍珠层。贝壳的这些部分，都是由紧紧贴在贝壳里层的外套膜的上皮细胞所分泌的液体形成的。而这里所说的"珍珠层"还有外套膜，都是与河蚌育珠有关的重要器官部分。

所谓的"外套膜"，是一切贝类都有的保护身体的器官，它掩盖在内脏的外面，但是它很薄，而且是软的，所以它本身对蚌起不了什么保护作用。可是它却能分泌一种液体，形成坚硬的石灰质的贝壳。贝壳的角质层和棱柱层是由外套膜的边缘部分所形成的，它们可以随着蚌的身体增大而加大，但是厚度不能再增加。珍珠层是由外套膜整个上皮细胞所形成的，所以它在蚌的生长过程中不但可以增大，还可以不断地增厚；越是年老的蚌，珍珠层越厚越光泽，就是这个缘故。

一般人都以为蚌没有腿，其实蚌足只是与通常我们认识的腿不太一样而已，蚌足很特别，是一块像斧头一样的肥厚的肌肉，称为斧足。斧足是蚌的运动器官，但是它的动作非常慢，每次只不过移动2—3厘米的距离。斧足除了能够移动蚌体之外，还有一个功用，就是挖掘泥沙，把整个蚌体深埋在泥沙之中。斧足先伸入沙中，然后收缩它的肌肉，最后蚌体便全部缩入泥沙中。

在贝壳张开、斧足伸出的同时，可以看到在蚌的身体后端，由左右两个外套膜形成的排水孔和入水孔的边螣，稍稍向外伸展，进行活动。排水孔在背面，是蚌排出身体里面水分的孔道，入水孔在腹面，通常与前边的足孔相连，是新鲜水和食物进入蚌身体的孔道。蚌自身的摄食、呼吸、排精、排幼体等，无不通过这"必由之路"……

了解了有关蚌的基础知识，我们也就多少懂得了一些育珠的先天条件知识。沈志荣告诉我，不是所有的河蚌都能产珠和育珠的，或者说，好珠一定也需要有位"好妈妈"才行。那么，我们自然也想知道，到底什么蚌才适合成为珍珠的"妈妈"？沈志荣说，在我们江南一带，通常河蚌有三种，一种为背角无齿蚌，它为食用蚌，也是最常见的一类河蚌；第二种学名叫"褶纹冠蚌"，俗称鸡冠蚌；再一种叫三角帆蚌。"后两种是我们所选的育珠河蚌，特别是后一种三角帆蚌，它壳大、翼丰，呈扁平形，种珠产珠最多，所以它是最好的一种蚌，我特别喜欢它，但它很少……"

正如沈志荣所言：三角帆蚌，最适合育珠，但它稀罕少见。

抓鱼称捕鱼；逮蚌在我们南方叫摸蚌。为何不是抓也不是捕，而是"摸"呢？正如我们在前面介绍蚌的习性时所说，它一般情况下是藏在泥沙之中，不像鱼等水生动物，整天在水中游逛，所以任何"抓"或"捕"是弄不到蚌的，只有一招——摸，方可真正地逮住河蚌。我们这些江南水乡长大的人，小时候几乎都有"摸蚌"的经历。摸也不是瞎摸，先得用脚在泥沙里踩或蹚，感觉泥沙里似乎有蚌时，你才可伸手去"摸"——凭感觉它应该是蚌而非大石块及其他什么杂物。摸蚌的道理便是如此。

想完成河蚌育珠，自然先得有蚌。沈志荣的育珠成功后，德清和雷甸就开始热门起来。蚌，当然也就成了"香饽饽"。这是沈志荣没有意料到的，于是雷甸和德清一带在 20 世纪 70 年代便出现了一阵"摸蚌"风潮……那些爱开玩笑的男人们还借此为乐，因为"摸蚌"在农家田头的欢笑言语中，是个男女间风骚挑逗的字眼，所以一听说生产队上派活去"摸蚌"，男人们就兴高采烈报名，女人呢也不含糊："你能摸，我就不能摸了？"这其实是一种健康的劳动"调味"，比现在的"段子"要有情调得多。

沈志荣搞成功河蚌育珠之后，水产大队的名声一下在雷甸和德清县上都挂上名了，第一件好事便是给他派了三位姑娘当他的助手，并以他为组长成立了一个珍珠培育小组，结束了他孤军作战的尴尬处境。

"你们哪，先不要忙着想珍珠怎么出来。先给我想法多摸点蚌来再说……"沈志荣下达第一道命令。

"啥？男人的事让我们去做呀？"姑娘们一听先是脸红，转而立即表示"抗议"。

沈志荣那时虽说也刚结婚没多久，但他的脑子早已被如何培育珍珠的心事一味填满，所有的神经像清水一般，啥杂念都没有。

姑娘们仍在嘀咕，大队上的其他人便有些看不惯了，凑过来半开玩笑半认真地说道："想吃鸡蛋，得有母鸡嘛！要得珍珠，就该先去摸蚌。不想摸蚌，那就自己献身也行……"

"去你的！"姑娘怒嗔道。

"哈哈哈……"于是漾上响起一片欢声笑语。这就是江南水乡的农趣，生活本身就很有"文学"意味。

其实摸蚌并非易事，首先得有水性，即要会游泳。光会游泳也不行，还得会"扎猛子"，就是潜水。河蚌虽说藏身在河滩或河底的泥沙之中，江南的河道水深也一般都在两三米，但潜下身子再把河蚌挖出来，通常情况下就得倒立身子，双手用力才可能挖出潜藏在泥沙里的河蚌。这活对小伙子们来说，并不太费力。然而姑娘们就有些费劲了，她们的妙曼身姿不易下潜，更不易倒立。但为了摸到蚌，这三个姑娘可没少练"金刚钻"的摸蚌本领。

后来沈志荣觉得仅凭这育珠小组的姑娘再拼命也有限，于是便向水产大队提出再增加七八个专门人员，队上同意了。队上同意是因为看到了当时养鱼收入越来越下降，唯一的希望是沈志荣育珠这一块可能会给队上增加收入。新进来的组员也全是女的，沈志荣将老的和新的育珠小组成员分成三个工作组：耙蚌组、插种组和养殖组。耙蚌组就是出去摸蚌，摸多少由组长定指标。任务给了这些女人，女人们就回去找自己的老公，于是雷甸便出现了第一批"夫妻摸蚌队"，他们划船到德清和德清之外的嘉兴、嘉善等河荡，一摸就是十天半个月才回乡一次。"那个时候天已凉了，11月、12月了，但是大家为了给珍珠养殖场多摸些蚌回来，还是坚持下水……确实精神可贵。"沈志荣对当年与自己一起创业的水产大队的"摸蚌队"有很深的感激之情。

不几天，"摸蚌队"的战果斐然，放在沈志荣面前的河蚌已是小山似的一大堆。"厉害！厉害哟！"沈志荣欣喜万分。

女人也能摸蚌，摸蚌水平不比男人差的经验也是从雷甸、从沈志荣的育珠小组发迹的。

男女同工在当时的"农业学大寨"高潮中随处可见，就在沈志荣准备甩开膀子大干一场时，省上的专家队说也要到雷甸来进行"工农结合"，"共同研究河蚌育珍珠技术"。沈志荣一打听，来者是省淡水研究所的"河蚌研究"小组成员。

"人家是正儿八经的大专家！你得跟人家搞好关系哟。"刚刚生下第一个儿子的妻子在枕头边叮嘱沈志荣。

"那还用说！我是土八路出身，连小学都没上完，人家省城来的专家，我做梦拜他们为师都没机会呢！"沈志荣一把搂住妻子，笑声透出被窝——他是真高兴。因为土生土长的育珠人沈志荣虽然培育出了第一批珍珠，但还有许多问题他仍然"一知半解"，或者已知而不会"解释"。

有实践经验而不知理论上如何表达，沈志荣当时面临的就是这样的窘境。省专家来了，他不高兴才怪。而一般情况下，省级专家跑到生产大队来与你"共同研究"一类的事情，几乎不太可能发生。

天上掉馅饼的好事，给沈志荣遇上了。

专家到队的第一天，就给沈志荣上了深刻的一课："小沈啊，你那二十几只育出珠子的河蚌有记录吗？"

沈志荣瞪圆了两眼，一愣："啥记录？"

专家也愣了："你搞的育珠是科研工作，没有记录呀？"

沈志荣沉默，自愧。

专家叹了口气，像是喃喃自语："也不能怪谁呀，农民嘛！"随后，专家缓了一口气，变了一个语调，道："不管怎么说，是你小沈第一个把珍珠培育出来了！这就很不简单了。但按照我们搞科研的基本要求，二十几只河蚌培育出珍珠还不能说这项技术就成功了。我们还要对你以前的育珠技术和河蚌的整个生长期进行一一观察、分析，一直到总结出规律和经验来，所以从现在开始我们要对你所有的育珠过程进行记录……"

沈志荣连连点头："好的呀！我们一定按照专家师傅们的要求严格落实好……"

专家笑了，拍拍"小沈"的肩膀，道："我们是来与你们共同研究的，也是领导交给的一项重要任务，还得依靠你小沈嘛！"

"不敢不敢，我向专家师傅们学习！"那一天，沈志荣突然感觉自己确实在"科研"方面几乎等于白纸一张，你瞧瞧人家专家们是怎么干的——

首先对研究的项目，要有个方向和目标，这方向和目标的规定本身就是一个非常严谨的可行性报告和研究性思考；然后就是研究的实施和步骤，每个实施方案都要一是一、二是二，至于步骤，更需要一清二楚，而且一旦情况有变，还需要至少一至多个预案措施……专家的这些"纸上谈兵"，让沈志荣大开眼界：原来科研就是这么有"学问"啊！

把白天看到的事情回家跟妻子一说，俩人在被窝里又一次乐坏了：你说我们"老农民"玩个啥事情嘛！人家这才叫学问和技术，我们那叫"瞎弄"！

"话也不能这么说，你'瞎弄'就弄出了名堂！他们那么多人'研究'，怎么'研究'来'研究'去，就没弄出珍珠来呀？"妻子有些不服道。

"这个……这个我也没弄明白到底咋回事嘛！"这回轮到沈志荣笑了。

然而"科学"就那么怪，既不像书本上那么死板，也不是糊弄几下就能成事！按省里的专家们是一套"章法"，沈志荣靠自己琢磨的又是一套"窍门"，到底哪个更管用、更符合科学，还得靠实践来检验——哲学上这么说，毛泽东也是这么说的，因为辩证唯物主义坚持的就是这个真理。

专家来队上指导，沈志荣确实打心眼里认为是"百年一遇"的大好事。如果没有他们的指导，沈志荣也许到现在也不知道搞科学讲究"章法"，而没有"章法"和"规矩"的成果即使再伟大，或许就是上不了台面。"欧诗漫企业文化能有今天这个样，跟当初从专家那里学到的严谨的工作作风和科学规范的工作方法有着相当大的关系。"沈志荣毫不隐讳道。

但在如何育珠的科学征程上，专家和沈志荣又有那么多不同的见解与矛盾，这让身为一介农民的沈志荣十分尴尬和无奈：退，意味着前功尽弃；进，需要逆风而行，既要勇气，还要被人误解。

一度，沈志荣被推到了风口浪尖，甚至差点丧失继续育珠的事业。

问题出在如何给河蚌插种的技术问题上。现在一般的育珠人都知道，培育淡水无核珍珠的常用方法，是将细胞切片移植到另一个河蚌的外套膜结缔组织内，且对细胞切片的损伤越小越好，但当年的专家却有另外的见解，沈志荣看到他们的方法形成的珍珠质量也非理想，于是提出了自己不同的看法。

"你有啥理论根据？"专家们的目光聚到沈志荣身上。因为专家们认为，珍珠的大小与质量好坏，取决于外表皮细胞片的厚薄，同时还与细胞片是长方形还是正方形有关。由此专家延伸出一个结论：河蚌的外套膜细胞皮层越薄越好，植入方形的外表皮，这样培育出的珍珠才会圆润粒大。

沈志荣眨了眨眼睛，摇摇头，又直了直脖子，说："反正我认为你们所说的珍珠要大就得放入方形薄切片没有道理，也……没有啥科学依据！"

"嘿，你小沈同志！你倒给说说清楚，我们哪点没有科学依据？"

几位专家的脸上挂不住了，一哄而起责问沈志荣。

"反正……反正我觉得以前不是这么做的。"沈志荣涨红着脸，直着脖子，不服地嘀咕道，因为更多的道理他也说不清。

"喊，'反正'可不是啥好道理！既然你说不出一二三来，就是蛮干！"

"啥蛮干了？蛮干了咋就把珍珠弄成了？"沈志荣一听，更加不服，干脆直接反驳起专家来。

"看看，这人也太骄傲了吧！"很快，有人把沈志荣的"问题"反映到了大队支部书记那里。于是大队支部书记就找到了沈志荣。

一顶不大不小的"骄傲"帽子，很不客气地扣在了沈志荣的头上。不要小看了这样的批评和这样一顶非正式的帽子，如果你了解当时的环境和政治背景，你就会知道它可不是一般的分量：它足可以扼制一个雄心勃勃的想法和一件轰轰烈烈的事。好在沈志荣并非身处在知识分子成堆的地方，而是清一色的农民兄弟姐妹扎堆的"广阔天地"，因此他仍可我行我素。再说，大队已经尝到过沈志荣成功培育珍珠的甜头，用一些社员的话说，"小沈有骄傲的资本"。更何况，那些心底里不怎么瞧得起农民的"专家们"也不是每天在"广阔天地"里待着的，他们也仅仅是隔三岔五地来雷甸与沈志荣"交流"和"指导"相关的育珠技术。

沈志荣心想：你们非得让我讲出"道道"，我本来就没啥"道道"，我只凭自己的经验和想法去闯一闯，而且就是要给你们（指专家）看一看！

大凡能干成大业的人，都是些有"想法"的人，而且通常都有比较强的个性。沈志荣属于这样的人，他一旦认准的路子，用他自己的话说，就是"几头牛都牵不回"。之后，沈志荣就不声不响地照着自己的想法开始了又一次"攻关"……"这应该是1970年6月左右的事。我就开始按照我琢磨的想法实验起来，培育了一批珍珠……其实方法并不那么神秘，我是采用了笨办法：河蚌不是有两叶壁面嘛！我在一面蚌壁上的植珠办法用的是专家们所说的，另一面蚌壁上是用我自己的办法，这样不就可以检验出到底哪种方法更好嘛！所以我就用这种类比进行实验。但是哪种好，只能看结果。因此一直到了10月份，有一天我小心翼翼地剖开几只实验性的河蚌一看，心里就彻底踏实了，因为用我的方法培植出的珍珠比用专家们的方法培植出的珍珠，无论是成珠率还是个头、圆润程度、光泽等，都超过了……"沈志荣回忆说。

其实，沈志荣的方法也非"瞎弄"，从后来的成功实验获得的总结材料也证明他的那套"没有说出来的经验"亦充满了科学道理。他具体的操作方法是：把开口器插入育珠蚌的两壳之间，将双壳撑开到一定宽度，插入木塞加以固定，再用开口针在育珠蚌结缔组织上横向开口。接着，便将从植片母贝外套膜切下的长方形细胞小片沿通道送入。切片既不能植入太深，也不能太浅；太深会拉大小片的距离，减少插片数量，同时还会形成贴壳珠，影响质量；太浅了切片容易掉出，且容易沾污染物，形成污珠或乌珠。同时也不能损伤母贝的内脏器官……如此这般地将每一道工序做得精细准确。

这是一次飞跃性的成功！那些曾经怀疑和说沈志荣"骄傲"的专家们听说沈志荣用自己的方法成功培育出了理想的珍珠后，赶紧来到雷甸看个究竟。

事实上，沈志荣在1971年通过这样的探索和实验，并于次年成功地攻克了有别于叶金扬附壳（佛像）珍珠的象形珍珠养殖技术，实现了在河蚌内培育出游离佛像珍珠及附壳象形珍珠，这使得已经有800多年的叶金扬育珠技艺，获得了全新的提升与飞跃！这应当是中国人又一次创造的淡水培育珍珠的一项伟大技艺！

"小沈，你还真了不得呀！"尽管当时人们对沈志荣们创造的育珠新工艺没有更高意义上的认识，但这回专家们看着眼前"铁证如山"的好珍珠，纷纷向沈志荣伸出大拇指。

"多剖些蚌，而且要把蚌壳打开，把幼珠计量……"专家说个"好"并没那么简单，他们要按照科学实验的程序，对沈志荣的育珠新方法进行一一检验，于是先后打开了30多只珠蚌，随后将这些蚌内的幼珠取出过秤计量，最后得出结论：沈志荣的育珠方法对头，可以推广试验面。

专家的意见就是管用。浙江省有关部门立即发文通报，要求正在开展人工育珠的单位马上纠正以前的做法，重新推广沈志荣的新方法。"通报"文件也到了德清和雷甸，立即引起上上下下的热议。"小沈"的知名度又一下上了"屋檐"。"你这'无法无天'还真弄出名堂了啊！恭喜恭喜！"生产大队的支书脸上堆满了笑容，跑到沈志荣面前，连声夸奖，随后又说，"小沈啊，以后育珠的事上，你只要说一声，我们全听你的。你想怎么干，队里全力支持！"

"哎！"沈志荣笑得满脸灿烂——这回他是真开心！

此时的沈志荣，也不再是以往那个成天低着头、埋头琢磨事的"小沈"了，放在他面前的已经是个无限广阔的天地。然而，天广地阔，也让沈志荣有些不知所措：搞人工培育珍珠，有了些方向，但一旦想"甩开手"来大干一场时，却发现根本不太可能。为什么？

"哪有那么多蚌嘛！"沈志荣说。

没有母鸡，何来多生鸡蛋？沈志荣碰到了一个难题，一个看似很难逾越的高门槛。前文已有陈述，全世界河海中的各种蚌类很多，但能够产珠的蚌并不多，尤其是在湖塘江河之中，沈志荣发现只有两种河蚌可以比较好地做母蚌，它们分别是鸡冠蚌和三角蚌。而在这两种河蚌中，后者又比前者更适合育珠。

"当时我们碰到了一个根本想不到的难题：蚌在哪里？"几十年后的今天，沈志荣说起此事，两眼仍然瞪得溜圆。

江南水乡，到处是江河湖泊、漾塘水溪，育珠之蚌还不够？

"不够！开始规模性人工培育珍珠后，母蚌差远去了！"沈志荣说，"而且当时以我们人工培育珍珠的技术水平，大约150只河蚌养殖两年多才能育出1斤珍珠。别看我们是江南水乡，水面也很多，但在水产品中，蚌类都是野生的，所以数量并不多，如果摸蚌的窍门掌握得差一点的人，一天其实摸不到多少只蚌。这么一算，你想想看：如果我们想培育1斤珍珠出来，得花多少劳力成本？尽管那时劳动成本不太讲究，但要想把人工珍珠培育做大，用现在的话来说，形成一个靠它来脱贫致富的产业，实在太遥远了！"

有育珠技术，却没有那么多母蚌，等于"无米之炊"。沈志荣急得直跺脚：这、这怎么弄嘛！

"发动全队劳力，有水性的都去摸蚌！"大队支书亲自动员和发话了。

于是水产大队的干部、社员，男女老少，能出动的都出动了……但效果完全不是沈志荣所想要的，因为大伙儿费尽力气才摸到了区区几千只河蚌，会计一算成本，跟支书嚷嚷：沈志荣他搞的名堂没法"名堂"，干死大家也值不了几个钱，还不如在家养鱼捉蟹。

"队上尽力了，小沈啊，你看看怎么弄嘛！"支书为难地盯着沈志荣问。

沈志荣看着那么点儿河蚌，而且还有许多是不能做育珠蚌的，无奈摇摇头，长叹了一声，回应支书："看来靠摸蚌是不行的，得自己想法把蚌先培育出来。"

"育蚌……你行吗？"一双双怀疑的眼睛又盯住了沈志荣。

"不行也得试试呀！要不育珠的事干不始终，也做不大。"沈志荣回答。

"那……还是那句话：你只要成功，队上绝对放手让你去做。"支书拍着胸脯说。

"谢谢支书支持。"沈志荣真心感激队领导的这份心，然而他却把自己逼到了一条"不归之路"：如果能把蚌种培育成功，那他就可以继续他的人工珍珠培育大业；倘若育蚌失败，沈志荣也就再无酬志之处！

怎么办？育珠之路刚刚起步，前面却又竖起一座更高的育蚌之峰需要他去攀登……

明月盈舞，长夜漫漫。沈志荣又开始在夜深人静时睁着眼睛做梦了，而且是越做越让他心惊肉跳：这珍珠没有河蚌不行，没有河蚌又何来珍珠？这育珠好比天上摘星星，养蚌又跟海底揽月不相上下吧？

蚌，水族贝科类水生物。古代神医大师李时珍早有妙语形容：蚌类甚繁，今处处江湖中有之，惟洞庭、汉沔独多。大者长七寸，状如牡蛎辈；小者长三四寸，状如石决明辈。其肉可食，其壳可为粉。湖沔人皆印成锭市之，谓之蚌粉，亦曰蛤粉。古人谓之蜃灰，以饰墙壁，圉墓圹，如今用锻石也。一句话：好蚌浑身是宝。然而，蚌在水生物中，既不像群鱼活泛与繁荣，也不像龟蛙出没频繁，属于那种深藏于水底泥沙之中的羞涩之物，用人话来形容，蚌是属于生活中比较低调又蛮认死理的水生物。早在古西汉的《战国策》中就讲到一则童话式的故事："蚌方出曝，而鹬啄其肉，蚌合而钳其喙。鹬曰：'今日不雨，明日不雨，即有死蚌。'蚌亦曰：'今日不雨，明日不雨，即有死鹬。'两者不肯相舍，渔者得而并禽之。"这就是著名的成语"鹬蚌相争，渔翁得利"的出处。

沈志荣琢磨的是：欲想获好珠，必先育好蚌。无蚌说珠，等于篮子揽月，一场空。沈志荣又想：世界万物，有些道理是一样的，比如健康美丽的女人，生出的儿女肯定也是活泼健壮又可爱的好娃娃。据此理，珍珠母蚌必须找那种能产好珠、产大珠之蚌。什么样的蚌产的珠又多又好？鸡冠蚌和三角蚌。而这两种河蚌中，后者又更胜一筹。

亘古至今，世界上有一个规律从没改变过：好的，总稀贵。河蚌也一样。鸡冠蚌的培育，沈志荣没有用多少时间就弄成功了。可人工繁殖三角蚌却费了他大力——整整五个春秋！

沈志荣所说的"三角蚌"，学名叫"三角帆蚌"，英文名：Hyriopsis

cumingii。它是淡水双壳类河蚌，分布于湖南、湖北、安徽、江苏、浙江、江西等省。这种河蚌壳大而扁平，壳面黑色或棕褐色，厚而坚硬，长近20厘米，后背缘向上伸出一帆状后翼，使蚌形呈三角状。后背脊有数条由结节突起组成的斜行粗肋。珍珠层厚，光泽强，所以沈志荣在前期的人工珍珠培育中发现，三角帆蚌培育出的珍珠不仅个头大，且光泽异常之美，为其他河蚌所不及。

但是，沈志荣发现，这种珍珠母蚌在他家乡雷甸和德清一带的江湖里却并不太多。因为不多，就必须人工繁殖，方可满足人工培育珍珠之需要。

人工培育河蚌——三角帆蚌，其本身又是一个重大水生物科研课题。沈志荣又一次掂量了自己一番：你到底能行吗？

"我到底行吗？"他想问妻子，可实在不忍打扰妻子了，她带着两个幼子已经够操心和劳累的了。黑夜里，沈志荣轻轻为妻子和两个儿子盖好被单，独自搬了张小板凳坐在院里，仰天看着斜挂在天幕上的月亮，自言自语："月公公和月婆婆啊，你们既然把树屑带到了人间，变成了美丽的珍珠，又何不把桂花树叶一起捎到人间，变成孕育珍珠的母蚌呢？是啊，若是如此，那该多好……"婆娑的月光下，沈志荣迷迷糊糊地进入了梦乡，忽见自己变成了希腊神话中的多情而潇洒的王子帕里斯，并在德清的百漾上，与三角蚌兄弟携手演绎了一场惊天动地的育珠史诗……

"阿爹！阿爹——"突然，沈志荣被一阵熟悉的童声唤醒，当他睁开双目定神一看：原来是自己的两个儿子站立在他面前。

"阿爹你做梦在笑呢！"大儿子摇着沈志荣的胳膊说。

沈志荣这回醒了，伸出双臂，将两个儿子搂在怀里，开心一乐，说："是，阿爹做了个美梦！梦里的神仙帮我养活了好多好多的珍珠蚌！"

从屋子里出来的妻子闻得自家的爷仁兴高采烈地谈论着珍珠蚌的事，嗔了一句："我看你们哪，早晚要成蚌珠痴了！"

沈志荣的妻子没说错。当沈志荣认定必须攻克人工繁殖三角蚌后，那段时间里，他完全痴迷于三角蚌的所有知识和生长特性之中。一次又一次跑杭州的新华书店且不用多说，最主要的是他想弄明白三角蚌的生长特点和生长环境。他发现：三角蚌的栖息地很独特，不在普通的湖塘之中，即使有，也极少，都是湖塘的出水口或过水口，一般漾内或湖塘泥水里就很少。后来沈志荣光着身子一次次扎进离雷甸不远的大运河里"摸蚌"，竟然获得意外发现……

原来三角蚌是一种非常讲究生长环境的贝类水生物，它虽喜欢栖息于泥水之中，但绝对不愿意与污泥和脏臭杂物为伍，可以说是位"水中贵妇"。为了寻找这样的"水中贵妇"，沈志荣无数次扎猛子潜到数米深的大运河滩底，寻觅它的踪影。

"找到了！而且很让人意外和惊喜……因为三角蚌一般既不在水流湍急的地方，也不在死潭静水之处，而是在一些湍急拐弯与盘旋的地方。那些地方的水流既干净，又有小生物停栖，所以河蚌在那里既能生存，又能摄物，同时又保持它的贵族气质。它们通常五六只一窝地聚集在一起，不单居。"沈志荣告诉我三角蚌的生存规律，听来十分有趣。

这一发现非常重要，给梦想进行人工繁殖三角蚌的沈志荣提供了可贵的第一手资料。然而这仅仅是第一步，他还要更加细微地去了解三角蚌为何愿意生活在这样的地方等复杂的问题。于是很快沈志荣又发现，原来三角蚌作为被动摄食的动物，它必须借外界进入体内的水流所带来的食物为营养，其食物主要以小型浮游生物为主，也滤食细小的动植物碎屑，这样的水域径流处，恰好能够满足它的这种需求。

生长的规律摸清后，沈志荣还要弄明白三角蚌生殖与发育的过程，而这是人工繁殖生物最关键的环节。沈志荣借助于书本知识和通过相当长一段时间的亲自潜水观察，他了解到三角蚌这位"水中贵妇"的生殖与繁殖规律：每年4—5月，当天气晴暖，水温稳定在18摄氏度左右时，成熟的雌雄蚌生殖腺，便慢慢地变得饱满、成熟。雌蚌的生殖腺由淡黄色变成橘黄色，表明性腺成熟，受精孔紧贴于卵膜，遇精子即受精。一只雌性三角帆蚌怀卵量达 40—50 万粒。母蚌的生殖腺逐次成熟，有多次排卵的习性。雌性三角帆蚌在繁殖季节排卵为 5—8 次。因此，在人工养殖蚌时，可多次采集钩介幼虫。母蚌的成熟卵经生殖孔排出附在外鳃瓣上，此时雄性成熟精子随水流从雌蚌的入水管进入外鳃瓣与卵子结合形成受精卵。那些受精的卵经过 1 个月左右的发育后，变成钩介幼虫又从母蚌的体内排出，遇到鱼类后，利用其足丝和钩齿牢牢地抓住鱼体，在鱼身上寄生生活，根据温度的不同，需经 7—15 天后可发育成稚蚌，从鱼体脱落沉入水底，开始幼蚌的独立生长。那些离开母体的钩介幼虫，遇到合适的鱼体即以足丝及壳钩附着鱼鳃上，暂时寄生生活。在寄生阶段，鱼体分泌黏液形成胞囊，把钩介幼虫包住；幼虫吸收鱼体的营养而发育变态，最后破囊而落入水底进行自由的底栖生活。幼蚌出现了成体所具的胃、闭壳肌、肠管、斧足等器官，形态上已具蚌形，钩介幼虫所特有的足丝和钩均消失……独立生长的幼蚌就开始了它的"蚌生时代"。

20 世纪 70 年代，沈志荣研究三角帆蚌人工繁殖自繁自育的场景

读到这里，你真以为你也能育蚌了？你以为就拥有了可以培育珍珠的河蚌——那个沈志荣看准的三角帆蚌了？错！天底下的事如果都是这么简单的话，书本真的会太值钱了。事实并非如此。

一向"无法无天"搞人工养殖的沈志荣这回遇到的问题，其实远比当初扒开河蚌给它"塞"上几块东西，再放到水里慢慢看它能不能长珍珠要艰难和复杂得多：首先是鉴别雌雄蚌。

"蚌有雌雄一说吗？"这一问题对我这样从小生活在江南水乡的人来说，也是头一回听说。

沈志荣笑了，说："当然。否则就不会有河蚌的繁殖。"

"蚌的外观千篇一律，几乎一模一样，怎么分辨雌雄？"我又提了一个比较"傻"的问题。

"要把蚌壳打开才能分得雌雄。"沈志荣又很专业地告诉我，幼蚌不太好分，但成熟后的雌雄蚌是可以清晰地分辨出两者的。比如，雄蚌性成熟时，性腺呈白色，针刺可流出白色浆液；雌蚌性腺则呈黄色，针刺后可流出颗粒状物。再简便的方法是看鳃丝，雌蚌鳃丝排列细密，沟纹不明显，淡褐色，不透明；雄蚌则排列稀疏，仅为雌蚌的一半左右，沟纹明显，淡黄色，透明状。

"有蚌在手，方能见得。"

"是是。"

与沈志荣的对话之间，可以学到不少知识。然而沈志荣当年人工培育河蚌却属于无师自通。"关键问题，是把书本上的知识，变成成功的实践并获得理想的结果，这个难度让我尝到了啥是科学、啥是科学成果……它们之间有时差之毫发，可能谬之千里，真的是这样。"其实，沈志荣可以称为一名农业水产科学家，他在人工珍珠和河蚌养殖中的科学贡献并不亚于哪一位同行中的科学院士，只是有些人总喜欢戴着有色眼镜看待我们这位从没有离开过那片带着水腥味的德清水乡的"珍珠人"而已。

如同最初培育出那 40 颗人工珍珠一样，沈志荣开始的人工繁殖三角蚌的所有方法，都很土，土得不能再土——

他先要摸来雌雄蚌，并且是看上去比较健康的蚌。这得潜到大运河底的那些三角蚌比较喜欢的地方去把它们摸上岸，然后好好养在竹箩里。这并不算复杂，但这很重要。沈志荣先前没有丝毫人工培育河蚌的经验，但他深谙一个道理：好男女生好儿孙，蚌难道不是这个理？既然天下都是这个理，那就必须挑选好雌雄蚌，然后再看它们能不能合欢交媾……

培育河蚌需要干净而又潺潺流动之水，但仍需水中有一定的微生物，水温在 20 摄氏度左右，而后将几对雌雄蚌同时放置在一起——此刻的沈志荣完全将自己扮演成一位温存而细心的"助产婆"的角色。

没有错。沈志荣把书本上有关人工繁殖河蚌的那几十行字一个一个地烙在脑海中，又每每"领"出来放在他的实验现场一一对应，最后到了滚瓜烂熟、倒背如流、一字不错的地步。

观察和弄清雌雄蚌在人为设置的环境下，完成成功的自然而幸福的交媾过程，需要一个多月时间。那些日子里，沈志荣的心思急切而焦虑，因为河蚌的受孕过程并非轰轰烈烈，相反是在无声无息的潺潺水流声中完成的……而且微妙和奇妙的程度，人的肉眼不易看到，更不可能以人的心理去感受雌雄蚌它们之间那传宗接代的伟大过程。

连摘星星的胆识和勇气都具备的沈志荣，此时在面对小小的、十分温和而不动声色的雌雄河蚌之间的这种交媾与受精过程时，他变得无能为力。"只得顺其自然。"沈志荣笑言自己在雌雄蚌的"幸福时刻"的心境。是的，既然河蚌是大自然界的生殖繁荣之物，顺其自然是对它们最好的保护。

孟子曰："尽其心者，知其性也。知其性者，则知天矣。存其心，养其性，所以事天也。"意思是说，人的一生要想干成大事，必须顺其天意，此处的"天意"，孟子的话，其实在很大程度上讲的是人需要按照自然规律办事，顺应大自然。沈志荣并没有读过孟子的书，但他从小从奶奶和母亲那里获知了一些做人的基本道理：天底下的有些事情不能"扭着脖子"干，那样只能越来越糟糕。

但任何一项科学发现和科学实验又几乎都是前人没有做过的事。大自然的环境与室内的实验环境有很大不同。比如沈志荣摸索到了三角蚌的生活规律是离不开活水。可仅凭活水，三角蚌也不会自生自灭，活水仅仅是它的生活环境的要素之一。它喜欢栖息在有泥土的河床坑洼里，这是沈志荣一次次潜入运河底在三角蚌栖息处发现的"秘密"。既然三角蚌喜欢在一定的河床坑洼里生活，那泥沙沉积物的土壤里是否有特殊微生物令河蚌格外喜欢呢？

"扑通！"又是一个猛子扎到河床底，沈志荣再次潜入三角蚌栖息处，抓起一撮泥巴，然后跑到杭州的省农业科学院土壤研究所，请专家化验。结果：土壤与三角河蚌生活栖息环境没有实质性的关联。这是怎么回事？沈志荣有些崩溃。

但沈志荣在这些"未知数"面前并没有退缩和萎靡，因为凭他"渔民"出身的经验认定：无论何种珍珠母蚌，有些生活条件是必需的。比如活水，活水就能让像三角蚌这样的"水中贵族"保持一种生长的"优越性"，同时还必须有相对养尊处优的微生物的保证，即水可流动，但也不能太清，污秽积朽是绝对不能有的，因为有臭味的泥水里，绝对滋润不出高贵的珍珠……

似乎有许多现象是矛盾的：三角蚌的生活习性既要保持流动的水环境，同时又要必需的小生物流经到它的身边以供它"就餐"。人工繁殖幼三角蚌，这些问题的解决是当务之急。于是沈志荣琢磨给"怀孕"的母三角蚌寻找合适而温馨的孕期、产卵及幼卵生长的"温床"——一只只用竹网编织成的网箱，它既让水流动，又能让母蚌放置在其中不"逃走"，同时还能让沈志荣随时观察其变化，包括为其送"食"……但还是让沈志荣绞尽脑汁的是，到底在什么情况下能保证幼蚌有个良好的生长环境，或者说他所想象的设计环境与大自然的环境是否能达到一致，从而让那些万千幼蚌健康成长？

这一难题让沈志荣苦苦思索，他想了许多办法。"因为我们当时是在最原始的条件下进行的人工繁殖河蚌，一只母蚌能够产下数十万头幼卵，也就是有数十万头靠肉眼根本看不见的小幼蚌产出来，产出来的这些幼蚌，你得让其活下来，而后再慢慢养大。这过程比我女人生孩子还要复杂不知多少倍！而我们完全是在几个竹网箱里来完成，没有最起码的显微镜，只有一根水银温度计，其他的全凭渔民的经验与感觉，所以在这种情形下进行河蚌的人工繁殖，最初的现场你根本猜不出会是什么结果！"

上面已经说到，从蚌卵即钩介幼虫变成幼蚌的过程很奇特，它必须依附在其他的鱼鳃上才能成活，而且附着在什么样的鱼鳃上也特别讲究。因为太大的鱼，它游弋活动的时候动作太大又猛烈，母蚌那弱小的钩介幼虫无法依附其身，会消失在"茫茫水海"之中而死亡。体弱幼小的钩介幼虫也不能依附在青鱼这样的鱼身上，因为青鱼平时的主要生活区在深水之中，那里的温度偏低，柔弱的钩介幼虫又经不起低温折磨。"所以我们选择了性情比较温和的鲢鱼，而且是幼鲢，钩介幼虫适合寄生于这种小鲢鱼的鳃角上……"沈志荣说。

说得简单，然而是否能让看不见、摸不着的万千钩介幼虫准确无误地落附在小鲢鳃上，这得看沈志荣的运气了。

那是在一个特别简陋的水产大队的仓库里完成的这一幕惊心动魄的幼蚌生命的"诞生大片"——但它又几乎静得还不如闹钟走针的声响大。这惊心动魄的"大片"，其实只是在沈志荣的心里才有的如此波澜壮阔的情形……那间没有空调、没有低温设备的水产大队的仓库内，除了水温确保 20 摄氏度左右外，沈志荣则在里面忙碌得每天都是一身汗水。妻子奇怪地问他天天到底在忙碌些啥，他便耸耸肩笑言："看河蚌'生孩子'！"

"它们'生孩子'还要你那么费劲费力？"妻子不解。

"哎，这你有所不知，那家伙'生孩子'，一生就是几千几万，稍不留意，说不准'全军覆没'，岂不太可惜、太可怜呀！"沈志荣说。

妻子便跟着紧张起来："噢，原来还这样让人心惊肉跳的呀！"

沈志荣便竖起脖子，道："要不我咋天天一身汗臭味呢！"

"行了行了，你以前是'珠痴'，现在又成为'蚌痴'，我这辈子算拿你没啥法子了！"

沈志荣一把将年轻的妻子搂在怀里，感激道："你给了我几样最珍贵的东西，才让我在养蚌、育珠上有了坚强的后盾。"

妻子好奇地问："我给了你啥宝贝东西？"

沈志荣道："为我生的两个儿子和你对我的一片真心真情呀！"

妻子听后，幸福地笑了，将头紧紧地贴在丈夫的胸前……

一个又一个这样幸福美满的日子，让为幼蚌生长苦恼不堪的沈志荣仿佛每天从温暖的家里和亲人那里获得了无穷耐心与耐力。

现在他要解决两个难题：一是那些依附在鱼鳃上的小幼蚌到底会飘落到哪种水域环境中，这对大面积人工育蚌至关重要；其二是从大自然的江河到竹网箱的小容器，鱼儿、蚌儿的生长环境中不可或缺的一样东西，那便是这些水生物所需的氧气。流动的江水中有足够供鱼蚌呼吸的氧气，然而沈志荣把鱼苗蚌苗放进仓库内的竹箱容器内，便缺了这要它们命的氧气。两个关键问题需要沈志荣解决。不解决，就别"玩"人工养蚌育珠大业。

我们先说后面一个解决氧气的问题。这样的问题如果按现在的社会发展技术条件来看，小学生听了这般事也会笑出声。但在50多年前沈志荣年轻时的那个年代，尤其是在他生活的农村，给水生物解决缺氧的问题还真一时难倒了他。

"这个并不复杂，你只要用两口缸，一口大的，一口小的，大的缸里盛满水后，用一根细管往小的缸里灌流，便在那口小缸里产生氧气了！"沈志荣专门去了一趟杭州，向省农科院专家请教了一番，便明白了"制氧"的土办法。

那时像德清这样的地方，物资也很匮乏。沈志荣从江苏宜兴那里买回一大一小两口瓷缸，回来做育蚌的水箱。那个时候一个小小的问题，可能就会把沈志荣难住了。比如水从大缸流到小缸，必须通过一根细管子，而连接管子的两头得在大小缸壁上凿出两个洞来。怎么凿呀？锤子砸肯定不行，专业凿具又没有。沈志荣找不到这方面的工匠和专家，最后只能自己动手。无奈中，沈志荣想起了自己在小学课本上读到的司马光砸缸的故事，于是就找来一把小铁锤，不轻不重地敲打起那口大一点的瓷缸壁底……几个小时之后，一个拳头大小的洞被凿了出来。再把从杭州买来的一根塑料管子塞在洞口，并粘糊好后，大缸内的水流就这样"哗哗"地流淌到那只放在下面的小缸之中，连接小缸口的塑料管口要相对小些，这样靠压力流入的水，便会发出"咝咝"作响的流动声，氧气就在这时产生……

"行了行了！我们又胜利啦！"与沈志荣一起工作的几位姑娘兴奋地喊了起来。

沈志荣也高兴，但他想到这氧气对缸里的鱼苗和蚌钩介幼虫来说，就是生命线，一旦断上三五分钟，所有呕心沥血过来的鱼苗与蚌苗，全都会"一命呜呼"。"所以从现在开始，我们几个人都要轮番值班。"沈志荣第一次正式发号施令。

4个人，分为两班，每班 12 小时，半夜 12 点钟换班，以确保塑料管子内的水始终保持"咝咝"的流水速度，流水过急和过慢都会出现问题。沈志荣是个非常细致的人，就是这样的小事他也会做得"服服帖帖"——这话我们南方人都会理解，那就是十分到位的意思。

沈志荣的这些育蚌环节看起来很简单，其实包含着自然界那些幼小生物成长的关键条件，尤其是水生物的人工培育。氧气问题解决之后，沈志荣关注的是附着在鱼鳃上的小幼蚌到底会飘落在何种条件下的"地"……这又是沈志荣关注的一个根本点。因为前面已经讲到，三角蚌的栖息地与其他河蚌不太一样，作为"水中贵族"的三角蚌，极其稀少，就是因它的生存环境非同一般，不是所有的地方都适合于它幼年时期的生长。所以沈志荣特意在放置了已附上钩介幼虫的小鱼的容器内，分别安设了6块不同条件的小方格，它们有的是放上了泥沙，有的则什么都没放，有的则放了桑树与泥土的混合物……

"最后发现，那些什么都没放的薄土层上反而有36只小河蚌苗，其他的都没有。这证明，小三角幼蚌适合在无土无泥无杂物的环境下生存。"一个多月后，沈志荣终于找到了一种适合于小三角幼蚌的生存环境。这一发现，对人工培育河蚌具有关键性意义，沈志荣为此兴奋不已。

这36只三角蚌幼苗，对沈志荣来说，意义非凡。"从现在开始，我们要成批培育小蚌了！大家一定要严格按照我说的去做，不能有半点马虎。"1975年，沈志荣开始放手大干了，他一共做了6只网箱，按照上面的培育方法，将数万只小幼蚌放入其中进行培育。

"结果那些小幼蚌长得非常快，而且十分有趣……"沈志荣给我描述道，"开始用肉眼是看不到它们的，等稍稍长大一点后就可以看得见它们是啥样了。我们就一天一天地看它们长大，等长到指甲板那么大的时候，就不能再放在原来的网箱里了，必须放到江河中去。但马上又来麻烦了……你问啥麻烦？麻烦太大了！"沈志荣瞪着一对有神的大眼睛跟我说，看得出，那神情里藏着万千奇妙的育蚌秘密。

"你可不知，那几万只小蚌苗苗有意思极了，它们都在拼命地争着长大……但有一天我突然发现坏事了！"沈志荣像讲一个传奇故事似的给我比画道，"大千世界里，小小生物之间也有残酷的厮杀：我们的几万只小幼蚌遇到了一群小螃蟹！它们要吃小幼蚌，而且一吃起来，就是吃掉一大片！"

"这怎么办？"我跟着紧张起来，好像是发生了世界大战一般。

"我们赶紧把放置小幼蚌的网箱往上拉……可小螃蟹也厉害，它们也往上爬，然后再通吃一遍！"沈志荣长叹一声，如拿破仑遇上了一次滑铁卢战役。

"其实后来我们还是留下了第一批蚌苗多达8万只……可以说都是从小螃蟹嘴里抢回来的！"沈志荣说。

这是1975年的事。1975年沈志荣已经成功地实现了人工培育三角蚌。第二年的1976年，他培育的人工小三角蚌多达200万只，一跃成为全国第一名。其实这个数量也超过了当时的日本，只是当时沈志荣还并不知道，那时国门尚未打开。

小蚌多了，养育又是一个问题：没有那么多网箱。"可又不舍得丢掉，因为后一步做人工珍珠还缺它不可。怎么办呢？我们就想出一个绝招：在小蚌的外壳沿上钻个小洞，再用细绳子把它们穿起来，然后再放到江河里养育……"沈志荣以为这就可以"万事大吉"，哪知新问题又来了：一串串小蚌放到水域的大环境里，就遇上了"天敌"大青鱼……

"大青鱼在淡水里可是厉害一族，小鱼小虾它是通吃，小幼蚌也不例外。它见了那么多穿在一起的小蚌，张开大嘴，呼呼地一吃就是一大串，这下就像咬在我心口上一样，急得我直喊老天爷'救命'，可老天爷根本不应我呀！"

哈哈哈，沈志荣还很幽默。

无奈，大青鱼也是沈志荣渔业大队的"贵族"之一，得靠它支撑着"渔业生产"的某些标志性的生产指标呢！沈志荣只得给小三角河蚌另寻出路——重新放置在网笼里养育。

但放在网笼内也有问题：风浪一大，许多小蚌也因为相互挤压，成了残疾蚌。不管怎么说，最后活下来的还是多数，这就足够满足沈志荣人工培育珍珠的母蚌需要了！

沈志荣自己并不知道，此时的他就像进入大战前的一位强国元

大海漾珍珠养殖场

帅，拥有着百万大军，只等统帅一声号令去夺取战役的全面胜利。这个战役，对沈志荣来说，就是他耿耿于怀的人工育珠——这是他培育河蚌的根本，养蚌只是为生产珍珠服务的。

珍珠才是沈志荣的目标，但产珠的前提是他必须拥有河蚌大军。1976 年、1977 年……那些年，沈志荣已经毫无悬念地登上了"河蚌大王"的宝座。

"这是我没有想到的，因为最初我做珍珠只是想着看能不能成功。到了 1976、1977 年之后，珍珠就成了我们水产大队父老乡亲们致富的途径，也就是说大伙儿等着靠我这边养育珍珠发财过日子呢！这个情况就完全跟最初的想法不一样了！"沈志荣自己都说后来的情况连他本人也不曾想象到。

1970 年第一次卖珍珠，数量是 2—3 斤，总共卖了 2000 多元。

其实，那几年沈志荣一边在培育人工河蚌，一边在进行人工珍珠的养殖工作，他的"科研组"也不再是那么三五个人了，而是由以姑娘们为主的几十个人形成了专门从事人工珍珠养殖的"车间"！所以雷甸渔业水产大队的珍珠养殖已成一定规模。

"那就取吧！"虽然沈志荣心里不是太愿意去把河里养殖了两年的河蚌提起来采集珍珠，但真要是卖些钱回来，对大伙也是一种鼓励，所以他同意了。

第一批从褶纹冠蚌采集的珍珠数量不多，质量也一般，就麦粒那么大小，总共也就三四斤。到底能卖多少钱，沈志荣心里也没有数。这之前他的心思全花在如何培育人工珍珠与河蚌的技术难关上，还真没有想以珠换钱的事儿。"那时珍珠其实也没有人要，只有一个地方收购，就是上海工艺品进出口公司。"沈志荣说，当时珍珠在国内市场上没有流通，也不让流通，如果有人买卖珍珠就是"投机倒把"。

带着忐忑不安之心从德清来到大上海，沈志荣怀揣水产大队的珍珠，像一名"地下工作者"似的，打听了一大圈才摸到了"上海工艺

70 年代中期的插种场景

70 年代中期珍珠采收场景

品进出口公司"。这是一家专门受国家指令从事进出口商务的专营公司。"也就是，它是受国家委托，通过出口我们国家的一些特产，换回国家紧缺的一些用于拯救人民生命的急需品。"沈志荣在这之前对上海并不陌生，因为在他很小的时候，母亲就在上海给人家当保姆，那个时候沈志荣跟着母亲来过几次上海。然而记忆中的上海，并不是他沈志荣久待的地方，甚至很排斥他。作为保姆的儿子，没有人瞧得起。但这回他不一样了，他是带着自己"种"出来的珍珠来让上海人收购的。

沈志荣抬头挺胸地走进了上海工艺品进出口公司的大门。里边的"师傅们"听说有人送来珍珠，便非常热情地接待了沈志荣。

"你这些珍珠成色不是太好，分不出大粒的，只能做统货收购……"工艺品进出口公司的师傅对沈志荣送来的珍珠看了又看，最后说。

"师傅能收购就行。"沈志荣想得没有那么细致，他一心想的是如何把这三四斤的珍珠换成现钱，回去好向大队交代。

"好。上秤！"收购师傅立即把沈志荣送来的珍珠往台式秤上一放，然后给会计写了一张小纸条。不一会儿，一沓人民币放到了沈志荣手里。

"这么多啊！2000 多块呀！"沈志荣不敢相信就那么三四斤珍珠能换得如此多的现钱。

"你这是统货，如果把它们分成几个等级，那好珠一斤的收购价就够这么多钱了！"师傅笑着对沈志荣说。

"这么贵啊？！"沈志荣一听，惊得嘴巴半天没有合拢。

"慢慢来，你那边只要有货，我们会给你好价钱的。"师傅们又说。

"有！我们种了好多好多珍珠哩！"沈志荣忙说。

"真的呀？你们德清那边都在种珍珠了呀？"师傅也第一次听到如此好消息，高兴地对沈志荣说，"你那边有多少货，我们都收购，越多越好！"

"好！回去以后我就组织人采收珍珠，再给你们送来……"

"蛮好，蛮好。一言为定。"

上海师傅的话，给了沈志荣巨大的鼓舞。尤其是当他将带回的2000多块现钱交到水产大队支部书记手上后，那支书双手托着两大摞钱票，怎么也不敢相信，连声说着："真是你卖珍珠换来的钱？怎么这么多啊！"是的，那个时候还没有大额钱票，厚厚的两大摞现钱不仅沈志荣没有见过，水产大队的支书也没有见过。而当时水产大队500多个劳力一年辛辛苦苦下来，也就15万元总收入，除了成本，到每个人手里的收入平均一年也就几十元、一二百元到顶了。

珍珠能换大钱，做珍珠能发大财的消息，自沈志荣从上海回来后，在雷甸都传开了，慢慢在整个德清传开了，又再传到周边的几个县，甚至传到了江苏、安徽和江西一带……

"有没有三角蚌啊？我们也想买点回去种珍珠呀！"一时间，前来雷甸买蚌的人络绎不绝。"哈哈，我们的蚌也值钱啦！过去三毛钱一只，现在一块钱一只，太赚了！沈志荣是我们雷甸的财神爷了！"水产大队支书和社员们兴高采烈，纷纷来到沈志荣面前说好话。

"阿弥陀佛了！你们总算不再骂我了呀！"沈志荣开玩笑道。

干部和社员们都不好意思起来，说："以前是我们大家有眼不识泰山，从今以后你只要说一声，我们就是豁出命来，也跟着你干！"

"哎哟，千万别！千万别！"沈志荣是个干事从不含糊的人，但一说到"功劳"时就躲在了别人后面。他一生只求能够为社会干出点"名堂"，只求自己在父老乡亲面前争口气。所以从最初搞珍珠到现在用珍珠给水产大队换来金山银山，他到底吃了多少苦头？怕只有沈志荣自己知道，还有他媳妇知道些……

就说这人工培育三角蚌，我在上面的叙述过程中似乎说得那么简单、容易，其实整个试验开始到成功，光时间就花了整整6年。个中之苦、之艰难，用沈志荣的话说，那可是能与大运河的江水相比，"滔滔不绝"啊！

是的，从雷甸水产大队方面讲，如果不是因为沈志荣搞人工珍珠获得成功并取得经济效益，恐怕历史上就再无雷甸这个村级行政单位了。那一年沈志荣的"珍珠事业"才刚开始，恰遇社队改制，渔业生产编制与农业社队合并成风，雷甸水产大队原本也是属于撤销单位，但就因为沈志荣的"一颗珍珠"保留了下来。当时的领导这么说："该撤的都得撤，但沈志荣的珍珠搞得很出色，有经济效益，雷甸就应该保留下来，今后说不准是我们德清的一块牌子呢！"这话后来被证实了，雷甸水产大队也就保留了下来，一直到现在仍然是当地社会主义新农村的先进集体。

但对沈志荣来说，"雷甸"从此也成为他背上的一座山，而且这座山需要他背起来。

"那些年里，身上的责任确实很重。"沈志荣回忆道，"大家把希望寄托在我身上，可我们在乡下搞人工培育珍珠，后来又搞人工三角蚌培育，哪一样都很难搞，因为我们既没有任何技术指导，又没有最基本的科研条件，全都是土法上马，而且基本都是我一个人在琢磨着往前走……俗话说摸着石头过河，我连石头都摸不到，但河还是要过的。全队的人都在看着我，后来县里、省里的人也都在看着我能不能搞出名堂来。"

"其实，对我们这些土农民和渔民来说，搞不出来没啥丢脸的，可我不一样，我是个干啥事都非常认真的人，要面子！说出口的事、已经认准的事，我一定会坚持到底，直到做成功……"沈志荣说。

他就是这样一个言行一致的人。

在三角蚌培育初期，为了给幼蚌安置个好地方，沈志荣向队上提出要在育珠室的旁边挖一块池塘作为育蚌试验场所。有人就出来说话了："又在瞎弄呀！河蚌不是在河里的嘛，怎么会在挖的塘里呢？水产大队的地本来就少，可不是给你瞎弄的。"

瞎弄？不搞试验能出来成果吗？沈志荣想反驳，但觉得没用，因为对那些鼠目寸光的人，只能用实际成果来说服他们。

沈志荣啥都不再说了，自己埋下头，又当挖掘工、又当水泥匠，劳力苦力一个人担着，谁让他是个"背山的人"嘛！

若干年过去后，沈志荣有句话这么说："登山观景的人很容易，也很开心，但背山的人就不那么简单了，只能低头，拿出所有力气、拼上老命才有可能成功。"

这是他对自己人生和事业的精辟总结。而现实生活中的他，就是这样的背山人。中国的农民、农业、农村，之所以一直受人们特别关注，是因为这"三农"在最底层，也最艰辛。但沈志荣当年所在的水产大队，又是排"三农"之后的行业，可以说是"农"之后的更"农"，因而论苦日子、苦职业，也许再也找不到其二了。

年轻时的沈志荣，本来就属于从小营养不足的穷孩子家出身，就是结婚成家后仍然瘦不啦唧。育珠养蚌，样样都是苦力，整天与水、与泥打交道。那时队上除了几叶渔网、各家各户自备几把铁锹与扁担，剩下的就是长在社员自己身上的两条腿、两条胳膊。沈志荣想干成事，就必须样样自己动手。瘦不啦唧的他，只能细活重活一个人扛着，再加上培育珍珠和河蚌又需要费力劳神，有一阵子沈志荣瘦得皮包骨。一天中午时分，他因为急着想赶工期，推着木板车在烂泥地往上爬坡时，突然眼前一黑，栽倒在泥水之中，不省人事……闻讯赶来的妻子见他被人拖到岸头的那情形，眼泪夺眶而出，使劲掐着他的人中。片刻后，沈志荣才算苏醒过来。

"没事，喝口水就好。"躺在妻子怀中的沈志荣苦笑着这样安慰妻子。

其实对沈志荣来说，体力付出仅仅是表面，最让他劳神的是在珍珠与河蚌人工繁殖试验阶段的每一件细微的工作。比如在培育三角蚌的最初几年里，沈志荣屡屡败北，而且一时又找不出原因。这让他的脑神经又一再地疼痛起来，有时整夜不能合眼，这种痛苦只有沈志荣本人知道。

什么原因呢？最后沈志荣才找到根子：是雌雄三角蚌的交配时间极其难以掌握，而且等待雌雄河蚌的"良辰"花费的时间有时甚至比等待珍珠发光的时间还要漫长。这让沈志荣真是操碎了心。

有什么办法能准确地掌握其"良辰"呢？水温？环境？还是其他什么？沈志荣一遍遍地琢磨，但仍然百思不得其解。唯一的办法就是观察，细致地观察，漫长时间中地观察……于是后来水产大队的人都发现沈志荣身上多了两样东西：一个工具箱和一个小本本。工具箱里有温度计、塑料铅笔盒和各种研究河蚌的小工具，温度计用来测试记录每天的水温与天气。日久天长，妻子和孩子们发现家里多了一堆写着密密麻麻字的小本本。

"这比钱还重要，千万别给弄脏弄丢了啊！"沈志荣特意吩咐家人。

妻子和孩子趁他不在家时，悄悄地翻开小本本看起来，原来上面差不多都是这样的内容——

×年×月×日，水温×摄氏度，天气阴，河蚌外边缘向外延伸，呈褐色……

一年中，适合河蚌植珠的时间主要看水温，如水温低于18摄氏度或高于27摄氏度，植珠后的河蚌死亡率很高，因此每年的3月下旬至6月下旬，以及9月中旬到11月上旬，是最佳时间。

三角帆蚌人工孵化对水质要求高，应具有流水、高氧的特点，以满足孵化的需要。选择母蚌以个大体壮、闭壳能力很强、贝壳完整、色泽光亮为标准。蚌龄以4—6龄为最好，每年5—7月产卵。

宿主鱼选择性温和、游泳缓慢的鱼类，其中以9—12厘米大小的鳙鱼为佳，要精心饲养管理。每日投放饲料2次，日测水温3次，即8时、12时、17时各一次，求得平均值并记录累加。

20 世纪 70 年代中期沈志荣陪同县卫生防疫站的工作人员查看大海漾珍珠养殖场

20 世纪 70 年代中期沈志荣研究如何提高珍珠质量技术

……

这样的小本本，沈志荣记下了几十本，可以说是他6年培育三角蚌、8年培育珍珠的经验和基础的全部积累，也是中国当代人工培育珍珠和繁殖河蚌最完整、最详细的科学试验第一手资料。后来，沈志荣把这些资料交给了一位上大学的徒弟，希望他能够整理出书。可惜的是，此君在搬家时给弄丢了……沈志荣对此痛心疾首，无奈只能向苍天哀号，这成了他一生的一块未解脱的心病。

这确实是个不可原谅的错误。于沈志荣，于我们国家，甚至是人类人工珍珠养殖史与河蚌繁殖科研事业，都是巨大损失。

时光向前一下推出了五六年，三角帆蚌人工繁殖获得空前成功。到1976年，沈志荣在雷甸培育出的三角帆蚌达60万只，第二年又将这个数字翻了一倍，到第三年的1978年，高达150万只。之后雷甸和德清的河蚌繁殖及珍珠蚌插种分别达到870多万只和近30万只……"这个数字我们自己当时并不知道它到底是个什么水平，而后来才知道，它都超过了原来一直位居全世界第一名的日本全国的水平。"沈志荣骄傲地告诉我。

不过，这一纪录的创造，有太多不堪回首的记忆烙在沈志荣心上，它总是像电影一样闪回在沈志荣的讲述之中——

"应该是1973年还是1974年吧，当时我一边忙着培育河蚌，一边进行人工珍珠插种和水上管理，同时还要准备前面培育的珍珠采收。"

自第一次向上海送货后，沈志荣的心头便开始有了个强烈的愿望：要为队上多卖点珍珠，让大伙看看我们种珍珠也是条"金光大道"。作家浩然写的一部长篇小说《金光大道》，在那个年代红得发紫，所以全国上下对社会主义光明前景都是用"金光大道"来比喻。那时的沈志荣，他内心也有一个光荣的梦想，就是要让他的珍珠养殖成为雷甸大队的"金光大道"。

水连天，天连水，

江南水乡风光美。

红红太阳照绿水，

青青菱儿满湖栽。

……

水连天，天连水，

采菱船儿一队队。

双双巧手采菱角，

社员个个喜开怀。

……

这是一首当年在江南水乡非常流行的《采菱歌》。已经发展到二三百人的沈志荣的"采珠队伍"，唱着这首《采菱歌》，划着小船，采收着一筐筐从水中拖起来的珍珠蚌，那欢快的歌声伴着劳动的汗水一起在江上挥洒与飘扬……这是一段特别让沈志荣得意和舒畅的岁月。因为那时的一斤好珠能卖到 2000 元左右，50 多年前的 2000 元，相当于现在的几万元哪！

"记得那一年我们一下收了 400 多斤珍珠！"沈志荣说。他与其他几个人分担挑了这 400 多斤珍珠再次来到大上海，准备卖给那个进出口公司。

"天哪！瞎了瞎了！"当沈志荣他们挑着满满的几大筐珍珠来到这家公司时，这些自以为见过大世面的上海师傅简直惊呆了。他们无论如何也不敢相信在离他们也就一二百公里的地方，竟然会出这么多人工养殖的珍珠！

"都是你们自己种的？"

"都是。"

"估计还有多少？"

70年代中期珍珠喜获丰收

"不会少于今天挑来的这么多！"

"好好，我们全收！"上海师傅喜上眉梢，一个个开心得嘴都合不拢。不过，他们给沈志荣交代了一个任务："你们得把好的挑一挑，不然吃亏的。你们的珠子质量很好，把好的挑出来可以单论价……"

那就挑吧。沈志荣心想，能给队上多卖些钱，啥事都可以干。就这样，沈志荣带着几位一起来的社员，找了家最便宜的旅店住下，这一住下就是一个多月。"那一个多月里，我和几位社员天天挑好的珍珠出来，结果大约从400多斤的统货珍珠里挑出了2/3的合格货。后来一结账，他们开出的支票上的钱数，真让我的心都快要跳来了！"沈志荣没有夸张，因为这一次不再是几千元，也不是几万元，而是几十万元……

回德清雷甸的路上，沈志荣走几步就要往胸口边的衣裳里摸一摸："我怕那张几十万元的支票丢了……"沈志荣就是这样抱着雷甸人有史以来最大的一个"梦想"，实实在在地从大上海回到了小雷甸。

# 第四章

## 日本故事

在讲述"日本故事"之前，必须交代一下沈志荣在上世纪七八十年代之前为雷甸、为德清甚至是为我们整个中国的珍珠业和河蚌养殖产业所做出的杰出贡献，而这样的贡献如果放在今天，沈志荣完全可以像女排一样，荣登新中国成立 70 周年的天安门游行队伍的彩车。或许多数人还并不知道，当时国家科委和国家农委联合为沈志荣颁发了表彰令，表彰他在"三角帆蚌人工育苗和河蚌育珠"项目中所做出的贡献。

近 40 年前的一份国家级农业科研成果奖颁发给农民加渔民的沈志荣，现在的人并不知道其分量，然而我知道。因为我知道四个现代化最初是由几颗"星星之火"燃起的，他们应当是具有标志意义的安徽小岗村的分田到户协议，这个事件是在 1978 年的初冬；还有一个是广东东莞的"三来一补"，这件事是在 1978 年 7 月。如今中国经济最强劲的苏南发展最初起步是"乡镇企业"，俗称中国"半壁江山"的乡镇企业，最初叫"社办厂""队办厂"。我是苏州常熟人，与沈志荣家乡一湖之隔（太湖），亲身感受和了解那片土地上的"半壁江山"崛起的整个过程——

现在全国上下都在说"全面建设小康社会"，最早的"小康社会"

1982年，沈志荣获国家农业委员会和国家科学技术委员会
联合颁发的三角帆蚌人工育苗和河蚌育珠突出贡献奖

提出者是邓小平同志。他在"文革"后访问日本、新加坡之后就有了
对人类"小康"社会的认识，于是在这位改革开放的总设计师心目中
有了一个伟大的梦想：中国也要实现"小康"社会，他的人民要过上
"小康"生活。

中国的"小康"如何建设？中国的"小康"是个什么样？这是小
平同志在视察苏州途中一直在思考和琢磨的。后来他到了我的老家，
看到这里的农民们住着一幢幢小楼房，听当地干部汇报农民通过"社
办厂""村办厂"获得好收入后，高兴地说：这是我们要建设的"小
康"。之后，我们才有了改革开放第一个比较具体的深入人心的奋斗
目标——2000年前建设小康社会；而后我们党又提出了第二个奋斗目
标——2020年"全面建成小康社会"。

可以看出，初心的"小康"和"小康"的基础是苏南地区农民们
自发兴起的"乡镇企业"。而我知道，在苏南地区农民们自发兴起的这

种致富的生产新形式中，也分两种情形：一种是像华西吴仁宝等成功引进上海等城市的"星期天工程师"形式，实现了队办企业的迅速发展；还有一种就是当地农民自发利用本土资源从事"非农亦农"产业，即沈志荣的模式。华西吴仁宝是农民的杰出精英，靠勤奋和智慧获得了成功，创下了"天下第一村"的奇迹，并被写入新中国发展历史教科书中。沈志荣比吴仁宝小十几岁，当太湖另一端年富力强的吴仁宝大举兴办"五金加工厂"和后来的钢铁厂之际，年仅二十来岁的沈志荣则完全依靠自己的本事，赤着脚、光着身子，在自己家门前的河塘与湖中，不时扎猛子，忽而跃出水面，忽而潜入湖底，在独自潜心琢磨珍珠和河蚌的繁殖与人工培育……老实说，相比于吴仁宝的创业模式，沈志荣选择的"农民致富"道路，几乎比任何一位"农民英模"要艰难得多，然而他们都是成功者。沈志荣的成功，在我看来是属于科学的，而且是高贵的，当然更是创造性的，并且具有世界意义，亦可作为中国乡村可以持久学习的样板和典范。

科学是什么？

革命导师马克思说，科学绝不是一种自私自利的享乐，它是用于为人类服务。大作家托尔斯泰也说过：科学的事业就是为人民服务。我们都记着邓小平关于科学的一句话：科学技术是第一生产力。在穷怕了、苦怕了的中国，创造第一生产力应该是"为人民服务"最大的贡献。沈志荣的人工珍珠养殖成功，实现的"为人民服务"可谓"完全彻底"。

雷甸作为一个水乡的渔业生产大队，再说难听一点就是一帮在水上漂流的"打鱼人"，无论他们是拿工资还是后来的拿工分，这样的身份和职业在我们江南一带绝对不是"高贵"阶层，相反可以说是垫底的一族。然而沈志荣以自己的努力，实现了人工培育珍珠和养殖河蚌的成功，使自古以来只能漂在水面上过日子、潜在水底下"神气活现"的雷甸人有了尊严，开始扬眉吐气，并且成为十里八乡，后来是全国著名的富裕村庄……这绝对是沈志荣的本事，因为只有他握着由他自己创造的人工培育珍珠和养殖河蚌的技术与经验。当然这是科学，而且是没掺任何水分的独创性农业科学技术。

科学属于全人类，科学还将有永恒的生命力。沈志荣在上世纪六七十年代创造的培育珍珠和河蚌繁殖技术，至今仍未过时，而且可以预期的是在未来百年千年的人类文明进程中，它们仍将发挥作用。这种贡献比克隆一个钢铁厂、再造十个纺织企业来换取人们一时的物质财富和改善生活条件的"经验"和"典型"不知要珍贵和伟大多少。这就是我们需要重新认识沈志荣的意义所在。

为什么又说沈志荣的贡献是高贵而又有创造性的呢？因为这个世界上有无数可以称之为"贡献"的事，比如普通劳动者的流血流汗也是一种贡献，它也很高尚；比如有人将一件极其简单的事情做得尽善尽美，它也应该是非常可贵的。然而真正让人论为高贵的贡献，那它一定是稀少和极其珍贵的，它应该是人类智慧的结晶和奋斗精神的精华，科学发明与科学创造，就具有这样的高贵性。在沈志荣研究和追求人工珍珠与河蚌繁殖的整个过程中，都凝结着这般精神品质与智慧结晶：他是农民而不是专业科技人员；他几乎是在没有任何条件的情况下进行一项项实验与试验，他有的只是漫长时间的磨砺和一次次迷茫与失败之后的继续追求和探索；他甚至只能依靠和调动自己的体力、脑力和情感，甚至肉体的全部付出，才从黑暗的摸索中见到了光明，获得了成功……因而他是高贵的，只有既高尚又可贵者才能称之为高贵。高贵在科学工作的范畴里，还必须是所有成果的创造性。沈志荣的人工珍珠培育和河蚌繁殖以及后来形成的"雷甸经验"都具有创造性，所以他是一位脚踩着泥土、衣襟上淌着水滴的高贵者，一直到今天，德清人和中国珍珠界没有人能够动摇这一点。

关于沈志荣当年创造的"雷甸经验"和"致富道路"，当然具有世界意义，首先是他在实现自己家乡摆脱贫穷的过程中，超越和赶上了珍珠产业的世界强国日本，这一意义当时并没有被国内所重视，反倒是日本和欧美国家被沈志荣的奇迹及他一手创造出来的"雷甸经验"震撼了，并且从此记住了"叶金扬第二"这个名字。

我特别在此强调了沈志荣在上世纪六七十年代创造的"雷甸经验"所走的致富道路具有世界意义，是想说一个基本观点：国与国有差别，民族与民族之间也会有更大差别，因为连一个小小的县级区域也会有三五种甚至更多的差别，但作为追求进步和追求完美的人类，都有一个共同点，那就是喜欢在努力和创造中实现自己的理想和目标。沈志荣没有读过多少书，他起家和生存的环境在江南水乡而言，也是比较差的地方，更不用说在他进行珍珠培育和繁殖河蚌时谁给过过分的条件，说句公道话：事实上连起码的条件当时都没有。然而沈志荣还是成功了。为什么？那是因为沈志荣骨子里有股不服输、坚持定能赢的意志和信心，且他始终明确奋斗的方向，同时又能因地制宜和与时俱进，不断上升自己所追求的目标。有了这种精神和意志，即使把沈志荣安放在沙漠上，他照样可以让沙海变成绿洲；倘若沈志荣在贫穷的非洲，他也照样可以让那里长出黄金；当然，如果将他放在华尔街，他沈志荣同样可以缔造比别人更强大的金融帝国……这是他骨子里的品质与精神所决定的。他的奋斗里没有跟在别人后面复制和抄袭的毛病，只有创造和创新的劲头；他所走过的艰难征程上，没有埋怨和赌气的狭隘，只有战胜困难和阻碍的一次次实践与冥思；他还有一个极其宝贵的素质，那便是从不因个别和局部的成功而满足，不做到极致、不实现超越所有同行同类时他从不言止境——其实纵观整个人类发展史，正是靠着这种精神得以向前延伸。

这也令我明白了沈志荣在今天接受我专访时，谈及人生中什么事让他印象深刻，他说了一个很意外的对手：日本。

我们暂且不去深究为何日本给沈志荣留下如此深刻的印象。我们先要跟随着珍珠的历史时光去穿越一下——当然，这肯定与德清历史上有名的"珍珠王"叶金扬有关……

然而我很快发现，现实其实是无法让人真正去穿越千年时光的，所以我尚无能力去探究中国人工珍珠创造者的先圣叶金扬，只能站在欧洲人在18、19世纪的书上就已经记录得一清二楚的德清钟管及十字港那连片的漾面上，去寻找和探索历史波纹中的某些蛛丝马迹。然漾无语，只有风在告诉我：一切都成往事，所有传说全都伴随着袅袅香火之中的烟雾飘荡而去。于是我只能面对漾面，去识别"漾"。

原来，湖州德清一带的人，把湖和塘皆称为"漾"。一个"漾"字，也恰好精确地道出了湖州人与生俱来的那种悠闲自得、小康即安、包容圆融的性格。于是，望着波光粼粼的漾面，我在遐想：12世纪的中国，正处急剧动荡年代，史上俗称的"建炎南渡"，开启了中国南宋时代。也就在华夏动荡的这个年代，中国却诞生了一位伟大的理学大师——朱熹。"学者大要立志，才学便要做圣人"，叶金扬不可能不受朱熹这位理学大师的有关"立志""力行"等思想的影响。或许正是受朱熹的"敬字工夫，乃是圣门第一义"等理学的影响，叶金扬才坚持不懈、孜孜不倦地整天整月地泡在水里，与蚌为伍，潜心钻研他发奋要实现的培育佛像珍珠的宏愿。

有关叶金扬生平及事迹，留在世上的几乎是零。如今我们所能看到与他有关的只有两样东西：一是他成功研发的佛像珍珠，二是当地人为纪念他而修建的一座千年古刹。再就是流传于世界各地的各种文献上的"叶金扬"这一名字。

这就足够了。在漫长的历史长河中，再强大的伟人也未必能有叶金扬这三点载入史册的辉煌。

作为德清叶金扬的后人，沈志荣对历史的渊源并没有太多研究，但有一点他不太明白：为什么几百年、上千年过去了，祖先叶金扬创造的中国人工珍珠培育技术反而远远落后于其他国家，尤其是落后于近邻日本国？他不明白，虽然1979年时中国远不像现在开放，不像现在坐在家里也能通晓天下事，但作为珍珠业同行，沈志荣从国家的

"进出口"的晴雨表上能够感受到日本珍珠业的强大和我国的弱小——仅是中药配方那么一点点的珍珠粉还要花大钱到日本进口，后来我们自己有了珍珠，但也多数出口到日本去换取我们急用的一点点"外汇"。更让沈志荣非常羡慕的是，他们日本的珍珠培育技术、珍珠的生产加工能力都远远高于我们，更不用说在国际上的市场占有率了，同样一斤上等的珍珠，通过日本人之手卖出的钱，高出我们几十倍，甚至上百倍！沈志荣对此既羡慕，又不服。他因而有了一个强烈的心愿：到日本去看看，看看他们到底是怎么弄的……

机会来了——1979 年国门开始徐徐打开，这得归功于邓小平的高瞻远瞩和宽阔胸怀。但那个时候出国的条件相当严格，而且基本采取的是"对等访问"，即你派一个代表团来，我再回访一个团去，人数要求特别严格，一般人很难争取到机会。作为农民的沈志荣想争取，如他妻子嘲笑他的话一样，那是对着湖面看自己，空想美事。但沈志荣这回真是有了一个连他自己都想不到的机会：前面提到的这一年春天日本先派了一个珍珠访华团到了华东一带访问，包括沈志荣老家德清的雷甸。作为回访，中国有关部门也向日本方面提出相关要求。经过两国政府协调，日方很快同意中方也派个珍珠代表团访日，人数为对等的 5 人。

这代表团中的 5 个人选是谁？不用说，有关部门早已内定，回复日方时却被提出新的要求：中方团员中必须有"沈先生"。

谁是"沈先生"？开始有关部门不知道哪位珍珠专家姓沈，查了半天，没找到一位珍珠专家是姓沈的。

"就是德清雷甸培育珍珠和繁殖河蚌最了不起的那位沈先生……"日方说。

原来是沈志荣呀！德清雷甸的农民养殖专家沈志荣呀！哈哈哈，一位中国土专家竟然让日本方面那么重视，那就让他去吧！也该扬扬我国威嘛！领导层这回很爽快地批准了沈志荣出访日本的事宜，条件是：德清县的县委书记和县长要做沈志荣的"政治担保人"——出了问题（比如像出去后不想回来了等）都得由担保人拿乌纱帽担保。

沈志荣要出国了，仅这一消息在当时当地就成为一大新闻，有两个原因：一是一介"土专家"能够出国，开天辟地；二是证明德清雷甸"面子"大，也就是说"上面"认可他们是"珍珠之乡"。妻子特别为沈志荣准备了几件毛衣和一套西装，但沈志荣说，第一次到"洋人"的国家，要有国气，所以坚持只穿中山装。俩人为此争论了半天，结果是各带一套。临走时沈志荣和妻子做了一次深情的告别，有点像50年代参加抗美援朝的"人民志愿军"赴前线的味道。"到日本跟其他国家不一样，那时不仅组织上有要求，而且我们自己也很警惕。"沈志荣说，最主要的是不能在"资本主义"面前畏畏缩缩，短了我们志气，长了人家的威风。沈志荣说，为了提高他们的觉悟，他们出访人员提前到了北京，在那里"受教育"了半个月，当然还有像拍照、办护照等重要事宜。

第一次出国，也是第一次乘飞机，沈志荣至今印象深刻的是北京飞机场那破破烂烂的一大片长着草的像操场似的停机坪。"从候机室出去，没有车子，是一个服务员带着我们这些拖着箱子、背着行李的乘客走了一大段路才上了飞机。那个时候上飞机是通过一架从飞机上甩出来的软梯，我们都是扛着自己的行李登机的。本来北京的11月份天气已经寒风呼呼的，但这样一次登机，我们一个个累得背心里早出汗了……"40年后的2019年夏天，他接受我采访时对此次出国依然记忆犹新。

相比于北京设备落后的机场，沈志荣在日本则看到和体会到了完全不一样的"资本主义"："出机舱基本不用走路，从机舱到出机场上车的地方，差不多全是履带式的，你一踩上去，人就自己走了……"沈志荣当时好奇又紧张，因为他们几个一下飞机就忙着问"行李"怎么背、怎么拿。人家日本来接他们的人说："不用管它，你只管走，一会儿行李会送到你坐的车子上面的。"沈志荣和另外4位中国代表团成员，相互看看，不敢相信，但又不敢多问，怕丢份，可心里一直在嘀咕：要是丢了咋办？所以他们下飞机后其实特别紧张，一直到出了机场、上了接待他们的车子后发现行李真的全在他们座位旁边时，才总算放下了那颗悬在半空的心……

"就这飞机场上的一上一下，仿佛一个原始社会和一个高度现代化国家的比较，一下让我们看到了自己国家的落后，人家资本主义国家的先进。尽管大家嘴上谁也不说，可心里和眼神里都这么认为，而且惊诧得有些目瞪口呆。"沈志荣坦言，"从德清上北京后，我就觉得北京已经太了不得啦，比如那个地铁，在地下好几十米闪电一样地快跑。看北京的地铁，我就觉得首都就是伟大，于是专门出了一毛钱买了张地铁票，从北京站一直到苹果园，痛痛快快地坐了一趟，又痛痛快快地坐了个回程……但到了日本东京后一看，又觉得北京与东京相比，一个在地上，一个是天上。差距太大，大到有些事我们完全弄不明白，甚至出了许多笑话。"

沈志荣说的笑话我听了后也忍俊不禁：中国珍珠代表团 5 人被安排在东京的一个叫"新大谷"的国际大酒店下榻，豪华程度沈志荣等中国人自然都头回见。一人住一间，沈志荣觉得太浪费了，想提出来能不能两个人住一间，那样可以省一半钱嘛！而且沈志荣想起他们在北京时"组织"上给他们安排的也是两个人一间的招待所，而且是上下铺。现在人家东京的豪华大酒店一人一间，每个房间里还有两张床呢！沈志荣更认为应该是俩人住一间。他悄悄问访问团的团长，人家是上海人，相比之下见过世面，但回答沈志荣的话是：一切听人家安排。沈志荣就不再吱声了。

那就一个人一间住下吧。沈志荣带着行李进了房间，他瞅了两张漂亮、整洁的床铺半天，不知睡哪一床为好，因为两张床铺一模一样，平平整整。看上去床垫很厚，被子怎么没有呀？床垫上面似乎只有一块毛毯铺在那上面，而且绑得紧紧的，也不像是盖的，只像是垫被……难道日本人就这么睡在上面？他们不用被子？还是国际大酒店的"国际范"住宿就是这个样？沈志荣苦恼地思考了半天仍不得其解。

唉，累了，管它呢，躺上去睡一觉再说。这一夜沈志荣并没有像在家里那样脱得只剩短裤子和背心钻在被窝里睡，而是穿着长衫长棉毛裤直挺挺地睡在日本酒店的床垫毛毯上面……第一夜因为新鲜感和陌生感，加上一路远程过来，颇有些累，也就迷迷糊糊地睡了过去。但第二天一早醒来，浑身筋骨有些酸疼，感觉更疲劳了。

"哎呀，到底人家的饭店高级，睡在他们的床铺上一觉醒来就天亮了……小沈你睡得怎么样啊？"早餐时，团长一见沈志荣，就意气风发地这样问。

"好，还好还好！"沈志荣怕自己"不知好歹"，就扯了谎，说自己休息得不错。但回头他看到另一个代表团团员，显然跟他一样，没有恢复精气神儿。

"这样直挺挺地睡了一夜后，第二个晚上我就开始琢磨，左看右看床铺，觉得日本人不该是这样直挺挺地躺在上面吧？那样不是容易着凉，而且不解乏嘛！"沈志荣说，"我平时就是个爱琢磨的人，所以吃了第一夜的暗亏后，就在想这些问题……最后总算发现了这床的'秘密'：原来不是没有被子，而是被子被服务员整理得太平整，人要想睡觉就必须从枕头下'钻'进薄薄的被子里面去哟！"

哈哈……原来如此！其实现在所有星级宾馆都是这样铺的床铺啊！

"那个时候我们头回出国，在国内最多住什么招待所一类的小饭店，哪见过这么个床嘛！"沈志荣也快笑出眼泪了。他说，"我自己的睡觉问题解决了，但看到代表团里有位老师每天早晨起来无精打采的样儿，我就估计他遇到了同样的问题而且没有解决。所以等到第四天晚上我实在憋不住了，便跑到这位老师的房间，问他怎么睡觉的。他说往上面一躺就睡了呗！我又问他没感觉不舒服啊？他说就是不舒服嘛，还不如家里的棕网床！他还特意问我，为啥日本人不盖被子呀？

我说不是人家不盖被子，而是我们没有发现被子。于是我就使劲掀开薄被子的一角，告诉他，应该钻在里面睡。那老师愣愣地看了半天，恍然大悟：原来如此啊！我们俩人足足笑了好几分钟……"

在日本访问期间所发生的笑话和故事，需要一筐筐地装。但对沈志荣来说，最重要最重要的故事是，他看到了先进的日本珍珠生产理念及巨大而繁荣的市场——这是"日本故事"中最精彩的部分：

在国内，沈志荣自以为关于珍珠的分类是做得很细的一个，把采集上来的好珠分拣成七八种、十来类就是一种细分。但到了日本珍珠行业一看他都傻眼了：人家把统货的珍珠可以分成七八十类，而且每一类都有一个比较科学的又有经验式的类别名称。"人工珍珠本身一般并没有差别太大的地方，但我们将它们分成七八类、十来类，与日本分成七八十类就完全是不同水准了，因为分得越细，珍珠之间的光泽差异就越小，光泽差异越小的珍珠看起来就越整齐，价值也就越高，如果作为一串珍珠项链的话……"沈志荣道出了其中的奥妙。

日本的工匠精神和职业标准，令沈志荣叹为观止，敬佩不已。一堆同样的珍珠，有人只能分成七八种、十来个类别，而有人则能分出七八十个类别，这差异其实并非一点点，而是天壤之别。难怪同样的珍珠别人能卖出我们十倍的价钱，因为人家的做工和匠心也远远超出了我们十倍的功夫。

沈志荣想起了那一次自己带着几个人挑了 400 多斤珍珠到上海去卖，几个人挑了一个多月，已经觉得自己挑得够细了，价钱也卖得不错。现在当他再看到日本的珍珠行业，觉得自己那个时候的分珠，基本上等于没分一样的统货。那 400 多斤珍珠按照沈志荣他们分类卖出的价钱，到了日本后，人家肯定要重新分类，而且至少能再分出三五十个类别。当经他们之手这么一分，再卖向国际市场，不翻十倍的价才怪呢！想到这里，沈志荣的心都在疼：自己辛辛苦苦花几年时间养成的珍珠，人家就这么轻轻松松地一分挑，就是几倍于我们珍珠原货主的收益……吃太大的亏了！可是能怪谁呢？人家做事啥标准？啥心境？啥要求？而我们呢？几乎所有事情都只求"差不多""过得去"，这种工作态度、工作要求、工作标准，不让人占大便宜才怪！

沈志荣一想起这样的事，心头就隐隐作痛……

还有两件事也让沈志荣刻骨铭心：比如做珍珠项链，中国和日本都一样，需要打孔，再用线穿起来。我们不说日本有专门的打孔精密机器，单单人家还要把打孔掉出来的珍珠粉末采集起来制成珍珠化妆粉膏出售，而且女人们疯一样地去买……日本同行如此赚足本的"废物利用"，让沈志荣耿耿于怀："我们就没人想过这样的事，白白浪费了多少珍珠粉啊！而且即使打孔，也粗粗糙糙的，不知损坏了多少好珠啊！"

在日本珍珠加工厂，如果有操作工将一颗好珠打孔损坏了，是要扣除工资的，而在我们中国，即使打碎十颗好珠，可能就是睁一眼闭一眼而已。

看看日本同行，再想想自己，沈志荣真是有些痛心疾首。每一天访问，沈志荣把能记在心上的技术全记了下来，能用照相机照的也全部照了下来。还有一件事也让他吃惊不小：由于人工珍珠的光泽差异性总是很大，许多珠子长得很圆润，但就是光泽不行，这在中国就属于次品。可在日本，这类珠子不仅没成次品，而是通过对其进行"核辐射"处理，一下由次品蜕变成"美人珠"——那"核辐射"处理后的珍珠全变成奇光异彩的黑珍珠，与自然黑珍珠无法辨别真假，所以再拿到国际市场，竟然照样能卖出顶级价格！

这就是日本。这就是先进发达国家的同行。原来是这样的啊！沈志荣看得眼花缭乱，目瞪口呆。但他又十分好学，执意要亲眼去看看人家是怎么把次品变成"黑美人"的。为此，他特意从东京赶到了北海道那边的一个地方专门参观了人家的"核辐射"制作珍珠品的车间。当看到"次品"珍珠轻轻地往"核辐射"的水中一浸泡，转眼间就成了光彩夺目的"黑美人"时，沈志荣的嘴边连连"啧啧"不停……

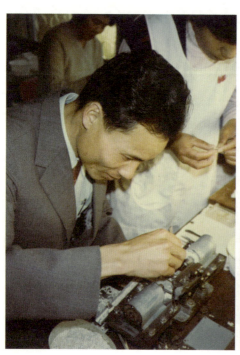

1979 年 11 月，沈志荣在日本神户体验珍珠打孔机

1979 年 12 月，沈志荣在日本琵琶湖水产研究所考察池蝶贝繁育场

还有让沈志荣足够惊叹的事：大老板的两个儿子，也在自己的企业里工作，要学历有学历、要本事有本事，但那个老板就是要让他们到最基层的车间岗位上工作，而且规定不得在三五年时间内有升职的机会。沈志荣百思不解，让那老板回答"为什么"，老板笑笑，告诉他：在日本都是这样的，自己的儿子与别的员工一视同仁，不可能有特殊待遇，包括升职。后来那老板又给沈志荣讲了许多让儿子轻易接班与升迁的弊端，令他茅塞顿开：原来如此！

"我后来对两个儿子的要求就是按照日本朋友的做法做的……"沈志荣的两个儿子现在是他"欧诗漫"集团企业的顶梁柱，这与他在日本学到的经验有着直接关系。

在日本参观时还有一件事让沈志荣印象深刻：有一天他到日本一家著名企业参观，这家企业的董事长设宴招待了代表团的全体人员。后来他又在自己家里招待了沈志荣他们。当时沈志荣奇怪地问：先生你不是已经在公司请我们吃饭了，为何还要在家里设宴招待呢？这位日本企业家笑着解释：公司是公司，我个人是个人，虽然公司也是我当老板，但它还有员工、还有股东。我在家里招待你们，那是我个人的情分，上次公司招待你们，是公司层面上的礼仪，两者不一样。

这事让沈志荣记忆深刻，后来他在管理"欧诗漫"和安排两个儿子在企业的工作时，也都学会了日本企业家的管理方法，将"公"与"私"分得清清楚楚。

沈志荣是一个很纯粹的从底层成长起来的农业科学家和民营企业家，他的思考方式和潜意识里没有太多的政治色彩，他对社会的好坏判断和对人的认识，都是基于他直接的感受，这种感受不受任何有色眼镜的精神压迫，而恰恰是真实的内心良知反映。一次访日，一次适时的访日，一次专业对口的访日，给沈志荣的启示和启发是强烈和多方面的。他认为日本这个国家和民族，除了侵华的那段十分可恶可憎的历史外，应该说有许多优秀的东西值得我们学习，即使到了今天我们国家的经济体量超过了他们，但从人与人的个体比较，日本的整体素质、整体能力、整体文化与对工作的整体态度和勤业精神，远超于我们。这是不争的事实。即便在前几十年间日本作为世界第二大经济体时，他们也一直保持着处世的低调和谦卑，这都是值得我们好好学习的。

2015年2月，沈志荣及两个儿子参加《风云浙商面对面》录制

其实，人类文明史早已告诉我们：一个国家要强大，绝不是靠呼口号、露肌肉地嚷嚷，而恰恰是需要低下身段、埋头苦干实干，甚至即使比较强大之后，仍然需要保持这种低姿态和实干精神，更不能仗势欺人、骄傲自满。如果剥去军国主义的野心，日本民族基本上做到了，否则他们也不可能在短短的三十多年时间里，在战争的废墟上重建起一个强大的国家，成为世界第二大经济体。从小做起，从头做起，从细做起……每一样都做到最好，每一件事都做到极致，每一个过程都做到无可挑剔……这大概就是日本精神。

日本之行，让沈志荣不仅长了见识，开阔了眼界，更多的是学到了人家的长处和经验。这些长处和经验，足够他学习一辈子的，也足够强大他未来的珍珠事业。

再从东京回到北京、回到德清的时候，沈志荣的行李中装满了冲洗好的一卷卷照片，他视它们像金条一样宝贵——"它们不仅是我访日的成果，而且是我在那里所见所闻的全部有用的东西，我要靠它发展我们自己的事业，我们中国的现代化事业……"沈志荣早有准备，他在出国前就在北京学会了自己冲洗胶卷的本领，所以一到日本，白天随访问团到处学习参观，晚上回到酒店宿舍，他就躲在卫生间里，把灯一熄，就开始冲洗胶卷，一干就是两个小时。每每看到一张张从现场拍摄来的胶卷底片那么清晰可见时，沈志荣就像获得了上苍赐给他的无价之宝，一整夜都会有做不完的美梦……

是的，那个时候的沈志荣就有了一个伟大的梦想：要把我们中国的珍珠产业做得比日本还要大，让这个美丽和健康的事业惠及全世界所有的人！

> 樱花片片飞舞飘落
> 仿佛落雪纷纷而下
> 又想起了在一起的时光
> 因为我一直不曾忘记
> 樱花片片飞舞飘落
> ……
>
> 《樱花之歌》响起之时
> 只留下我自己呼唤着你
> 等到明年樱花绽放时

平时沈志荣不怎么会唱歌，但从日本回来，乡亲们常能从他口中听到他诵吟的几句《樱花之歌》的歌词儿……

# 第五章

## 珍珠的底色

有一位哲人说过这样一句话：当你的心空有多明亮时，你的人生也将有多明亮。

沈志荣从日本回来后，他身边的人会不时发现"他怎么变了很多"，"变得不像以前咋咋呼呼"，"变得爱独自捧着珍珠想问题"……确实，沈志荣有了很大变化，这变化是在他对珍珠的凝视目光中所透出的——

现在，他已经不再是一位普通的雷甸水产大队的育珠技术员了，由于成就的卓著和为村里创造的财富以及为德清甚至整个浙江省乃至中国的人工珍珠培育所做出的贡献，他被推举为水产大队的支部书记。也就是说，他已经是一队之长。

一队之长的责任是什么？是为全队每一个男女老少担当起他们的工作、生活、读书……甚至是生老病死的最重要的责任。雷甸有什么可以让全队近千号人的工作和生活有所保障吗？以前有的是几百亩漾面上的水产，但那只够填个半饱的肚子。后来添了珍珠和河蚌收入，雷甸一下出了名，成了远近闻名的富裕村庄，经验上了《浙江日报》《人民日报》。那个让雷甸人扬眉吐气的人就是沈志荣，靠一只蚌、一

人 民 日 报

1979年9月2日 星期日 第五版

◇ 德清县雷甸公社水产大队在努力发展淡水养殖的同时，积极发展河蚌育珍珠，增加收入，为国家换取外汇。

1979年《人民日报》报道

颗珠让雷甸闪闪发了光。然而一次日本之行后，沈志荣对以往的理念发生了某些质的变化——这就是他为什么常常捧着珠子久久地凝视而不放……

他是在思考，思考什么样的珍珠才是真正的"珍珠"；

他是在思考，思考什么样的色泽才是真正的珍珠色泽。

而好珍珠的标准又是什么呢？为什么我们常常对原本就是好珍珠的珠子视之不见？为什么看不到普通的珍珠其实也有极其珍稀的一面，身为"次品"的珍珠其实也有高贵的一面？只是我们没有想尽，也没有想到，更没有做好和做到极致而已……

珍珠的光泽是什么？真正的珍珠应该具有什么样的光泽呢？这是沈志荣所想的。为这，他想得有些苦——

尽管河蚌养殖已经可以满足他大面积培育珍珠的推广和实际所

## 沈志荣治穷有功

水产大队奖励他一套住房一千元现金
县委书记前往祝贺鼓励他创出新成绩

**本报讯** 浙江省德清县雷甸公社水产大队社员大会最近决定:奖励有贡献的副大队长、科技人员沈志荣一套房子(面积为八十平方米,计价一千八百元),外加现金一千元。

雷甸大队原是穷队,过去负债八万多元,社员每年人均分配只有一百多元。后来由于沈志荣刻苦钻研,培育出高质量的彩色珍珠,在全国名列前茅,使大队的经济收入大幅度增加,到一九八一年,不仅还清了债务,而且社员人均收入达到一千二百四十一元,一九八二年社员人均收入又有增加,达到一千三百七十九元。大队现有公共积累二百多万元,修造了三幢渔民新村,使一百一十五户社员住上了新房。广大社员一致认为:大队富得快,有沈志荣一份功劳。他废寝忘食,努力工作,应该给予他奖励。

二月十日,县委书记孟宪畲得知此事,立即前往雷甸公社水产大队向沈志荣表示祝贺,并鼓励他继续努力,创出新成绩。(陈俊杰)

1983年2月17日 头版头条

1983 年《光明日报》报道

用，水产大队一年所产的珍珠也足可以让雷甸名扬神州四方，但沈志荣并不满足，他从日本同行的眼光里看到自己与他们的差距，更看到一颗同样的珍珠在自己的团队手里被轻易地作为"统货"卖掉后流入日本，人家稍稍一加工便成了国际市场上售价可至万元以上的"美人珠"……那是多么尴尬和痛心之感啊！

沈志荣因此觉得自己掌中的珍珠之光，不再像以前那么明亮和光耀了。

该怎么让中国的珍珠发出真正灿烂和悦目的光芒呢？沈志荣再度开始了一个又一个长梦的设想……

比如，中国人确实不乏劳动力，养殖河蚌和用150只河蚌来采收1斤珍珠，这种高成本低产出的"育珠"流程所产出的珍珠真的"光芒四射"吗？沈志荣久思之后，慢慢地摇头了。

摇头之后，又是一次漫长的艰苦跋涉。

提高河蚌的采珠率，其实并非那么简单，根本的是需要插片的精准和"珠胎"的健康饱满，而最关键的是在三年的"孕期"里，如何能够始终保持母蚌在固定的水域中营养充裕、"心情"愉悦，并且"产期"足够，等等。所有这些，沈志荣必须一一关照到、服务好，一丝不苟，自始至终……为这，沈志荣又从人工育珠变成了珍珠母蚌的"大保姆"，而且他需要关照的是几万、几十万只的珍珠母蚌。

一个人无法忙得开，必须组织和带领整个养殖团队去全力以赴……之后，丰收喜人：渐渐地，雷甸的人工珍珠收成和品质大踏步前进，先是四五百只母蚌产出一斤珍珠，之后又一跃到了一二百只母蚌产珠一斤……最后竟然实现了四五十只母蚌产一斤珍珠，那珠又大又圆，让人看了一眼就不舍：雷甸的珍珠，咋这么大啊！

收购珍珠的上海人眼睛亮了。

雷甸的珍珠价格翻了几个台阶。沈志荣的脸上也开始露出了笑容。

但他并未全然展颜。他依然凝视着那些硕大的珍珠，在思考一个新的问题：他作为德清"珠圣"叶金扬的后人所培育的中国珍珠的光芒该是何样的色泽呢？什么时候能够让雷甸、让德清的珍珠真正"璀璨夺目""光彩照人"？或者世界上真的有那种光泽夺人心的珍珠吗？

自从事珍珠事业后，沈志荣看过许多有关珍珠的书籍，也听说过世界上无数关于珍珠的传奇，但据他所知，世界上最好的珠一般都是天然之物，如排名世界第一的"老子珠"。1934年5月7日，在菲律宾巴拉旺，一名当地小孩下海采捕海生动物时因被一只砗磲贝夹住脚而溺亡，人们在打捞这个孩子时发现了这只砗磲内有一颗长241毫米、宽139毫米、重达6350克的大珍珠，而这也是世界上所发现的最大的一颗自然海水珍珠，故后来被人命名为"真主之珠"，也叫"老子珠"。此珠价值连城，现存于美国旧金山银行保险仓库内。排名世界"老二"的另一颗叫"亚洲之珠"，比"老大"的"真主之珠"要早200多年问世，它也是产于大海之中的海珠，珠子长径100毫米、短径70毫米，重达121克。此珠产于波斯湾，产后100多年时，被一位波斯国王送到了中国清朝乾隆皇帝手中。1799年，乾隆驾崩，此珠也随皇帝进了墓地。1900年八国联军攻占北京时，此珠被抢走，后失踪多年。"二战"之后，此珠曾在巴黎出售，珠主未公开姓名。1993年，这颗"亚洲之珠"和另外一颗世界名珠"希望之珠"在日本东京一家珠宝店展览，引起轰动。

沈志荣虽然在访日时没有见过这两颗大珠，但也曾听过日本同行骄傲地炫耀过这无价之宝。现在，沈志荣想的并不是哪一天自己也会从上帝之手获得同样珍贵的奇宝。但他确实有壮志，要在人工珍珠质量上超越他人——目标当然是"世界第一"的日本。然而，这无疑又是一次甚至比成功培育出人工珍珠更高的科学攀登，更漫长而遥远的跋涉……

之前，没有人告诉过沈志荣在什么样的条件下有可能培育出硕大的人工珍珠来，事实上他从相关的信息材料上所见的一些被商业炒作起来的"大珠"，其实也只是相对大些而已。但确实不得不承认，如果按都是"一等品"来衡量，日本的人工珍珠相对于中国的人工珍珠，在质地和光泽上，整体是比中国的要漂亮，可以用色泽温润、光彩照人来形容。中国人工珍珠尤其是沈志荣培育的德清珍珠并非没有好珠，但相比于日本的就稀少得多。

这是为什么？是插片的技术问题？还是母蚌生长的环境问题？还是水的问题？

沈志荣将自己百千条的培育程序和技术经验，一一与日本人工珍珠进行对比，并没有发现多少差异……这又是怎么回事？

难道他们隐藏了什么"秘密"？如果是秘密，那么它又将在哪个环节上呢？自"二战"之后，日本这个国家的技术进步与国家发展速度令人惊叹，而且许多方面甚至让帮助他们的美国、欧洲等许多发达国家都比不上，东方人的那种精细与韧劲，让日本在很多方面居于世界前列，并且创造了诸多他国不可知晓的技术"秘密"。通常日本人对这样的"秘密"，捂得严严实实，连美国都没法要到手。

难道这又是他们的一个"绝招"？沈志荣想：想从精明的日本同行那里拿到真技术，怕难于上青天，干脆还是靠自己吧！

然而，要靠自己把人工珍珠的质量搞上去，让"中国珠"放射出超人的光芒，技术方向在何处？沈志荣开始了一次新的爬坡旅程——其实他的行动是往水下走。

从选择母蚌开始，再到插片技术的改进；又从放置母蚌的时间，到管理喂养的食物与水环境，沈志荣全面进行了筛排式的改进和提升，但似乎并没有让他有一种心跳的"发现"……那么，提升好珠的一个重要因素到底在何处呢？

沈志荣重新回到珍珠那里，他把自己培育的好珠与日本买回来的好珠进行比较——初看好像是没有什么特别的差异呀！

但再比较……还是能看出差距。

到底是什么原因让两者之间的珍珠出现质量差异呢？

一样的插片，一样放水中，一样的养殖时间……怎么会呢？

有趣的是，养殖出来的珍珠中也不尽都有差距，也有质量一样好甚至更好的。

这让沈志荣百思不得其解。

一次偶然的机会，沈志荣发现从蚌壳长青苔的一面剖出的珍珠，珍珠的品质很好，而另一面没有长青苔的部分剖出的珍珠不仅暗淡而且无光，品质明显不好。突然沈志荣心里有了一个想法，或许珍珠的阴阳面跟阳光有关系。就像地里的庄稼，宅基地上的树木，凡事朝阳的那一面，总是长得旺盛，背阴的那面，一般长得慢小……是不是河蚌在水里三年，受阳充足的一面肯定珠子明亮质量好？

实践出真知。沈志荣怀着这样的揣测，带着助手就上放置母蚌的漾水里检查，当然是又需要一次次潜入水中细细观察和抚摸蚌壳体温——很快，沈志荣他们证实了受阳一面与背阴一面的蚌壳温度有明显的差异：受阳光照射的一面，蚌壳上长出了青苔，靠近这一面的珍珠质量就很好，而背阴的一面则情况相反，蚌面没有青苔，珍珠光泽暗质量较差。

症结找到，沈志荣异常开心，立刻重新布置所有母蚌在水中放置的位置，并且制定新的养殖规范，其中定期调整母蚌在水中的方位被列入珍珠培育期的重要技术指标。而沈志荣自己并没有简单了事，人们后来又发现他常常脱下衣裤，潜入水中，游荡在那些母蚌中间，用身体和双手去抚摸和感受它们受光的情况，如园丁一般爱护着每一朵正在成长的"花朵"，而他就是万千颗珍珠的守护神……

为了解决蚌面受阳的差异，沈志荣开始动脑筋：他找人一起制作了置放河蚌的吊网箱，这种吊网箱让珍珠蚌竖立，蚌面朝向与太阳光照射的位置相对固定，从而达到受阳均衡，以确保两面的珍珠生长处于相同状态，尽量使每一粒珠子圆润而饱满。

又一年的珍珠采收期到了，这一年的雷甸人格外喜气洋洋，因为这一年他们采收的珍珠比以往任何一年的珠子在光泽上都更透明鲜亮，而且个头大。这意味着什么？意味着同样数字的母蚌和珠子产量，但获得的受益则可以翻番甚至更多。而沈志荣发明的珍珠蚌网箱以及使用方法也在全国范围内推广，成为提高珍珠质量的重要技术之一。

"从 150 只母蚌产一斤珍珠到四五十只母蚌产一斤珍珠，从一斤珠卖一两千元到一颗珠卖一两千元之间，我前后用了整 8 年时间的努力和钻研，才有了珠峰式的攀登高度，这就是我的珠光之路……"沈志荣谈起这段"激情岁月"，格外激动。或许这是他一生的"珍珠之路"上最有价值的岁月。

到 1981 年时，雷甸和德清已经稳稳地坐定在中国珍珠"第一乡"的老大位置上，而沈志荣毫无疑问是中国的"珍珠之王"。他创造的珍珠数量与质量，都是"中国第一"，甚至让"世界第一"的日本珍珠业在许多指标上落后于雷甸和德清水平。

值得一提的是，沈志荣的人工培育珍珠的成功，给本队百姓和当地经济与影响力带来了巨大益处。1981 年，沈志荣所在的水产大队的人均收入达到 1241 元，别小看了这个数字，在当年它可是让雷甸名列全国"十大首富村"之八，代表了 8 亿中国农民的排头兵，因为当时全国人均国民收入只有 200 元，人均 GDP195.31 元（数据来自国家统计局官网）。之后的雷甸水产大队继续与江苏的华西村、河南的南街村等明星村勇立创业致富潮头，每年跨一个台阶，到 1984 年人均收入已达 2000 元，而且自古被人瞧不起的水产大队农民们风风光光地住上了新楼房，这都是珍珠产业带来的巨大效益。那时江南一带农民能住上楼房的并不多，雷甸水产大队是当地最早的一批，所以格外惹人羡慕。不用说，此时的沈志荣已经像珍珠一样闪闪发光，当地报纸和省市甚至中央大报上，都能看到有关他的新闻。

沈志荣参加第六届全国人民代表大会

沈志荣最不能忘怀的是，1983年，他在"根本没想过有这样的好事"的情况下作为德清县"致富领头人"，当选第六届全国人民代表大会代表，戴着大红花，到了北京人民大会堂开会。

这对沈志荣而言，是一个特别重要的历史时刻。在那一刻，他更加坚定了一个信仰：一生做人民的好儿子，一生做为人民办好事的共产党员，让中国的珍珠在全世界闪闪发光！

这是沈志荣在党旗下和国徽下默默许下的人生承诺，也因此他的人生奋斗历程中始终保持着这三份责任与使命。"从没有动摇和改变过。"沈志荣向我表明，并说，"也是这份使命和责任，让我能够战胜一个又一个想不到的天大困难……"

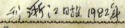

1982年《浙江日报》报道

搞人工珍珠和养殖河蚌真有"天塌下来一样的困难"吗？

"当然有。"说这话时，沈志荣的眼珠子都瞪大了，"在我们养珍珠最红火时，全国各地，尤其是我们江南一带，突然出现了河蚌瘟疫……没有一个水域逃过这场灾难的！"

我的天哪！这是我不曾想到的。河蚌也有瘟疫呀？！

"有啊，而且不比其他瘟疫少厉害。"沈志荣告诉我，河蚌的疫情最早是1975年开始的，而且就出现在三角帆蚌中。

"这不要了珍珠产业的命吗？"

"可不是。简直就是灭顶之灾！"沈志荣回忆起那场疫情，仍然重重地皱起眉头。

1975年的江南地区，在沈志荣的带领下，中国的珍珠养殖在苏南一带恰似一场春风吹过，处处都在高喊"要想富，养珍珠"的口号，而且把养珍珠与"农业学大寨"运动和"抓革命、促生产"连在一起，所以江南一带凡是有水域的地方，农民们都开始向沈志荣他们的雷甸取经搞人工养殖珍珠。雷甸水产大队每年分红时家家户户几百元、几千元的"分红"，以及翻新房、造楼房，买自行车、手表和黑白电视机的景况，强烈地刺激着周边的农民们，于是一场空前的养珍珠热潮在江南大地到处掀起……沈志荣他们的三角帆蚌苗那时也卖得最好、最多。然而，人工三角帆蚌也像被圈养的山羊一样，不断被超速繁殖、繁殖、再繁殖……如此调频交集，相应的恶果也随之而来。

这年，作为江南地区人工培育珍珠的一大重镇的江苏苏州吴县的黄埭公社，首次发现三角帆蚌患病，并开始出现大面积死亡。一开始，与黄埭隔着太湖的沈志荣他们没有在意，一是认为"那是江苏那边的事儿"，二是也不知河蚌瘟疫的严重性。但是吴县黄埭的河蚌瘟疫，像潮水一般汹涌而至，且漫无边际地到处扩散，黄埭的200万只珍珠母蚌转眼间死得精光。苏州地区有关部门全力以赴行动，采取各种手段，欲想消灭瘟疫，哪知三年苦战，左右拼杀，最后的结果仍然以失败而告终。整个苏州的三角帆蚌几乎全部死光……

当时苏州的珍珠蚌养殖不输浙江地区，总量也不在浙江嘉兴湖州一带之下。苏州的珍珠河蚌惨遭毁灭性的损失，让沈志荣他们闻讯而胆战：苏州—湖州，虽隔太湖，但却是同一水系，这不等于疫情就在"自己家院内"吗？等沈志荣他们明白过来，全力争取抢救自己的珍珠蚌时，却为时已晚——不是别的，而是有病的河蚌早已潜入千家万户……沈志荣是懂行人，一听说湖州这边也有蚌瘟时，立即明白过来。

那到底是怎么回事呢？

原来，苏州吴县那边河蚌疫情一出，养殖户们便慌了神，那些手握三角帆蚌的人就想赶紧趁河蚌死亡之前脱手换回点钱，于是以低价疯狂地向周边的珍珠养殖地区兜售，浙江嘉兴与湖州地区是他们兜售的主要地方，这种明的暗的疯狂兜售，让一些希望占小便宜的珍珠养殖户纷纷落套……"这种蚌千万不能买呀！"沈志荣听说后，先是在德清喊，后又到嘉兴等地喊，但那个时候他的声音无法传遍整个嘉湖地区，甚至连湖州、德清有些地方的珍珠养殖户也把他的警告当作耳边风，照样我行我素。如此一来，德清的三角帆蚌也很快被传染上瘟疫，死亡的河蚌到处可见，昔日干净清洁的河面上，死亡的河蚌随处漂荡，河岸上更是臭气熏人，那些腐烂的蚌肉发出的味道可以让人几天吃不下饭……

"沈书记啊！你得救救我们啊！"一队又一队的珍珠养殖户捧着死亡的河蚌，哭诉着来乞求沈志荣帮助。

"你要不救，我们全家人、全队人都要跳河了呀……"那些日子，沈志荣被这样的求助和哭喊声，差不多撕裂了心肺，他能不着急吗？

他比任何人都要着急。珍珠是他的事业，是他的荣誉，也是他的尊严，更是他的生命。他全部心血都付之于此。而现在，面对秋风扫落叶一般的瘟疫袭击，他又有多少能耐呢？

看着堆积如山的死蚌，闻着臭气熏天的味道，听着乡亲们的哭诉，沈志荣的心跟着在流血，在流泪……

有什么办法呢？有什么办法阻止这场突如其来的疫情？有什么办法帮助珍珠养殖户们把损失降至最低点？有什么办法让自己呕心沥血多年创下的人工珍珠培育和河蚌繁殖事业保留住啊？

那些日子里，沈志荣在众人面前始终保持着镇静，努力帮大家想对策，然而当只剩下他一个人时，尤其是夜深人静时，他无法闭上双目，每一次合眼，就马上会被千万只流着血和脓的三角蚌们撕咬着全身……"哎呀！哎呀——"又是噩梦！

他把妻子惊醒了，又把儿子吓哭了，最后连他自己都不得不流泪低泣……

这可怎么办呢？眼泪换不出珍珠，更救不了珍珠蚌。沈志荣研究出人工珍珠培育，也成功研究出三角蚌繁殖，但却没有工夫也没有机会研究防治河蚌疾病，尤其是河蚌瘟疫这类高危灾难的预防。

"志荣啊，快去找找省里的专家，问问到底有没有办法尽快阻止疫情，否则可就苦了农民兄弟们啊！"公社和县上的领导都出面来找沈志荣。

"行行。我马上去！"比谁都着急的沈志荣立即赶往省城，连连请教了数位相关专家，说法很多，可没有一个结论性的河蚌瘟疫诊治办法。无奈，沈志荣只好回到雷甸自己再找办法。

他先到了一个病蚌养殖场，观察几天后觉得越发玄乎：河蚌不知不觉中成片地死去……就像水里有毒似的。

能不能先用漂白粉给它们杀杀菌？这个土办法以前沈志荣听渔业队的老职工讲过，也亲眼见过老师傅们用它来临时对付一些鱼苗病毒。但河蚌与鱼类有较大的差异，相比之下，河蚌远比灵活的鱼类受刺激度要弱得多。漂白粉下去它吃得消吗？

那么就给它减弱使用，即以次氯酸钙来给河蚌先"泡澡"？沈志荣念叨的"次氯酸钙"，实际上就是弱漂白粉。

试，不试怎知成与不成呢？沈志荣横下心，决定进行一场中国人工珍珠养殖史上的绝地反击！

"漂白粉的毒性不轻啊！能行吗？"有人很担心沈志荣的"土"办法。

沈志荣的脸色铁青，回答道："如果现在有别的办法阻止瘟疫，我也愿意放弃用漂白粉的办法。谁还能说出新办法？"

沉默。无一人回答。

"走！先去找块空地，挖个水塘试验一把……成功了推广，失败了再想其他法子！"沈志荣吼道。已经到了整个珍珠养殖业生死存亡的最后时刻，再不能犹豫了！

在沈志荣带领下，水塘很快挖出，漂白粉也从商店里买来，随之河蚌被放入塘内，刺鼻的漂白粉被撒在水面上……垂死的河蚌有的张着壳，有的紧闭着壳，似乎在哀号和哭泣。塘边的沈志荣，看着漂白粉下的河蚌们合不是、开不是的那股难受劲儿，他心如刀割，眼含泪水。

"快去买漂白粉救河蚌呀！"

"漂白粉能治蚌病——雷甸的人都在用了呀！"

也不知是谁将沈志荣的"试验"消息传了出去，一时间，德清、湖州、嘉兴等地的珍珠养殖户纷纷跑到县城、省城甚至上海去抢购漂白粉。那疯狂抢购的结果是，一船又一船的漂白粉被撒到了河塘之中，原本清凌凌的江河，顿时白茫茫的一片……开始是鱼挺着肚子漂到了水面，后来是蛙、蛇一类的也死了，最后生命本来就很脆弱的河蚌肯定也死了个精光……

几乎所有的水面都受到污染，这回雷甸大队也不例外。沈志荣一手培育的上百万只三角蚌在几个时辰间，全都张开了蚌壳……"你们看看，这珠才米粒这么大呀！"珠民们举着一只只死去的珠蚌，痛心疾首，欲哭无泪。

此情此景，沈志荣看在眼里，心头比任何一位育珠农民和干部们更着急。也就在这个时候，沈志荣还从相关部门和有关领导那里获悉：自疫情以来，育珠的三角蚌死亡总数已达 2000 多万只。沈志荣对这个行业的一切情况了如指掌，所以一听这数字，他便瘫坐在小板凳上好一会儿：完了，中国的珍珠产业将面临毁灭性的打击……

怎么办？等待彻底灭亡？还是寻找一条绝境逢生之路？在各路专家、科研人员、技术能手们集体还击无力的窘境面前，沈志荣选择了挺身而出的大胆决策。他清楚地知道，自从开始人工培育珍珠那天起，真正要在困难面前想出招数和解决办法的，"上帝"和"老天爷"其实都不存在，只有自己救自己。想明白了这个道理，沈志荣心头压力反而少了许多。

他想：人类几千年来，什么瘟疫都面临过，像啥鼠疫、肺结核、脑膜炎、鸡瘟，不也是一次又一次出现过，而后来也照样一次又一次地被灭掉了嘛！蚌瘟就治不了啦？我还不信呢！毛主席说了，人定胜天。我看你蚌瘟就比我们人厉害吗？

那个时候，沈志荣记起了毛主席他老人家的话后，顿时浑身有了斗志和力量。办法似乎也很快被他想到了——鸡瘟不也是最后没办法靠一针针给患病鸡打药后就慢慢止住了吗？

蚌也能打针吗？沈志荣想到这儿，起身就往省城杭州跑……有关的书籍买到了，有些问题一下弄不清楚他就去找兽医和水产专家，甚至药剂师，请教如何配药。

那些日子，沈志荣完全变了个样，人瘦不说，天天戴了个口罩在配制各种他认为的有可能防治蚌瘟的针剂药物，回家后仍在一门心思琢磨。妻子见他瘦了一圈又一圈，又闻到他满身药味，便担心他支撑不住，劝他罢手别干了。沈志荣一听就急了，说："别人都能放手，唯独我不能放，我放了手，不仅雷甸和德清的珍珠业毁了，整个中国珍珠产业又会落后几十年……再过几十年我们多大年岁了？还能像现在干得动吗？"沈志荣越说越激动，眼泪都快掉了出来。

"啥都不说了。只希望你别太累了……另外当心自己中毒啊！"妻子帮他打了热腾腾的洗澡水，含着泪帮丈夫脱衣擦身。

沈志荣默默地点点头，其实他心头有滴眼泪没有滴出来，因为出身贫寒的沈志荣一生无任何靠山，所做的事基本都得靠自己拼命去争取成功，否则不会有一个人把他这样的人放在眼里。他内心一是感谢改革开放总设计师邓小平让他有了干事、干成事的机会，二就是在干事的过程中得到了妻子的全力支持，没有妻子做后盾，他沈志荣也不可能搞出珍珠培育和河蚌繁殖成功这两件大事。现在，河蚌瘟疫肆虐，虽然多数人都在着急和想办法，但确实也有人在一旁说风凉话，那些风凉话不少是针对沈志荣的，因为前些年沈志荣太红了，红得让一些人跟着眼睛也红了，他们并不心疼集体和生产队及人工养殖珍珠的农户们的损失，而是在看沈志荣的热闹。在这个时候，真正站起来完全彻底支持他的唯有自己的亲人，危难之时见真情，妻子是一马当先的"支持派"，也是沈志荣最坚实的后盾。没有了她和两个儿子的支持与理解，用沈志荣的话说："我那么一点儿瘦筋骨，早被打垮了！"

确实，沈志荣现在要做的拯救珍珠母蚌的战斗，到了"最后的斗争"时刻，专家们提供的所有招数几乎都用遍了，但仍未见效。

既然防治鸡瘟靠打针，蚌瘟能不能打针呢？沈志荣从小在地上滚、水里钻，他想到的招数看起来有些"土"，但却也包含了一定的科学道理和几千年来老祖宗们传承下来的宝贵经验。给河蚌打针，不妨试试。于是沈志荣调配了含金霉素、呋喃西林等人兽用的药物的中草药剂，开始在几只三角蚌上试验打针，发现能管一些用，至少打过针的蚌躲过瘟疫一袭而活了过来。

"打针！打针！统统地给它们打针！"沈志荣像溺水之中突然见了根稻草，招呼着团队的人开始弄中草药针剂。

有人就怀疑了："给蚌也能打针呀？天都要笑死人了！"

"笑死笑活，先试了再说嘛！谁能再找出更高明的招儿，我听他的。"沈志荣有些火了，说，"能够把那些没死的蚌抢救过来，比什么都强。"

没有人再反驳了。只是谁也没有打针的经验，更何况给蚌打针，天底下也是头回听说。无奈，沈志荣只能自己动手了。他拿起针管，戴上手套，开始一只一只地给河蚌打针……那河蚌其实比小孩子都要调皮和脆弱，一见打针，死活闭上蚌壳，你若没有一点儿经验，光撬开它的贝壳就足够你费力的。

沈志荣与河蚌打交道数年，熟悉河蚌脾气，即便如此，每给一只河蚌打针也够让他费劲的。但为了拯救千千万万的垂死的河蚌，沈志荣顾不得那么多，他一边打针，一边心急如焚，恨不得给所有的河蚌都打上一针"救命针"……

"哎呀，沈书记啊，你的手指都起泡了，歇一歇吧，今天你已经打了这么多啦！歇歇吧！"水产队的同事们看着沈志荣从早到晚、满头大汗地在为河蚌打针，而且夹蚌壳的那几根手指都起了血泡，心疼地劝他喘喘气。

沈志荣头也不抬地只管继续打，只是脱口而出地问道："现在已经打了多少只？"

"刚好是 35000 只……"

"那我今天就破它个纪录：打满 40000 只！"沈志荣回答说。

一天最多给河蚌打 40000 多针，也就是说抢救 40000 多只河蚌的生命！沈志荣是在拼命。

不拼命怎行？

拼命了又能怎样呢？

沈志荣发现：即使自己这样一天给 40000 多只河蚌打针，但仍然赶不上瘟疫的疯狂蔓延……这可真的把他急死了！怎么办？

干脆，直接用金霉素等药物给河蚌们"集体"灌药……沈志荣脑子里突然蹦出个大胆的想法！不过，马上他又紧张起来：这到底行不行呀？

反正不给它们灌药是死，灌药也是特别容易死，不妨试一下？他的另一半思想在跟他撕扯着，斗争着，甚至也在威胁着他：如果灌药死得更快、更惨，恐怕你沈志荣受到的攻击和谩骂可能就更多……

千百万只河蚌的生命处在最危急时刻，个人名誉有那么重要吗？沈志荣自问。答案很快出来：没有河蚌，就没有珍珠，没有珍珠，我沈志荣还有什么名誉和荣誉可言？

沈志荣做出了生命中一次最艰难的选择：在大水泥船舱里灌满水，再在水里放上几公斤重的金霉素杀毒药剂，然后再把一批批的河蚌放入其中进行"药灌治疗"……

"对不住了，我的河蚌们，你们一定要挺住……挺住了就是胜利！但你们可能……可能要做出牺牲。如果是那样，请不要怪我，我也是为了让更多的河蚌能够活下来才采取的无奈之举，而这也可能是拯救你们的唯一办法……"第一批河蚌被放入药味熏鼻的船舱时，沈志荣的表情极为凝重，他面对一只只浸泡在药水之中的河蚌，默默地为它们祈祷。

"加油！我们一起加油吧！"这句话，他说出了口。

"加油！一起加油！"

"一起加油！加油——！"

众人跟着喊了起来。于是，一船又一船的河蚌开始被"灌药"……它们的命运如何，让沈志荣心惊胆战，如履薄冰。那个现场，虽没有硝烟战火，但也充满生死存亡之际的那种悲壮感——

"大家注意了！"沈志荣开始发号施令。同事们有些不敢看他的脸，因为此时沈志荣的脸色铁青，十分难看。"这回我们这一招是死马当活马治。也就是说，时间和适度是关键。河蚌放到药水中的时间既不能长，也不能太短，可没人告诉我们到底多少时间才是正确的，完全要看蚌的反应，可蚌它不会说话，怎么办呢？那就得靠我们替它们去感受药物的反应，所以大家一定要把握住时间……要绝对听从我的命令。说什么时候把它们捞起来，就得拼命以最快的速度把它们从药水里捡出来！大家听清楚了没有？"

"听清楚了！"众人高声回答。

沈志荣点点头："好！现在开始计时——1分钟，2分钟……5分钟……时间到！捞——！"

"捞——"那一声"捞"可谓惊天动地！你看：水泥船上，沈志荣带着几十个同事像冲锋的官兵杀红了眼，他们赤着胳膊，四足齐上阵，你抢我争地用各种可以用上的所有工具，以最迅猛的速度和最冲天的干劲，在与死神争夺河蚌的生命……如此一船又一船，如此一天又一天，沈志荣他们总算救活了一批三角蚌，这让他们在绝望中看到了一丝希望。

但，更多的河蚌仍在死亡，瘟疫并没有得到根本的控制，因为用灌药灭毒的速度远远慢于河蚌受瘟而亡的速度。

真是命系在飞箭之上。怎么办？那是个必须用分钟和小时来计算时间的日子，而且一旦决策，就要马上实施，犹豫之间就可能是几千几万只河蚌亡命的时刻。

还能有什么办法呢？在全国三角蚌疫情四起，全国上下束手无策之时，沈志荣一招又一招的"土"办法虽然多少见了一些效，可仍没有达到大面积治瘟止疫的目的。

这也不行，那也不行，到底什么行呢？沈志荣陷入了重围之中。也正是左右突围无大效的重压之下，沈志荣反而冷静地思考到一个问题：或许这回河蚌瘟疫并非是细菌性传播，而是病毒性感染呢？

他在硝烟中擦亮眼睛，又在隆隆炮声中安静下心境……没错，种种迹象表明，三角蚌遇上了病毒性感染！沈志荣渐渐理清了自己的思路，也从各式各样纷乱的防治建议与行动中，找到了自己的一条清晰之路——针对病毒性感染，对症下药！

药在何处？药是何种？沈志荣再度寻找方向……

他又陷深度困境，于是再度艰难跋涉。

他再次决定施行一个更大胆的治法：用高温烫！烫死那些可恶的病毒！

但沈志荣的"烫死它"的招数一喊出，立即遭到所有人的反对甚至抗议："河蚌除了外壳过硬外，里面尽是细皮嫩肉，这细皮嫩肉最怕啥？"

"怕烫。一烫全烂了！"沈志荣说。

"对啊，你都知道。可你为啥偏偏要用这恶招呢？"

"不使恶招再无他招遏制住瘟疫蔓延的景象了！"

"你！你这叫损招！无法无天之招！"有人甚至对沈志荣开骂起来。

沈志荣只能摇摇头。他没有时间解释太多道理，老实说有些道理连他自己都说服不了自己，干吗还要废话呢？

"成不成，看成效。"沈志荣甩下最后一句话，便开始用他的狠招——高温烫河蚌！当然，目的是为了烫死病毒。不是没有一点科学依据，历来灭杀兽瘟时，祖先和现代科学家都用过高温手段，比如鸡瘟、猪瘟。问题是，用高温"烫"的时候，不能让鸡和猪先死了，而病毒尚"生龙活虎"就麻烦了！

比起鸡和猪来，河蚌的娇嫩就不用说了，俗话说，死猪不怕烫，那活猪其实也不那么容易烫死，但河蚌却是最容易烫死的。沈志荣在家试验了几次，也是这个结论：病毒还没有被烫得怎么样，河蚌已经一命呜呼了。

但这回沈志荣并没有因此马上收兵。他在想：如何能够保证在"烫"死病毒的同时确保娇嫩的河蚌还能复活过来……于是他又一次次急匆匆地跑到杭州中山路那个仪器商店，买来电热棒、计时器、温度表等工具，并且自制了定时器等，一遍又一遍地将三角蚌放入配有药物的烫水之中进行试验。

唉，远没达到沈志荣的期待：入烫水之中的河蚌还未等病毒如何，它已开蚌壳，露出僵硬的死肉……它早已去见阎王了！

死吧！统统死去吧！沈志荣绝望地哀号着，愤怒地扔甩着那些死去的河蚌……久了，也累了，于是他瘫坐在地上，四肢无力，想哭又哭不出来，唯有心头怨愁涌起："老天爷，你难道真的不给我沈志荣活路吗？难道要眼看着我们辛辛苦苦养育起来的这么多河蚌一只都救不活了吗？"沈志荣抬头仰望苍天，脖子都要望断了，可没有任何声响回答他防治河蚌瘟疫的方向在何处，唯有腐烂的蚌肉臭味一浪更比一浪浓烈地熏着他的双鼻孔，令人肠胃不堪忍受……

夜深人静时，沈志荣平静下心绪后，反复思忖：一个又一个"土"办法用尽之后，仍然无法阻止河蚌的疫情，到底症结在何处？沈志荣反省得出结论：显然是自己还缺乏河蚌的病毒机理方面的知识，更不用说如何解决病毒分离的技术，而这才是彻底防治河蚌瘟疫的关键所在。可有关科研机构和专家的防治观点又与自己相悖……怎么办？

还得找专家，找那些真正能帮助分离出病毒的专家和科研机构去！沈志荣觉得虽然一些专家和研究机构的研究常常脱离实践，但毕竟人家有专业的实验条件和深厚理论，借助于这样的力量，不信就找不出一种阻止和杜绝三角蚌瘟疫的办法来！

眼前一亮后，沈志荣就只身跑到上海，先到上海水产大学求教，又经水产大学的教授们介绍到了上海医科大学，说是那里的专家能通过仪器从病原体上分离出病毒来。如果成功的话，就可以再针对病毒进行有效的防治。

"你是养蚌的？德清来的？了不起！了不起！"医科大学病毒实验室主任见到站在他面前的沈志荣，很是惊诧：这个晒得黝黑，身形消瘦，裤腿上还残留着泥巴，手上拎着一布袋河蚌的"渔民小伯伯"，竟然如此执着地来到大上海要搞病毒分离试验。"这个忙一定帮！一定帮！"

"小沈啊，病毒分离不是靠一台机器设备就那么简单地完成了，它有一系列程序，比如除了要找到病原体，还要对其进行一次次接种、检测和分离，而且初次分离出的病毒也不止一种，每个病毒是否会产生细胞病变等问题，都是最后有针对性防治瘟疫的必不可少的环节啊！"实验室主任如此一番解释，让沈志荣大彻大悟："原来不那么简单呀！"

"走吧，真要防治，真要弄明白病毒情况，我还得跟你一起回德清一趟！"上海"师傅"这么说。沈志荣谢天谢地，接了这位实验室主任连夜返回家乡。

从德清到上海，再从上海到德清，那时没有高速公路，水路是最快捷的交通方式。上次日本访问团来，德清县政府觉得用水泥机动船去接专家很丢面子，于是县上添了一艘汽艇。沈志荣对这种马力大、速度快的汽艇非常眼红，于是仗着水产大队搞珍珠赚了不少钱的底气，也添了一艘汽艇，有它后跑上海、杭州就方便多了，而且比较舒服。这回接上海专家又用上这艘汽艇……

"这里的河蚌瘟疫很严重了，必须尽快找出病毒根源。"上海医科大学实验室主任在德清一番考察后，告诉沈志荣，"做病毒分离蛮贵的，一次医大要收 500 元，你们出得起吗？"

"出不起也得出嘛！"那个时候 500 元就可以买一台黑白电视机，但沈志荣想的是更大一笔账：几万、几百万只河蚌远远不止这个价，再说，珍珠养殖要是断了，德清和他雷甸才是真正又要穷下去了！

"5000 元也要做呀！"沈志荣说。

但做病毒分离也不是那么容易的事。根据实验室主任的要求，沈志荣和助手先得在雷甸这边把有病的三角蚌剖开，然后将软体组织粉碎打成浆，再放入实验室专门提供的玻璃瓶内，而后由沈志荣他们用最快的速度送达上海医科大学实验室。那时没有专业的保温设备，沈志荣只得买了只特大的热水瓶，里面装上十几根冰棍，这样才能把蚌体病毒原标本送到上海去。

就像实验室主任上面已经提醒过沈志荣的那样，这病毒分离过程，并非一次就完成后便万事大吉了，还需要一次又一次地来回接种、分离……每一次来回过程，就需要近一个月时间。如此前后反复整整17次、时达两年之久，相关的病毒真相正在接近，令心急如焚的沈志荣渐渐地看到了希望的曙光。然而就在这时，其他的关于河蚌瘟疫的"研究成果"也在通过各种平台传播，它们像一些炫目的散光一般刺痛着沈志荣的眼睛，因为这些结果与沈志荣他们所研究和分离的病毒结果有很大的分歧……到底谁对谁错呢？沈志荣又一次陷入痛苦之中。原因是，结论与他在上海医科大学实验出来的结果相悖的研究者恰恰是当时一位全国著名的大专家，此人是稻鱼共生理论的创立者和中国鱼病学创始人，而且此人年届75岁，在国内和世界上都享有崇高威望，他认为此次"三角蚌的病原主要是细菌感染"。

不可能呀！难道大专家也有"失眼"时？沈志荣在上海医科大学的实验室所做的病毒分离工作越到后来越意识到河蚌瘟疫的病原并非是细菌感染，可为何大专家偏偏说是呢？沈志荣纠结了……突然，他发现在介绍这位大专家的研究简报中有一段在括号中的文字："试验数据由王迎喜同志提供。"

难道所谓的"三角蚌的病原主要是细菌感染"这一结论，根本就不是大专家自己研究的结论，而是根据错误的数据获得的谬论？！沈志荣心头一阵纠结：原来大专家也有"马马虎虎"的时候呀！这还了得！他的一个不负责的结论和"指点"，我"农民伯伯"不知要流多少汗、淌多少血啊！

不行！不能靠别人、靠"专家"来治我们农民和渔民们随时可能遇到的"急病"和"急活"……是该到了自己动手办科研机构的时候了！

"你？一个农民想办'科研所'？哈哈……沈志荣啊沈志荣，你在养鱼、养蚌和育珠方面确实有几下子，但搞科研，尤其是要办科研机构，可不是你们农民和渔民所能办得起来的，这可不是搭一个鸡棚、鸟窝那么容易！"有人听说沈志荣的宏大设想后，好言相劝道。

沈志荣笑笑，回应道："也不是我想当啥专家还是科学家，而是我们碰到的难题没有人能真正帮助解决得了，靠天不行，靠地无望，咋办？只能靠自己嘛！我也想遇上困难找专家、科学家们一问就万事了结，多好！可实际上办不到。办不到，最苦了谁？是我们农民兄弟、我们渔民伯伯呀！我啥都不为，就是为了自己、为了我们农民兄弟和渔民伯伯们不再白白流血流汗，所以必须把自己的事靠自己的本领把它解决了！我的科研所不仅要搞，而且必须搞好！"

别看沈志荣个头不高、瘦不啦唧的，说话办事却铁骨铮铮、掷地有声。

"论养蚌专业，无论我的实践经历，还是遇到的问题，几乎无人可比，这也是我对办科研所的底气。从另一角度讲，我看遍了全国、全世界相关的专业，发现养蚌这个领域其实也有许多科研盲点没人将它做完和做好，我们在一线的人员不去做，一旦碰到像瘟疫一样的大规模问题时，就会让养殖单位和养殖人员付出惨痛代价。所以我想，必须有人来承担这种使命。我沈志荣既然选择了珍珠培育和养殖，河蚌的事不能不管，而且必须管好。"沈志荣向我谈了他当时办科研所的本意。

1983年，一块名为"浙江省德清县珍珠研究所"的牌子在雷甸水产大队的那间仓库门口挂了起来。没有人放鞭炮，也没有锣鼓声，只有一双双好奇甚至有些怀疑的目光，当然更多的是充满希望的眼神。因为来看挂牌的都是水产大队的社员和德清县的干部和科研人员，他们对沈志荣的信任超出了对一些专家的信任程度。"要换一个人在乡下挂这么个牌子，一定笑歪了大家的嘴巴，但沈志荣不一样，他干事，真成！"德清人已经不是一次两次从沈志荣那里获得了希望和甜头，即使眼前河蚌死得快光光的节骨眼上，也没有人怀疑有他沈志荣成不了的事。

这个由沈志荣自筹资金创办的民办科研所成立时间是 1983 年，这样的事在今天一点儿也没什么新鲜，但在那个年代，它绝对是"全国唯一"，全国唯一一家珍珠综合性研究机构……所长自然是沈志荣亲自担任。接下来的事，也很有"德清"水平：区区一个民办的村级科研所，竟然承接了农业部下达的"三角蚌蚌瘟病防治技术研究"课题。

然而，事情并非那么简单。科研所虽然牌子有了，研究的经费也筹集来了，课题项目也接受了，但当"所长"沈志荣第一次带着课题去省某研究机构汇报研究成果时，他就气得差点儿背过气去——

"你？你要研究的东西，人家都研究出来了，别再白花心思了！"

"什么？你怀疑人家专家下的结论？你、你读过几年书？哪个大学毕业的？发表过几篇论文？"

"啥都没有你就可以这么怀疑已经印在文件上的专家们的研究成果？太狂妄了吧沈大所长！"

接待他的那个干部，一连向沈志荣发出十几个反问，甚至连沈志荣想反驳的空间都不给他。

"要谦虚，谦虚一点不会害你的嘛！"沈志荣觉得自己是在对牛弹琴，而且完全是一种耻辱感。他转身离开那个省研究机构的门口时，还能听得后面传到他耳朵里的这些话。

"无趣。"沈志荣不想做任何反驳，只是内心说了这样一句话。他知道，搞珍珠培育难，难在能不能培育出真的珍珠来，在多少专家没有攻克人工育珠的艰难岁月里，偏偏他沈志荣成功了；后来繁殖河蚌他又成功了，而且一举超过了在珍珠培育与河蚌繁殖方面世界第一的日本，偏偏又是他沈志荣……但这回是"科研问题"，所以怀疑他沈志荣的人不止一两个，应该是相当多的人，尤其是科研同行里的专家、学者。

"他要啥事都搞成了，我们不是没有饭碗了嘛！"有人窃窃嘲讽，甚至时不时会在各种场合说些风凉话。"农民和渔民本来就是最底层的，说就说去呗！我们要的是管用的东西，半点的马虎和虚假都不行……"沈志荣在珍珠行业里能够从最底层干出最杰出的成就，其中一个重要的原因就是他的心态好。

方向明确，心态又好，再加坚持不懈，他因此成了一往无前、战无不胜的"珍珠王"。似乎这也是没有悬念的结果。

但在当时，事物发展过程却并非如此。

那段时间，沈志荣承受的压力巨大，既需要对已有的珍珠母蚌进行管理和预防瘟疫的侵袭，同时还要争分夺秒地与上海医科大学的专家们不间断地进行实验，而且还要处理各种相关的河蚌瘟疫现场。然而沈志荣就是这样一个人——越是抗击，骨头越硬；越是压力大，越精神抖擞，斗志昂扬。如上文所述，有关病毒分离实验需要的是系统的缜密试验，并加以论证，它是反复检验的过程，同时又是不断排斥各种可能的过程，所以工作量巨大，又十分繁琐，而这过程也让沈志荣这样一个农民养殖专家慢慢转化成了科研专家。许多专家都是先学理论，再进行实践，然后成为学者或者专家。沈志荣走的成长之路与之相反，先在实践中积累经验，再回到和上升到理论，又从理论再回到实践。而这，正是毛泽东在《实践论》中所说的，是人类一切真理和知识所必须经历的两个"飞跃"的过程。沈志荣之所以在养殖和培育珍珠与河蚌方面比所有人硬气，其道理也在于此。他虽一介农民（渔民），然而他是掌握了丰富实践经验的专业人士，同时他一次又一次地将实践中遇到的各种问题，与专业的同行和专家们进行共同合作与研究，在不断取得了一个又一个成果之后，又把理论知识加以运用，重新回到实践、指导实践——他因此成了当代的"叶金扬"，一个别人很难在理论上打败他、更不用说在实践上战胜他的强大而坚忍的"珍珠王",当然他还是个了不得的"河蚌王"……

面对种种质疑,面对瘟疫本身所带来的重重谜团,上海医科大学的专家们通过两年多的实验以及与沈志荣在雷甸现场的共同配合和合作,最终他们得出了结论:三角帆蚌瘟疫是由某种病毒引起的,而非细菌所致。

"沈志荣是对的!"

学界此时才发出了如此共同感叹。这一声感叹,这一科研结论,前后花去了 6 年时间。最后露出笑容的是沈志荣,因为他一开始就怀疑细菌导致瘟疫的观点是错误的。

这事在水产学科领域其实是蛮丢人的,但因为沈志荣并不是某个国家或某名牌大学科研机构的专家、教授,否则他的成果会让许多"专家"很没有面子。然而,沈志荣的执着与专业成就事实上几十年来已经不止一两次让那些大专家很没面子了,最后大家也不得不将沈志荣"抬"为国家级专家,因为他的一项项人工珍珠培育和河蚌繁殖的成果不仅被国家科委、农业部颁了奖,而且其科研论文也登上了大雅之堂——1986 年 6 月,《浙江水产学院学报》上一篇题为《三角帆蚌蚌瘟病病毒的分离及其生物学特征的初步研究》的论文赫然刊出,并引起当时学界的震动。署名作者中,沈志荣排在前面,他的职务和头衔是:德清淡水珍珠研究所所长。一起列名的还有上海医科大学生物物理教研室的潘鸾凤、曹式芳、李丽春、吴展琪等。

这篇论文的结尾有一句结论式的话语如此道:"三角帆蚌瘟病有关单位过去一直认为是由点状气单细胞细菌感染所引起的,根据我们试验结果证明,是由三角帆蚌消化系统病毒感染所致。"

从 1975 年在中国首次发现河蚌瘟病,到 1978 年连续发生大面积传染,到 1982 年国内开始研究河蚌瘟疫病源,一直到 1986 年首次正式确认蚌瘟是病毒性传染病,前后整整 11 年。这期间,只有一个人是

第5卷第1期　　　　　　　　浙江水产学院学报　　　　　　　　Vol.5,No.1
1986年6月　　JOURNAL OF ZHEJIANG COLLEGE OF FISHERIES　　June, 1986

研 究 简 报

## 三角帆蚌蚌瘟病病毒的分离
## 及 其 生 物 学 特 性 的 初 步 研 究

### The Separation of on Infectious Virus to
### *Hyriopsis cumingi* and a Preliminary
### Research on its Biological Featare

沈志荣　　　　　　李欣扬

Shen Zhirong　　　　Li Xingyang

(浙江省德清淡水珍珠研究所)

(De Qing County Fresh Water Pearl Culture Research Znstitute, Zhejiang Province)

潘鸾风　　　　　　曹式芳

Pan Luanfeng　　　　Cao Shifang

李丽春　　　　　　吴展琪

Li Lichun　　　　Wu Zhanqi

(上海医科大学生物物理教研室)

(Biophysics Research Laboratory, Shanghai Medical University)

　　三角帆蚌蚌瘟病是目前危害我国三角帆蚌最严重的疾病。我们于1982年～1985年对其进行了初步研究，认为蚌瘟病是由某种病毒引起的(1)。同时与上海医科大学生物物理教研室超离心机室一起对三角帆蚌蚌瘟病病毒进行分离、纯化等工作，对其生物学特性也作了些研究。至今已成功地从三角帆蚌蚌瘟的组织中提取到了病毒，并获得了一些电镜照片，现将有关的试验结果报道如下：

### 材 料 与 方 法

　　1. 病毒分离：取蚌瘟病流行区将要死亡的自然发病(或人工感染)的三角帆蚌，取其肝、肠、胃及外套膜等组织。加适量任氏液，在4℃下进行剪碎；用高速组织捣碎机充分捣碎，匀浆。于3000rpm离心20分钟，弃残渣。再取上清液于8000rpm离心20分钟，以去除细胞

　　(1) 沈志荣等，1986。三角帆蚌疾病病因探讨。科技通报，2:37。

《三角帆蚌蚌瘟病病毒的分离及其生物学特征的初步研究》封面

自始至终的，并且始终坚持一个观点，他就是沈志荣。而这一次研究河蚌瘟疫所取得的科研成果，让沈志荣获得了两个绝对权威：养殖实践上无可替代的专业技术能力；河蚌瘟疫科研成果上的高端水平。

既然查明了瘟疫病源，解决起来也变得容易许多。这又是沈志荣的拿手戏，他比一般科研人员更有实践的能力，所以在后来防治河蚌瘟疫时，沈志荣用了一句清晰而明了的话指导说："已知它是病毒传染，那么只要隔断三角帆蚌与病源的传播媒介就行了！"

这样就"行了"，而且沈志荣研究出的防治河蚌瘟疫病毒传染的方法也并不太复杂，即：自繁自育蚌苗，对育苗过程施行严格检疫制度，严格消毒控制养殖水源，严格遵守插种无菌操作及病源水体隔绝。

一场持久而曾让全国河蚌与人工珍珠培育区域无数人头痛发愁、造成巨大经济损失的瘟疫战斗，在以沈志荣为领头人的专家们的左冲右突、艰苦卓绝的数年攻关与奋力抗击下，终于以胜利收兵，使当年

沈志荣研究解决珍珠蚌瘟病的科研技术

第9卷 第2期　　　　　病 毒 学 报　　　　　Vol.9 No.2
1993年6月　　　CHINESE JOURNAL OF VIROLOGY　　　June 1993

### 三角帆蚌瘟病病毒的精细结构与基因组及多肽的研究

邵健忠　项黎新　毛树坚　沈志荣*
（杭州大学生物研究所，杭州310028）

摘要　从自然发病蚌分离的三角帆蚌瘟病病毒（Hyriopsis cumingii Plague Virus, Hc-PV）呈球形或多形态，直径40～210nm。病毒外被厚7.9nm的脂质囊膜，表面布满长12nm的棒状突起，内嵌有20nm的砂样颗粒。核衣壳由串珠状物构成。在包装入病毒前呈杆形核衣壳，直径约12nm，长度30～340nm不等。以后经3～5个圈的螺旋化，成为直径40～70nm的线缕管核衣壳，包被在病毒中。病毒基因组由33S、28S、22S、18S和5S等5个分节段的单链RNA组成，其中33S和22S　RNA结合于核衣壳中，为病毒特异性基因片段。4个大片段RNA的分子量分别为2.4、1.9、1.2和0.7×10⁶D，病毒多肽组分有5个，分子量为VP1 46kD，VP2 41kD，VP3 39kD，VP4 18kD，其中VP1为非糖基化的核蛋白，是核衣壳的多肽成分，VP2和VP3为糖肽，分别构成膜及囊膜外突成。VP4的含量较低。

关键词　嵌砂样病毒，精细结构，基因组，多肽，软体动物

三角帆蚌（Hyriopsis cumingii Lea）是我国培育淡水珍珠的优良品种，自1978年以来连续发生大面积的传染性蚌病，生产上称之谓"三角帆蚌瘟"。1982年国内开始研究该病的病原[1]，1986年首次确认是一种病毒性传染原[2,3]，1987年分离到病原病毒。据形态等初步鉴定，病毒可能是嵌砂样病毒（Arenaviridae）的一个成员，暂定名为三角帆蚌瘟病病毒（Hyriopsis cumingii Plague Virus, HcPV）[4]。为了深入探索HcPV的性质，本文报道其精细结构、基因组和多肽的研究结果。

#### 材料与方法

1　病毒来源　浙江省德清县按点自然发病的病蚌二副制，由省珍珠研究所提供。

2　病毒及核衣壳的提制　取病型病蚌的内脏团，匀浆液经8 000g、40 000g沉淀离心，沉脚升浮入7.1%PEG（MW20 000）过夜后，离心收集沉淀，再加PBS重浮，离心去杂质，上清部分通过20%、50%双层蔗糖垫，130 000g离心，收集蔗糖界面上的病毒和核衣壳样品，然后分别按Pedersen法加RNase降解核衣壳，制备病毒，按Buchmeier法加NP-40裂解病毒，再分步通过20%～60%密度超速梯度，130 000g离心处理将1.14～1.17g/cm³处的病毒密度和1.30～1.24g/cm³处的核衣壳。

3　电镜观察　按常规负负染技术制备病毒及核衣壳样本，JEM-1200EX，H-600型电镜观察。

4　病毒的核酸分析

4.1　核酸提取　病毒及核衣壳分别用SDS和蛋白酶K解聚，氯仿-酚法提取核酸，样品溶于TNE缓冲液（0.01mol/L Tris-HCl pH7.2，0.1mol/L NaCl，0.001mol/L EDTA）中。

4.2　聚丙烯酰胺凝胶电泳　采用3%垂直平板胶，TBE缓冲系统，电压120V，电泳6小时。核酸显色按Sammon的银染法[7]，设酵母28S，18S rRNA为参照。

* 德清珍珠研究所（浙江省德清县武康镇）
1993年8月10日收稿，11月18日返修稿。

《三角帆蚌蚌瘟病病毒的精细结构与基因组及多肽的研究》封面

插种的育珠河蚌成活率从原来的20%，迅速提高到90%以上。

时隔六七年的1993年，杭州大学生物研究所所长毛树坚教授，带着两名学生来到德清沈志荣的雷甸水产村，提出合作科研项目。沈志荣慷慨无私地将多年的三角帆蚌病毒研究成果与资料欣然相送，并与毛教授团队再度就河蚌病毒原理进行了实地考察与深入研究。不久，国际专业学术刊物《病毒学报》刊出一篇题为《三角帆蚌蚌瘟病病毒的精细结构与基因组及多肽的研究》的论文，在业内引起轰动。作者一栏上，沈志荣的名字赫然在列。

从一介农民到专业科研专家，沈志荣的奋斗之路，让他和德清的珍珠之光开始在国际上闪闪发光，其光芒令人炫目和骄傲……

# 第六章

## 发光的岁月

　　将珍珠作为一种宝石，这在我国古代早已有之，而且一颗珍珠价值连城之事并不稀罕，因此珍珠有"东方美者"之誉。"醉别瑶台下凡来，一夜声势动九州。瓦摧地泽浑不问，珍珠名美性如钩。"我国是世界上最早利用珍珠的国家之一，早在 4000 多年前，《尚书·禹贡》中就有河蚌能产珠的记载。在我国古代的饰物中珍珠常与碧玉并重，用作帝皇冠冕衮服上的宝珠、后妃簪珥的垂饰，为权威至上、尊贵无比的象征，达官巨贾无不以佩戴珍珠为荣。而有丰富想象力的古代文人墨客，也创造了一个又一个关于珍珠的美好传说。但凡世间至美之物，在时间的长河中，终如惊鸿一现。俗话说，"珠不过百岁，人难过百年"，令人慨叹天妒红颜，韶光易逝。古往今来，多少价值连城的稀世明珠，如同风华绝代的女子一般，灰飞烟灭。然而其一瞬间的光彩，却美得令人心醉，似流星划过夜空。唯有传说，梦幻般记录下了这些远逝的美丽轨迹。"鱼公主泪水成珠"的故事，便是其中之一。

　　传说南海边的白龙村有个青年珠民名叫"四海"，英武神勇。一日，四海下海采珠，忽然狂风大作，他只得弃船跳海。在冰冷的深海里，四海遇到了海怪的侵袭。靠着一身胆量和不凡的身手，四海打跑了海怪。但因用力过度，四海也受伤疲惫地昏迷在汹涌的海水中……

等到四海醒来时，他诧异地发现，自己竟躺在一张水晶床上，一位美丽的人鱼公主正在温存地替他疗伤。鱼公主慕君勇毅，故此拯救。四海在公主无微不至的照顾下，伤势很快痊愈了。此后，公主便天天伴着四海，寸步不离，食必珍馐，衣必鲜洁。公主不说何时送客，四海也不提何时离去。相处既久，爱意渐浓。公主愿随四海降落凡间，于是一对恋人同回白龙村。

乡亲们既庆幸四海大难不死，更艳羡他娶到美丽的妻子，于是花了几天几夜时间为这对天作之合好好地庆贺了一番。入乡随俗的鱼公主，从此尽弃铅华，素衣粗食，操持家务井然有序，手织绡帛质柔色艳，很快远近闻名。

白龙村有个恶霸，对鱼公主的美艳身巧，早已是垂涎三尺。他想方设法勾结官府，以莫须有的罪名加害于四海，并强夺公主以抵罪。四海奋力夺妻，力竭被绑，铁骨铮铮的男儿就这样惨死在恶霸的杖棒之下。鱼公主眼睁睁看着夫君如此惨死，气愤至极，施法逃回了水府。为悼念丈夫四海，公主每每于明月波平之夜，在岛礁上面朝白龙村方向彻夜痛哭，那一串串眼泪滴入海中之后，被围观的众珠贝们接住，数月数年后便孕胎成颗颗晶莹明亮的珍珠……

这虽然是则传说，但它让我们认识到：在所有的饰物里，唯一有生命，又与人相通相近的只有珍珠。正因为珍珠是由如此痛苦和曲折所凝育成的生命结晶，所以它才格外晶莹璀璨，光彩夺目，让其美艳永驻人心。

也正因为珍珠被赋予如此丰富的生命意义，其本身又光泽无限，因此古往今来极受追捧。在我国灿烂辉煌的古代历史上，有两件齐名天下、同为历代帝王所必争的宝物，它们便是"和氏之璧"与"隋侯之珠"。"和氏之璧"的典故，人们或许已耳熟能详，有关"隋侯之珠"的美丽传说，则知之甚少。相传在战国时代的一个秋天，西周的隋侯

（今湖北一带的封侯）例行出巡封地。一路游山玩水，这天行至渣水地方，隋侯突然发现山坡上有一条巨蛇，被人拦腰斩了一刀。由于伤势严重，巨蛇已经奄奄一息，但它两只明亮的眼睛依然神采奕奕。隋侯见此蛇巨大非凡且充满灵性，遂动了恻隐之心，立即命令随从为其敷药治伤。不一会儿，巨蛇恢复了体力，它晃动着巨大而灵活的身体，绕隋侯的马车转了三圈，径直向苍茫的山林逶迤游去……

转眼几个月过去了，隋侯出巡归来，路遇一黄毛少年，他拦住隋侯的马车，从囊中取出一枚硕大晶亮的珍珠，要敬献给隋侯。隋侯探问缘由，少年却不肯说。隋侯以为无功不可受禄，坚持不肯收下这份厚礼。

第二年秋天，隋侯再次巡行至渣水地界，中午在一山间驿站小憩。睡梦中，隐约走来一个黄毛少年，跪倒在他面前，称自己便是去年获救的那条巨蛇的化身，为感谢隋侯的救命之恩，特意前来献珠，隋侯猛然惊醒，果然发现床头多了一枚珍珠。这枚硕大的珍珠似乎刚刚出水，显得特别洁白圆润、光彩夺目，近观如晶莹之烛，远望如海上明月，一看便知是枚稀世宝珠。隋侯随之叹言：一条蛇尚且知恩图报，有些人受惠却不懂报答的道理。

据说隋侯得到宝珠的消息传出后，立即引起了各国诸侯的垂涎。经过一番不为人知的较量，隋珠不久落入楚武王之手。后来，秦国灭掉楚国，隋珠又被秦始皇占有，并被视为秦国的国宝。秦灭亡后，天下大乱，隋珠从此不知所终。

沧茫岁月，浩瀚星际。一度光彩照人的隋侯之珠便如此湮没在滚滚的烟尘中变得无影无踪，然而唯独这充满人性关爱的美丽传说，依然隐约闪现在历史的长河之中，始终带给我们无限的温暖与不懈的警示。

这便是珍珠的光芒和它的价值所在。

当代的价值取向，是历史审美的沉积与递进。在这岁月中的升华过程，就是市场经营者的盈利空间。

沈志荣从事珍珠养殖之初，是为有口饭吃，后来是为了让雷甸镇所有人能够有好日子过，再后来他的想法就不太一样了，他希望自己的珍珠养殖能够为国争光，为人类造福。志向高远后，人的追求就是无止境了。特别是到日本一趟，沈志荣的思想和观念上的变化，可以用"颠覆"二字形容。他早先跟其他中国人干事一样，因为穷，所以想富，拼命干，努力想干出名堂，成了一种动力。后来财富滚滚而来之后，他便想到了如何超越他人，比如如何超越珍珠强国的日本同行。这个梦想，并没有用多少时间，甚至可以说完全是在并非自觉的意识中就实现了，因为在 20 世纪 70 年代末，沈志荣一心钻在人工培育珍珠与繁殖河蚌之中，后来成功后周边各地政府和养殖户们的"推波助澜"，让珍珠河蚌的养殖量一下超过了日本。所以当日本同行第一次来到雷甸看到沈志荣的人工培育珍珠和繁殖珍珠蚌的技术与规模时，便惊呆和震撼了。日本人的惊呆和震撼，其实也给沈志荣自己一种说不出的惊诧与震撼：原来我们"乡下人"也能干出惊天动地的大事业呀？！

　　那一刻的"惊醒"，对沈志荣后半生所产生的影响是空前的，他内心一下多了份"国家荣誉"和"德清品牌"意识——当然都是关于珍珠的事儿。

　　沈志荣告诉我，当他看到日本的同行把一颗珍珠从首饰品做到药物、再到保健品、再到世界级垄断性的品牌经营模式，他完全不再是过去那个头戴草帽光着脚、整个打滚在河塘里的渔民身份的沈志荣了，他要成为扛起中国珍珠业大梁的那个"中国珍珠王"。

　　王者不一定就要称霸，但王者一定是同行中最强大和不可战胜的强者。那年在日本同行来雷甸夸奖他和他到日本后看到人家的珍珠事业发展现状时，沈志荣的头脑一下清醒，有了一个全新方向：这就是他今天的中国珍珠产业……

　　原来，珍珠除了让女人们更加美丽漂亮外，还能让所有人健康长寿、怡悦心灵，有装点这个世界的奇效！

一颗小小的珍珠，竟然可以影响整个世界，而芸芸众生的整个世界也可以聚焦在这小小的一颗珍珠上啊！沈志荣从日本回来之后，对珍珠的认识完全进入一个新的境界——他的目光和心灵世界里，养殖珍珠不再是简单地换几个钱、富一方村民，而是要让珍珠的光芒能够恩泽于全人类，因为珍珠可以给予人类美与健康，还有比这两样东西更让人类心动的吗？没有。既然没有，那就一定是最崇高和最具实用价值的工作！

此时的沈志荣，已经不再是他的那些农民兄弟和渔民朋友所能认识和理解的，是志在远方的人。尽管他的双脚仍然踩在德清雷甸那块水乡大地上，但心早已飞向可温润这个世界的神秘而光芒四射的珍珠王国……

在这个神秘而光芒四射的珍珠王国里，沈志荣在从事珍珠养殖业之前就知道这两位人物：一个是古代的美女西施，一位是当今唱戏的梅兰芳。西施之美，沈志荣小时候就听说过，而且知道西施之美与粉饰珍珠粉有关，虽然这种传说很遥远，但它却在沈志荣很幼小时就烙在其心灵深处；梅兰芳则是让刚刚懂事时的沈志荣暗暗吃惊——为啥这个大老爷们儿不仅嗓子声音跟女人一模一样，而且皮肤也跟女人一样细嫩？"人家一直涂珍珠粉哟！"从小，沈志荣就听奶奶和母亲这样说。

长大后，特别是从事珍珠的养殖与科学研究后，沈志荣对珍珠的认识就不再是简单的"珍珠粉能让人美、让人皮肤细嫩"了，而是知道了一个含在珍珠里面的东西，它叫"氨基酸"。也因此沈志荣还记住了发现氨基酸的法国化学家尼古拉斯·路易·沃克兰……这些科学与故事都很传奇，也让沈志荣入迷，因为沃克兰发现的这种对人的生命质量产生重大影响的氨基酸，最早是在1806年从芦笋中分离出来的，而且开始并不叫"氨基酸"，而是被称为"天冬酰胺"。过了快整整一个世纪之后才被正式命名为 "amino acid"，中文译名就是 "氨基酸"。进入 20 世纪后，科学家对氨基酸的研究获得突飞猛进的发展，它渐渐被人们习惯性地称作 "蛋白"。到 1940 年科学家们已经发现和已知了自然界中有 20 种左右的氨基酸，它们绝大多数与人的生命有着直接的关系，比如你的生与死、健康与疾病，甚至爱与憎，都与蛋白有关。有人甚至称整个 20 世纪生命科学中最了不起的成果就是发现了蛋白和蛋白普遍被应用于工业化制造和人类生活。

自然，沈志荣还知道，在 20 世纪初，有个叫池田菊苗的日本教授有一次喝汤时，偶然发现那碗放了海带的汤格外鲜美可口，于是他就开始对海带进行了为期半年的研究，结果在海带里提取出了一种叫 "谷氨酸钠" 的物质，这种物质几乎影响了我们 20 世纪全人类的口味，它就是过去我们每顿菜肴里都离不开的 "味精"。海带中的 "谷氨酸钠" 就是一种人体特别需要和容易因它而 "兴奋" 的蛋白质。池田菊苗的伟大发现和日后他创办的日本 "味之素" 在全世界所产生的影响力，让沈志荣印象特别深刻，因为在从事珍珠科研之后，沈志荣明白了为什么自古以来全世界都极其看重珍珠，原因除了珍珠具有天然之美外，还因它拥有多达 17 种人体必需的氨基酸，即蛋白质！

随着科研工作的不断深入，沈志荣对氨基酸（蛋白质）也有了更全面的认识，知道了它是含有氨基和羧基的一类有机化合物的通称。其生物功能大分子蛋白质的基本组成单位，是构成动物营养所需蛋白质的基本物质。也就是说，人的机体内，氨基酸是第一营养要素，每一个生命都离不开它，而且它直接影响生命质量和生命长短。比如有人缺钙，就可能骨质疏松，最后极可能导致瘫痪；有人性功能每况愈下，最后导致的可能是家庭的悲剧，这也是因为身体里缺了氨基酸……顺着氨基酸这条神秘而多彩的 "生命之线" 的理论通道，再转到中国传统的中医道学渊源，沈志荣找到了珍珠大受中国古医青睐的诀窍，原来中医道学上早有记载珍珠的奇妙用途：

比如：

> 治成人惊悸怔忡，癫狂恍惚，神志不宁，及小儿气血未定，遇触即惊，或急慢惊风，搐搦：珍珠一钱（研极细末），茯苓、钩藤、半夏曲各一两，甘草、人参各六钱（同炒黄，研极细末）。总和匀，炼蜜丸龙眼核大。每服一丸，生姜汤化下。（《本草汇言》）
>
> 治小儿惊啼及夜啼不止：珍珠末、伏龙肝、丹砂各一分，麝香一钱。同研如粉，炼蜜和丸如绿豆大。候啼即温水下一丸；量大小，以意加减。（《圣济总录》真珠丸）
>
> 治风痰火毒、喉痹，及小儿痰搐惊风：珍珠三分，牛黄一分。上研极细，或吹或掺；小儿痰痉，以灯心调服二、三分。（《医级》珠黄散）
>
> 治口内诸疮：珍珠三钱，硼砂、青黛各一钱，冰片五分，黄连、人中白各二钱（煅过）。上为细末，凡口内诸疮皆可掺之。（《丹台玉案》珍宝散）
>
> 治风热眼中生赤脉，冲员黑睛，及有花翳：真珠一分，龙脑半分，琥珀一分，朱砂半分，硼砂二豆大。同细研如粉。每日三、五度，以铜箸取少许，点在眦上。（《圣惠方》真珠散）

再比如：中国医药学家李时珍著《本草纲目》，其中卷四六载：

> 珍珠味咸甘寒无毒，镇心点目。涂面，令人润泽好颜色。涂手足，去皮肤逆胪。坠痰。除面暗。止泻。除小儿惊热，安魂魄。止遗精白浊。解痘疗毒。
>
> ......

原来如此啊！看完中国中医史书，沈志荣更是恍然大悟。很快，他再一次走进杭州城解放路的那个新华书店，在那里他又找到了现代科学书籍中有关珍珠粉在人体美容和人体营养功效方面的解释——

珍珠粉中有效成分如氨基酸，能渗透到肌肤深处，去除皮肤表皮细胞的老旧废物，被人体吸收后，能对全身肌肤进行整体调理和保养；它促进新生细胞合成，使皮肤光滑、细腻、有弹性、延缓衰老；可调节内分泌，对祛除女性色素和褐斑有良好的效果。哈，女人男人们都喜欢的功效！

珍珠粉能去油，去汗，抑制皮脂分泌过旺；可有效遮挡紫外线，具有防晒防辐射之功效；天天当粉搽，有去痤疮、脂溢性皮炎和去汗之功效。干性皮肤要少用，油性皮肤可多用，以舒适为宜。哈，这应该是姑娘们的最爱！

珍珠粉对人体起到有效的抵抗衰老的作用，服用珍珠粉具有促进记忆力和植物神经功能，少数服用者还显示白发转黑的功效，并能改善食欲、性欲等作用。哈，老少皆宜的抗衰老功能！

珍珠粉中含有氨基酸和微量元素，可以对大脑的中枢起到安神镇定的作用，能够有效改善睡眠，帮助镇定安抚心情。人体肌肤在得到充分的休息后会变得靓丽美白，使用珍珠粉可以让你轻松睡个护肤美颜觉。哈，美颜又养神，谁都会爱不释手！

珍珠内服走肝经，外用治眼疾，珍珠明目。珍珠粉还有清热解毒的效果，能够清除肝火。哈，现代人生活节奏如此紧迫，解毒清肝，长命百岁，谁不喜欢嘛！

珍珠粉中的硒可以强化视觉神经的传导，改善视力状况，坚持服用，让你的电眼更具魅力。如果是从婴幼儿时期开始就喂服珍珠粉，还可能起到保护视力的作用，让小朋友长大后不容易近视。哈，对婴儿的发育竟然也有奇效！

久服使你全身肌肤细白，坚持早晚用几十毫克珍珠粉做护肤粉进行面部按摩，一年以后皮肤可明显变细嫩，面部呈现透明白。在肚脐眼每天上珍珠粉可减少面部斑点。哈，上帝降临给人类的天然美容家！

对各种原因造成的皮肤破损，如刀伤、擦伤、烫伤、烧伤、湿疹、水痘等，及时用珍珠粉，止血快，收口快，长肉快，消炎快，并不留疤痕。如经量过多内服可迅速止血，所以经量正常者月经期不服用。哈，还能够消伤止血呵！

珍珠入心经，可镇心安神，养阴息风，清热坠痰，"安魂魄，止遗精，白浊，解痘疗毒"。久服能保持清醒的头脑，使睡眠的质量提高，医学研究对心脏病有益。哈，你的小心脏可以安然了！

早晚含服珍珠粉可治口腔疾病，对口舌溃烂、咽炎、牙炎等都有消炎作用，还有护齿功效。哈，对健牙都有好处！

妇女怀孕、哺乳时服用珍珠粉，对胎儿婴儿有加速骨骼正常发育、增长智力之功效，并皮肤白细。哈，还是孕妇的福音！

珍珠粉控油是很有效的，在乳液中加一点点珍珠粉，涂抹在出油的部位，皮肤可以一整天都很干爽。如果出油非常严重，可以在清水中加点珍珠粉，然后拍打在皮肤上过夜。但是这种方法慎用，效果之强劲，连油性肌肤也很容易缺水了。哈，它能为那些油质皮肤的人抽油！

制香蕉面膜，将一条剥了皮的香蕉捣烂，然后加入2匙奶油、2匙浓茶水，加入珍珠粉，调匀后涂抹于面部，10—20分钟后用清水洗净。可有助于缓解皱纹，保持皮肤光泽。哈，它能缓解皱纹的生长。

取珍珠粉0.15克均匀敷在眼周，用冰袋两个在眼部做冷敷，约30分钟后，有助于缓解眼袋问题。呵，它能为那些惧怕眼袋的人解除烦恼！

珍珠还有多达几十种对人体生命有益和美容美颜的功效哩……沈志荣看着看着，都快要笑出声了：这珍珠呀，是百宝之物！过去只在众多珍珠中挑选那些上好的珠子按斤分等级地卖给"外贸"公司去了，更多的次等级珍珠则被当作"废物"扔在一边，简直傻透了！

沈志荣看明白这些书本上的知识后，独自坐在书店一角的凳子上笑出了声，回到家也呆呆地抱着书本傻笑……妻子奇怪地问他："啥事惹得你神经出了毛病？"

"毛病？我有毛病吗？"沈志荣半寐半醒地反问妻子和自己。

"没毛病你傻笑啥？"妻子说。

沈志荣清醒过来后，随手抓起旁边的一把次品珍珠，又笑了起来，对妻子说："过去我确实傻，把这么好的东西当作次品恨不得扔到八丈远！"

"你说这些卖不出去的次品珍珠还能有用？"妻子这回明白丈夫傻笑的原因了，有些不信地问。

"是啊，不仅有用，而且能够派上大用场……前提是得把它磨成粉。"沈志荣兴奋地告诉妻子，他在日本参观时就发现日本人早已在做"珍珠化妆品"生意，而且把不能做珍珠项链的次品珍珠全部利用了起来，制成化妆品后卖给欧美国家，现在生意越做越大，成了全世界的珍珠化妆品的"老大"了！

妻子听了又惊又喜，说："过去老人传说慈禧太后想长命百岁，还一直吃珍珠粉呢！"

沈志荣连连点头，说："书上也说过，珍珠粉得磨成格外地细，粗了就吸收不了，反倒会弄出毛病的……"

"那你可得小心哟！"妻子一听，警告道。

"知道知道，所以我准备先弄化妆品。"沈志荣带着自己的想法找到队上的其他干部商量。那时沈志荣是水产大队的副大队长和支部副书记。意外的是大家并不同意他建化妆品厂，原因是队上已经有个地毯厂，年年赔本。队上对开厂做生意害怕了。

无奈，在没有人支持的情况下，沈志荣就在自己负责的珍珠养殖场找了手下的一帮人自己干了起来。

做珍珠化妆品，第一件事就是得把珍珠磨碎。沈志荣第一个想到的就是去碎米厂试试。哪知珍珠和大米等食物相比，不但硬度高出数倍，而且还有相当的韧性，普通粉碎机根本无法破碎珍珠。毫无工业机械知识的沈志荣只能如大海捞针一样到杭沪苏一带的工业机械制造厂去寻求相应的设备，结果寻遍了长江三角诸多城市，唯独找不见可以破碎珍珠的粉碎机。为什么？"因为珍珠的硬度比金、银、铜、镁都硬，跟铁差不多……"一位机械专家告诉沈志荣。

"那——有啥法子可以粉碎珍珠吗？"沈志荣急切地问。

"当然有，比如合金钢飞片……"

"就是说，粉碎机的钢片得用高强度的合金钢片？"

"是，理论上是这样。"

"那能不能请你们帮助制造几片能够安装在粉碎机上的合金钢片？"沈志荣终于说出了自己的愿望。

"不能。"专家断然回绝。

"为什么？"

"因为我们没有这个科研任务，而且也不会做这样的实验。"

"我们请你做行吗？我们付钱！"沈志荣请求道，又补充了一句。

人家还是摇摇头。虽然真正的目的没有实现，但沈志荣还是有了重要收获，他从专业人士手上拿到了制造合金钢片的硬度标准。有了这，加之有钱放在那儿，沈志荣很快找到了帮助他制造粉碎机合金钢片的厂家。

试验需要在他自己的厂子里进行。"那是个啥厂嘛！就是一间破房子，里面安了一台碎米的粉碎机……我们把特制的合金钢片安装上后就开始试了，但头几回都没有成功——粉碎出来的珍珠粉粒子太粗！"沈志荣回忆说。

"怎么办？"我问道。

"让制造合金钢片的厂家再提高合金片的硬度呗！"沈志荣说，"那时我们想得简单，又没啥专业知识，一心想的是如何把珍珠粉碎出来！但忽视了合金钢片的硬度过高后会变得很脆，一脆旋转起来就非常危险了……"

试验还在继续。沈志荣找到合金钢片制造厂，请求再把硬度加强，而这等于是在把自己往最危险的生死关上逼近，因为合金钢片硬度越高，也就意味着它的质地越脆。果不其然，再次试验时，一场惊心动魄的现场事故差点让我们看不到本书的后半部——沈志荣这样描述当年的一次试验：

"我们以为一切都准备好了，所以把电闸开关按上去，粉碎机就飞快旋转起来……但这一次飞旋起来的声音跟前面的试验有点不太一样，'嗞嗞嗞'的尖叫声，听起来有些吓人。我就赶紧让其他几位走远一点，正说着话，突然听到一声巨响，随后便是'噼里啪啦'的一连串响声，我们抱头就往车间外面跑……再也不敢回头看！"

现场到底发生了什么？

几十年后的沈志荣仍然用了"吓死人"这三个字形容当年的这场事故：粉碎机里面的合金钢片在高速运转时，由于本身的强度太高，所以出现断裂，又因为合金钢片的断裂，直接导致了粉碎机的粉碎，于是钢片、铁片和整个机床满车间飞溅……顿时，四壁的砖墙被打破，玻璃窗更不用说，那些水泥柱子也被飞溅的钢片、铁片打得七零八落，房顶开满了许多"天窗"……

"如果有钢片、铁片飞到我们人身上，那肯定老命归天！"沈志荣说这话时仍然心有余悸，一脸惊恐。这是他一生中遇见的一次最危险的事，也是他无法忘掉的创办珍珠事业的一份永远值得珍惜的"初心"。每每企业出现困难和需要提醒员工们珍惜今天、创造未来的重要时刻，沈志荣都会想起此次试验，并且深沉地说一句这样的话："珍珠看上去很光艳，但要真正让它永葆光芒，并不是件容易的事……"

70 年代雷甸珍珠粉厂爆炸、墙面留痕

确实，在那个创业阶段，在那个创业的时代，中国各方面都很落后，尤其没有沈志荣他所要的开发珍珠深加工的条件与设备，几乎每走一步，都得靠他自己去设计，去琢磨，去实践，去奋斗，而这每一个设计、琢磨、实践与奋斗的过程，可能就是一次"万里长征"，有多少险，有多少难，只有沈志荣自己知道，因为他尝遍了其中的所有酸甜苦辣。也正是这种磨炼与奋斗的过程，让沈志荣越到后来，其信心和意志越坚定，越敢往前走，直至每一个设想的目标成功和实现为止。

让一块柔软的河蚌软体育出珍珠是个复杂而漫长的过程，没有1000 天以上的生命成长期的风风雨雨，便不可能产出质地比金、银、铜还要硬的饱含丰富的人类生命所需物质的有机物，更不可能透出那么好看的晶莹光芒。欲将这样一粒粒质地坚硬的珍珠磨成粉末，并令其抹在皮肤上舒适，且绝不破坏其内在的有机物质，其过程又将是更加复杂艰难的"万里长征"……

配方是所有化妆品的关键。珍珠化妆品的配方在哪里？日本有，但人家不可能给你。中国人自己却没有。沈志荣访遍了各大化妆品厂家，然而没有一家的配方是适合于珍珠化妆品的，因为那个时候中国的几个化妆产品，基本都是化学品物质，没有一家是采用像珍珠一类的有机物制成的。沈志荣想：尽管珍珠化妆品的最大特点是保持且不破坏珍珠最珍贵的有机物质，但它要变成润肤的化妆品，与其他化学化妆品的配方应该是接近的，或者在原理上是相近的。有了这个基本思路，沈志荣觉得眼前的天地变得宽了许多。他打听到杭州石油研究所的一位工程师成功实验过复合型化妆品，这让沈志荣内心泛起一阵波澜。

"请您帮帮忙！"沈志荣见有本事的专家总是一片诚意，并且表示愿意拿出重金"合作"——"我们是农民，农民搞些事情非常不容易，您是知道的，我们这里的农民现在许多人都在养殖珍珠，所以想为大家办点好事。"心里的话掏了一堆，对方也感动了，于是合作也就水到渠成。

但人家有人家的考虑，合作开发珍珠化妆品可以，前提是：我的配方不能给你沈志荣和雷甸。

雄心勃勃的沈志荣一下泄了劲：没有配方的化妆品企业，就意味着把金山银山建在海水上面，说不准哪一天就垮塌后连老本都不知掉到哪儿去了！

自己干吧！习惯了这种"不平等"和被人瞧不起的经历，沈志荣也练就了一个独特的性格：凡是与珍珠相关的事情，外面搞不定的技术和发明创造，或者世界上还没有过的先例，最终他总是横下一条心——自己干！

"所有事情都是被逼出来的。"沈志荣无数次对我如此坦言。这份坦言中透着许多无奈，而更多的是一位珍珠事业开拓者的执着与无私追求。

沈志荣今天能够成为中国公认的"珍珠王"，原因就在于此。

他不是学者，但比其他珍珠专业的学者有更丰富的专业知识与本事；

他不是专家，但比其他任何珍珠行业的专家更专心致志地从事珍珠培育与开发；

他不是科学家，但比其他任何从事珍珠领域研究的科学家们花费了更多时间与精力，而且取得的成就也是其他科学家所没有的。

在沈志荣从培育珍珠进而转向开发珍珠化妆品时，一个如今大家听起来司空见惯的名词叫"配方"的事情，就可以说明上面我做出的这些定论，即沈志荣他为什么"能"！

可以这么说，人类的历史就是一个"配方"的历史过程，或者再拉到更大的范围——地球和宇宙的诞生与发展的过程，也是"配方"的过程。因为用我自己认识的"配方"所产生的机理来解释和认识世界时，就会明白像我们人类自己，难道不是因为男性与女性的"配方"才有了新一代吗？之后一代又一代的新的男和女的诞生，其全部过程也都是"配方"的过程。

或者从万物的生成与繁衍过程看，基本上都是"配方"的结果。

"配方"属于化学语言，而化学本身就是地球万物的起源过程。沈志荣在研制珍珠化妆品时所需要完成的一个关键环节，就是适量的配方所产生的效果——即另一种物质的介入，满足珍珠粉在不改变本质机理的前提下，可以适用于人们润肤保健的作用，并形成一种新的产品——珍珠化妆品。在计算机和大数据普及的今天，像沈志荣研发的这种珍珠化妆品配方，也许几分钟、几十分钟就可以"搞定了"。然而在当年，在连基本条件都不具备的年代，如没有分析仪，没有刻度表，甚至连微量小杆秤都缺的情况下，仅靠几只玻璃杯、一支温度计来分析和配制配方，沈志荣需要百次、千次地进行配制与试验。条件落后的中国人，总是那么执着和有能力攻克一个个难关，研制原子弹的极端复杂"配方"，也是由几百部算盘计算出来的。相比起来，沈志荣的珍珠配方还是要简单得多。不过对这么一个农民，一个几乎没有人支持条件下的农民来说，这也足够为难他的了。

因为"配方"本身，其实也有双重性，即良性的和恶性的。1948年，诺贝尔医学奖颁给了瑞士化学家米勒先生，奖励他在第二次世界大战中拯救了多达 5500 万个患有传染斑疹伤寒流行病的前线将士和百姓的生命，米勒就是用了一种简称"DDT"的医学配方。毫无疑问，米勒先生的这一贡献是伟大的，把诺贝尔医学奖授予他也属于实至名归。然而随着科学的不断发展，后来世界上许多科学家发现米勒的这种可以杀死传染病毒的"配方"具有不可降解的毒质，在人体残留后，同样具有破坏人体免疫能力甚至导致死亡的可怕后果。结果米勒的这一"配方"被各国停止使用，我国也在 1983 年禁用"DDT"医药配方治疗相关病毒。

话或许说远了些，然而沈志荣在走投无路的情况下，只能靠自己来进行珍珠化妆品的配方研制时，面临的可能就是米勒式的科学发明。想想是不是这个理：用于一个个愿望细皮嫩肉的女子脸上、手上、肌肤上的珍珠化妆品，如果一旦也含有不可降解的有毒物质，其后果是啥，沈志荣最清楚。

但那个时候的沈志荣并没有想得那么深远，他一心想的是配方的成功。可是成功的道路太难。一次次配对，一次次失败，败到好端端的珍珠粉忽而像糨糊一样，忽而又像冻土一样板结……

"这能搽人脸吗？我看用它涂石驳岸吧！"有人在一旁嘲笑沈志荣的实验配方。那话虽然是开玩笑，但也深深地刺痛了沈志荣的自尊。可这并没有动摇他继续实验的决心和追求成功的信念。

那是 1982 年夏天的一个夜晚，时针已经走过了零点……沈志荣还在水产大队的珍珠养殖车间里独自手工搅拌着几个玻璃容器内的十二烷基硫酸钠乳化剂配方。

现场，除了一台摇头电风扇"咔啦咔啦"的转动声外，只有沈志荣手持一根玻璃棒在玻璃容器内搅拌的细微声音……

温度，稀释度，搅拌速度……还有时间。沈志荣目不转睛地注视着玻璃容器内的珍珠粉与配方之间的适合度，并且不时地将各种数据记录在小本本上。

眼睛，肤感，心感……还有依然的时间。

此时沈志荣专注的眼神，一刻也不离玻璃容器，并且不时地从中舀出一点儿配方标本在自己的肌肤上试涂……

是那一种感觉了：一丝丝凉意，清泠的凉意，浸入肌肤，肌肤开始变得湿润起来……之后仿佛又导入人体审美神经中枢，并通过大脑，迅速进行判别，再之后便流入心灵深处，再回复到肌肤的表层，最后回答实验所要证实的一切结果——化妆品所需的那些指标要求……

对呀，就是这种醉心的舒适感！这种春雨般的滋润度！这种让枯树泛嫩泛青的奇效！

就在这一天的子夜时分，沈志荣仿佛一个盲人摸到了大象的鼻子，而且连同象牙一起握在手中，兴奋地高喊："我成功啦！配方成功啦！"

这一夜沈志荣家就再没有安静过了，妻子看着双眼又凹陷了许多的丈夫，既心疼又娇嗔地埋怨道："看你这开心劲，我生两个儿子时你都没到这分上！"

"你还真说对了！"沈志荣一边喝着妻子特意为他烧的鲜鱼汤，一边说道。

确实，珍珠粉做成化妆品的配方对当时的沈志荣来说，毫无疑问太重要了，而且这一步直接影响着他之后一生的"欧诗漫之路"——这话暂往后放一下。

我们来说他开发珍珠产业艰难之路的第一步——化妆品研发初始的岁月：

水产大队的养殖场仓库内研发出来的珍珠化妆品的"配方"以及由此制作出来的产品，虽然简陋和粗糙得惨不忍睹，那些调制和

"生产"出的珍珠霜（当时没有产品名称，只有临时借用来的俗称而已），全都堆在沈志荣从杭州城日用商店买回来的瓶瓶罐罐里，甚至还有几个他从家里搬来的洗脸盆里，然而正是在这些简陋而不可思议的条件下，沈志荣完成了他自成功培育人工珍珠到成功繁殖三角帆蚌之后，向珍珠产业跨越发展的一个历史性台阶。其实这个历史性的台阶既是他沈志荣的，也是中国珍珠产业界的，因为沈志荣的珍珠事业基本上代表的就是当今中国的珍珠产业，他的每一项研究成果，都是中国珍珠养殖业和珍珠产业的标志性事件，只是他的这些重要成果并没有像"杂交水稻之父"袁隆平那样出名和公众化，毕竟珍珠产业与影响每一个国民的民生大业粮食相比，范围和分量轻了些。但，沈志荣和袁隆平所走过的科学之路，其实都一样，是同样的千山万水……甚至在某些方面沈志荣从一开始直至现在，没有袁隆平所拥有的国家科研资源与条件，更没有袁隆平那样庞大的团队，基本上就是赤着双脚、泡在河塘里自己单枪匹马干出来的。这也让沈志荣长期养成了非常硬气的性格和执着精神，更让那些了解他的人对这位"水上漂着"创下大业的珍珠大王刮目相看，格外敬佩。笔者便是后者之一，所以同样十分敬重沈志荣。

现实生活中，人们一般都很看重金子，而拥有最多金子的可能是那些银行家和大亨们，但你真会从心底里对这样的人产生敬意吗？至少我不会，我更加尊敬那些从沙石里、坑道中淘挖出金子的普通淘金者，因为是他们把自然界最可贵的金子奉献给了人类……沈志荣就是那些给人类奉献金子的人之一，所以敬重他是应该的。

对一个国家和一个民族而言，自然财富和先人所创造的物质财富固然重要，但最重要的还是那些能够创造新财富的人。与创造财富的人相比，具有创新思想和创新意识的奋斗者更加重要，沈志荣又是属于这一类人。

在珍珠化妆品配方成功之后，他曾经发出过这样一句誓言："我要让每一粒珍珠都能发出光芒，物尽其用！"其实，这也是他自己的人生信条。

第一批珍珠霜做出来后是储放在几个洗干净的新搪瓷盆里的。正好这时杭州在举办省百货商品交易会，沈志荣觉得是个机会，便将自己从养殖场里搞出来的这些珍珠霜装进一个大塑料袋里，而后背到省城的百货交易会上……

"哎呀，是沈志荣呀！你在做啥呀？"沈志荣此时在珍珠养殖界名声已经很大了，而且又因为是他最早把雷甸大队搞成了"万元村"，"珍珠大王"的声望远近闻名，所以认识他的人很多。

"卖珍珠霜呢！"沈志荣指指自己的产品，笑着回答众人。

"珍珠霜？搽脸的？管用吗？"有人好奇地问。

"你没听说我们这儿的古代美女西施吗？据说她那个时候就已经用磨细的珍珠粉末抹肤了……要不怎么会像仙女一样美嘛！"沈志荣幽默地给人介绍道。

"珍珠大王卖珍珠霜，肯定差不了！"于是众人围过来争着要试一试沈志荣的"珍珠霜"，尤其是那些女同志，抢着在自己手上和脸上试涂……

"怎么样？感觉爽吧？"

"嘿，老沈的东西就是比其他化妆品强呀！既爽又舒服的感觉哩！"

"让我也试试……"

"我也试试！"

沈志荣笑开了颜："别挤别挤，保证大家都能试一试！感觉好了，你们就买点回去！如果用了不好，我包退！"他拍着胸脯在现场做起"广告"。

"你是'珍珠王'，货真价实！我信你！"

"我也信！给我称上 5 斤！"

"我要 10 斤！"

"我也要……"

就转眼的工夫，沈志荣跟几个养殖场的社员一起带来的几袋珍珠霜被一抢而光！这场景沈志荣是第一次见，百货交易会的工作人员也说这么火爆的场面他们也第一次见！

"沈老板啊，你可要发啦！"

"沈队长，你还有没有货啦？"

"对对，我能不能到雷甸那边去取货呀？"

"我也想去……"

这种结果和这样的场面沈志荣是第一次见到。当时他的小心脏"怦怦"跳个不停——当然是太激动了，因为事情太出乎他意料：原来大家都喜欢珍珠霜呀！

"发了！我们发啦！"一起跟沈志荣来省城的几位社员，一边擦着汗，一边点着钱票，报告道："卖了4万多元啊！"

"啥，4万多元？你没数错吧？怎么这么多啊！"沈志荣一听也双脚离地，连跳了好几下！那个时候，一个"万元户"就是一个致富的标志，即使是一个农村生产队，能有4万元的收入也算是大数了。更何况，沈志荣心里清楚：他这天卖的货，成本也就一两千块……如此干下去，雷甸水产大队不发才怪了！

"今天我的心脏跳得特别快呀！"回队的路上，沈志荣连说了好几次这话。随行的人告诉他："我们的心脏也都跳得快得不行了呀！"

"哈哈……"这笑声一路荡漾，一直飘荡到德清和雷甸的每一片水面。那些曾经怀疑沈志荣能不能"做"出珍珠霜和卖不卖得出去的声音，也仿佛被吹得烟消云散。

水产大队关于"要不要办化妆品厂"的话题也被再次提出。当然这回没有一个人反对，相反大伙都在嚷嚷："多办几个这样的厂才好呢！"

沈志荣笑了，说："先办一个，办好了再扩大！"他知道大家等着他发财呢！那个时候全国上下在邓小平"让一部分人先富起来"的号召下，都在想着如何发财致富。德清和雷甸出了个沈志荣这样既能培育人工珍珠、养殖河蚌卖大钱，现在又多了一门更加快捷的赚钱新"门道"的财神爷，所以沈志荣的名声一下子威震江浙大地，那会儿《浙江日报》《人民日报》和当地的广播新闻里，"沈志荣"的名字三天两头见。"跟着沈志荣，致富又光荣"，我听年岁大一点的德清人说当时他们就有这样一句顺口溜。

别小看了老百姓，谁好谁孬种他们心里最有数。浙江省、德清县、雷甸乡上上下下各级领导干部们对沈志荣更是百般赞扬与鼓励。

"凡是沈志荣的事，你们要全力支持！"县上的领导曾这样对雷甸乡的干部说。

当乡干部把这样的话告诉沈志荣时，他沈志荣确实笑了，但笑得有些尴尬，因为沈志荣想着手办个像模像样的化妆品厂时，水产大队能够支持的其实啥也没有。那时乡里也不富裕，乡干部们除了"精神鼓励"外，拿不出一分钱帮助沈志荣。

"有人。你沈志荣要用啥人，尽管用。"队干部会议上，做出的这样一个决定其实就已经很让沈志荣感动了。

确实，办厂、办企业，人是最重要的。沈志荣把办厂需要的"知识分子"队伍排了一下，竟然在全水产大队没找出一个！

"这可怎么弄呀？"他发愁了，第一次真正发愁。

"沈老板……"突然，有人在他身后唤他。沈志荣转身一看，是村学校初中班的一位老师。自打沈志荣养殖河蚌和培育珍珠，尤其是这回成功生产出化妆品后，许多人就叫他"沈老板"，那会儿这样的称呼很时髦。

"沈老板，听说你要办化妆品厂，需要人吗？我想跟你干！"这位初中班的老师毛遂自荐。

沈志荣迟疑了一下，问："你可是教初中的老师呀！大知识分子！

我咋敢要嘛！"

"唉，啥知识不知识的，现在队上的孩子小学毕业后都往中心乡镇的中学去念书了，我们一个初中班才十几个孩子，这个班早晚办不下去了……"这位老师说。

"是这样啊！"沈志荣若有所思道，"你们一共几个初中老师？"

"四个。"

"他们几个愿不愿意到我这边的厂里来呢？"

"愿意！你沈老板要是愿意收我们，大家会高兴得跳起来呢！"

这可是沈志荣没有想到的。太好了，如果能把这个"半死不活"的初中班砍掉并且安置好这些孩子的话，将四个老师调到化妆品厂是太理想的一着棋了！

"我看这是大好事，一举两得！"队上和乡里的干部都支持沈志荣的这一想法。

沈志荣喜出望外："需要再调一批心灵手巧的女社员，她们干活心细、麻利。"

"要多少，你自己挑便是。"队上同样干脆。

"好嘞！"这是沈志荣最开心，也是干什么事都顺利的岁月。

虽然当时的化妆品厂仅仅只是一个作坊式的小厂，所有设备土得不能再土，用沈志荣的话说，"你当时想现代化也没地方可以让你买得到东西去'现代化'……"他说得对，中国今天的许多进入"世界500强"的大企业，在最初起家时，几乎都跟沈志荣办厂一样，三五个人，一两间破房子，几张桌子外加一个旧算盘就是全部的家当了。

相比之下，其实沈志荣的"初心"事业还是要轰轰烈烈得多。比如那个时候，他所在的德清雷甸地区已经很难满足他所需要的养殖三角帆蚌育珠的高质量水域。于是他带着队伍在四周到处寻找理想的地方，后来找到了著名的新安江发电站旁边的千岛湖，那是一片非常美丽和广阔的水域。沈志荣第一次做出了"诗在远方"的异地创业举动，于是几十万只珍珠河蚌没多少时间便在和风荡漾的千岛湖面上出现了——"这是德清'珍珠王'的珍珠蚌！"当地人很快这么传开了。

这仅仅是沈志荣作为"珍珠王"的几个大手笔之中的"一笔"而已。在湖州四周的其他适合养殖珍珠蚌的地方，他也布下了庞大的养殖基地。"德清珍珠"，"沈志荣的蚌"……那个时候，三千里江浙大地的水域上布满珍珠蚌，常听得人们在这样议论这一壮丽画面。

当然，不是所有被织出的锦绣画面都那么平展而简单。沈志荣在雄心勃勃向外"扩张"时所遇见的困难也可谓是一重又一重。

"那时的水库是服从'农业学大寨'的运动需要，也就是说它是为农业灌溉服务的。"沈志荣向我解释道，"天一旱，水库的水就被不分日夜地抽走，灌溉到周边的农田里去了，我的珍珠河蚌就被悬吊在半空，太阳一出，便死光光了！如果遇上夏天连续几场暴雨，水库就猛涨几丈，我的那些蚌就沉入水底深处，有时在浑浊的泥水里一泡就是十几天、几十天，同样影响了珍珠的生长……这是缺乏经验的'外扩'失败，最后只能放弃这样的水库湖面。"

"但也有另一种放弃的。"沈志荣说，当年他在另一个离德清并不太远的地方看好了一片湖面，"这水面的水质非常好，是养殖优质珍珠的绝佳之地，我亲自去检测的水质，也亲自带着团队花了很多心血培育了这块优质水域。我们在那里布下了百万只珍珠蚌，开始一直很好，但是到了采收珍珠的时候，当地人就眼红了，甚至当地的政府也出面想把我们的这些河蚌据为己有……"

在财富面前，人的一些并不好的本性会暴露无遗。贪欲和自私让那片原本清澈的水域开始变了味。为了不让水产大队的集体财产被抢劫一空，沈志荣做出了一次从未再重复过的"战场行为"——他组织了全队社员，开着机动船，白天悄悄地潜伏在那片水域附近，然后等夜幕降临之后，迅速出击，以"迅雷不及掩耳之势"的速度，奋力搏战一整夜，将所有属于自己的珍珠蚌，全部收归到自己的船上……当东方的晨曦照射在那片水域时，当地人无不惊呼道："那些珍珠蚌到哪儿去了呀？"

晚了！珍珠蚌已经平安地回到了德清雷甸那个属于自己家园的水域……

那年雷甸的珍珠喜获大丰收。社员们一边点着分红的一沓沓钞票，一边捧着闪闪发亮的珍珠，过来向沈志荣道谢，同时又好奇地问他："为什么现在我们雷甸的珍珠越来越光亮？"

沈志荣随手掬起一捧珍珠，然后深情地告诉大家："好水才能育出好珠。而你的心有多亮，珍珠也就会有多亮！多亮的珍珠，也就会带给大家多大的幸福！"

雷甸人理解沈志荣的话，因为他们从自己芝麻开花般的好日子中感受到了珍珠的这份光芒以及这光芒带给他们的幸福生活。

1982年，雷甸水产大队的人均收入达到1263元，而当时全国人均收入才200元（数据来自国家统计局官网）。通过沈志荣自创的珍珠养殖和珍珠加工产业，这个普通的农村一跃成为与江苏华西一样的全国著名富裕村庄。

他沈志荣则成了誉满神州的"中国珍珠王"。

# 第七章

## 欧诗漫诞生

在市场经济趋向成熟的今天，人们会发现做什么都可能比较难了。但在三四十年前的中国，似乎谁想做什么谁都有可能成为财主，当然那个时候发财和财主的概念比较小，赚几千、万把元，就很了不得了！仅仅弹指一挥间，中国发生的事情连我们中国人自己都感到不可思议。

沈志荣和他的"欧诗漫珍珠王国"就经历了这般不可思议。

最初他遇到的问题并非别的，而是毫无"包装"意识的窘境：将土配方制成的珍珠化妆品装在塑料袋里，然后再到小百货交易会上去兜售，结果弄出了一个个笑话。

"沈老板，你的这个东西怎么长毛啦？这还能涂皮肤吗？"好几回，有几个客户拎着小塑料袋跑来找沈志荣算账。

可不是，捂在塑料袋里的珍珠霜原本是乳白的，现在上面长了一层绿油油的茸毛，怪吓人的。"我给你换！马上换！"沈志荣知道这个"洋相"不能传出去，所以一边仓促给人家换上新制成的珍珠霜，一边又悄悄地告诉客户："我给你的是最低价……"

"谢谢。谢谢沈老板了！"

客户走了，但沈志荣拎着塑料袋则瘫倒在一边，他看着长毛的珍珠霜，眼泪都快要涌出来了："这么搞，我沈志荣就是罪人了！天公都要打雷呀！"

当时沈志荣心疼的是两件事：一旦珍珠霜变质，坏了他和雷甸的名声，浪费了那么多宝贵的珍珠原料和大伙儿的心血。这两条哪一条都是对不起良心的事，所以他沈志荣心里憋得慌。怎么办？

那个时候别说沈志荣所在的农村，就是在大城市上海，小一点的工厂、商店连一台起码的保温箱和冰柜什么的都不会有。

"它不是怕热了长毛吗？那就跟冰西瓜似的放井里不就行了！"妻子和老母亲都给沈志荣出主意道。

对啊，放井底下冰着、凉着，谁要的时候就从井底里吊起来再称给客户……沈志荣一拍脑袋，觉得是个办法。

"不行啊沈老板，人家到我这儿买珍珠霜是随时随地就要用的，我总不能把货永远吊在水井里，来一个就去井底吊一次货吧！这算啥生意嘛！"客商这样诉苦。

也是。这哪是个办法嘛！沈志荣绞尽脑汁想新法子，但似乎可能性都不大，因为他到过上海同类商品的单位去打听过，人家在原料加工和生产后的储存期间都有冷冻和保温设备，且他们都是几十年的老牌"国营"企业，沈志荣想都不敢想一下与之相比拼。

改革开放后，普通中国人接触到的最初和最广泛的包装品，就是日常用的塑料袋。那薄薄的、轻轻的，又方便又便宜的塑料袋是中国人至今仍然在广泛运用的"第一包装品"，虽然被环保人士不止一次抨击和举刀想灭掉，然而塑料袋却无法从中国百姓的日常生活中简单和粗暴地被消灭掉。沈志荣对塑料袋同样充满感情，那几乎没有成本的小塑料袋，让他的珍珠霜化妆品第一次走到了消费者面前，走到了祖国神州大地每个角落。然而"长毛"事件又刺痛了沈志荣的心，于是他有了用瓶子装珍珠霜的想法。

瓶子确实比塑料不知要强多少倍，而且玻璃瓶子基本都是透明的，它可以看到里面所装的珍珠霜的颜色。沈志荣他们的瓶装珍珠霜一出场，就受到代销商和客户的青睐。

但很快又有人捏着瓶子找上门："沈老板你看看，这瓶子里的珍珠霜为啥上下颜色不一样嘛！你们这货到底有没有毒啊？你这东西到底是珍珠做的还是糨糊呀？如果是糨糊还好，可如果是有毒的东西，那可就害惨我了呀！"

这个代销商很不客气地将一大瓶珍珠霜扔在沈志荣面前，要求赔偿。

"怎么可能是糨糊嘛！除了配方，百分之百的是珍珠粉做的嘛！是不是你弄错了呀！"沈志荣一听便辩解道。

"那你自己看看这卖相！"人家又一次把瓶子举到沈志荣的眼前，让他自己看。

哎呀，是雷甸生产的珍珠霜，可卖相确实太差劲了！沈志荣接过瓶子仔细一看，那瓶子里的珍珠霜颜色确实奇怪了：瓶子的上半部分，质稀而颜色浅淡，瓶子下半部分则色深而沉淀物奇多。再打开瓶子把里面的"珍珠霜"往脸上抹一下，白碴碴的一层，极其难看，而且完全没有舒润感……这时，沈志荣的脸都红了，是羞红的。

该赔的赔，该退货的退货。但这并不是主要的，主要是沈志荣看到了自己产品的两大问题：包装仍未解决，可最重要的是产品质量没有过关。珍珠化妆品最关键的标准是粉末的细度，只有将硬度超过金银铜镁的如铁一般坚硬的珍珠碎成能够达到医学所用标准的 200 目以上细度，才可以用于化妆品和食用。而且在破碎硬度很高的珍珠过程中，必须不能破坏其本身所含的有机物质，即人体必需的微量元素——氨基酸。我知道，沈志荣事业的后半部分用了相当多的时间与精力，一直在研究和攻破如何在保持珍珠基本物质绝对最小破坏的同时，最大限度地开发好珍珠所含的宝贵物质为各类人群身体所吸收。

这工作让沈志荣花去了近 40 年的心血与智慧，即使到现在，他和他的团队仍在不断努力地向"极地"目标进军。

"目"，在粉末细度上，它是个单位名称。一般来说，粒径小于 30 微米的物质粉末，就可以称为"超微粉体"。30 微米大约相当于 450 目左右。"目"，作为细度单位，是指每平方英寸筛网上的孔眼网数目。例如 50 目，就是指每平方英寸上的孔眼是 50 个，500 目就是 500 孔。目数越高，孔眼越多。也就是说，目数越高，粉粒径也越小。我国现在使用的是美国标准。

沈志荣告诉我，他第一次去日本看到的是人家已经能将珍珠粉粒细化到 600 目左右，而他沈志荣通过粉碎机打出的珍珠粉只有 200 目上下，勉勉强强适用于做化妆品，当然是低标准的护肤品。而现在他的珍珠细度完全是纳米级的，也就是，比最初的 200 目的粒径细了千倍以上。

这话题后章有论。我们还是回到上世纪 80 年代初那分娩"欧诗漫"的前夜——

对沈志荣和"欧诗漫"来说，这的的确确是一段激情燃烧的岁月。沈志荣这样回忆那段岁月："上世纪 80 年代初，我们开始做珍珠霜后，生意火得不知道怎么办时，有人向我们提出来，说你们卖东西怎么连个名牌、商标什么都没有呢？也就是我们百姓平日里说的，你吆喝什么，你就得有个牌子呀！可我根本不知道卖点东西还要牌子！经人们一提醒，再看看商店里人们卖东西确实都有牌子嘛，比如香烟，不能光说是香烟，它有'大前门''飞马''牡丹'等等。有牌子，人们就得挑啥卖啥，我们生产珍珠霜，不能只说卖珍珠霜，连个名都没有，确实像没头的苍蝇飞进了饭店，你不知道自己该怎么向消费者讲自己的产品。所以在这种情况下，我只好向县里的工商局问问该怎么办。"沈志荣说的这桩事发生在 1982 年，距今也就三十多年，可那个时候中国是个什么状况？今天的年轻人是绝对想象不出来的——

"沈志荣你说啥？你要弄个商标？谁跟你说要弄商标？"县工商局赵局长对专程前来咨询的沈志荣所提出的问题，竟然不知如何回答，因为他这个工商局局长还没有遇到过这样的事，而且关于商标什么的他堂堂德清县工商局也是头回有人来询问。

　　"是呀，我也不想这么做，可一到市场上，一到商店里，我的珍珠霜没个名、没个姓，给人感觉东西不像自己的，倒像投机倒把似的，这怎么行呢！"沈志荣把苦处一说，工商局赵局长笑了，然后挥挥手，道："知道了知道了，你先回去，我向省局打听打听，看看这到底怎么个弄法。"

　　"行，那我回去等消息？！"

　　"好喽，一有进展就通知你。"

　　就这样，沈志荣从县工商局回到水产大队后，便一直在等待给珍珠霜"起名"的事儿。

　　"沈老板，你的事有着落了：省工商局说可以给你的产品申请注册商标，但这事浙江省工商局说了还不算，你得把材料准备好了后先报送到省局，然后再由他们送到国家工商局审批……"消息终于来了，沈志荣有生以来第一次跟"国家"打交道，用他自己的话说，过去所做的事情都是在生产队里，他说了算、干了算，从未出过生产队权限，即使进行人工培育珍珠和河蚌繁殖这样的科研工作，他也都是在那间养殖场的车间棚子里完成的。现在因为做珍珠霜化妆品，他的产品为了独立走出雷甸，走出德清，走向市场，他必须给它起个"名号"。

　　"没有名号就不能买卖。"在上海滩给人家做了许多年用人的母亲，是个见过世面的人，她的话入了沈志荣的耳。是，"名号"十分重要，不然人家怎么好买你的东西嘛！再说，我沈志荣和德清雷甸的珍珠霜，也要对消费者负责，有了名号既可以让人家晓得，也可以让人家来监督我们的产品过不过硬。

　　从这一天起，沈志荣开始对"品牌"异常重视，用他的话说，"什么人创造什么品牌，品牌其实代表的就是企业经营者和创业者自己的形象和人生品质。"

可到底给自己的珍珠霜起什么名呢？这让沈志荣一度陷入了不知所措的境地。

什么"花"？什么"红"？或者什么"……"？唉，怎么比培育珍珠还难嘛！沈志荣感觉"文字"的活比技术活难得多。为这，他有好几个夜晚辗转难眠。

躺在一旁的妻子"哧哧"地嘲笑他："这是让公鸡下蛋吧。"

沈志荣不服，回敬道："两个儿子的名字不都是我起的嘛！你咋说都好嘛！"

妻子点点头，又说："我就是想提醒提醒你，珍珠就是你的女儿，你这回给她起名字，就得拿出当初给儿子起名字一样的劲头，不要光用脑子……"

沈志荣不解道："不用脑子用啥？"

妻子把手指轻轻地戳到丈夫的心口，温情地说："用这儿！"

"晓得啦——"沈志荣一把将妻子搂在怀里，顿时感觉思情奔涌。

第二天一清早，他给"女儿"的名字起好了，妻子和队上的人都说好。

"珠丽？！珠丽好。"

"珍珠美丽之意！好，这个牌子一定叫得响！"队上的几位"知识分子"都说"珠丽牌珍珠霜"名字起得雅而响亮，一致称好。

"那就是'珠丽'了！"沈志荣大笔一挥，在注册商标的申请材料上异常庄严地写下了"珠丽"二字……

德清雷甸的"珠丽牌珍珠霜"后来经国家工商局批准，成为中国最早的化妆品商标之一。这一商标和包装产品在"欧诗漫"总部的"珍珠博物院"还能看到，沈志荣说它在市场上起码存在了 20 年，是中国妇女们曾经比较喜欢的护肤品品牌之一，跟上海的"凤凰珍珠霜"

等有得一拼。

用现在的审美去看"珠丽",似乎已经很"土"了,但在当时,因为"珠丽"出自产珍珠的德清,是"珍珠王"沈志荣亲自领衔研制生产的,所以一说是来自珍珠之乡和珍珠王"生产"的珍珠霜,其信誉度、知名度便直线飙升。原因并不复杂,消费者们认为:它肯定比其他的"珍珠霜"要货真价实得多!那时还不会做广告,但只要卖货现场有沈志荣往那儿一站,就"哗哗啦啦"地围上一群群消费者。

> 年轻的朋友们,今天来相会,
>
> 荡起小船儿,暖风轻轻吹。
>
> 花儿香,鸟儿鸣,春光惹人醉,
>
> 欢歌笑语绕着彩云飞。
>
> 呵,亲爱的朋友们,
>
> 美妙的春光属于谁?
>
> 属于我,属于你,
>
> 属于我们八十年代的新一辈!
>
> ……

这首流行于上世纪 80 年代的歌,年轻人爱唱,沈志荣也爱唱,而在三十多年前的 80 年代,沈志荣虽然已经成家立业又有两个儿子,其实他也是"八十年代的新一辈"。三十几岁的汉子,血气方刚,激情满怀,面对改革开放的汹涌的时代潮流,他沈志荣所做的每一件事,包括培育人工珍珠、研究三角帆蚌繁殖、到日本学习先进的养殖理念与技术,再到雷甸的河面上收获一筐筐、一担担光芒能刺透眼的珍珠,哪一样不是年轻人的激情所为?哪一样不是青春热血的呈现?

在我最初接触沈志荣之前,他的助手杨安全先生就告诉我,如今古来稀之龄的"老爷子",可是"一向赶潮的人",而且玩起新鲜玩意儿，比一般年轻人要赶在前面得多。杨安全给我举出个玩微信的例子，因为我第一次到"欧诗漫"总部时，刚刚学会用微信，杨安全就笑我，说七十多岁的"老爷子"玩微信的时间至少有七八年了吧！

我一算：可不是，他应该是微信潮尖尖上的最早一批人了！

"他老赶潮应该有些天分，当然更多是因为从事珍珠事业后在激烈的竞争中被逼出来的。"四川小伙子杨安全跟沈志荣一起奋斗有近 30 年了，非常了解他的"大老板"。

喜欢赶潮的沈志荣在改革开放的整个 40 年中，他都是弄潮儿，而且是在潮头"玩"得出彩的人物之一。但他在奔走于他人之前的道路上，也遇见了外来的影响和冲击。国外的商品尤其是化妆品也如潮水般涌入中国，一时间那些赶时髦的爱美之人开始疯迷"洋水""洋粉"和"洋化妆品"，她们和他们甚至不分品质、不分价钱，只要是"洋"名的商品与货物，就买，就信……这种风头像强劲的台风，吹了一阵又一阵，仿佛一夜之间什么东西只要标着"ABCD"就是极品、就是优质，就能卖高价。这中间不尽是崇洋媚外，更多的是我们自己不懂也不会"广告"和"包装"。曾经在市场上十分养眼的"珠丽"，一下变得"土"上加土，"土"到销量一路下滑，滑了又滑……

残酷！真的蛮残酷呵！自成功培育出第一批 40 颗人工珍珠至此，沈志荣可以说从未怕过"对手"，无论是科学上的，还是本国市场上的。但这回他在阵阵"洋"风面前，深深地感到了寒气，而且是渗透到骨子里的寒气！

还是那些闪着光芒的珍珠，还是浸透了他沈志荣和雷甸人心血的"珠丽"，但市场的销售人员回来说，现在的那些消费者都往标着"洋名"的洋货上扑，根本很少来光顾"土了吧唧"的"珠丽"！

"洋货"真的那么好吗？那些写着"ABCD"的都是"洋货"吗？沈志荣听后一肚子狐疑，而且他也亲自买了几种进口的洋化妆品，其结果并非像别人说的那么好、那么高级嘛，尤其当他看到还没有一种外国珍珠化妆产品出现在国内时，还曾经出现过一阵子的坦然。

难道"狼"真的来啦？

"狼"确实来了，且非一两只，是一群又一群……沈志荣吓了一跳后，迅速清醒和镇静下来：必须做出战术上的调整。

也不知是咋的啦！几千年来从不在头发上"做文章"的中国人，竟然开始用"洋"染发品在头上"大做文章"，除了小孩，大人、老人，男人、女人，都在染发，大有不染发就不"开放"似的，全民大染发之风盛行。

"沈老板，我们也搞染发剂吧！顺手办个'合资企业'，跟人家拼一把！"养殖场和珍珠化妆品厂的人都来怂恿沈志荣。

"新潮"的沈志荣兴奋道："好啊，你们都想干？那就干它一把！"其实，这个想法已经在沈志荣脑海里转了很长时间。现在，赶潮的他当然不会放弃"试一试"。

试，对所有创业者来说，是必由之路，与正确和错误、成功与失败无关。沈志荣是中国改革开放之后涌现出的千千万万的创业者之一，而且是比较成功的一个，只是他比其他人更有优势的一点是，在中国经济和社会最困难和尚封闭的年代，他已经是位在科研和生产方面做出重要贡献和卓有成就的农民科技先锋战士了，如他的人工珍珠培育、河蚌繁殖等的成功都是在 1975 年之前，这些富有创造性的创业基础和积累的经验，让他更能适应新的各种创业和事业上的挑战。

然而，对外开放，与外面的世界融合并一起携手办企业、做成一件事，这对沈志荣来说是头一回。有时他感觉，以往自己做什么事，只要想明白了，凭一双手也能创造个新世界出来；但伸出一只手，去握住他人的另一只手，凭这样的两个人的两只手想干成一件事却为什么难上加难？

原来，前者的两只手是长在自己身上，可以按照统一的意志合力而行；但后者的两只手，却是长在两个头脑的两个身子上，它们所发出的力量和意志时常并不协调和统一。

与他人合作搞染发剂，让沈志荣深切地体会到这一点。

中国改革开放初始，引进的"外资"其实多数是台商、港商或者是华侨什么的，反正"自家人"居多。沈志荣也不例外，他的第一个"合作"对象就是位台商。

谈判极其耗时，"合作"项目一谈就是三年，简直就等于要了沈志荣半条命。但大势所趋，那个时候几乎都是这样子。合同签订时，双方要对共同的企业和产品名称做出决定。

台商对大陆的"政治"和"意识形态"极为敏感和不知所措，于是将给企业和产品"起名"的事推托给沈志荣。

"不行，这事就得你们来干。"沈志荣赶紧摆手，说，"你们台湾商人在市场上见多识广，而且跟国际接轨度高，什么更对消费者的胃口，你们最有发言权。起名还是请你们来完成……"

这不是客气，沈志荣打心里就这么想的。

"沈先生既然这么说，那我们就先开动脑筋了！"台商没有想到沈志荣这位共产党的基层"书记"思想还挺开放，竟然把起名这样的"意识形态"大权放手给了他们台湾大佬呀！这让几位台商兴奋不已。

"沈老板，我们已经起了几个名称，怎么传给你呀？"不日，台商通过"国际长途"来电说。

那会儿手机还没流行，"大哥大"也才刚兴起。沈志荣已经算是当地有名的大老板了，但跟台湾通次话的费用也实在太昂贵，所以沈志荣对办公室的人说："添台传真机！"

雷甸水产大队的"多种经营"这一块已经是沈志荣说了算了。他厂里由于生意兴隆，收入丰厚，所以也有了电话总机。

有传真机后，与台商的联系方便多了。崭新的传真机收到来自台湾的第一份电文是三个英文字母：OSM。

"啥意思？"沈志荣左看右看，就是不明白其意。

对方马上又来传真，说："这就是我们给共同的'儿子'起的名呀！OSM……沈老板你觉得这名字怎么样？"

"O－S－M……"虽说没喝过"洋墨水"，但这三个英文字母他还能念得出口。但读了几遍，虽觉口感还比较顺畅，就是对中国产品用英文名字他表示摇头。

"能不能将这三个英文字母译成中文？"他提出。

"那就是'OSM'的中文译音了？"台商问。

沈志荣连连点头："是是，是这个意思。"

只听台湾方面的声音道："欧——斯——迈……就是这个'欧斯迈'的读音，沈先生你觉得怎样？"

台湾人发音与大陆的普通话接近，但有些噪音。沈志荣听到对方的声音后，自个儿学着喃喃道："欧——斯——迈……欧——诗——漫……嗯，这个名字很好，有味道，也很洋气！"沈志荣抑扬顿挫道，然后又将他理解的"OSM"三个英译中文读音"欧诗漫"用传真发给了台湾方面。

"OK——欧诗漫，太棒了！浪漫而富有诗意，是真正的化妆品大品牌名称！前景无限啊！"台湾人对"欧诗漫"三字十分满意，大呼沈志荣"高！实在是高"！

一个珍珠行业的著名品牌，中国乃至世界化妆品商标"欧诗漫"就这样诞生了！它诞生于中国改革开放风起云涌的岁月，它诞生在一个梦想让中国的珍珠发出中国光芒的农民的家乡——浙江德清雷甸乡的那片土地、那片绿色水面上……

"沈老师，烦请你帮个忙！"一日，新企业"欧诗漫"就要向工商部门注册前，沈志荣找到了当地学校教英语的沈老师。"你是专家，帮我看看在英文中简写的'OSM'三个字它是啥意思？我听说几个字母简写，在英文中也有许多种含意。你懂得的，我希望我们的'OSM'化妆品既有洋味，更应该有适合的中国含意……"沈志荣补充道。

教英语的沈老师笑笑，点头道："明白。"

很快，三天后，沈老师告诉沈志荣："英语中的'OSM'有一种解释是桂花的简称……"

"太好了！OSM——中国的桂花！"沈志荣没等对方把话说完，就连声称好，"桂花飘香，沁人心脾，这不正好是珍珠霜的本质和特性吗？而且，桂花它还是杭州的市花呢！全国十多亿人，没有一个不喜欢桂花的，世界上多数国家也有桂花树，这个品牌好！"

"OSM——欧诗漫"确实好！那一刻，沈志荣就想："老天爷赐给了我一个好品牌，一定要把它做得名不虚传！"

"沈老师，我还有个请求。"又过几日，沈志荣再次找到教英语的沈老师，"你知道，那次我访日后发现，人家日本著名企业都非常在乎企业形象和企业文化的塑造与培育，也就是说，他们一开始对自己的产品和产品的消费与运营对象的定位十分重视，而且有的几十年甚至百年不变，正是这样的企业文化和企业理念，使得企业越做越好，一直成为百年老店，世界闻名。我们OSM也想做成这样的著名企业，所以我想再请你帮我从英文原意中找找这三个简写字母还包含啥人文含意……你看行不行？"

"行啊！沈老板你有这份办好企业的文化心理，我很敬佩，这个忙一定帮！"沈老师又是很爽快地答应了。

不两日，沈老师又把OSM的英文中的文化含意告诉了沈志荣：作为企业所追求的品质，它有一种解释是"共同微笑"。

"共同微笑？！"沈志荣一听这，竟然拍手跳了起来！他逢人便喊道："共同微笑！共同微笑——太好了！它就是我们企业所要追求的品质！没有共同微笑，它就不是化妆品！就不是珍珠霜化妆品！就不是——！"

"共同微笑！这个世界就该有共同微笑！OSM提供的就是所有消费者、全国人民、世界人民共同微笑——！哈哈哈，天助我也！老天保佑我们的珍珠霜生意、中国的珍珠事业啊！"沈志荣对"OSM——欧诗漫"的含意和思想极其满意，仿佛上天给他送来一个"宝贝女儿"，而他心底就想有个大闺女——现在，他真的新添了这样的好闺女。

我们都知道，OSM——欧诗漫的名声后来越来越大，国内珍珠化妆品的行业中，OSM——欧诗漫一直是龙头企业。其实这与沈志荣从一开始就异常重视或者说不惜心血去培育和缔造这样一个品牌的努力分不开。在这一问题上，我对沈志荣真的是刮目相看，因为在我40余年的写作生涯中，接触过许多大企业、大品牌、大老板，要说做得比欧诗漫大得多的也有的是，由于产业和行业不同，比"块头"并不能说明什么。然而，在品牌缔造与花费心血上，很难有像沈志荣打造他的"OSM——欧诗漫"品牌那样倾情倾力的。由此我也看出了沈志荣缔造的珍珠产业帝国能牢牢地占据在中国同行的巅峰之上的奥秘所在，那就是他与众不同的重视品牌和重视文化。

沈志荣并不是一个知识分子出身的企业家，也不是院士级的科学家，然而在我看来，他既具备了知识分子的文化素质，同时又拥有科学家院士那种对专业的至高无上的权威和独立构建科学理论体系的能力。他甚至比一般的知识分子有着更高尚的情怀，又比众多科学家更富有勇敢和智慧的创新精神。他始终脚踏故乡的大地，身体从没有离开过那片江湖水泊，又在足有半个世纪的岁月里一直沿着自己开创的"珍珠之路"不懈地前行……这样的经历，这样的实践，这样的打滚，这样的攀登之道上的每一块基石都是用自己的心血所铺筑的，其壮阔与巍峨可以说是无人可比。

他太爱"OSM"了，对这中文名曰"欧诗漫"的三个英文书写的字母有着独特的理解和情怀，并在企业和事业的不断壮大与提升中，一次次将"OSM"的外观形象与内涵进行诠释和演绎。而他对自己所倾心的珍珠事业的情感和博爱，也不断浇灌着澄澈的心灵清泉……

不得不说沈志荣是一个颇具审美意识的人，他对人、对事的独特眼光也让他深刻而精准地洞察着这个纷杂的世界，仅对"OSM"的商标标识认知与设计，沈志荣告诉我他至少用心了 30 年。

"可能吗？"我有些不信。

"绝对的。"沈志荣笑着说，最开始的"OSM"三个英文字母作品牌标识时，让搞设计的人搞了一年都没一个理想的方案。沈志荣说他就自己设计，那时又没电脑，完全是在纸上拼拼凑凑、涂涂画画……最后确定的是将"OSM"三个字母下面再重重地画上一笔，而这重重的一笔用的是红色。"我的目的是让消费者一眼就认得……"

"OSM"确实因为下面一横粗而鲜红的色彩显得醒目，这样的标识对开放初期的国内消费者是一种视觉上的冲击。然而岁月再朝前走了十来年后，沈志荣静下心来瞅着自己的"OSM"标识，越来越感觉不那么舒服了，甚至觉得有点刺眼。"那红红的一笔显得又硬又有些拙……就像富裕了却没多少文化的农民亮相！"沈志荣自嘲道。

正值新厂区搬迁之际，沈志荣决心换标识。但并不顺利，整整又一年的来来回回找人设计，可最后都不能让沈志荣满意。他心目中的"OSM"应该是永远奔腾向前的时尚化妆品与具有超前意识的保健品（这个时候沈志荣的产品也扩大到珍珠保健品开发），原来的标识显然显得老套，且缺少雅致与动感。

"当别人干不下去的时候，我总是干脆拿过来自己琢磨……我就用笔在纸上乱涂乱画，涂涂画画中，就有了一些自己满意的意向图案。这回修改的标识，我的想法是把 O——S——M 这三个英文字母，变化成：O，意象为一颗珍珠；M，象征的是一头大象；中间的 S 横过来就像'M'托着一颗闪闪发光的大珍珠……这是我们欧诗漫第二次推出的标识。"

显然，这个"大象托起一颗大珍珠"的 OSM 商标标识设计，比以前的图案要美感和前卫得多。站在巨幅新标识面前，沈志荣有些心潮澎湃，因为他内心自比那头托着珍珠的"大象"——这前行中的"大象"吃过多少苦？流过多少汗？只有沈志荣自己知道。这"大象"将朝向何方？如何继续奋进？也只有沈志荣自己知道，知道前面的坎坷与险滩还有多少……

　　"走过几年后，我又觉得那个'大象'托珍珠的标识有些落伍了。"那天到欧诗漫总部——也是沈志荣创下的中国"珍珠帝国"的第三个基地，采访结束从沈志荣办公室出来，已是月色笼罩的中秋夜晚。此刻的"欧诗漫王国"依然灯火通明，尤其是大厦前那颗硕大的"珍珠"，银光闪烁，有一种震撼人心的强大魅力，让你不得不站在它的面

欧诗漫集团不同时期的 logo

前久久凝视与敬仰。而那一刻我的思绪穿越了岁月，想到了叶金扬，更想到了沈志荣……

当时沈志荣就站在我身边，他只有中等身材，但那一刻他在我心中就是那颗硕大的闪着光芒的大珍珠。这珍珠放在地面上，就是一座透着晶莹光芒的丰碑，象征着中国珍珠人的探索之心、科学之心、明亮之心；如果它升上天穹，它就是一轮银月，温润所有在它视野下的芸芸众生。当我伫立于这颗巨珠之前数分钟后准备离开时，却发现站立在一旁的沈志荣依然肃立在那里，无限感慨地凝视着"珍珠"……而此刻，我突然看到照射在沈志荣脸上的光芒中，反射出一串串有着热度的奇特光芒——那是这位珍珠人的泪之光。

那一刻，似乎让我更加敬重沈志荣。他虽只有中等身材，但他在我心目中高大无比；他虽一介农民，但却是高山景行，大家风范；他虽只是一个种珍珠、做珍珠、卖珍珠品的人，但他却集科学、实业、劳作和学问于一身，这样的"珍珠人"，在中国绝无仅有，世界上或许也不可能找到第二者。

这一天的月光下，沈志荣指着总部大厦顶端光芒四射的"OSM"三个大字，非常骄傲地告诉我，这是2005年他根据儿子的建议，又一次新设计出的品牌商标标识。"你看，一颗大珍珠，由一条奔腾的巨龙托着它，巨龙的后面是一座代表着中华民族的长城……这是我目前为止最满意的欧诗漫品牌标识，它意蕴深远而又鲜明，完全说出了我对中国珍珠事业的追求与理想：它是中国的，它将屹立于世界东方，且永不衰败！"

那一天，沈志荣的一声豪言，让我看到了一片灿烂光明的天地……

每一次到德清采访时，杨安全等"欧诗漫人"，总会把我带到距离欧诗漫总部基地约一二十里外的那个叫"小山漾"的地方看一看。特别是杨安全，他算是对这片土地有着特殊感情的人了，所以每回他总会带着我细细地沿着小山寺的遗址走一走、看一看，仿佛要代表沈

小山漾

志荣先生去与灵魂飘荡于此的叶金扬进行深情的对话一般，而这种踏青式的探访确实让人尚能聆听到历史久远的回声——它真的很神奇。尤其是当我们离开古寺遗址往小山漾水域走去，举目远眺一片宽阔的水面上排排整齐而清朗的人工珍珠养育网球时，心头不由得涌起万千感慨：800多年前的一位德清人把自然界的一样美物——珍珠赐予了人类，并让中国和世界所有爱美的人爱上了它，于是文明历史从此多了一份厚重而温润的浪漫诗话卷，甚至推动了全球社会的发展和思想的升华。叶金扬由此名扬四方，区区德清也因此被载入世界文明史册。

　　800多年后，没有人会想到，在工业革命和数字革命并行前进、汹涌掀浪的当代，在同一块土地上，有人做着同一件事——珍珠，并且把珍珠事业做得比叶金扬时代更加丰富、出彩和深入到社会与百姓之中，不仅影响了人们的审美与时尚，而且关联和融入生命质量。这个人就是沈志荣，从上世纪60年代一直光耀到21世纪20年代的今天，并且仍将继续光耀未来的岁月。

　　发生在德清历史上的相隔800余年的这种罕见的传承，或许在中

2015 年，德清珍珠系统申报中国重要农业文化遗产项目启动

2016 年，欧诗漫成为中国游泳队官方合作伙伴

国大地上很难找到第二例样板。我想，叶金扬怎么也不会想到他的"珍珠伟业"在800余年后会被一位叫"沈志荣"的人，传承得如此彻底而执着，没有丝毫的走样，并且还被全力以赴地提升，全面系统地增质增量！

小山漾现在不仅恢复了叶金扬古寺的遗址公园，更让人心旌激荡的是在这里，我们依然可以看到千顷漾面上勾勒出的珍珠养殖规模的宏伟气势和万千美感。而且环绕小山漾四周，"珍珠小镇"建设已经扩至一个集珍珠养殖、文创旅游、山水生态于一体的新天地，也成为现代化德清的一方亮丽的新名片。

"德清是中国乃至世界的珍珠之乡，这是毫无疑问的。但这并不说明我们祖宗留下的遗产不会被别人或别的国家拿走。这样的事在今天就发生过不少。这是为什么？因为没有人去传承，没有人重视去做传承的具体工作，所以被他人轻而易举地捡走了！所以我搞珍珠时间越久，心里就越有一个强烈的意识：办企业、赚大钱固然重要，但把'珍珠先祖'叶金扬的文化遗产传承下来更重要，把德清作为'珍珠之乡'的品牌和名片做好、做扎实、做永久才是真道理。这比我办一个企业更有长远意义。"

关于叶金扬及其珍珠养殖方法重新出现在大众面前，并且成为当之无愧的中国重要农业文化遗产离不开沈志荣的坚持。1979年沈志荣一行在日本考察期间，参观了位于鸟羽的一家珍珠博物馆。讲解人员在讲解日本珍珠历史的时候，无意中提到中国德清这个地名。当时沈志荣感到非常惊讶，然后反复跟这位讲解人员确认，得到的答案都是肯定的。讲解人员告诉沈志荣，日本的珍珠养殖技术受益于中国古老的珍珠养殖方法，是德清一个叫叶金扬的人发明了这种珍珠养殖方法，并且传到日本。国外有一个法国人写的一本书上就是这么记载的。讲解人员的这番话在沈志荣的心里产生了极大地触动。回国后，他开始四处托人在国外寻找珍珠养殖记载的书籍，最终获得了十几本珍贵的书籍资料。此后他组建团队，带领团队针对"珍珠之源"的课题展开了深入的研究，获得了丰硕的成果，这些学术成果成为了德清珍珠系统成功申遗的理论基石。

许多人现在才明白沈志荣为什么经常"傻傻"地出巨资、出大力去原雷甸水产大队建珍珠文化馆、重建小山漾叶金扬纪念馆和古寺遗址，不遗余力地将德清珍珠系统推进到中国重要农业文化遗产及全球重要文化遗产预备名单。农业部与我原先分管的中国作家出版集团一墙之隔，开始我也并不了解"农业文化遗产"的重要性，后来特意"跨墙"去农业部请教相关专家。他们告诉我，它对有关传统农业至少在五个方面实施有效的保护：

一、包括了对传统农业耕作技术与经验实施有效保护。在传统农业文化遗产保护工作中，对育种、耕种、灌溉、排涝、病虫害防治、收割储藏等农业生产经验的保护是其保护工作的重中之重。作为传统农业生产经验实质，它所强调的是天人合一和可持续发展。

二、对传统农业生产工具实施全面保护。传统农业生产工具代表着一个时代或是一个地域的农业科技化发展水平。传统农耕技术所使用的基本动力来自自然，几乎可以做到无本经营。它在满足农村加工业、灌溉业所需能量的同时，也有效地避免了工业文明所带来的各种污染和巨大的能源消耗。现代社会没有理由随意消灭它，也不应该简单地以一种文明取代另一种文明。比如在有条件的地区，可以通过兴办农具博物馆的方式，将这些农具保护起来。这种专题博物馆投资少，见效快，搜集容易，是保护农业文化遗产的一种比较有效的手段。

三、对传统农业生产制度实施有效保护。农业生产制度是人类为维护农耕生产秩序而制定出来的一系列规则（包括以乡规民约为代表的民间习惯法）、道德伦理规范以及相应的民间禁忌等等。它的建立为人类维护农业生产秩序发挥了重要作用。历史已经证明，只有农业生产技术，而没有一套完备的农业生产制度，农业生产是不可能获得可持续发展的。

四、对传统农耕信仰等实施综合保护。农业信仰是农业民族的心理支柱。这些神灵在维系传统农耕社会秩序、道德秩序方面，都曾发挥过十分重要的作用。没有信仰做依托，传统农耕文明就不可能实现稳定发展。

五、对当地特有农作物品种实施有效保护。在经济全球化的今天，随着优良品种普及，农作物品种呈现出明显的单一化倾向。从好的方面来说，这种优良品种的普及，为我们提高农作物单位面积产量奠定了基础。但从另一方面看，农作物品种的单一化，不但为农作物病虫害的快速传播创造条件，同时也影响了当代人对农产品口味的多重选择，更为重要的是农作物品种单一化还会影响到全球物种的多样性，从而给人类带来更大灾难。为避免类似情况发生，可以考虑在建立国家物种基因库保护农作物品种的同时，还应明确地告诉农民有意

2017 年，中国重要农业文化遗产"浙江德清淡水珍珠传统养殖与利用系统"保护暨申请全球重要农业文化遗产正式启动

识地保留某些农作物品种，为日后农作物品种的更新，留下更多的种源。

听完专家的介绍后，才知道沈志荣把"德清珍珠"概念列入国家农业部门重点保护的我国农业文化遗产是一件多么有意义和多么重要的事！就像我们现代人穿的衣服虽完全不同于原始人和古代人，但你无法改变今天的人也是"人"的概念一样。丢失一个奠基了中华传统农业的文化符号，所失去的将是一个中华民族传统的基因，我们怎对得起五千年文明史和一代代祖先呵！

沈志荣文化程度不高，但他的思想和意识则堪比境界高远的圣贤！德清人和10亿中国农民应该感谢他、敬重他。

我们现在越来越接受和认识他的"欧诗漫"了！沈志荣和他的"欧诗漫"成长之路，也让我们越来越感觉它必须成为中国人引以为骄傲的时代篇章了……

# 第八章

## 商海游泳

我问沈志荣是什么时候想做生意的，他笑了笑，说："从内心讲，我就没想过做生意，就只想把培育珍珠这事做得更好，让中国珍珠成为世界最美、最大、最好的珍珠。但后来发现，要实现上面的目标，就必须把珍珠产业搞起来。要搞珍珠产业，就必须与生意连在一起了……"

沈志荣心气很高，透视其内心的精神世界，就会发现，其实他有一个高贵的灵魂，也有一个纯粹和透明的心灵，而这或许使他一生"命中注定"要与珍珠相伴。

高贵的灵魂和透明的心灵，是不可撼动的精神领域，然而生意场上的险恶与丑陋，与此又是无法同行的两条道，就像高贵的珍珠一样，高贵的贵妇佩戴着，珍珠的光芒就是高贵的；珍珠如果在赌徒或者强盗的手中时，它所折射出的光芒可能是带血的毒刺……欲让手持珍珠的高贵者，搏击在商海之中且保持纯洁而高尚的精神世界，这就是沈志荣在扬起"OSM"旗帜后所面临的挑战与搏杀——多数时候看起来是在与外界拼杀，其实更多的是在与内心的"自我"决战。这也让我们明白了珍珠光芒的另一种本质——洁白的、晶莹的光芒，常常是在丑陋甚至是灰暗中蜕变而出的……

商海呛水，是沈志荣举起他的"OSM"旗帜后时常呈现的又一种人生状态。

现在我们回到1984年春节前那个时间——

这一年，中国的农村发生了一场历史性巨变：人民公社将被取消，原来的生产大队将改为村级单位。沈志荣所在的水产大队同样面临一场改革。乡亲们都期待借"队改村"的机会，让已经"老朽"了的水产大队班子换换新人。谁来接任新的村庄的"一把手"，乡亲们心里早有"一杆秤"——非沈志荣莫属！

"这些年，大伙能过上'芝麻开花节节高'的好日子，全靠他带领大家养河蚌、卖珍珠赚来的钱嘛！"

"是啊，他才是我们过好日子的盼头！"

大家都这么说，上级领导更是直截了当：这回雷甸水产大队换支书，沈志荣是唯一的人选！春节一过，镇党委书记就来雷甸水产大队宣布党委的任命，但这时沈志荣却突然"失踪"了……

"小沈去哪儿了呀？"党委书记一次次来到沈志荣的家，问他妻子和孩子。全家人一致回答：不知道他"死"到哪儿去了！

家人也表现出很"气愤"的样子。无奈，雷甸水产村的班子拖了全德清县的后腿。

一个月后，沈志荣回来了。他自以为"没他事了"——"失踪"一个月，完全是他精心设计的，目的就是为了躲掉"村支书"的担子。

"想得美！你是党员。镇党委已经研究决定，正式任命你为新成立的雷甸水产村党支部书记……"

"我不行……"

"别再说了！这是党委的决定。"没等沈志荣开口说完，镇党委书记就一挥手，截断了他的话头。沈志荣就这样当上了新雷甸水产村的"一把手"。

沈志荣不想干的事，有些人却以为是他沈志荣抢了自己的权力。

村子是行政级别最低最小的一级权力组织，但再小的权力，在一些人看来也是权，也具有至高无上的诱惑力。

许多明面上的和暗地里的矛盾，就这样滋生起来。沈志荣上任之后，"三把火"就让一些人很不舒服，他砍掉那些赔钱的水貂场、鱼种场等名目繁多却没有效益的小作坊村办企业，甚至还提出原来队上种植的几十亩粮食田也不要种了。他的就职"演说"归结起来就一句话：集中精力种珍珠，靠种珍珠实现全村富裕。

这里的"种"是德清人的一种方言，与"做"意思差不多，是当地农民"做事"的统称。其实"种"田和"种"珍珠是有极大差异的。自古以来，农民种田是为了有饭吃，也基本属于自产自食的生活方式。而沈志荣所说的"种"珍珠，就不是传统农家人的生存方式了。珍珠不能种，尤其是人工珍珠只有通过复杂的科学技术与精心培育才能实现。"种"珍珠的目的不再是为了自给自足，而更多是为了"交易"，为了产生利润的商业行为，为了他作为一名"全心全意为人民服务"的共产党基层支书的使命和责任。

办厂就是为了这份使命和责任。成立"OSM"公司就是为了更好、更多地"全心全意为人民服务"。自从沈志荣挑着担子到上海卖珍珠换回来几万元钱起，村里的百姓懂得并知道了沈志荣是让他们过上好日子的"恩人"和未来能够继续过上好日子的"摇钱树"。这份心态在"OSM"成立初期，它是一种动力，但后来则慢慢成了股遏制不住的阻力，甚至是"OSM"发展的破坏力……这是后话。

关于珍珠经销其实在中国是一件经历了曲折过程的事情，而破除这一经销权的"篱笆"者正是沈志荣。

多数人可能不明白为什么珍珠还有"经销权"这一说。没错，在计划经济时代，我们国家实行的是"统购统销"制度，即什么样的产品能销售，什么样的产品不能销售，什么样的产品能"外贸"却不能在国内经销，这都是由国家来决定，然后通过国营、集体供销社以及外贸部门来实施经销与采购任务。一般的小集体和个人是不能买卖的。再者是有些特殊商品如珍珠，它被列为与黄金一样的商品，只能由国家"统购统销"，不得自由买卖。

"但到了上世纪80年代之后，我们的珍珠养殖业越来越兴旺，各地所产的珍珠已经大大超过外贸所需了，而且随着改革开放的形势，我们老百姓的生活也好了起来，一些女士们也开始戴黄金首饰、珍珠项链了。可国内市场又不能随便买卖珍珠，这样一方面挫伤了我们珍珠养殖者的生产积极性，一方面又滋生了当时说的'投机倒把'现象……"沈志荣说。

"如何解决这一问题呢？"我问。

"是啊，当时作为珍珠养殖业的最大基地的我们雷甸人更关心这件事。"沈志荣说，他当时是全国人大代表，所以"我有发言权，我可以向政府提出我自己的想法和看法，因此我开始履行人大代表的权利了——给政府有关部门提出开放珍珠经销权的议案。当时这件事整整搞了5个年头……"。

说到这儿，沈志荣让助手从档案室取出一摞厚厚的档案资料给我看："这是我在任第六、七、八届全国人大代表时向有关部门就珍珠经销权问题所提出的议案，以及他们给我的答复文件……"指着厚厚的一堆资料，沈志荣满是荣誉感，因为这些有关珍珠经销权的议案文件，对日后的中国珍珠产业发展起着重要的历史性作用，意义深远。

"可以说，没有当年一次次、反反复复的力争和努力，就不会有今天中国珍珠产业和化妆品市场的本国化局面。我对自己作为全国人大代表时所做的这一贡献，还是蛮满意的。"沈志荣自豪地说。

我国的社会主义制度条件下的许多新鲜事物的成形和发展机理，都来自实践的总结与提高。珍珠产业也是如此。最初发展珍珠产业，就是为了出口和少许的药用所需。但当像沈志荣这样的珍珠养殖"奇人"出现后，蓬勃发展的珍珠产业一下打破了旧格局，一方面量大无

沈志荣参加第八届全国人大会议

比，甚至超过了世界第一珍珠大国的日本，二是其生产量远远超过了出口所需量，三是国内珍珠用量也迅速增大。在这种形势下，珍珠市场原来的由经贸部门"统购统销"的机制已经满足不了珍珠产业的实际生产情况和我国人民生活水平提高后的社会需求。所以在这种形势下，常年在珍珠养殖一线的沈志荣深感改革旧机制的必要。更令人不可思议的是：某些部门、某些地方死死地把住"统购购销"这扇门，对养殖珍珠的农民和渔民们不仅不支持，反而以"投机倒把"等罪名，采取非常手段打击与惩治。浙江诸暨的一位农民从江苏吴县养殖珍珠的地方买回一袋珍珠，结果回到家乡被作为"投机倒把分子"，关押了数个月。"涉珠论罪"在当时沈志荣家乡很普遍。沈志荣深为愤怒，同时他也看出了问题的症结：一是各地各部门思想没解放，对珍珠产业的特征和解放珍珠生产力对四个现代化建设的认识不足。二是具体的部门有行业垄断的倾向在作怪。三是制度的僵化。因此他作为全国人大代表，开始了他神圣的"国是"献策——既为国家，也为他的德清雷甸珍珠业。在庄严的人民大会堂，沈志荣面对金光闪闪的中华人民共和国国徽，心潮澎湃，于是在1984年六届人大第二次会议上，他联系另两位人大代表许步劭、朱岳年，第一次在议案纸上写下了《关于淡水珍珠养殖中的一些建议》的议案……

在这份议案中，沈志荣首次对我国珍珠养殖产业的管理机制提出了自己的看法和建议。他指出，除了外贸部门的统一收购与产品出口之外，珍珠养殖与生产应当由统一的农业水产部门加强管理，不能放任自由和无序状态；同时要建立专门的珍珠养殖科学研究部门，以应对当时日益严重的珍珠瘟疫传染病，以及珍珠质量问题；第三个建议，也是沈志荣最关心和关注的问题——珍珠养殖不能良莠不一、质量混乱，应当建立国家的生产养殖许可制度，拓展国内经销权。

"好！沈代表的这个建议好！我们国家是珍珠大国，历史上有名，如今产量又超过日本，为什么我们不能好好地管起来，不能满足自己的百姓追求美好的生活所用呢？"沈志荣的建议一出，立即引起其他人大代表的赞同和拥护，他们纷纷加入了议案的联名行列。

沈志荣在六届全国人大二次会议上的提交的第"2453"号建议，放到了党和国家领导人的案头，之后又批转到了国家经贸部门。于是，"沈代表"的提案很快有了回复。我查阅了当时有关部门就沈志荣他们议案的回复函，其中心内容是：各地珍珠生产发展了，但市场没有按"我们"计划产销，所以造成"多年来苦心建立的销售网点遭到破坏，珍珠出口受到极大的影响。"不能说有关部门所说的问题不存在，然后根本的要点在于，这些部门的思想观念仍停留在计划经济下的思维方式，没有足够地看到珍珠产业已经在沈志荣等一批实业家们的努力，迅速形成了势不可挡的势态，所以调整和放开经销权，才是解决产销矛盾的根本。然而，在当时的80年代初，国家的许多"大门"还是紧闭着的，尤其是像珍珠一类的"外贸"产品经销权，真要打破这种壁垒，需要时间，需要勇气。为这，沈志荣不遗余力地推进着、努力着……

相隔两年后的六届四次会议上，沈志荣又一次提交了议案，这回是他一个人署名议案，重点强调了"关于淡水珍珠养殖中的一些建议"，这份编号"2437"的议案，也很快获得了国家对外贸易部门的回复。而此次"回复函"中也第一次承认了"在珍珠生产和经营上也确实存在一些问题"，并且肯定了沈志荣"议案"中的诸多建议。

然而在沈志荣看来，中国珍珠业发展具有广阔前景，也是人民追求现代化生活的需要，更是国家发展的需要，真正要解决珍珠产业中的问题，需要多方面齐管共励。作为珍珠生产一线的经营者和生产者，他感受最深切。于是在接下来的人大会议期间，沈志荣一次又一次地向有关部门提出相关"建议"，并且联合其他全国人大代表联名提案。功夫不负有心人，合理化建议终成国家政策在全国珍珠行业推进——沈志荣作为三届全国人大代表，他最感荣耀的就是亲自推动了我国珍珠生产的有序化和国内经销权的建立。"这对发展中国珍珠产业和中国珍珠产品走向世界具有划时代意义！"农业专家们这样评价沈志荣的这一历史性贡献。

我看到国家经贸部 1988 年 9 月 19 日给沈志荣等 32 位全国人大代表在七届一次人大会议上所提的"第 363 号议案"的"答复"中这样肯定沈志荣他们的建议："现在，再回过头来走已被实践证明走不通的老路，只会影响这一商品的发展"，"实行珍珠生产许可制度，有利于密切珍珠产销关系，保证整个珍珠产业健康稳步地发展"。并且表示沈志荣等提出的"加强价格管理和监督，理顺价格关系，实行优质优价，扩大等级间的价格差距的意见很好"，应尽快改进，"感谢你们对我们工作的支持与关心"。

然而，有关部门的这件回复函，并没有让沈志荣等人大代表满意，因为涉及珍珠贸易问题的"关卡"仍保留和掌握在中国工艺进出口总公司这样一个部门，所以沈志荣等人大代表于当年 10 月 12 日再次向全国人大常委会办公厅反映意见，非常明确地指出对有关部门的"答复"内容"十分不满"，"也很不满意"。并且指出："我们认为，按照这几年来的实践证明，中国工艺品进出口总公司在经济等方面都是无力把全国的珍珠统包下来"，所以建议"需调整有关政策规定，允许生产者在国内自行销售处理，允许水产部门参与协助推销"等。

1992年1月3日，沈志荣终于等到了好消息：对外贸易经济合作部正式下文废止了以往有关珍珠销售由中国工艺品进出口总公司独家统购统销的规定，真正开放了珍珠市场，使得我国珍珠产业和市场走上了有利发展珍珠产业与调动广大养殖户的积极性的光明而健康的发展之路。至2005年，我国珍珠交易总量达1375万吨，成为世界第一大珍珠产出国。

一个"建议"，从开始到实施，历时5年努力，时间不算短，也不算太长。国家如此大，事情如此多。但这对沈志荣来说，从全国人大代表履职角度看，他对此深感荣耀与神圣，因为他是"珍珠人"、中国的"珍珠产业人"和中国的"珍珠事业人"。经销权的确立与珍珠生产行业的管理体系的国家制度化，何其重要啊！沈志荣功不可没。而后来国家对珍珠的商品分类也从二类降至了四类，这样珍珠就可以在市场上自由买卖。上面的这些根本性的政策改变，为诸暨等地珍珠市场的建立奠定了基础，也使得中国的珍珠市场和珍珠事业有了质的拓展与腾飞，德清地位和沈志荣的珍珠事业也才有了真正的"诗与远方"……

他的"OSM"才有活路。

好了，我们现在再来看看沈志荣驾驶着"OSM"珍珠商轮是如何启航的以及启航初的景致吧——

如前所讲，沈志荣的珍珠化妆品的配方成功后，从"塑料袋"兜售到装瓶销售，生意如日中天。历来如此：最原始的买卖，往往是最好和最有把握的交易。沈志荣的珍珠化妆品生意最初也是如此，尽管现在看起来足够"土"和原始，但一手交钱、一手提货的买卖，实在又踏实，买卖双方都够诚意，所有的利益也是眼见为实。更让雷甸村民们亢奋的是，他们能够看着新支书沈志荣每天、每月都把大把大把卖珍珠的钱存到村上的会计账上，而且年中和年底都有比捕鱼、种田高出好多倍的"分红"。农民们最讲实惠，实惠到了他们的口袋他们就会拥护你，赞美你，甚至喊你"恩人"。

沈志荣已经被村民们喊了数年"恩人"。现在村民们有了新的更高的要求和想法：

"沈书记啊，我们也不能只靠人家的柜台和小百货批发交易来做买卖了。应该独立批发，独立销售……"有人建议。

"我也是这么想的，否则总受他人制约。"沈志荣何尝不是如此想。可到底怎么弄才是最好的销售办法？沈志荣通过打听和比较，了解到当时许多商家都是采取的"代理商"制，也就是我有货源，你做代理商，负责一个地方的销售。厂家先发货，等一定时间，代理商再跟厂家结算。几乎所有商家在最初时都用了这种销售套路，在初始阶段的商家，也只能靠这样的销售模式发展自己。

一回生，两回熟。不少代理商，后来成为了沈志荣和欧诗漫产品的第一批忠诚的合作伙伴，有的甚至到了几十年后的今天，仍然与沈志荣并肩驰骋在商界，并且也成为拥有数亿资产的富豪。但这样的人在沈志荣从商的几十年间，所遇到的是极少数，寥寥无几。更多的是沈志荣再也不愿见、不想见的那些见利忘义的奸商和"恶人"——沈志荣对这种商界败类恨之入骨。"因为他们本来就不该成为做买卖的人。他们其实不知啥为商！"沈志荣提起这类人，心头就燃烧起火焰。

这也难怪。假如你遇到了若干次这样的人，你同样会恨之入骨。

以往从没有离开过德清雷甸那片土地和那片水域的沈志荣很快发现：做买卖，其实远比在村上养鱼、"种"珍珠要复杂得多，因为它"离地""离家"，不可控制……

当沈志荣他们呕心沥血、辛辛苦苦把"珍珠霜"做出来后，装进精心包装好的"OSM"品牌内，附近的客户来买货，很简单：一手交钱，一手交货。即使暂不交钱、暂没收钱，低头不见抬头见的距离，何时想到了去要钱，都不会出差错。但隔上三五十里，甚至几百里上千里的地方，就让沈志荣的心悬了起来。

虽说心悬了，但还不能公开说对方，否则生意人就会嘲笑你："沈老板啊，你也太小看我了吧！你那点货才值多少钱嘛！我代理人家的货也不是一家两家了！要说钱比你这点珍珠霜不知要多多少，谁担心过我？喊，做生意呢，要讲信用，要大气！越大气，钱也会赚得越多嘛！哈哈哈，是不是这个理呀沈老板？"人家一脸正经地跟沈志荣这么说，他沈志荣也只能认这个理。

对方总是有"理"："放心好了沈老板，只要我把货一卖掉，马上就给你把钱汇过去！你说又晚汇了一个月？不会吧？我查查……你等等！"人家去查了，半天后在沈志荣一再催促下才又回电说："是是，沈老板你看看，我把另一家的款记成你的款了！对不起，马上汇！马上汇……"

沈志荣在实行"分包"代理销售后，隔三岔五要给那些拿货的代理商们打电话，说好话。拿货前与拿货后的状态完全不一样，当珍珠霜货物紧俏时，那些代理商恨不得叫沈志荣亲爹，可货一到他们手里后，用不了多少时间，沈志荣快要叫他们"爹"了。为何？因为货在这些人手里，能不能卖掉，能不能跟你结算还钱，这是沈志荣最着急的事儿。太着急了，想去催款时，人家就会反问你："咋这么急！货还没有脱手呢！"不去催，货款怎么回？一笔两笔也许德清欧诗漫的总公司还能扛得起，要是半年、十个月甚至更长的时间没结算，公司的资金流通便成死水一潭，谁也扛不起呀！银行贷款是要利息的，而拖欠款没有利息一说，这事让沈志荣常常急出一身汗——虽说发出去的货理论上讲都是他沈志荣的欧诗漫公司的，可如果不能把销售的资金回笼，等于是在撒钱。销售出去的货物是有成本的，利润只有扣除成本的那部分。搞企业的人都知道，100%利润的产品是很少的。虽然沈志荣他们的珍珠霜利润很高，但扣除各种成本也就百分之几十的利润。然而十家代理商中只要有那么两三家不能把货款及时回笼到公司账上，沈志荣他们就可能是辛辛苦苦白干一场。

沈志荣的担心不是没有道理。商场的险恶既有对手们穷凶极恶的竞争，更有来自自身内部的阳奉阴违，设坑挖沟。经过一段时间的"代理"制后，沈志荣慢慢感觉有些"苗头"不对。比如几个福建"代理商"是最热心来商谈欧诗漫珍珠霜的"闽区域"的总代理销售，而且说得有鼻子有眼："福建小商品市场繁荣，每年卖鞋火到天边了，你沈老板那么一点'OSM'珍珠霜，用不了多少时间，全部给你销出去！而且价格高出你心理价的一大截！'OSM'在福建的销售包在我身上！"人家一身豪气，你怎能不信？关键是，人家豪气到先"甩"给你一笔不小的"定金"，然后要去你巨量货物。"沈老板，等着发大财吧！"临别时，人家热情又诚挚。回福建后，对方在电话里热情仍然似火，撩得沈志荣和德清雷甸的欧诗漫公司上上下下对福建"代理商"满是信任感。

"沈老板啊，你们的货太俏了！一转眼就卖得差不多了，你们赶紧再发一批，按照原来的地址……有些不放心？哎呀，有啥不放心的！合同不是放在你手上嘛！上面不是写得清清楚楚：结算迟付款一个月，我方赔偿多少多少违约金吗？都写得明明白白，你们还有啥怕的嘛！对对，再发三倍的货。这回货一到，我就给你们汇款！这下不用担心了吧？对对，明天就发货！"福建方面的电话消解了沈志荣他们心里的担忧，于是马上又给对方下单了一次更多的货物发运……

所有发出去的货，比预期还要多得多，而且仍有各地源源不断地在催着德清雷甸这边的公司发货。沈志荣从一些朋友那里也证实，"OSM"确实广受消费者的欢迎。但随着货越发越多，所听到的货越来越"好卖"时，他的心悬得也越来越高了，一直到每每深夜都在梦中吓出一身冷汗……

为什么？

妻子一连几个晚上发现了丈夫的这一"毛病"，惊得有些紧张，问他出了啥事。沈志荣便说："我心里老是悬着，前阵子发出去的货越多，心里越不踏实。"

妻子问："你们不是有凭证吗？不是签了合同吗？"

沈志荣点点头："是签了合同。"

妻子将被子重新给丈夫盖好，说："好好再睡一觉吧，有合同在还怕啥？"

但沈志荣仍然睡不着。第二天他醒来就直奔厂子的办公室，翻出跟福建那个"代理商"的销售合同。没错，合同上的签名和图章一点没问题，而且合同上也明文规定，什么时间代销完成后就向欧诗漫公司交钱，然后再根据双方商议结果确定是否再合作……如此云云，该安心了吧？然而沈志荣还是不安心，心里七上八下忐忑不安。他找来会计和厂子的几位副手一起讨论：是不是该出去看一看那些签了合同的代理商们销售得如何，什么时候还款？

"不至于吧！"讨论的结果多数人这样说。沈志荣摇头："我还是不放心，得派人出去看一看了！这样吧，南边北边各一路，每条线路派两个人走一趟，既了解一下我们欧诗漫产品的市场和消费者对它的反映，另一个主要任务是看一看、催一催他们的货款回笼。"

第二天、第三天，南边和北边分别来电向沈志荣报告。北边的一路人报告说，那里的代理商说自己要的货早已分派到下下家了，下下家的货款现在马上回笼有些困难，主要回笼的时间比预期要晚三五个月甚至可能更长些。"再到他们的下下家看看货销售出去了没有？"沈志荣着急地问。电话那边回答："我们已经看过几家，大半小代理已经把货卖得差不多了。消费者对我们的产品还是比较信任的……"这个消息让沈志荣多少有些宽心。看来问题出在代理商拖欠货款的时间上。如何解决，沈志荣一时还没有想好。

南边的电话也在这个时候来了，结果让沈志荣惊出一身冷汗："坏了老板，我们找不到这个代理商！"

"他合同上的地址是假的？"沈志荣问。

"合同地址是真的，可房子的主人说，那个租房子的人已经两个月没在这儿了，也不知道他到哪儿去了。"

沈志荣又问："你们没到当地工商局问问，他那个'公司'还在不在？"

那边的电话里回答说："我们现在就在工商局，他们告诉我们，根本没有这个公司！"

沈志荣一听就跳了起来："那他跟我们的合同上的公章是怎么回事？"

电话那头又说："当地人说，这一类'公章'随便在哪个街头的刻章小店里就可以刻出来，花50块钱可以把'中国'字头的大章都能刻得出来！"

骗子！原来是彻头彻尾的骗子！沈志荣听到这里，一屁股坐在地上，他苦瘫了：几十万元的货被人轻轻松松地骗走了，现在连个人影都找不到……无法想象的事情都在他的"代理商"中出现——

以假合同名义骗走货的；

卖掉了货拖着不及时给钱的；

谎称货在中途出问题后想赖账的；

任何你想得出和想不出的骗术，这会儿全在沈志荣面前"展现"其本领和暴露其嘴脸了……

"停！""停停！！"

"从现在开始，停止发货！停止所有'代理'业务……"

厂子里，沈志荣真是到了气急败坏的地步，向销售和发货部门连连下令。

问题的严重程度和所遇到的种种情况之复杂，连德清公安系统、政法部门都闻所未闻。

　　毕竟都是德清人，何况沈志荣是德清和浙江的"优秀企业家"和"改革家"，又是全国人大代表，政府出面给他撑腰，于是公安、律师、工商部门联合为欧诗漫组成"讨债团"和"追捕骗子行动组"，向四面八方出击行动了！

　　无可奈何又焦虑万分的沈志荣把所有的希望寄托在这样的行动上，而且这些人员出发前沈志荣是亲眼看到的：公安警察还带着枪支，律师则是他花大价钱聘请的。如此阵势，连沈志荣自己都觉得"不可能再强大了"。

　　哪知结果，基本上也是水中捞月一场空……

　　不是公安、律师和工商人员不卖力、不尽职，而是骗子的手段与各式各样的复杂情况让你哭笑不得，无所适从——公安人员的枪无处可使，律师的口更是无用武之地：

　　有些逃之夭夭的骗子，即使你再花上三五个月也不知其去向，或许他根本早已在人间"蒸发"。

　　有的骗子费尽苦功是把他找到了，可或是已经在监狱里，或是身无分文，即使打官司后判决了你又能拿他怎么样呢？

　　更有一些"老赖"，你逮了他，他竟然反咬一口，数落你欧诗漫一百个不是……目的只有一个：借编造出的虚构理由，赖掉欠欧诗漫的款。

　　面对上述种种"奇观"，一向雄心勃勃、所向披靡的沈志荣彻底败阵——他只得向公安、律师和工商部门摆摆手：谢谢你们了，我已经没有任何信心再去与那些"代理"们斗了，我斗不过他们，再斗下去，我和欧诗漫输得更惨……我投降！

　　沈志荣的心在流血，伤口止不住。

　　怎么办？后方的厂里正源源不断地生产产品，河面的珍珠蚌一批批的丰收在望，市场上的消费者在疯狂地欢呼"OSM"品牌让她们花便宜的钱换来了美丽的肌肤……

"欧诗漫——中国自己的品牌，民族的骄傲，让你美丽得放心！"许多电视、报纸和广播里在不停地这样说。沈志荣无法不向已经培育起来的品牌效应和无限巨大的市场继续进军。

但，销售如何进行？出去的货，还会不会像以前那样被人骗，被人坑？

生产和销售会议上，沈志荣沉默不语。公司的人开始议论起来："外人就是不可靠，还是靠我们自己吧！"

"对，外面的骗子骗了我们，你无处可抓。还是用我们自己人放心，至少他没处可跑，跑了也能找得到他嘛！"

"是啊，用自己人！我们自己当销售员！"公司的内部会议，成为热血沸腾的动员会、请战会……看着一张张熟悉而激动的脸庞，沈志荣被感染了，也感动了。

"好吧，我同意大家的建议和意见：从现在开始，我们自己组织销售队伍！"沈志荣说。

"太好了！这回不用再被外人欺负了！"

"对，我们是雷甸人，胳膊肘是往内拐的，不像外人……"

众乡亲的这番热情洋溢的话，像一团团火焰燃烧在沈志荣的胸腔，令他感动不已，心想欧诗漫的销售难题总算有出路了，那笼罩在他心头几个月的阴影也似乎一下消散开来。

很快，一支支"雷甸销售军"被派往全国各地，进行直接销售……

阿狗、阿猫；张三、李四；还有叔叔伯伯、阿哥阿弟……所有派出去的人，都在村上有名有姓，带了多少货，走了多少地方，销了多少客户，不仅沈志荣掌握，村里和厂里的会计都能掌握，闭上眼睛都数得出来！那会儿，沈志荣真的感觉"万事大吉"，内心充满"只等收钱"的喜悦：年底再给全村村民个个笑开怀的"分红"，也能让欧诗漫公司真正开始"名扬天下"！

"不好了老板，出事啦！"就在沈志荣以为啥事都可以蹚平的辰光，村上的干部向他报告，说跑外销的某某家里人哭着到村委会队部寻死觅活地要人。

"要什么人呀？她家男人不是在外面跑销售嘛！过些日子不就要回来了？"沈志荣觉得莫名其妙，这有啥可吵闹的。

"回不来啦！屄人回不来了！"村干部报告道。

沈志荣警惕起来："为啥？死了？"

"死倒没死，就是比死了还丢人！"

"啥事嘛？你赶紧说来……"沈志荣急了。

"气人！气死人了！"那干部说，"他在外面把厂子里的货款全部赌光了，还让家里给他寄钱去还债……"

"啥？把厂里的货款都赌光啦？"沈志荣一听就跳了起来，"他那一块至少十几万呀！他都赌光啦？"

"是。听他家里人说还欠人家好几万呢！"

"该死的！他、他……他怎么能把厂里的货款拿去赌……赌钱去呢？"沈志荣双手捧脸，欲哭无泪。

"作孽！作孽啊！他是想把我们辛辛苦苦挣来的血汗钱都扔进东海里去嘛！他、他这个杀千刀的！"沈志荣开口大骂起来，很少骂人的他，这回整整骂了一个上午。

没有比发生在自己身边人的犯罪、犯傻、犯错，更令人气愤的！

"把外出的人统统给我叫回来！我要看看他们到底在外面搞了啥名堂！"沈志荣说这话时真有些气急败坏。

外销人员陆续被叫回，但有几个就是回不来——后来查明，他们有的是根本回不来了，有的则属于没脸回来见江东父老，有的则推说在收款的"关键时刻"……总之，以各种理由回不来的，多多少少出了问题。而在沈志荣的追问和威逼下，他发现雷甸自己派出的这些外销人员暴露的问题竟然比前面那些"代理商"有过之而无不及。

"败家子！你们这些败家子！你们口口声声说用外人做代理这个不好，那个不如你们！看看，你们好啊！好得肚脐眼都不知道长在啥地方了！"沈志荣破口大骂，骂得连自己的身体都在发抖。他指着那些"犯了事"的外销员，让他们抬起头："你们自己去照照镜子吧！你们想过没有，干那种缺德的事后有何脸面回到村里向大伙儿交代？是，村里的事反正是集体的，你们可以放任不管它、毁了它，可你们想过你自己的家、自己的家人没有？你在外面丢尽了脸面，家里人咋办？跟你一起丢脸？一起让人骂？"

沈志荣越说越激动，恨不得上前对着"犯事"的家伙扇他几个巴掌。但这又能解决什么问题呢？乡里乡亲的，说得过重了，犯事的人低个头，自己扇自己几耳光也就算了，如果家里老婆孩子"哇哇"乱哭乱叫起来，不乱成一锅粥了嘛！

真正的气，沈志荣只能往自己肚子里咽。

"自家军"的销售人员犯下的事其实有的比赌博还要令人生气，比如有人拿着公家的钱去嫖娼、去放高利贷等各种你想得到和想不到的事，都曾发生过。最令沈志荣生气的是，有的人自认为与沈老板"关系好"，表面上对集体、对沈志荣很忠诚，实际上做了坏事还想装模作样，企图瞒天过海，啥都不说真话，一旦事情败露，弄得整个欧诗漫和雷甸水产村就差没有整体塌陷⋯⋯

"他娘的，你们真是想当败家子呀？"这回沈志荣无法再吞下这口气了！全村大会上，他把那些有劣迹的人指名道姓地一个个点出来，并且当着他们家人和亲友的面来狠狠地数落。这一招在乡里乡亲面前很管用，一度"管"住了部分野了心的本村、本厂销售人员的劣迹。

但沈志荣发现，扩大欧诗漫市场销售的目的并没有出现奇迹，相反外销形势远远跟不上后方的生产及消费市场需求。

怎么办？欧诗漫的方向何在？中国品质的"OSM"珍珠化妆品就真的无法与国际化妆品牌相媲美、相竞争吗？沈志荣第一次在从商的

"十"字路口犹豫不决起来……

"爸爸，你放我一把。我到深圳独立成立一个珍珠霜化妆品公司，争取在那里为欧诗漫闯荡出一番事业！"一天，沈志荣正独自苦思冥想时，大儿子沈伟新站在他面前，瓮声瓮气地说了一声，而后用稚嫩而执着的目光看着自己的父亲。

"你？想到深圳开公司？自己一个人去？"岁月如此匆匆，那一刻沈志荣似乎是第一次认识自己的儿子：原来忙忙碌碌之中，儿子都长这么大了，不仅已经大学毕业，个头也超过当爹的半个头了！沈志荣一把拉过儿子的手，端详着青春英气的沈家大公子，内心有说不出的欣喜。

"嗯。深圳那边毕竟最开放，年轻人多，我也想去闯一闯。你的珍珠化妆品也应该走到商海的最高浪尖上去接受市场的检验……再说，我也有几个小伙伴，他们也会跟我一起干的。"听得出，儿子的想法并非一时冲动，而是早有预谋和准备了。

沈志荣点点头，又问："你是想跟着我一起干欧诗漫呢，还是自创一个天下？"

"我想独立干，不掺和你的欧诗漫！"儿子干脆利索地回答父亲。

"为什么？"沈志荣深感意外。

儿子回答："我不愿干公私不分的事，所以选择不沾你那边的一点儿公家的边，免得以后人家说三道四。"

沈志荣板脸了，说："你爸爸干的欧诗漫全部是雷甸水产村集体的，与我个人、我们家一点利益关系都没有……"

"可外人总认为欧诗漫就是你，你就是欧诗漫。欧诗漫在市场上赚了多少，好像你就给家里带来了多少财产……所以我再不愿干这种事了！"儿子说。

沈志荣的脸色有些难看。片刻，他拍拍儿子的肩膀，神情严肃地说："爸爸是村上的支书，就是以前，也是队上的人，后来又当上了副支书，从当年搞人工培育珍珠，到养殖河蚌，再到现在带领大家生产化妆品，全都是为了集体的事业，赚了钱是大家的，赔了本大家会骂我沈志荣，甚至连你、你妈和你弟弟也会跟着被人骂……但儿子啊，这就不要怪人家，因为你爸生来就是集体的人，干的事又都是集体的，挨骂受气是我的本分，没啥，不要怨这。可你说要到深圳自己去办公司，爸爸是不能拿集体的钱支持你的啊！"

"我不要村上和欧诗漫公司的一分钱……我只要你和妈支持我。"儿子用恳切的目光盯着父亲。

沈志荣沉默稍许后，说："你爸爸妈妈其实没啥积蓄，但一定全力支持你到深圳闯一闯。"

就这样，沈志荣从自己家里拿出20万元，给儿子去深圳办公司。原本沈志荣希望自己大学毕业的大儿子能够在深圳给他的欧诗漫走向商海蹚蹚路，但大儿子有自己的想法，到了深圳后，他没有去销售或代理父亲一手开拓的欧诗漫珍珠化妆品，而是经营与珍珠业无关的通信设备产品。年轻人有自己的想法，沈志荣无法干预太多，尤其是深圳远隔千里，平时忙于欧诗漫生意的沈志荣无暇顾及儿子在深圳的经营情况。

一年半后，儿子在深圳的发展结果，完全出乎沈志荣的意料：他搭档六七个大学同学，在那边商海中左冲右突，结果一败涂地。家中带去的本钱用光了，又去银行贷款。贷款后又经营失败，直到破产，无颜回德清。

沈志荣了解情况后，火速赶到深圳，帮助儿子还清了贷款，将儿子带回了老家德清雷甸……

年轻的儿子一年半时间在深圳的商海蹚水，结果用光了家里的积蓄，也被呛得抬不起头。沈志荣抚摸着儿子低垂的头，没有责怪半句。

"没有啥好怪罪的。商海里呛几口水，也算正常。我经营欧诗漫不也常被外人、村上自家人骗和蒙得都不轻嘛！"在谈到儿子的"深圳商海呛水"一事时，沈志荣说得非常坦然。

"没后悔被儿子花掉了全家多年的积蓄？"我打趣地追问。

沈志荣摇摇头，说："儿子用家里的钱在深圳商海里'买'回了许多教训与经验，给欧诗漫后来的市场开拓创造了亿万财富，这一点我很感谢他……"

大儿子栽跟头从深圳回到德清时，正值沈志荣对全国市场做了一番调研之后，准备重新布阵销售网络之时。一天，他郑重其事地问大儿子："我想让你到沈阳建立欧诗漫第一个销售分公司，你有没有这个胆量？"

儿子迟疑了片刻，反问："你相信我能干好吗？"

沈志荣一笑，说："我的儿子我还不相信吗！只要他真上了心，不可能比别人差！"

儿子听后，眉头一挑，说："我不喜欢公私不分，要干就要职责分明、奖赏分明。"

"当然。日常所有工作与业务，完全按现代企业管理制度行事。在家，你是我儿子；在公司里，你我是总公司老板与分公司管理人员之间的关系。将在外，你有现场和临时的处置权；对总公司和总经理，你必须服从领导……"

"这个我懂。但我需要一个用人权——分公司的人员我说了算。怎么样？"

"这个权可以放，但你用的所有人都得到总公司备案。"

"自然。"

"祝你成功，欧诗漫北方销售公司的小沈经理！"父亲严肃而庄重地向儿子伸出手。

"决不辜负总经理的期望！"儿子握住父亲伸过来的手，犹如宣誓一般地做出承诺。

欧诗漫从此开启了一片全新的"外面的世界"。

1992 年法国外聘化妆品专家来欧诗漫实业总公司考察交流

# 第九章

## 外面的世界

确实，外面的世界很精彩，中国人从过去的封闭社会状态到改革开放之后，许多经历和感觉都是第一次，都很新鲜。在 20 世纪 90 年代，台湾歌唱家齐秦的一首《外面的世界》风靡神州大地的每一个角落，儿子沈伟新会唱它，当老子的沈志荣也会哼上几句——

在很久很久以前
你拥有我 我拥有你
在很久很久以前
你离开我 去远空翱翔
外面的世界很精彩
……

这首歌的歌词，对当时的沈志荣来说，很有相近的情感倾吐，当然是他对远在沈阳的儿子的那份牵挂与希冀。这两份感情交汇于一点上：北方销售公司的成功与否。

成功与否关系到欧诗漫产品能否按照市场需求和沈志荣的宏伟蓝

图走向，也关切到他沈志荣心中一直吃不准的另一个重要话题——儿子到底行不行？未来自己的事业到底是否后继有人？德清和中国的珍珠业是否能够像日本珍珠产业那样兴旺到影响整个世界？而后一个问题，才是沈志荣真正上心的。

在当时，他一直没有说出来。他能说的只是一句话：北方销售公司要成为我们欧诗漫走向市场、走向每一位消费者中间和成为中国著名品牌、国际化妆品名牌的真正专业的欧诗漫销售大军的"黄埔军校"！

这是沈志荣一开始建立欧诗漫公司时就有的梦，但从最初的外聘销售"代理"到组织雷甸"自家军"搞销售、铺市场的结果与惨痛教训，让沈志荣的内心一次次涌动起组建欧诗漫的销售"黄埔军校"的念头。这个念头想好想，可谁来担起"黄埔军校"的掌门人和"校长"，沈志荣一直没有吱声，也一直在观察与物色……这个过程中，他是痛苦的。

他当然最相信雷甸"自己的人"能担起此大任，但到底谁呢？并非沈志荣不相信"外人"，"代理"一仗所吃的苦头让他有些害怕，所以不得不把目光收回到雷甸这片自己的土地上的那些亲近的人。可，雷甸又有谁能与他沈志荣同怀炽热而不灭的"珍珠情"呢？

他看不清，甚至有些看不到……那些有小才和聪明一些的人，往往眼珠子转得太快，一下转到了与个人境界差距十万八千里的天上去了；没有才干的平庸之辈，眼睛就只盯在利益上，更不可重托。就在沈志荣左右为难，似乎束手无策时，突然有一天自己那大学毕业的儿子竟然跑来说要去深圳"闯荡"。那一刻，沈志荣的内心就差没有说出五个字：就你了，儿子！

是的，没有比儿子更让沈志荣放心的，知根知底更知性情，也好"把控"。然，大儿子沈伟新并不像父亲想的那样，这个两三岁起就跟着父亲沈志荣"弄"珍珠的孩子，看过父亲因为"弄"珍珠而吃了多少苦、犯了多少难，幼小的心底深处早已埋下了对珍珠的"仇恨"，而且这种情绪与反应是公开和明显的，甚至在上大学填报志愿时父子俩曾发生过争执：父亲希望儿子去学与水产或珍珠相关的专业，再者至少也该报考当时非常热门的工商管理什么的；儿子不从，说他喜欢工业外贸。

外贸？迈腿第一步就想跨到国外，做国际生意？沈志荣愣了，看了儿子很久很久，没有说一句话。他不是那种"必须我说了算"的专制式家长，所以最后是儿子选择了自己想去的大学，学了自己想学的专业——多年后，沈伟新又按照自己的意愿，在上海复旦大学完成了EMBA专业课程。这是后话。

我们现在叙述的时间点是在1993年……

那个时候，对欧诗漫和沈志荣来说，都是初入商海。在一次次商海游泳中呛水之后，沈志荣竟然发现自己的儿子比他老子有远见：工业外贸专业也许与"工业内贸"有差别，但终归都是"贸易"范畴，由这样具备专业知识的人去打开欧诗漫的国内市场，在雷甸、在德清不可能找到第二个更合适的人选了！何况伟新是自己的儿子。

大儿子1991年夏季从浙江大学毕业后，沈志荣开始想让他立即进入公司在他身边锻炼起来，哪知儿子自有主张，要到深圳"闯荡"。"我是学工业外贸的，想到外贸的商海里试一下水……"儿子自作主张，沈志荣表面上反对，其实心底异常欣慰：小子，我要的就是你给我去闯闯，闯闯你爸爸不熟悉的领域、不了解的那个"外面的世界"，回头再帮着老爸，将我们的欧诗漫在中国和世界上撑开一片晴朗的天空……沈志荣想着他的宏愿，再次哼起齐秦的歌——

外面的世界很无奈

当你觉得外面的世界很精彩

我会在这里衷心的祝福你

*每当夕阳西沉的时候*

*我总是在这里盼望你*

*天空中虽然飘着雨*

*我依然等待你的归期……*


　　显然，《外面的世界》是首情歌，是一对恋人在不同的环境下相互牵挂的缠绵情愫让他们彼此等待和期盼。其实，在儿子到沈阳建立分公司的那段日子里，沈志荣对儿子的牵挂远远超越于恋人之间的那般深情与忧思。对沈志荣来说，分公司的成与败，是他的欧诗漫和他的珍珠事业能否闯出德清、走向消费者的关键一环，断了它，他和欧诗漫与广大消费者之间就隔着海……隔着海就意味着他和欧诗漫永远不可能成为游向商海彼岸的成功者。自 1967 年至此已有 20 余年奋斗在珍珠科研与养殖战线，尤其是开发产品之后，沈志荣历经坎坷与艰难，他渴望和期待如"闺女"一般珍爱的欧诗漫——OSM 能够被国人和世人所喜爱，并造福于人类。于是北方分公司这所他心目中的"黄埔军校"分量很重。加之是儿子执掌那里的天下，成败对沈志荣有着双重意味。

　　"儿子，情况怎么样？"那些日子，沈志荣隔三岔五就会给远在东北的大儿子去电话，询问分公司的进展与业务。

　　"爸爸，你放心，我现在忙着呢！如果我不给你去电话，就是一切正常。如果打电话给你，就一定是有要事向你总经理请示……你就放心吧！"名牌大学毕业的儿子到底不一样，说话办事绝对是正宗的"德清水平"——沈志荣认为的那种志向高远且滴水不漏的处事能力。沈志荣心想：我要的就是你这种干事风格和工作态度。

　　远在沈阳的沈伟新不愧是沈志荣的儿子，又有深圳从商的开拓精神和名牌大学的专业知识，他首先很快发现了原来欧诗漫的销售机制问题，并通过调查市场，得出结论：化妆品专营店已经开始，要走这条路子。

大儿子迅速把自己敏锐意识到的新市场销售模式报告给父亲沈志荣。"我相信采取新的销售方式，会增加一倍以上的销售额。"儿子非常有信心。

"那你就搞呗！"沈志荣心头高兴，但回答时特意显得很平静。因为他更想看到儿子"到底干得如何"，"光说好不行，我们做事都是硬碰硬的。"沈志荣事后说。

大儿子没有辜负父亲的期望。沈阳第一年就完成了销售额140万元，比原来超了一倍多。第二年又翻了一番，实现全年销售额280万元。

沈志荣这次真的在心里笑了：儿子出息了！"我同意正式成立沈阳分公司。"沈志荣的"分公司"战略从此开始实施……这盘棋后来对欧诗漫的第一波市场大崛起，起了关键性作用。

沈阳分公司成立之后，东北三省就立即"复制"同样的分公司模式，并且同样取得赫然效益。

"你可以回总部了，担任销售公司的总经理。"沈志荣开始调兵遣将，布局全国的分公司模式。

"沈阳和东北那一块你准备交给谁来接替？"沈志荣问大儿子。

"国宏。非他莫属。"大儿子沈伟新二话没说，就点了他的伙伴加铁哥们儿沈国宏。

"国宏行！我同意。"沈志荣对这位本地青年非常看好，尤其是他十分清楚这小伙子按照他"老板"的谋划，跟着大儿子沈伟新在东北这两年干了一件让他特别满意的大事，那就是全国铁路历史上第一个有企业冠名的列车"欧诗漫"号的开通！

说起这事，沈志荣先生颇有情趣地给我回忆起这事的来龙去脉：

那是1995年的事。中国在北京承办第四届世界妇女大会，沈志荣的"欧诗漫"敏锐地抓住机会，为这个世界瞩目的妇女大会捐赠"大

1995年欧诗漫赞助联合国第四次世界妇女大会

会专用礼品"。在北京召开的新闻发布会上，数位国家领导人出席，沈志荣和"欧诗漫"再度成为新闻媒体和各界的关注点。

　　会后，有人无意间向沈志荣透露了一件事，说就在他们开新闻发布会的同一地点北京国际饭店有一场拍卖会，问他感不感兴趣。"我又不搞收藏！"起初沈志荣笑笑，并没有在意。后来他们告诉他，说拍卖场上有个火车"冠名权"拍卖，而且说得更具体：要拍卖北京到哈尔滨和哈尔滨到北京的17/18次列车的冠名权。也就是说，在这两趟来回走的列车上，你可以买断"冠名权"。

　　"有这样的事？"沈志荣一听来劲了，忙细问清楚。

"有这事，我这才想到了你沈总啊！"回答他的是哈尔滨铁路局的副局长朱国安。

沈志荣一听人家是"国家单位"的铁路局副局长"有请"，觉得这事靠谱，于是就去了拍卖场……

这是他第一次见如此有趣的场面：台上的人叫卖，台下的人举牌。拍卖师叫三次，榔头落下，就算成交。反之，没人举牌，就是落空。

沈志荣来的目的是看看那个"火车"冠名权拍卖到底是怎么回事！

开价 58 万元的 17/18 次列车的冠名权拍卖，竟然没人举牌……沈志荣奇怪而又有些惊慌地扫了一眼拍卖现场：真的没人举牌。他一时弄不明白到底是价钱贵了，还是火车冠名没人尝试过？现场的时间无法让他多思考，因为拍卖师在喊："58 万有没有人接？"几十秒钟后，拍卖师又在喊："58 万有没有人要？"

"这是最后一次：58 万有没有人要？"拍卖师最后喊出。

全场一片寂静。沈志荣感觉似乎全场所有的人都在盯着自己、等着自己……尤其是那位哈尔滨铁路局的副局长朱国安先生，此时的朱局长简直急得额上冒汗珠！

"我要——！"突然，拍卖厅内，响起沈志荣那坚定而脆亮的声音。

"太谢谢沈总了！谢谢您！谢谢欧诗漫……"接下去的场面令沈志荣自己都没有想到，他的这一拍，不仅让国内新闻媒体"疯"了一般，而且连美联社、BBC 等国际大媒体也跟着"疯"了好一阵。

那时的中国，虽然改革开放已经有了十几年的时间，但像旅客列车的冠名权也能拍卖这绝对是新鲜事儿，而且被一家乡镇企业"拍"走了，这自然是"好新闻""奇新闻"！

"沈先生，你觉得后悔吗？"

"你真的认为冠名有用吗？"

一连串的问题劈头盖脸地向沈志荣提出来。

沈志荣觉得好怪：58 万元能够把火车的冠名权买到自己手里，能

1995 年欧诗漫成功竞标国内第一列列车冠名权及广告载体使用权

哈尔滨至北京 17/18 次"欧诗漫"号列车

够让我们"欧诗漫"的大名牢牢地嵌在伟大祖国的火车上，让它飞翔和奔跑在东北大地上，这太值了，太让人兴奋与激动了，怎么可能后悔呢？

"不后悔！一点都不后悔！"沈志荣如此回答中外记者。

"沈总啊，如果你真的觉得有点亏，我们可以商量，你也可以退……"哈尔滨铁路局的朱局长来到沈志荣面前，像亏欠了他什么似的轻声轻语说道，末后又加了一句，"其实，你在现场举牌，让我们面子上过得去了，这就等于拍卖成功了！我们也不为成不成计较了……"

沈志荣也是一愣，而后定了定神，对朱国安说："局长啊，我可是认认真真地拍来的冠名权，我是要定了的呀！"

"真的？"

"这还有假？君子一言，老天作证！"

"哎呀，谢谢沈总！谢谢沈总！"

朱国安把沈志荣紧紧拥抱住，眼睛里顿时湿润了起来。

欧诗漫在火车上"冠名"一事，不仅轰动了京城，哈尔滨和列车沿线的城市也热闹了起来。当拍卖成功之后，沈志荣把这一消息告诉正在东北分公司忙碌的大儿子沈伟新和沈伟新的搭档沈国宏，两位年轻人简直兴奋得要打滚。

"伟新，我真为你有这样的爸爸高兴！他啥事总比我们想在前头，而且魄力大、赶新潮！"沈国宏对沈伟新说。

"我爸确实不一般！"这回，儿子是打心眼里佩服父亲。

火车"冠名"既是新鲜事儿，又是实实在在的一次欧诗漫品牌宣传战。尤其是在沈伟新和沈国宏二位年轻经理的精心与尽心的运作下，获得巨大成功。从北京到哈尔滨，再从哈尔滨到北京的17/18次列车，是来回于北京和东北之间的两趟主要车次，所以当"欧诗漫"在列车上一出现，加上车上附加的乘客用品也有冠名的"欧诗漫"三个字，因此"欧诗漫"一鸣便惊响于东北三省，尤其在哈尔滨，没多长时间，几乎无人不晓"欧诗漫"。

"爸爸，告诉你一个好消息：自从冠名后，我们在这边的销售量已经翻一番了！"大儿子沈伟新在调往杭州挑更重担子之前，兴奋地向父亲报告。

"向董事长报喜：今年东北三省的销售量肯定又会比去年翻一番了——我保证！"沈伟新调走后，沈国宏担起了东北分公司的重任。火车冠名后的第二年，他向沈志荣和总公司再报喜讯。

"'欧诗漫'号列车每天在东北铁道线上来回奔驰，加上那边天气寒冷的日子多，护肤化妆品的消费者也多，所以我们的欧诗漫销量由此大增！'欧诗漫'也成为东北人心目中的第一护肤产品……"在我采访沈国宏时他这样说。

于是，"沈国宏这小伙子行"的印象也从此一直在沈志荣脑海中打上了烙印。

我们再把视线收回到创业初期的当年——

那会儿，沈阳分公司和北方分公司的模式让沈志荣大喜，在一番鼓励和赞赏之后，他向儿子沈伟新提出：只有沈阳一个不行，欧诗漫要在全国遍地开花，必须多设几个甚至几十个分公司。

"我正想向你建议的也是这……"父子俩不谋而合。沈伟新进而建议："只要我们能够把运营的模式和方法复制好，再把分公司的负责人配备好——当然这个负责人最好是我们雷甸这边经过培训或者我带出来的骨干去担任，这样就可以抓到实处、抓到根本上。"

"讲得对，这也是我考虑的关键环节。把分公司的头头脑脑抓住，下面的用人支配权可以放手。在分公司下面，也可以采取相应的做法，这样我们的销售网络就可以分布到各个地区的细枝末梢和犄角旮旯处……"

"对对，我在东北就是这样干的。"

父子俩在饭桌上的一番"谋略"给欧诗漫的全国销售方向划定了

一个目标和蓝图。

"后来我们在全国很快复制了北方分公司的模式。这些分公司对欧诗漫的发展和迅速占领全国市场起到了决定性作用。从 1993 年第一个分公司成立，到 2007 年时，我们先后建立了 26 个分公司，基本遍布了全国各地主要大城市和地区，有些地方的分公司下面还有销售网点，甚至连一些边远的县城、乡镇都有我们欧诗漫的销售人员……我的大儿子对建立分公司功不可没，可以说是'第一功臣'。他后来坐上销售总公司的第一把交椅理所当然。沈国宏在长沙搞的化妆品专营模式也起了重要作用，使得全公司的销售额迅速上升到全国同行的前茅。"沈志荣的言语中流露出明显的对大儿子沈伟新和他团队人员的满意。

销售分公司纷纷建立之后，"统率"全国的集团销售总公司设在何处，这也曾让沈志荣颇费了一番心思。研究讨论方案时，一部分人坚持认为：做生意、办厂子，最根本的一个环节是销售，它决定企业的"生死存亡"，所以必须设在"眼皮底下"，也就是说得设在雷甸。"你沈老板可以天天看得到……"他们这样对沈志荣说。

"我认为这种眼光太狭隘了！我们面对的是全国甚至世界的市场，不能还用传统的小农经济运作方式，得把销售公司设在全国的中心城市，比如上海等。看看国际著名品牌，他们的销售公司都是设在商业最发达的城市，像巴黎、伦敦和纽约等……我们欧诗漫也应该有这样的气派！"以沈伟新为代表的年青一代销售人员则提出相反意见。

"人家是百年老店，驰名品牌，我们才起步几天？贪大求洋是要吃苦头的。"有人阴阴地说。

"就是因为我们欧诗漫名气不够大，所以更要在大地方举大旗，以证明我们也是响当当的中国驰名化妆品！"沈伟新等回敬道。

两种意见，代表了两种思路，有些相持不下。最后的决策需要沈志荣来定。

那一天，沈志荣需要与一位重要的客商谈笔生意并会见几位来公司参观的外地领导，所以他特意提前穿上了西装。但从家里出来到雷甸水产村委会驻地和欧诗漫公司办公室，仍然需要穿过并不太整洁的乡间水泥路，所以他的衣服上依然沾着泥土和露水……那个时候，像他这样的村支书兼队办企业家比比皆是，装扮穿着也差不多，"不土不洋""半土半洋"。但相比其他乡镇企业家，沈志荣的思想和眼界则要高出好几个山头，这一点甚至连来过雷甸和德清的外国专家和珍珠业同行都深有感触，说沈志荣是脚踩乡村、目光高远、胸怀大志的具有战略思维的大企业家，同时他又是位探索精神、攻关能力极强的科技专家，在经营和推广方面又是位实干家。

　　"董事长对新鲜事物的兴趣和接受能力常常比我们年轻人还要超前和强烈得多！"给沈志荣当了十几年秘书的欧诗漫副总杨安全不止一次向我这样感慨。

　　"上海！我同意首选上海！"沈志荣说这话时既没有向儿子投去赞赏的目光，也没有向那些认为应该把销售总公司放在雷甸的人看一眼。这说明这个决定是他自己心里早已考虑好了的。

　　沈伟新等一批年轻人听后异常兴奋，窃窃私语起来："我们要到上海去了！"

　　"但……"沈志荣又在说话了，大家又一次竖起耳朵听着，"大上海我多少是熟悉的。那里寸土寸金，房价很贵。我们欧诗漫目前还是小公司，做不到财大气粗，所以得先去物色物色地方，如果合适，我们就在那里驻脚。如果不合适，还是要重新找地方，比如杭州……"

　　"爸，噢不，老板！"在公司，儿子对父亲的称呼就不能像在家里一样，所以沈伟新改口道，"你是说我们出去不是租房用，是买房？！"

　　"当然是买房！只有把产权买到手，房子才是我们的，才可以长期使用嘛！"沈志荣说。

　　"太牛了！这回我们不用总受房东的欺负了！"沈伟新等兴奋不

已，好像他们马上就可以在大上海、大城市安营扎寨，风风光光地营销欧诗漫了！

"别高兴得太早！你奶奶在上海待过，你爸也在上海吃过好几回自来水，可上海滩的水深得很，不像你们想的那么简单！走，明天先一起去看看房子，然后再定。"会后，沈志荣跟儿子说。

"是！老爸。我先去摸情况，然后再请您老决策！"儿子一个立正。

年轻人的办事能力就是强，头天就弄到一大摞"房源"信息。沈志荣如约来到上海，开始一一看房看价……

"爸，这套房子不大不小，三室一厅，能商住两用，挺合适。"儿子在上海闹市看中的一套房子，沈志荣也很中意。但房东开出的价，沈志荣无法接受。

"当时人家开价也就是几千元一平方米，可我们没钱呀，买不起，只能放手……"今天谈起那套房子，沈志荣还耿耿于怀，"假如当时拿下了，今天就是赚了一大笔。"

无奈，沈志荣只得把目光转向杭州。

杭州是自己的省城，距雷甸和德清又近，城内情况又熟悉，而且也是全国名城，世界著名，销售总公司设在这里并不丢份，关键是：儿子看中的一套房子可以按揭。

"按揭？啥意思？"沈志荣还是第一次听说"按揭"这词。

"就是暂时不用花多少钱，以后慢慢给钱，而房子我们现在就可以搬进去了！"儿子这样告诉他。

沈志荣听完十分开心，说："还有这样的好事？！你等在那里，我也过去看看……"

从德清到杭州很近，沈志荣进城后，儿子领着他看了位于"庆春路"的那套"按揭"的房子，沈志荣很满意，对儿子说："反正现在不用花多少钱，弄它三套！"

"你说要三套啊？"儿子不相信地重复问了一遍。

"嗯！不是你说的现在不用给全款嘛！三套，就三套！"沈志荣毫不含糊地回答儿子。

"太棒了我的爸哟！"沈伟新就差没有喊"爸爸万岁"。不过这次杭州买房子，也让他对父亲的远见卓识与判断力、决策力刮目相看。

营盘扎下，大军升旗。沈志荣心目中的欧诗漫该要雄壮出发了……

杭州竖起"欧诗漫销售总公司"的大旗，意味着沈志荣和欧诗漫产品"身在德清"，而"心至远方"了！

"那个时候因为销售公司的人都是我们总公司本部的，相当多的人又是雷甸水产村的，或者从各地招聘来的也都住在雷甸，所以我们早上把这些人从雷甸拉出去，晚上再从杭州城拉回来。这个样子持续了不少年头……"沈志荣回忆道，"现在看起来，够麻烦的，但当时就只能这样，因为公司不够强大。如果销售人员都在杭州吃住，公司恐怕花不起那么多钱。另一方面也有个好处，就是村里的多数人看在眼里，认为他们的欧诗漫、他们的珍珠生意没有离土离乡，心理上感觉挺踏实。"

在公司内部，随着分公司的蓬勃兴起与销售业绩的直线上升，作为销售公司总经理的沈伟新此时也雄心勃勃，在父亲面前承诺：三年后，欧诗漫全年销售要实现6000万元，是他接手时的一倍。这个目标在当时，对沈志荣和全欧诗漫人来说，都是巨大的鼓舞，他们的品牌其实也是这个时候实现了在全国的影响力，可以说做到了"家喻户晓"。

回头看一看中国改革开放40余年的历程，我们会发现当今中国的许多著名企业和驰名品牌所走的基本上也都是这样一条路子。沈志荣自然没例外。但沈志荣与众不同的是他的欧诗漫是个"轻消费品"，相比之下，中国企业家缺少这方面的经营之道和经验。然而，作为村办企业的欧诗漫，在企业成长到一定阶段后所面临的难题，也非世界上那些著名品牌企业所遇到的。就在执掌"欧诗漫"的航船后来越驶向远方时，他所面临的挑战与困境随之也越来越激烈，甚至遇到了完全想象不到的逆境……

是什么困难和逆境？原来，不是别的，而是本土本县的雷甸水产村人的心思和欲念开始膨胀，膨胀到了令沈志荣和欧诗漫差点覆舟。这一幕让沈志荣的内心一生隐痛和悲切。

"可以说，正当欧诗漫在'外面的世界'越来越精彩的时候，我和在雷甸的珍珠事业大本营内部出现的激烈矛盾，前所未有，几乎面临一场生死存亡的分裂和瓦解，它在我内心留下的伤痕，至今仍血迹斑斑，每一回想便痛苦不已……"

沈志荣的这话完全出乎我的想象。而他给我讲的下面所发生的这些事，虽有些骇人听闻，但却是真真实实的中国"国情"。

# 第十章

## 剖解之痛

　　"我从 1967 年开始进行人工培育珍珠，到 1999 年年初村里进行转制的 32 年时间里，一直被村上的人视为好人，喊作'恩人'，是他们幸福和致富的'好带头人'。我自己也一直心怀为老百姓、为全村人做事情的使命，尽心拼命，不知越过了多少险滩恶浪，也不知受了多少委屈，但从来没有动摇过为全村人、为德清人造福和争光的决心。可万万没有想到，到了后来，我这样一个好人竟然一夜之间成了那些靠珍珠发财致富的乡里乡亲们每天放在嘴上骂的最坏最坏的人……"这样的话出自沈志荣之口，出自一位为中国珍珠事业和德清珍珠名声以及为雷甸水产村建设成富裕新农村而呕心沥血的功臣之口，我无法不惊诧。

　　"怎么可能呢？怎么会这样呢？"我只能如此质问沈志荣。

　　"就这样。我一点没有夸张，一点没有渲染。我也从不会夸张，从不会渲染！"沈志荣说。

　　那天采访谈到这事时，沈志荣的情绪仍然异常激动。而这时的他已经七十有二，且事情已经过去 20 年了，他竟然依然那样激动，可想而知此事在他心中一直压得多么沉重，沉重得像强压的一座愤怒的火山一般……

"雷甸水产村能够成为远近闻名的富裕村，就是到了今天，村上如果提出一些建设社会主义新农村的要求和想法来请我帮忙，就是出钱呗，我都是慷慨而为。但我与他们之间的裂痕无法弥补。"沈志荣一说起自己与生他养他的雷甸时，时常有些哽咽，"许多人说农民总是跳不出小农意识，私心重，目光短浅，这不是没有道理和根据的，是对一代代中国农民实实在在的客观分析，说到了点子和本质上。没有跟农民打过具体交道的人体会不到一些农民身上的劣根性有多严重、多恶劣，其实他们也很可怜，最终这些毛病也害了他们自己，甚至是他们的后代。"

我知道，欧诗漫原来属于雷甸水产村，并不属于沈志荣他们几个大股东。1998年全国转制风潮下，欧诗漫也不能例外。

1998年，这一年对中国来说，是个非常难忘和痛苦之年。这一年南方发大水，时任国家主席的江泽民手持扩音喇叭站在长江堤坝上声嘶力竭地指挥抗洪大军决战决堤的现场镜头，年长一些的人都会记得。而这一年对沈志荣这样的乡镇企业家来说，还有一场"洪水"般的战斗，就是转制。

从集体经济转成股份制企业？一向坚持"走共同富裕"道路的沈志荣有些转不过弯来。他认为把集体的资产和企业转到几个"股东"身上，这不是他的初心和理想。因此在县上和镇里要求他把企业转制时，他坚决不同意。为此他作为基层村支部书记，受到了县、镇两级领导的批评。

"雷甸水产村的珍珠企业和我们几十年来创造与积累起来的每一分钱、每一笔资产，都是集体的，也就是说都是村民们的，我是共产党员，我怎么可以独吞嘛！"上级派到村里动员转制的干部来跟沈志荣传达上级关于乡镇企业转制的文件精神和有关决定时，沈志荣慷慨激昂地这样陈述。

"转制的目的也是为了让百姓的生活越来越富裕，这也是我们共产党人的理想和信仰。何况，新形势下，转制为的是更好地把企业办好，你企业办得更好了，向国家交税交得多了，不也是为人民服务嘛！"来动员转制的干部这样说。

沈志荣摇摇头："你讲的是大局，大局的事我沈志荣管不了。我们当初搞珍珠产业，第一件事就是为了全村的百姓能够过上好日子，现在和将来，只要企业在，我的愿望还是这个，还是希望大家日子一天比一天好，这是我能做得到的。可如果把企业转制到了几个人身上，全村的百姓今后怎么办？谁来管他们的未来，管他们的后代？"

"沈书记、沈老板想多了。"来的干部们说，"转制是国家从大局出发做出的政策性决策，国家整个经济形势的大局好了，还怕你们一个雷甸水产村坏下去？这你就放心好了嘛！"

"我就是不放心。"沈志荣道。

"可我们听说前些年你们村上也出现过到底是学华西村的苏南模式，还是学温州的私有制模式的争议，当时你是很支持后者的，现在真的让你们转制了，为啥你反倒反对了呢？"干部又问。

沈志荣告诉他："当初我们确实面临这样的问题。为此，我特意带干部及村民代表到华西村去参观学习过，通过深入了解华西经验后，我们回来就进行了探讨，从我们雷甸水产村和浙江的实际情况认真进行了讨论和分析，最后是大家通过比较后做出了走温州模式的发展道路的选择。现在看来也没有错。虽然我们的珍珠产业是集体的，但温州模式中发挥每个人的个体积极性和创造潜力这一块，为我们村办企业的发展带来了巨大动力。欧诗漫能有今天，有当时选择这条道路的原因……"

"既然这样，为啥不来个学习温州模式彻底化？转制就是温州模式的提升版嘛！"

"但还是不一样。我保留意见……"最终，沈志荣依然不松口。

转制的事开始严重僵持。这在当时的上级领导印象中是前所未有的，因为在这之前，只要上级有指令和精神，雷甸的沈志荣总是最坚定最坚决的执行者，而且也总是做得最好，标准也最高，因为他是老先进、老典型，是雷甸的标杆、德清的标杆，也是浙江的标杆。沈志荣代表了雷甸和德清人的思想觉悟和对党的忠诚度，每每国家、省县上有什么重大决策下来，他沈志荣肯定是最先被记者们采访和出来表态的那一个农民或企业家代表。

但这一回在转制的大事面前，沈志荣却表现出了空前的抵制态度，这是上级领导没有想到的。没有想到的事还在继续发生和发展，最后到了行将不可收场的地步……

是的，这是沈志荣原本没有想到的。他没有想到的事情是，那些原本胆小、善良的村民，在利益和金钱的面前，为何会变得如此失去理智和疯狂呢？为何不思忖一下那些属于集体的财富和金钱一旦以偷窃和贪污的方式占为己有时，它就不再是可以让你自己快乐、让你家庭幸福的东西，而是毁灭你自己甚至整个家庭的毒药。早在沈伟新成立北方分公司时，就已经有过个别人把从客户那里收缴上来的货款以一些十分可笑的方式占为私有的事例，也有一些人与不良客户勾结私吞公款等现象。其行径可憎可气，沈志荣本不想做得过火，希望通过教育和规劝，让"犯事"的人承认问题，退款息事。哪知这些人不仅不承认事实，还通过亲戚和家人，甚至纠集村上的族人，对沈志荣倒打一耙。无奈，沈志荣召开村支部会讨论，最后支部的意见是交法律来处理。

"沈志荣抓人啦！""沈志荣让村上的人吃官司啦！"这一夜雷甸水产村真是"电闪雷鸣""大雨滂沱"。那些利欲熏心的人不仅不吸取教训，反而把矛头对准了沈志荣，认为都是他"沈老板"的错，甚至挑衅说是"资本家又回到新中国了"，似乎"犯事者"倒成为受害者。沈志荣和公司自然不会退却，如此几个来回，一些利益至上的村民开始将"老板"沈志荣视为获利的最大妨碍者，不时挑起矛盾，时不时向村里提出种种非分之念，明里暗里散布诸如"欧诗漫是集体的，赚了钱就该分"，"不能让沈志荣一个人说了算"，"你看看他一家，老子儿子都在公司里掌大权，欧诗漫不等于是他家的嘛！干吗我们村民就不能多分一点！"等言论，风言风语不断。

毕竟，多数村民知道感恩，他们一次次获得了沈志荣开创的珍珠产业所带给他们的好处和节节高的幸福生活，尤其是与邻近农民相比之后，非常知足。然而，有些人的觉悟和眼光受到一定的迷惑和遮蔽时，私欲的膨胀会像瘟疫一样传染到每一个人身上，而且一旦染上这种利欲熏心的毛病后，人就变得疯狂与变态……这样的事被沈志荣赶上了！

他因此经历了人生中一段最痛苦和最艰难的折磨，起因就是关于欧诗漫要不要转制的问题和转制过程——

是的，如先前所述，沈志荣一开始对转制并不赞同，甚至有抵触情绪，他的主张非常清楚：尽管雷甸的珍珠产业是他一手研发和开创出来的，但它是集体的，是全体村民的，不是属于哪个人的。尤其是他身为村支部书记，组织和村里这些年来一直给予了他许多荣誉，正是这些荣誉和信任，让他心怀感激，感激组织的培养与教育，感激村民的支持与帮助。作为带头人，沈志荣一直认为，他做的每一件事，都是为了给中国人争气，为百姓谋福，与自己得失无关。"看着大伙儿好，能过上好日子，集体经济富裕了，中国的珍珠产业发达了，这就是我的全部心愿和价值，其他的我就没有想过。如果想个人发财，有多少次包括外商在内的人拉我入伙入股开公司，但我都回绝了。为什么现在欧诗漫正在往上走的途中，要转成几个股东所有呢？我是共产党员，我不当资本家！"沈志荣为这事已经跟上面"顶牛"了近半年。

"谁说转制是让你当资本家？转制的目的就是为了让那些半死不活的企业重新焕发活力，让欧诗漫这样的企业不至于重蹈他们的覆

# 浙江省人民政府证券委员会文件

浙证委〔1999〕13号

### 关于同意设立浙江欧诗漫实业股份有限公司
### 的批复

湖州市经济体制改革委员会:

你委《关于要求设立浙江欧诗漫实业股份有限公司的请示》（湖体改委〔1999〕2号）悉。该申报材料已经省证券委办公室会议讨论通过,同意设立浙江欧诗漫实业股份有限公司。浙江欧诗漫实业股份有限公司由德清县雷甸镇水产村、浙江欧诗漫集团珠宝有限公司、浙江欧诗漫企业职工持股会及10名自然人共同出资,以发起方式设立。公司股本总额1002万元,每股面值1元人民币,计1002万股,全部由发起人认购。其中社会法人股199.17万元,占总股本的19.88%;职工持股会432.33万元,占总股本的43.15%;沈志荣等10名自然人股370.5万元,占总股本的36.98%。

望公司接文后,按《公司法》要求召开公司创立大会,到省工商局办理工商注册登记手续,并将公司创立情况及法人营业执照副本复印件报我委备案。

浙江省人民政府证券委员会
一九九九年二月十日

主题词: 设立 股份公司 批复

抄 送: 省计经委、省财政厅、省国资局、省工商局

1999年,浙江省人民政府证券委员会同意设立欧诗漫实业股份有限公司

辙……"这回县、镇两级领导发火了，雷甸水产村的转制已经拖了全县、全镇的转制工作的后腿，沈志荣的"好心误事"无法让县、镇干部向更上级的领导交代，所以他们一次次"威逼"沈志荣，"你是共产党员，企业家中的老先生，又是全国人大代表，你要带头听党话才是！"

话已至此，沈志荣想说的话也只能咽回肚子里。他沉默数天，谁也不见。

"老沈，我来了你也不见啊？"是县委周书记大驾光临。沈志荣再有脾气也不能硬扛着了。

"周书记，我不想干这个村支书了！你让别人干吧！"沈志荣真切地向县委书记恳求。

"这不行，村支书还得你志荣同志当。即使转制后，村还在、企业还在，雷甸是我们德清、浙江的先进集体，怎么说散就散了？德清的珍珠代表了我们中国的珍珠事业，也是你老沈几十年辛辛苦苦搞出来的，你忍心让它垮了？"县委书记一番贴心的话语，句句激荡和撞击着沈志荣的心坎……

他无语，最后只能认了：那就是——欧诗漫转制！

"这就对了。我们是共产党人，怕困难就不是我们的品质。你老沈搞珍珠出身，最懂得做啥事情都没有一帆风顺的。转制这工作是市场经济的新事物，大家都没经验。新中国成立以来，我们走的一直是集体经济道路，现在一下要拐到市场经济，搞现代化企业制度，大家都有一个认识过程和实践过程。村民们可能反应更大些，这都很正常。只要我们心底无私、心怀大局，始终惦记着为百姓谋幸福，就不会出啥大差错！"周书记一番语重心长的话后，道，"我派一位副县长来协助你们的转制工作。"

"结果后来来了三位副县长。"沈志荣对我说。开始我认为这是"好事"，其实相反。

之后，县上几位领导亲自出面搞调研，开各种会议，最后形成了雷甸水产村企业转制的方案。可哪知方案一出，全村村民立即哄吵起来：村民并不理解很多道理，只听说他们的"摇钱树"——欧诗漫珍珠霜厂等都将归"老板"沈志荣等几个干部所有……这还了得！

农民们可以什么都不懂，但他们知道别人"占"的、"拿"的比自己多时，他们的愤怒与不平就会爆发出来，一旦爆发就是一场风暴，而且这种风暴很难一时平息！

这场风暴的发生时间正好在1999年春节。以往，富裕的雷甸水产村每年都有沈志荣主张的"联欢"大聚会，全村人聚在一起大吃大喝一顿，又热闹又喜庆，男女老少无不欢欣鼓舞，笑逐颜开，全村人都能从沈志荣等干部手中拿到"红包"和一个个良好祝愿。然而1999年的春节完全变了味：聚会依旧来了许多人，可未等沈志荣"致辞"完，会场上就有人站起来指着沈志荣开骂，说他"黑了心"，要把村上的产业拿走，就是想"让全村人死光"！

开始是一个姓李的人带头闹，后来越来越多人跟着闹，那架势大有"吃掉"沈志荣和跟他拼命的样儿。

"你们骂吧！转制本来就不是我想做的事！骂吧！骂到天黑我还是一句话：我沈志荣的心黑不黑，这几十年来你们心里最清楚！"最后，沈志荣愤愤而别，自此以后的春节聚会也不再欢乐——雷甸水产村再无"团结一心向前看"的景象。

那天，离开会场后的沈志荣，久久地站在那片他最初搞人工培育珍珠的漾面，泪水不由自主地流淌在他那瘦削的脸颊上：在利益面前，人心为什么变得如此之快？

他没有找到答案，更没有想到后面的事态越发令人伤心与痛楚——

第二天他去上班，刚进厂子里，就有上百名村民将他团团围住，全都是女村民。她们个个涨红着脸，情绪极度愤怒，嘴里不停地咆哮着，责问沈志荣为什么要独吞厂子，为什么不让村里人过好日子。她们甚至高喊："谁做伤天害理的事，谁就断子绝孙、不得好死！"

"你们！你们疯啦？"沈志荣气惨了，他想反驳，却根本没用，声嘶力竭的话语完全被众妇人的"声讨"声所吞没……

女人们一旦疯狂起来，比男人更可怕。那天，沈志荣是落荒而逃，这才幸免了一场精神和皮肉浩劫。要知道，这显然是那些想让沈志荣不得好看的男人们想的邪招——在农村，男人们不好干的坏事，怂恿女人们出面，往往有让你有嘴说不出、好事成坏事的结果。沈志荣当时一看这阵势，便知道有人在背后出馊主意指使这群女人疯狂撒野。

然而沈志荣没有想到的是，在他"落荒而逃"的第二天一早，那些疯狂的女人们竟然团团围住了他的家门口，做出了让沈志荣一生想着就会呕吐、恶心的事：她们用塑料袋装大便和各种脏东西，然后朝沈志荣家的院子、厨房等扔甩……"当时的恶心状态，至今想来我都有些受不了！"那段往事令沈志荣不堪回首。

如此作恶手段，即使在最黑暗的社会里也极少有人使出。那一个早晨，沈志荣的妻子哭了，哭得直不起身；儿子想愤怒地回击，但被父亲阻止了，后来已经长成大小伙子的两个儿子也哭起来了；最后，沈志荣像僵了身子般地站在那里任疯狂的女人们扔脏物、骂脏话……他的双眼流下了心酸和心碎的泪水。然而，噩梦不会轻易结束，甚至连续好几天晚上都有人拎石头将沈志荣家的窗玻璃砸碎。这让他饱受折磨，他从此也认识了什么是"乡亲"，什么是"村民"，什么是"恩将仇报"！

那些日子，他堂堂沈志荣，一个通过自己的一片赤子之心将一个贫穷落后的渔业小村庄变成全国闻名的富裕村庄的共产党员、全国人大代表、全国著名企业家，就像一只人人喊打的过街老鼠，想躲无处躲，想逃无处逃……难道这就是报应？难道几十年埋头苦干、默默奉献就换来这个？

沈志荣想不通，甚至想到了是不是因为当年自己那可怜的母亲离开绍兴、远嫁德清雷甸的原因，他们还把自己当作外乡的"拖油瓶"？

"是这样吗？你们说呀？！"沿着并非亲奶奶的奶奶家老宅后面的河边，沈志荣对着夜空、对着河水，用沙哑的嗓子喊着……没有回音，只有呜咽的寒风刮着他的眼，刺痛着他的心！

"不，我只有一个家园，那就是雷甸这片土地，就是这片漾面……我只属于德清，只属于雷甸。"

那一刻，沈志荣再一次想起了童年时母亲带着他来到德清雷甸的继父家时的光景……当时他很害怕，怕失去母亲的爱，也怕继父虐待他，是这里的奶奶用慈祥而温暖的双手搂住了他，将他抱到了之后属于自己的小床上……

从此，沈志荣知道了他将是属于这个地方的人——德清雷甸的人。

因为知道自己是"外来"的德清雷甸人，似乎在他少年和初成人时，他内心总比当地土生土长的同龄人更珍惜和在意自己是"德清雷甸人"的身份，也因此在与乡里乡亲们交往时格外谦和、低调，甚至刻意在做事时特别卖力。后来，他参加了工作，入了党，才渐渐意识到没有人再把他当作"外来人"。当他成为一个彻彻底底的雷甸人之后，遇上了渔业大队要搞人工珍珠的事儿，就在别人不愿搞的时候，他捡起了一把钳子、几根铜丝，开始了决定他一生命运的珍珠生涯……

他喜爱珍珠，因为他觉得珍珠是他所能见到的最美的宝贝。穷人家的孩子没有见过金银首饰，河蚌里的珍珠就是他沈志荣心目中最珍贵的宝贝！而当他知道中国历史上的人工淡水珍珠就是德清人研制出来的时候，他把自己当作了叶金扬的后人和传承人。在无人指导和信任之时，他相信"是珍珠总会发光的"，于是他在他人怀疑的目光中，成功实现了当代中国人工培育珍珠的奇迹。

由此，他暗暗发誓要用自己的全部努力报答养育他、接纳他和母亲的这片土地，他也发誓要把自己的全部感情融入这里的每一寸泥土和每一滴水中。

他这样想，也这样做，并且做到了，做到了连他自己都有些不太敢相信的现实：那个曾经被周边村落都瞧不起的渔业大队，竟然因为他的"养珍珠"而富甲一方、全国闻名！

是的，他通过自己的赤子之心和愚公移山一样的意志及努力，让村庄上的百姓在当地最先家家有了电视，最先喝上了自来水，最先有了通向外面的水泥柏油路，到后来全村的孩子上学不要钱，全村人看病不要钱，全村人住的别墅楼房不要钱……是啊，雷甸百姓的生活一天比一天好，他们的幸福指数一天比一天高；再后来，他们心头的要求也一天比一天高了，他们渴望天上掉下来的馅饼也越来越大，大到个个都是金元宝，甚至是金山银山能够搬到他们家里……

于是，他们对村上、对沈志荣、对沈志荣当"老板"的欧诗漫也就有了更大、更高的期望值，而就在这当口，听说村上的"摇钱树"要被人砍掉了，而且是"沈志荣一个人要独吞了"，这还了得！谁会同意呢？

谁都不会同意！谁都别想动"集体"一根毛！谁动了谁就是我们的敌人！我们的冤家！我们与他不共戴天！拼个你死我活！

你死我活！村民们抱定这个目标，于是才有了最后使出的各种邪招，甚至是丧尽天良的恶招！一切矛头都对着沈志荣，他们的目标是"绝对不能让沈志荣得逞"，更不能让他"独吞了村上的摇钱树"。

有了如此"坚定"的目标，村民们的"全民运动"对沈志荣及欧诗漫的打击力度也更"精准"和"要害"：转制一实施，所有在厂里工作的人都要到新工厂上班，沈志荣也不例外。为了阻止和干扰沈志荣及新工厂的正常上班，村民们首先组织"妇女队"每天早晨在村口的路头拦沈志荣的"老板车"。无奈，沈志荣只能藏在座位底下，佯装

"不在车里"，让司机伪装逃出村庄。为了阻止上班人的班车，有人竟然用铁钉戳穿车胎……

"你们这样要出大事的呀！"沈志荣闻讯后，惊得浑身直冒冷汗。

疯狂并没有停止。眼见集体资产快要被沈志荣"独吞"之际，欧诗漫的内部、沈志荣的眼皮底下也开始出现更加疯狂的掠夺：

他们中有几个是沈志荣的徒弟，跟他沈志荣南征北战数年，都是从事珍珠市场生产与创业欧诗漫公司的骨干，其中一个是技术厂长，另一个还是销售厂长。也就是说除了正厂长沈志荣外，最核心和最重要的两个业务厂长开始了背叛沈志荣和欧诗漫的疯狂行动——他们私底下开地下厂，将沈志荣领导的村上的欧诗漫和其他珍珠产业的厂子很大一部分业务占为私有，搞个人的黑色业务，挖雷甸水产村企业的墙脚，毁沈志荣一手缔造的珍珠江山！

"你们、你们的良心给狗吃了？你们、你们还要不要脸面？要不要在这块土地上活下去呀？"当沈志荣知道徒弟的丑事后，气得又是跺脚，又是拍桌子。更让沈志荣没有想到的是，这两个背信弃义的徒弟，不仅不悔改，第二天更是连跟师傅沈志荣招呼都不打便离厂而去。

"那段日子是我一生中最难的时候，真有点众叛亲离……"沈志荣回忆那段转制往事时，感慨万千，"也不知是咋回事，那一年过了春节后，就不停地下雨，而且越下越大，没完没了地下……像老天有意跟我沈志荣作对似的。"

"好在村民闹事之前和夏季大雨来临之前，我下手早：把药厂和仓库首先抢搬到了新的厂区，拼命地抢干了一个来星期，基本把主要的设备和库里的货搬出了雷甸，否则欧诗漫恐怕就完了……"沈志荣说到这里，长叹一声。少顷，他抬起满是幸福和爱意的双眼，说，"我得庆幸那年最困难的时候，我的小孙子出生了，给我带来巨大的喜悦和克服困难的力量与信心。"

"我二儿子沈伟良家的新丁！"沈志荣说，他大儿子沈伟新比二儿子结婚晚些。

"我这个人别看平时脾气大，但对亲人、对家人、对朋友特别讲情意，时间长了你会体会到的……"沈志荣的话我确实已经体会到了，他是那种表面上看不太近人情却内心有团火的人，相处时间越长，感情会越深。

"这孙子的名字一定是你给起的？！"我半猜半问。

"我起的，叫沈毅，我们沈家的姓氏上已经有'水'了，所以我希望孩子长大后遇上困难要坚毅些，所以起了沈毅这名……"果然，沈志荣一说起孙子的事，喜上眉梢，"小孙子的出生，给困难时的我带来了巨大的精神鼓励。我当时就想：欧诗漫的事业不能在我和儿子这一代手上就简简单单、平平庸庸地给毁掉了，更何况我不愿看到它在别人无端的伤害下毁掉了，所以孙儿的一个'毅'字，实际上也是我面临转制时战胜困难的动力。不瞒你说，有的时候白天在外面给人弄得灰头土脸的，可回家一抱起小孙儿，我的烦心事都抛到九霄云外去了……"沈志荣说到这里，竟然开怀大笑。看得出，孙儿、孙女和家人们才是他沈志荣心头真正的坚强"后盾"。有了这样的力量，再苦、再痛，他沈志荣不会畏怕的。

这是我对"中国珍珠王"人生性格的认识。

也许正是转制的犹如河蚌被剖腹又塞入切片之后，经数个春夏秋冬的孕育和磨炼才育出了光芒四射的珍珠一般的过程，沈志荣更加珍惜和看重自己开创的人工珍珠养殖事业和中国的珍珠产业开发。他从过去一位纯粹的"珍珠人"，蜕变成一位让珍珠放射无限光芒的"珍珠神"……

是的，珍珠本不闪烁光芒，是因为智慧和劳动的人将它从深海和河底捕捞上来后才有了光芒；是的，珍珠本只是天然和偶然的巧合才成就了自己的玉身玉体，是因为叶金扬、沈志荣这样的聪慧人杰，才得以"脱胎换骨"，为人类所需、取美人所美；是的，珍珠原本只是将万物生命成长中所需的种种氨基酸、矿物质炼就成自己的肌体，是因为有了像沈志荣这样的有心人、科学人，才显出更高贵的品质……

光，是因为有火焰在燃烧才有了光；

光芒，是因为燃烧的火焰在无私和赤诚地毁灭自我时所产生的精神与灵魂的照射才有了光芒；

珍珠的光芒，是因为有了把自己的信仰与理想化成燃烧的火焰和无私的奉献及崇高的精神和行为的付出之后才有了珍珠的光芒。

沈志荣能够有把珍珠和珍珠事业磨砺得"全国独一""全球卓越"的今天，毫无疑问，那是他数十年炼狱的结果。

转制到了后来"实打实"的时候，村上和县、镇两级干部们才发现，原来"集体资产"并非像大家胃口中想象的那么庞大和丰厚：审计和核算的结果是总资产值为6000多万元，其中工业资产4000多万元。但是百姓并不知道，这些资产中有些是"虚数"。何谓"虚数"？就是通过银行贷款弄来的钱盖的厂房和设备，包括周转所用的借贷款都在里面。最后折算结果是：雷甸水产村净资产600多万元！

消息一出，又是一阵轩然大波，村民们说是沈志荣"捣鬼"，把钱掏出去自己在上海、北京、杭州买了多少多少套房子和别墅。

"老沈啊，有这事吗？"领导一听这事，就着急起来，悄悄来问沈志荣。

沈志荣笑了："有没有这样的事你们得派人去调查，不能我说有就有，我说没就没嘛！那样村民也不会答应的呀！"

查！必须彻底地查！

结果一无所获，沈志荣根本没在外面买过一套房子，这才算平息了又一场惊涛骇浪。但在审计和清查资产时，沈志荣却发现一件蹊跷的事又将他推到了风口浪尖上——

事情起因是一笔并不大的款项：某部门有一笔对欧诗漫的资助贷款20万元，审计时发现这笔款在还款时并没有还到某部门账户上，而是到了另一个私人账户上。相关人员询问沈志荣，这让他警觉起来：这款是该部门负责人一手经办的，他无息贷给欧诗漫时曾经向企业提出每年给4万元的"好处费"返回给部门，两年下来欧诗漫照此做了，可现在为什么又出现还款时"还"到了个人账户上呢？

"这是怎么回事？"沈志荣把那位负责人叫到雷甸水产村他的办公室。本来沈志荣并非想惩治此人，只是希望把事情弄清楚，别让村民误会他。哪知此人反咬一口，与沈志荣大吵起来。

贪心不改，毁己害人，休得如此！沈志荣气不打一处来。他将此事跟当地另一位企业家一说，哪知这位企业家向他透露：此人仗着部门权势，弄这套把戏已经习以为常了，你老沈以后搞企业什么的还得求到人家头上，睁一只眼、闭一只眼就算了。

不行，此类"蛀虫"必须根治！沈志荣当即向县委书记汇报了这些问题，希望伸张正义。"绝不姑息！"县委书记态度坚决。

很快，这位负责人被有关机构处理了。但令沈志荣意外的是，他在当地一些人眼里又成为不敢亲近的"刺头"——"碰不起他，碰了就倒霉！"

"好人其实并不好当。"事后，沈志荣如此感慨道。

随着转制的步步推进，因为利益分配和股份比例及出资的问题，在某些利欲熏心之人的挑拨和煽动下，村民们总以为"大股东"沈志荣"心术不正"，"企图据集体财产为己有"，因此在每一个转制的环节上，横竖来个背道而驰，甚至使出令人发指的手段。有人拍摄录像资料，夸大其词地写告状信寄到北京的国家总理手中，痛斥沈志荣如何如何地趁转制之机，"疯狂地将集体资产捞进个人口袋"。

一封告状信，从北京中南海转到省里，再经一番调查核实，起码得几个月。等弄明白是非时，沈志荣已经被折腾得筋疲力尽，锋芒无几。

"转制是好，再不转制欧诗漫就将彻底消失……"沈志荣后来非常同意当时县领导的这一分析，但让他伤心和失望的是，那些原本与他亲如一家的乡亲们、亲友们，甚至是徒弟和工友们，他们在转制中的所作所为，穷凶极恶，使沈志荣深切地体会了在利益面前人性的丑恶和无情。这也让沈志荣更加明白了河蚌孕育珍珠时所要经历的剖腹刮骨之痛，以及痛苦之后涅槃出的奇光异彩之高贵品质！

沈志荣从珍珠涅槃所呈现的高贵品质中，更加深切地领悟了一个真理：在大千世界里，任何高贵之物和高贵品质，无不需要经历地火一般的淬炼，或狂风骤雨式的吹击与千丈飞瀑的百年冲刷……他沈志荣从事珍珠事业，所思所干之事，皆为普天下的人都能受益于珍珠的品质和珍珠的文化，让健康者更健康，让有病者获新生，让爱美者更美丽，这是他的心愿与理想。也因为他植根于德清，受恩于那片清澈的漾水，心底时常泛涌着祖先叶金扬的先魂，故而一种无法舍去的使命感与责任感，总在他血脉中涌动和燃烧，因此也有了他忍辱负重的选择和即使双膝下跪也要朝前走的信念。

珍珠人必须有珍珠的品质，这是沈志荣的人生观和事业观。认识了这一点，我们才有可能理解"中国珍珠王"所缔造的欧诗漫品牌为什么能够始终保持在低调的奢华中，凸显着高贵的尊严和仪态，也明白了为什么沈志荣这位在中国农村的土地上成长起来的一位科学斗士和珍珠产业专家与商家能够拥有强大的自信，以及从不为任何风向左右与摇摆的铿锵脚步……

今天你又去远行

正是风雨兼程

……

就这样风雨兼程

来也匆匆去也匆匆

就这样风雨兼程

明天我也要登程

伴你风雨行

山高水长路不平

携手同攀登

还是常言说得好

风光在险峰

待到雨过天晴时

捷报化彩虹


　　这是著名歌手程琳唱的一首歌，名字叫《风雨兼程》。许多人喜欢它，沈志荣和他的"珍珠团队"也很喜欢它，因为他们后来所走的"欧诗漫之路"，与歌曲所唱的内容极为相似。

# 第十一章

## 美，让春天花开

人世间有一样东西是永恒的，即爱。爱是人类诞生、繁衍、存在和延续的动力与本质。没有爱，太阳也会熄灭。

还有一样东西，近似爱，又比爱更广泛和怡悦人类。它的存在，让人类的爱更加芬芳，更加丰润，更加持久，那就是人类共同喜欢的东西——美。

世界上美的东西很多，比如江山之美，日月之美，甚至声音的宏阔和顿挫，光线的柔和与强烈，水流的湍急与轻缓，巨石的雄壮和坚硬。当然，人类自身的美，同样比比皆是，有男人的雄壮与刚健之美，女性的妩媚与多情之美，孩童的天然与纯真之美，老人的憨态与慈祥之美。美组成了我们所栖居的这个星球和宇宙，美也编织了我们的现实与未来，想象与心空。人类是爱最丰富的源流，对美的认知和因美而触发的情感也最丰富，并具有化之为力量与造就自己幸福的各种可能，进而催发出更美的智慧和潜能。

或许沈志荣的珍珠培育及研发，就是人类发现美、使用美，继而致力于更美的一项最原始同时又具有永恒意义的伟大工程。半个世纪以来，沈志荣的"珍珠"连同延伸的载体成为一项经久不衰的产业，尽管有无数新花样、高科技的其他产品出来，但"欧诗漫"如同美的本质一样，从未被他物淹没与覆盖，始终保持着自己的光芒，而且这种光芒越发被现代生活条件下的人们普遍接受和持续钟爱。是的，沈志荣用自己的实际行动和内心的那份强大的信念，传承和实践着古人早已总结出的"珠圆玉润"的人与珠的特殊关系——只有圆的珠，才是最美的珠，只有丰满柔润的玉体才是最美的佳人，美美，才是大美和完美。自然界有灵性的物质之美与人类心领神会的行为之美结合起来，才是符合人类期待的真美。就像人们一直在追求的"长生不老"，确实已经有了显著的成效，难道不是吗？新中国人们的寿命与旧中国的相比，就已经延长 20 多年了！共和国才建立 70 年，中国人的寿命就有了如此大幅的增长，这是何等地伟大！

因为爱——爱生活、爱人生、爱生命的结果，我们才不断地创造与前行；因为爱美，爱美的人生和美的精神与行为，这样的国家和我们的家园也越来越值得留恋。爱和美有无限多的载体，人类为此也在不断进行着无穷的甚至是盲目的探索与追求，甚至做法因此变得荒唐和可笑。

沈志荣与珍珠

德清的沈志荣和沈志荣的"欧诗漫"，在已近半个世纪的时间里，其珍珠之路没有出现过偏向。在如此的执着与坚守中，我看到一种对美的坚定性与认识的准确度。

讲到这里，我们不得不说一下10年前的2009年3月30日这个晚上，因为这个晚上对德清来说，可谓"史无前例"。德清这个美丽的"杭州后花园"的小县城，从唐朝时就开埠，距今已有1300余年，历史上也出过许多名士，如被韩愈誉为李白、杜甫之后最杰出的优秀诗人的孟郊，就是德清人，他的那首"慈母手中线，游子身上衣。临行密密缝，意恐迟迟归。谁言寸草心，报得三春晖"的诗，成为千古经典，流传至今。然而现在的德清人告诉我，许多人真正知道德清在浙江，德清出珍珠，还是因为2009年3月30日那一晚中央电视台在德清举办的《同一首歌》栏目。

那晚的《同一首歌》是欧诗漫公司办的，或者说就是沈志荣拍板办的。我知道，那个晚上不仅在德清的历史上"史无前例"，对欧诗漫而言也是"史诗"般的，用欧诗漫人的话说，那一夜是他们的"欧诗漫狂欢之夜"，也正是这一夜，"OSM——欧诗漫"这一品牌从此成为全国家喻户晓乃至世界著名的珍珠名牌产品而名扬四方。

为了了解那一夜的盛况，我特意调来当晚《同一首歌》的全程录像，看后确实感到震撼和热闹，时至今日依然能感受到当时的狂欢气氛。

"我们欧诗漫外地的加盟商合作伙伴就达6000多人！他们从全国各地的销售市场汇集到了德清，到了我们公司总部……"沈志荣回忆说，"6000多人一下到公司的总部来，我们光安排车辆接待就要一百几十辆大巴车！他们分住在杭州、德清和安吉三个地方。加上公司总部的员工和一些欧诗漫的代理商及相关朋友，就是上万人哪！"

从录像中，我已经看到那一夜既是欧诗漫人的狂欢之夜，也是他沈志荣从事珍珠事业之后笑得最多、最开心的一个晚上。电视镜头上他的那种笑是从心底里流露出的，如蜜一样甜的笑……

是的，那一晚所有德清人都在笑，刚刚过完春节不久的他们，在那个晚上又一次过了一个比春节还要热闹和欢快的盛大节日，而且见到了以前从未见过的那么多大明星们在他们的眼前又歌又舞——

"名山湿地古镇，山青水清人亲，德清是最适合放飞梦想的地方……"随着主持人的一段诗意的开场白，台湾著名气质美女刘若英、歌坛常青树苏芮、潘安邦和大陆大牌歌手韩红、孙楠、蔡国庆等明星悉数到场献艺。尤其是刚刚在 2009 年春晚一炮走红的小沈阳的出场，让上万欧诗漫人和德清人欣喜若狂。小沈阳与阿信的同台飙歌，使现场的观众热血沸腾。

当晚，最让德清人和欧诗漫人激动的是，在明星纷纷登场的中间，他们竟然看到了一群自己熟悉的身边人也登上了全国甚至全世界都关注的《同一首歌》的宏大舞台。原来在晚会的曲目中，有一个节目是"欧诗漫人"合唱……之后，那一曲优美而"唱出自己心声"的歌，响彻这一天的德清夜空——

桂花喷香，微笑灿烂

融成浪漫，融成我的欧诗漫

风霜雨雪

磨砺珍珠一片

锦绣江南摇出了我的采珠船

摇出了我的采珠船

摇啊，摇啊，摇啊，摇啊摇

你我之间，美是情缘

一袭珠光，一世陪伴

我的美，浪漫了一个世界

啦啦　啦啦　啦啦

月桂儿香，桂香缥缈

融成浪漫，融成我的欧诗漫

嗨，欧诗漫

你我之间，美是情缘

一袭珠光，一世陪伴

东方有珠，世界是圆

分享浪漫，分享我的欧诗漫

心心相连

美丽连成了一串

如诗如画，好一个中国珍珠湾

摇啊，摇啊，摇啊，摇啊摇

天地之间，美是情愫

追求依然真爱无边

我的美，浪漫了一个世界

嗨，欧诗漫

天地之间，美是情愫

追求依然真爱无边

　　数十名欧诗漫集团员工在台上合唱《欧诗漫之歌》，引发全场上万名欧诗漫人同声共唱，其歌声犹如大海涛声，汹涌澎湃，响彻夜空……那一刻电视镜头闪到沈志荣脸上，可以看到这位中国珍珠大王和欧诗漫的创始人双眼闪动着明显的泪光——这一夜，沈志荣的心头醉了，然而他在心醉的同时，又从美的现实和未来中获得了关于美的更加巨大的力量，也更加坚定了他的珍珠事业和开创欧诗漫系列产品的宏伟梦想！

　　而当晚，令沈志荣内心颤动的还有一首歌，那就是韩红和孙楠合唱的《美丽的神话》——

梦中人熟悉的脸孔

你是我守候的温柔

就算泪水淹没天地

我不会放手

每一刻孤独的承受

只因我曾许下承诺

你我之间熟悉的感动

爱就要苏醒

万世沧桑唯有爱是永远的神话

潮起潮落始终不悔真爱的相约

几番苦痛的纠缠多少黑夜挣扎

紧握双手让我和你再也不离分

枕上雪冰封的爱恋

真心相拥才能融解

风中摇曳炉上的火

不灭亦不休

等待花开春去春又来

……

韩红和孙楠，都是歌坛巨星，他们的歌声拨动了《同一首歌》现场所有人的心弦，自然更颤动了沈志荣的心。

在沈志荣的心头，珍珠就是美，就是等同于他对家人最倾情倾心去爱的那种美。在他看来，珍珠也是世间万物中最具品质的那种美。那种美，一旦被人类所拥有，世界就会变得更加美丽，人也会变得更加美丽和健康，而健康就是美的基础和必需条件。爱则可以催发人的健康，同时健康又能让人变得更美——这是他沈志荣对珍珠的理解，

《同一首歌》上合唱的"欧诗漫人"

也是他的"珍珠人生"的核心理念。

所以，当他听到韩红、孙楠一起合唱《美丽的神话》时，其心与激昂而悠扬的歌声一起荡漾……

3月的江南柳绿花红，春意盎然。《同一首歌》在德清与欧诗漫相约，使得中国珍珠之乡和"OSM——欧诗漫"在一夜之间飙升到全国家喻户晓的高度。用欧诗漫人的话说，那是"因美而催生了这一年花开的春天"——而这，正是沈志荣心之所愿。

"砸"2600万元人民币，搞一场晚会，你敢吗？那时，没谁有这般胆量，许多比欧诗漫强大得多的企业都没敢投入如此多的钱去搞一场晚会，缘由不乏怀疑其效果和目的可否达到。然而，"区区"欧诗漫为什么有如此"胆大妄为"的气魄呢？

"我认准的事从来不含糊！那时我们的欧诗漫势头正旺，国家的发展和百姓的生活也到了人人都想爱美的时代，特别是北京奥运会召开之后，中国的影响力和人气大增，我觉得我们'珍珠人'的运气到了，该发力了！欧诗漫品牌和我们珍珠事业的梦想初心也该扬帆远航了！"《同一首歌》活动举办十年后的今天，沈志荣在接受我采访时，霸气而又骄傲地说。

2600万，绝对不是一个小数。但一个品牌、一个事业、一个地区的影响力，若能用2600万元在一夜之间"买"来呢？这样一算，我们发现，沈志荣不仅是中国淡水珍珠事业的缔造者和欧诗漫品牌的开创者，他其实还是一位"赚钱高手"。因为举办《同一首歌》专场，他将中国珍珠和珍珠产品一下推到了市场认知和信赖的巅峰，更让他的家乡德清一夜之间被全国甚至全球所认识，前者他获得的是欧诗漫企业走向快速发展的"通行证"，后者他获得了企业快速发展的坚强后盾与"快速轨道"——美丽的珍珠生于斯、美于斯，珍珠的事业生于斯、兴于斯，欧诗漫珍珠产品和企业的兴旺怎离得开这块坚实而丰润的大地？

沈志荣是农民出身，深谙大地对于一个人和人所开创的一个事业的重要性。

德清这块富饶而美丽的大地，曾经用包容和博爱接纳了随母而来的"异乡客"沈志荣，不断成长的沈志荣则在这里用自己的努力、刻苦和智慧，实现了人工培育淡水珍珠的梦想。在开启欧诗漫产业旅程之时，他也一直怀着感恩与回报这片土地的心愿，于是通过举办《同一首歌》的方式，为德清和德清的父老乡亲们献上了一份特殊的厚礼。如今在德清，人们仍然清晰地记得那个"相约欧诗漫"的狂欢之夜，这是因为在德清人的所有记忆中印象最深刻的仍然是《同一首歌》的那个夜晚，而且在德清大地上至今几乎找不出第二件事是超过它的。

当我把百姓中流传的这些话告诉沈志荣时，他一脸笑意。毫无疑问，"《同一首歌》"相约欧诗漫"，可以看作他沈志荣和欧诗漫事业进入"新时代"的分水线。用年轻的欧诗漫人的话来形容，《同一首歌》使他们用爱催开了欧诗漫事业和市场的春天之花。"那个活动之后，我们企业和产品的名气，在全国甚至全世界几乎无人不知，之后的十年，欧诗漫一路'春暖花开'……"在今天的欧诗漫集团总部，我问过一群青春洋溢的年轻员工，他们脸上泛着自豪的光芒，如此对我说。

《同一首歌》的活动，是沈志荣的一次空前的大手笔，也可以说彻底将欧诗漫推向了珍珠产业和珍珠化妆品的民族水准的高峰。然而有谁知，这催开春天之花的《同一首歌》活动之前的决策过程，当时对沈志荣和欧诗漫来说，又是多么地严峻与寒冷？

搞经济的人都知道，在中国改革开放40年的数次"金融风暴"或"金融危机"中，有多少企业崩盘，多少老板走投无路！每一次金融风暴的到来，都会让无数原本扬眉吐气、豪情满怀、气壮山河的名企大亨转眼间销声匿迹，甚至身败名裂。

在2008年这一年，中国发生了"一悲一喜"的两件大事："5·12"四川汶川大地震，遇难人数近7万人，令全世界悲泣；北京奥运会，精彩纷呈，也令世界对中国刮目相看。但就在中国悲喜交加的时刻，大洋彼岸的美国次贷危机，已经像当年的河蚌瘟疫一样，悄悄地漂洋过海，犹如一股寒冷的妖风开始袭击和影响中国，这妖风自然也刮到了德清⋯⋯

"哎呀，怎么老下雨呀！"一日，正在埋头与两个儿子商讨企业由分公司改为代理制的紧要关头的沈志荣，在参加县上的一个会议之后，就敏感地意识到一场新的金融危机风暴正在向整个经济界悄然靠近。

关上办公室的玻璃门窗之后，沈志荣询问大儿子沈伟新："到年底'分公司转代'预计达到什么水平？"

沈伟新报告道，根据他和销售部总经理沈国宏的预期，到这年年底和2009年上半年左右，可以基本完成全国各分公司的"转代"部署。

"由我们直接派出的分公司到转为代理的销售新形式，我们的队伍将面临的一个严重问题是，我们的经销商和用户对欧诗漫的认知度将更加缺乏。"担任集团另一个部门负责人的小儿子沈伟良对父亲和哥哥说。

沈志荣点点头，说："前期我到几个分公司走了走，已经看出这方面的问题了。你们有什么建议？"

"提振大家的信心，至关重要。"沈伟良用坚定的目光看向父亲与哥哥。沈志荣的这位"二公子"此前由于及时在南京发现了分公司的账务问题，而后以雷霆之势帮助公司迅速扭转了资金管理上的被动局面，让父亲和哥哥及公司上上下下对他刮目相看，也由于哥哥身体的暂时调整，此时沈伟良成了父亲沈志荣的有力臂膀和集团公司的挑大梁角色。他以敏锐的判断力说出了自己的看法。

"说得具体一点。"父亲瞥了小儿子一眼，追问道。

"我觉得应该策划一次公司前所未有的企业形象宣传和品牌造势活动⋯⋯"沈伟良回答父亲。

"对，我觉得是时候了。现在新的代理商对我们欧诗漫还缺乏全面的认知，尤其是终端客户还不知道如何在众多化妆产品中选择我们的欧诗漫珍珠化妆品。但我又有些担心，靠老办法'砸'广告又没多少效应。"大儿子沈伟新用目光扫了扫父亲和弟弟的表情，自己则皱起了眉头。

沈志荣沉默片刻，没有马上表态。稍后，他问两个儿子："你们注意到'×××'公司最近在市场上有什么动作吗？"他说的是化妆品市场上另一个与欧诗漫地位旗鼓相当的大品牌公司。

"听说他们明年想跟央视的《欢乐中国行》合作大干一场呢！"二儿子说。

"这个节目蛮不错的，但没有《同一首歌》影响力大。"大儿子说。

"他们搞，我们也要搞，而且要搞比他们影响力更大的节目！"沈志荣突然提高嗓门，断然道。

对父亲这种雷厉风行、说干就干的作风，儿子们非常熟悉，也始终钦佩。但这一回不同，与央视合作搞一台已经响彻全国的品牌节目并非那么容易。

"爸，我担心即使我们想干，也未必能够挤得上去，再说……"二儿子瞥了哥哥一眼，希望他跟父亲挑明此事的利害关系。

"听说出面搞《同一首歌》的都是各地的政府和大牌企业，一砸就是几千万！我们哪儿干得起呀爸？"大儿子的表情呈现出有些夸张的惊诧。

"我们的每一分钱从来都不是去'砸'，而是'刀刀见血'！"从父亲口中蹦出的每一个字都能让儿子们感受到掷地有声的钢铁般的回响。

"爸，你真的想干？"二儿子的目光顿时亮了起来，他更加欣喜地看到，曾经因为分公司问题受到影响的哥哥的双眼里也燃起了熊熊火焰般的激情。

"想！想干个大名堂！"沈志荣说此话时，握紧了右手的拳头。

"爸，你要决定真干，我就马上到北京，去跟央视接头。听说'×××'公司跟央视还没有谈定，我们争取抢在他们前面！"二儿子沈伟良兴奋得快要跳起来了。

"马上去！有准信后立即告诉我！"沈志荣一挥手，眼睛都没眨一下。这是他的习惯，别看他个头不高，身形又瘦，但在做事和决策上完全像位铿锵将领。

"OK！明天我就飞北京！"二儿子伟良一阵风般"飞"走了。

现在，只剩下沈志荣和大儿子时，内心充满担忧的大儿子轻轻地问父亲："爸，那么多真金白银从哪儿来呀？"

沈志荣板着脸用眼睛盯着大儿子约莫半分钟，忽而灿烂一笑："你的分公司转代工作不是在明年春节前后多数要完成了吗？这样的话，我们就要与所有新的客户重新进行一番合作协议，然后按照我们的惯例——先交定金再发货的原则，如此这般……"

"听明白了吗？就是这个账！"沈志荣左手托着一个计算器，右手按着那些阿拉伯数字，对儿子说。

原来如此！大儿子立即眼神一亮，但又迅速紧锁眉头，担忧地说道："这行吗？如果活动不咋样，你辛辛苦苦创办的欧诗漫可能就要从此消失……"

这种可能不是没有，沈志荣的脸色此时也变得异常凝重，但他很快舒展神情，对儿子说："平时我一直讲商场就是战场。啥叫'战场'？就是拼到紧要关头，你死我活。现在我们的欧诗漫内部和外部环境，就到了这个历史时刻：要么赢，要么输。要想在逆境和外部条件困难的时候赢，就得豁出命去拼一把；不豁出命去干，就是死路一条。"

"那……我们就豁出去了！"大儿子沈伟新跟随父亲十余年，虽然经历过无数风风雨雨，但在面临 2008 年末这场由内因外患酿成的"生死抉择"的暴风骤雨时，年轻的欧诗漫新一代领导人之一的沈伟新，此刻神情异常庄严，甚至带着些悲壮色彩。

其实，何止是儿子，他沈志荣此刻承受的压力远比儿子们大。自开启珍珠事业以来的二十多年中，无数经验和教训告诉沈志荣：处在半山腰的欧诗漫，在经历一场营销上的"分公司转代理制"的阵痛与变革之时，若不向上而进，就意味着滑下悬崖，落得"一命呜呼"的结局。

"与其一死，还不如一搏！当时就这么想的。而且从经济学和大众消费的心理角度看，一个困难时期，企业若能高歌猛进，是绝对能提升整个社会对企业和其产品的信心的。我们欧诗漫在保证品质已经比较成熟和稳定之后，面对全国性、全行业受金融危机的下滑影响时，吹响市场的冲锋号，这种效果将是多么地鼓舞人心啊！"沈志荣回忆起决策搞《同一首歌》活动的历程时，仍然难掩那份激情。

话说沈志荣要"砸"巨款跟中央电视台合作搞一台节目的消息传出后，欧诗漫上上下下仿佛炸开了锅似的沸腾起来：

"沈志荣疯了！"

"这回欧诗漫彻底崩盘！"

"崩了好！省得他沈志荣赚钱你们馋得整天咽口水……"

德清城里的，雷甸村里的，说啥的都有。更有甚者，把这事报告给了县领导，说沈志荣和欧诗漫是想给德清抹黑呀！也有人告诫银行和有关部门："千万别借钱给他沈志荣去烧！"

事情惊动了县领导，于是有县领导悄悄给沈志荣打电话询问到底咋回事。"是有这回事，完全是我们企业行为，不占政府一分钱，放心好了！"沈志荣回答得很干脆。

"人家是企业行为嘛！你们瞎嚷嚷个啥？"德清县城的议论静了下来。但欧诗漫内部的议论仍在继续，几乎是一半对一半的不同意见——

年轻人和销售部门的高管及员工清一色地欢呼万岁，夸沈志荣董事长"大手笔""大气魄","定能扭转乾坤"！

老员工和老股东们则急得直跺脚："他这么搞，等于瞎子往深漾里跳！""这回有好戏看啦，德清的白珍珠从此要变墨球球了……"

那些日子里，沈志荣的耳朵差不多快要被吵聋，只有深夜回到家的时候，才会安静些。可被窝里的妻子又皱着眉头问他："咱们家刚刚搬出来没安宁几天，你这一出戏要是再唱歪了，让一家人往哪儿搬呀？"

"你说搬哪儿去？"沈志荣一听，苦笑，反问道。

妻子更生气了，将被子一卷，凉了丈夫半个身子："反正真到了那个时候，德清地面上是没有咱一家的着落处了……"

沈志荣笑起来："德清地面上容不下我们，那就跟着我再上篷船上去养鱼呗！"

"哼，美得你！小心翻船！"妻子真火了，翻过身子，不再理会丈夫。

"丁零零……"这时，手机铃响。见是小儿子沈伟良打来的，沈志荣忙问："怎么样，跟中央台接上头没？"

"爸，这边情况非常复杂……原来我跟孟导约好，这几天我们见面的，可都一个星期了，还是没见到她呀！"电话那边儿子的口气非常焦急。

"那到底是怎么回事？"沈志荣的脾气其实比两个儿子还要急躁，他的声音顿时高出了好几个分贝。

"这、这……"

"说话呀！"沈志荣听儿子吞吞吐吐的，声调更高了。

"是这样，爸……"二儿子支支吾吾地告诉父亲，"这些天你没看新闻说央视的楼着火了？"

"知道啊！它着火跟我们的事有啥关系？"刚把话说出口，沈志荣立即反应过来，连忙对儿子沈伟良说，"坏事了，坏事了！儿子，这个当口你可不能着急，要有耐心啊！人家出了大事，领导肯定顾不过来咱们的事。所以你得放下一百个心给我在那里等那个、那个……孟导！"

"明白，爸爸。"

电话一挂，沈志荣就再没有了睡意。恍惚间，他起来喝了口水，心头异常焦急。他想告诉大儿子和其他几位公司高管，要求他们做出若与央视合作不成的另一套新年度的营销备选方案。可面对已经乍寒的金融危机风暴，提升欧诗漫影响力的新方案又是什么呢？沈志荣的双眼在黑夜中寻觅着，寻觅着，就是见不到一丝有光的地方……

"完了完了，这回沈老板的如意算盘可要彻底失算了！"

"我看不搞也好，也用不着把那么多钱扔在漾里，倒不如把做广告的钱分给大伙买老酒喝……"

与中央台的合作可能会"黄"的消息不胫而走，公司上下立即议论纷纷。

2008年的这个冬天，似乎格外寒冷，莫干山上已经披着银装，德清县城街头时不时也飘着零星的雪花，扑打在脸上显得格外冰湿。转眼，2009年的春节，用沈志荣的话说，也在糊里糊涂中度过。但，与央视的合作仍然悬在空中。

"你现在啥都甭做，全力以赴把中央台的事敲定下来。不定下来就别回家！"这个春节沈志荣的情绪很大，一家人都受到了牵连。吃年夜饭时，他板着脸跟二儿子沈伟良说。

沈伟良虽然有苦说不出，但立马表态："爸、哥，还有妈，你们放心，等春节一过完，我立马到北京，搞不定跟央视的合作，就拿脑袋来见你们！"

母亲不干了，怒嗔道："不许说晦气的话！"

一旁的沈志荣低着头，长叹一口气后，瓮声瓮气地说："今年咱们的欧诗漫哪，还真的要拿出掉脑袋的准备和决心呵！"

全家人沉默地相互对视了一下，再没有一个人说话。

2009 年的初春，德清的湿冷与北京的干冷，都让沈伟良尝了个够。背水一战的他，再度"杀"回京城时，那位负责央视《同一首歌》栏目的孟导终于出面了，告诉他，与欧诗漫的合作可以搞，但"上面"有要求，活动现场必须远离人群活动密集的区域，更不能与周边的房屋近距离，场地当然要盛得下一万人左右，且活动现场四周全部得是封闭式的。"这些都是上面提出的新标准和新要求，希望你们能理解……"央视《同一首歌》栏目组负责人对沈伟良说。

"理解，理解。我们一定按你们提出的新要求来办……"沈伟良拿到与央视的合作协议那瞬间，异常激动和兴奋。他知道，父亲和他与哥哥等一批人为之耗尽心血的欧诗漫及珍珠事业将迎来一场前所未有的"大宣传""大声势"！

消息传到德清，欧诗漫人全都激动和兴奋了起来，最激动、压力也最大的当然数沈志荣。

"预付金，汇！"一笔 900 万元的费用在沈志荣的大笔挥舞下提前汇至央视。

"还有多少时间？"沈志荣回过头问二儿子。

"满打满算，总共 28 天！"沈伟良掰着手指道。

"一天也不能耽误了！"沈志荣冲助手兼秘书杨安全说，"你马上通知董事来开董事会，然后再通知所有中层干部开大会……"

"好的。"杨安全接过指令，立即去打电话。

"场地！场地是个大问题呀！咱们德清还没有一块能符合《同一首歌》现场活动要求的地方呢！"沈伟良发愁不轻，双眼圆睁盯着父亲沈志荣，意思是说："这事非得您老出面向德清政府和领导们协调了。"

"我去。"沈志荣二话没说。

很快，在县领导的帮助下，他们最后确定德清一中的操场作为《同一首歌》的现场活动地。

"现在'台'搭起来了，到时钱也花完了，可别欧诗漫啥都没变样，那样的话我只能选择跳河……"定下一中场地后，沈志荣把两个儿子和杨安全及公司几位高管叫来开会，上来他就点出了还有20多天时间全公司"决战"《同一首歌》的要害和实质。

要害和实质是什么？是活动的成功和精彩，这几乎不用欧诗漫人操心，有孟导和央视在，预定的节目效果差不到哪里去。沈志荣要的是花2600多万元的"欧诗漫效应"！

"客户！我要的是客户！他们能够带着满满的信心和大把大把的钱到德清来跟我们唱《同一首歌》才是硬道理！"

那些日子里，沈志荣既当统帅，又当将军，用员工们的话形容他是"赤膊上阵"。沈志荣自己则这样说："春天是从冬天过来的，欲想让花在春天绽放，就得靠温暖的风去劲催。"

欧诗漫公司的员工们都说他们的董事长办事有将军魄力，思想有哲学家水平，并且思维超前而富有艺术感。这不，央视《同一首歌》栏目的孟导等在与欧诗漫高管们一起策划和编排"相约欧诗漫"的主题活动内容时，被沈老板一个又一个"点睛"意见所折服，因为整个活动中的"珍珠故事"和"欧诗漫元素"，让节目完全被珍珠艺术所覆盖。比如从一开始童声大合唱《同一首歌》的背景，一直到最后蔡国庆唱《同一首歌》的大背景，都是珍珠河蚌的巨屏，加之穿插全场的"爱"与"美丽"为主调的歌舞节目，尤其是现场安排的随镜头"走进欧诗漫"的影像联动，可谓满满一场"珍珠盛宴"，让现场观众和后来在央视及各种多媒体上所观赏的这台《同一首歌》，充满了"珍珠知识"和艺术与美的享受……

光，音，色，景，以及无与伦比的现场情感和明星们的艺术魅力，在2009年3月30日的这一夜，让德清、让欧诗漫名扬天下，誉满神州。

"夹道万竿成绿海，风来凤尾罗拜忙。"（陈毅诗）这一夜，那"温柔和激昂的美与爱的暖流"，催醒了莫干山上的竹世界，也让万国别墅博物馆上的积雪一夜化春水……

"逍遥独桑头，北望东武亭。黄瓜被山侧，春风感郎情。"这一夜，那剔透晶莹、光芒四射的珍珠情，交融在武康城中的那条母亲河——英溪水流变得温情而浪漫，仿佛唤醒了"珍珠祖"叶金扬那智慧的神思，也笑开了一门三状元的蔡氏大院，英溪河两岸千古不息的琅琅读书声再度响彻德清……

"春水龙湖水涨天，家家楼阁柳吹绵。菱秧未插鱼秧小，种出明珠颗颗圆。"那一夜，最令沈志荣心旌激荡的是，从1967年他成功揭开人工淡水珍珠培育秘密之后，又用了30余年为之奋斗和苦心经营的珍珠产业宠儿——"欧诗漫"（OSM），犹如"大珠小珠落玉盘"，"千树万树梨花开"，从此全国人民皆识德清之"珠"……

是的，因为《同一首歌》，全国的消费者知道了自己民族有一个让他们自豪和值得信赖的化妆品名牌产品，更重要的是他们知道了有一位"当代叶金扬"，在德清四周的千万亩漾湖水面上，养育了数量超过"世界珍珠霸主"日本的人工珍珠蚌，并潜心研发了既传承中国传统的中医珍珠秘术，又拥有美白、抗衰、保健、益寿等显著功效的珍珠系列产品。"自己国家的产品，又好又便宜，功效又奇特，为什么不买我们的欧诗漫？买！"

"买！我们要买用珍珠粉的欧诗漫！"

"欧诗漫？！原来它是我们中国的！而且还是唯一用珍珠原料做的产品，不用它还用谁嘛！"

"是啊，中央电视台都在为它宣传，假不了！肯定是名牌企业的名牌产品！"

"可不是，在多数企业摇摇欲坠的金融风暴之中，欧诗漫掷大钱做如此规模的大宣传、大广告，必定是实力雄厚、非同一般的企业。买他们的产品，进他们的货！"

天南海北的消费者开始行动了！

从东到西的代理商行动了！

一时间，德清如一池沸腾之水，让那些想美的人和想赚钱的人跟着变得狂热……

"晚会之后的一段时间里，我们每天都要接待几百个前来洽谈合作的代理商。他们都是带着诚意和现金跑来跟我们商谈的，真是到了你要不答应他做我们的代理商他就会跟你急的地步！"今天已经坐在集团公司总经理位置上的沈伟新回忆起十年前那次掀开欧诗漫"第二次产业发展高潮大幕"的情形时，依然激动万分。

"父亲当时虽然已60多岁，但他的那份敏锐和决策的果断性，至今仍然让我感觉望尘莫及。不搞当时的《同一首歌》活动，欧诗漫就不会是今天这个样。"沈伟新说。

2018年的欧诗漫，实现零售额76亿元。在化妆品行业，在中国的珍珠行业，沈志荣掌舵的欧诗漫以几乎无人可超越的绝对优势屹立在民族同类品牌的巅峰。而我们稍微看一下欧诗漫2008年的销售额，就会明白为什么欧诗漫人今天都说《同一首歌》催发了他们公司的产品和命运的"美丽春天"。

2008年，欧诗漫的销售额仅44803万元，掌握和控制的终端销售网点也就2000个。而《同一首歌》后，他们的销售额暴涨。"所有的设备开足马力还是供不应求！"沈志荣说他在那些年里最头疼的事就是，"人家早早地把钱放在我们公司的账上，你拿不出货给人家。"

早已是"买方市场"的中国商界，竟然有这样的事？我深为惊诧。

现今统领集团市场销售的沈伟良满脸笑意地向我点头："我们欧诗漫一直如此，他先到钱，我再发货。不过，有些代理商年初就把上亿的钱打在我们账上，等着我们的货，这对我们欧诗漫而言是有压力的。"

"上亿元心甘情愿地先放在你们账上？"我怀疑地问。

沈伟良道："嗯，我们一家最大的代理商每年都要提前把 2 亿元款放在这里等货的……"

不用说了，仅这一种现象，足可以说明欧诗漫有多"牛"！

我开始完全相信《同一首歌》对欧诗漫的影响，那是革命性的和决定性的——

鲜花曾告诉我 你怎样走过

大地知道你心中的每一个角落

甜蜜的梦啊 谁都不会错过

终于迎来今天这欢聚时刻

水千条山万座 我们曾走过

每一次相逢和笑脸都彼此铭刻

在阳光灿烂欢乐的日子里

我们手拉手啊想说的太多

星光洒满了所有的童年

风雨走遍了世界的角落

同样的感受给了我们同样的渴望

同样的欢乐给了我们同一首歌

阳光想渗透所有的语言

春天把友好的故事传说

……

2009 年的 3 月过后，中国南方大地上一直下着大雨，许多地方都被淹没——尤其是长江沿线的洪灾，给我们留下难以忘怀的一幕幕，德清大街上人们出行都需要划船……在洪灾和金融危机所造成的双重灾难下，欧诗漫却在这一年呈现出一派春天般的盎然生机，从总部的厂区，到那遍及全国各地的代理销售网点，都那么忙碌和热闹，煞是喜人！

沈志荣总结道："这是美和爱的力量，这是珍珠品质的体现。"

欧诗漫的真正"春天"，是在 2009 年的春天里开始的。

中国珍珠产业和珍珠化妆品领域的"王者"，其实也是在这一年真正诞生的！

# 第十二章

## 王者本色

王者，在东方人眼里，便是位居人上的一国之主，古代称其为"天子"。这被古人称为"天子"的王者，是农耕文化的产物。我们的古人用心辨识到天命——北斗指寅，大地回春，而顺从于天命耕种，便会有丰收。所以古人认天为父，听天命，天行健自强不息；认地为母，厚德载物，而有丰收。故有"天行健，君子以自强不息"和"地势坤，君子以厚德载物"之说。王者，乃万众敬仰之首领，统治江山，引领人们走向一个又一个文明与进步的新纪元。

在西方人的眼里，王者，或许是一国之主，或许是某一领域中独领风骚的最强者。

万千世界，王者贵为尊而独行在前首，为大众所尊崇。有意思的是，我们所知晓的历史中，几乎所有的王者皆喜欢珍珠宝器，甚至视珍珠为权力和财富的象征，有的干脆直接把获取稀罕的珍珠看作王者的尊严和身价。至于那些后宫王妃们为争一颗宝珠，动辄算计，而或翻江倒海，连王位和国家都可不要，那为一颗珠宝而血流成河的往事不胜枚举。

在商界，王者的定义就更趋向于大众对"他"的认知度和信任度，比如——或者企业，或者产品的生产和营销者，必须具有绝对的超众实力；比如其必须具有把握大众消费口味的能力和超前的引领意识；当然还必须具备所在行业或产业中至高无上的品质，以及经久不衰的活力——所谓成为"百年老店"和愿望打造"百年老店"的志向与能力……而这些都是王者的基本条件与特征。

王者，需要大众的公认和拥戴，更需要自我的担当与维护。许多王者名垂青史，还在于他们对自己的崇高要求和与时俱进的精神追求，这是最难能可贵的品质。

王者有大有小。大者一统天下，世界领袖；小者游民部落长，一亩三分地。有的功德无量而名垂千秋；有的罪恶累累，遗臭万年。有的久居高位而腐朽，有的虽星辰一闪却光芒永存。

那么，我们的"珍珠王"沈志荣想成为什么样的"王者"呢？

开始他并没有这样的"野心"，但后来他的这份"野心"越来越大，大到根本无法收回来——"我们面对的是广大消费者，他们是谁？他们是与我们一样的人，是我们的兄弟姐妹，是我们的孩子，或者有的可能还是我们的父母长辈……面对他们，谁敢说要做对不起他们的事？你肯定不敢也不会，你更不敢害他们！所以说，我们拿出去的每一件产品，都有一个发自内心的良心秤杆在要求着我们，制约着我们。"在珍珠粉产品刚进入市场时，沈志荣就这样对自己身边的人说。后来卖"欧诗漫"系列产品时，沈志荣的话说得更进一步："我们是以珍珠起家的，在中国搞珍珠产品的就我们一家正经的企业，我们又是培育珍珠的，我们搞好了，是代表了中国和我们中华民族的水平，到哪儿都是在为自己的国家争气。搞得不好砸的是谁的脸面？当然是我们欧诗漫的，但更多的是砸了我们祖宗的脸面。谁肯做得罪祖宗的不肖之子？没有人想这样做，所以我们只有把老祖宗留下的珍珠事业传承下来，传得比过去更好，让全世界敬佩。要让全世界敬佩，就得让我们的客户满意和敬佩。要让客户满意和敬佩，就得先打造出过硬的产品和过硬的企业……"

"相信了你的产品，也就会相信你的企业。相信了你的企业，也就会相信你这个人。你这个搞珍珠的人被大家相信了，你就会受人尊敬。受人尊敬的人才有可能打造一个百年老店，而百年老店能否打造成功，关键是看想打造这百年老店的人是否具有高远的理想和专业的能力以及崇高的品质。"

沈志荣的珍珠之路，始于最初的为了让自己和乡亲们能够吃上饭、吃饱肚子的愿望，到后来是想让家乡的乡亲们脱贫致富，再到后来就有了想超越日本这样的"珍珠强国"，为民族和国家争气的抱负。然而，仅有想法和抱负，断不能为"王"。

如 20 世纪六七十年代，沈志荣独立完成人工淡水珍珠培育的科学研究时，他就被人称为"中国淡水珍珠王"。后来他领导下的雷甸成为了全世界养殖河蚌和培育珍珠最多的地方，于是他的"珍珠王"头衔就变得更具有"国家意义"上的色彩。从对珍珠事业的科学贡献而论，沈志荣的"珍珠王"荣誉早已实至名归，如果中国的院士制度能够更开放一些的话，仅凭上述两方面的科学贡献和他对防治河蚌瘟疫的科研成果，沈志荣足以具备成为中国院士的条件。然而，在当下的院士评选程序及机制下，像沈志荣这样一个农民身份的人想当院士几乎是天方夜谭。可所有这些，丝毫不影响沈志荣在珍珠领域的王者地位。半个多世纪以来，他的这一地位从未被动摇过，连日本最有影响力的珍珠专家都公认这一点。

按理，沈志荣对珍珠的贡献仅此几项就足够了。但他是农民，他当初苦心研究培育人工珍珠和繁殖河蚌，是为了吃饱饭——首先是为了让自己的家人及全村人能吃饱，再后来是为了让村上人富裕起来，有好日子过。对农民来说，再了不起的"名分"，都不能填饱肚子，不像科研单位或其他什么单位，得了某个荣誉或职务就可以稳吃终身，永远富足。农民不行，他们必须日出而作，每天早出晚归风雨无阻，把一年四季365天干足干圆满了，才可能维系日复一日的生活，除非也像城里人一样办个企业或工厂——工厂也必须是"百年老店"才能安居乐业。

改革开放给了祖祖辈辈在水上漂流的沈志荣做梦也想不到的好机会——办厂，办企业，让家人和乡亲们的幸福生活能够尽可能地长久。

这是他走向王者之路的初心。其实，那时他心里根本没有"王者"之念头，充其量是在尽一个"家长"或"村支书"的本分。但他是个内心严谨而善良的人，又有一股"做什么事都要做好""既然做了，就要比别人做得更好"的信念在不断地驱使他向着一个又一个高峰攀登，一直到了"珍珠之巅"，成为名副其实的"珍珠王"……

生产规模上、科研技术上和产业上的"珍珠王"，能纳三位于一体者并不容易，沈志荣带领欧诗漫创下了这份"独一无二"。

从《同一首歌》活动之后的2009年起，被广而告之的欧诗漫，开始了一个历史性的"王者之道"——向成为"百年老店"、做民族甚至世界的著名品牌目标奋进。这是沈志荣为自己打出的一片珍珠江山和珍珠产业定下的前进方向。这之前有几件事已经无须重复和继续努力：培育人工淡水珍珠的科学技术及河蚌繁殖技术——国家已经给沈志荣颁发过科技奖。但唯有产业化的珍珠系列化妆品和保健品，则是个永无止境的产业与市场，它随时会出现风起云涌的不确定性变化……

王者之路也由此变得并非泰然和安稳，或者说沈志荣不自觉地选择了一条不进则退、不进则毁的艰辛的王者之道。

然而，王者就是王者，"珍珠王"沈志荣本身就带有珍珠的光芒与品质。这种光芒与品质是珍珠与生俱来的，它无须别人夸耀就在那里闪光，它孕育的过程就是王者之道。人们喜欢珍珠的美丽，喜欢它的光泽与质地，喜欢它含有人体必需的各种微量元素，然而有谁知道河蚌在孕育它的过程中需要饱受的皮肉与心肝之痛，以及千日数载间的吐故纳新？什么样的水质，什么样的气温，什么样的环境，如何影响着它的生成？了解了这些，也就知道了珍珠为什么是"水之精灵"。因它正是这种集大自然之精气和人类之灵感所孕育而成的精华之物，所以它天生丽质，高贵而晶莹。

现在，走在王者之道上的沈志荣，需要用极通俗和简单的形态去向人们普及复杂的珍珠道理——

珍珠之所以被人们宠爱和喜欢，首先就是因为它拥有与生俱来的那种温润人心的光泽，这种光泽不同于太阳光，也不同于月亮光，更不同于人类创造的灯火之光，它是一种质地天然之光，赏心悦目之光，剔透洁净之光，晶莹温和之光，不会刺伤你，也不会玷污你。反之，你只要接近这种光，心境便会得到舒展与安宁，甚至会感到纯洁和崇高之意。这种天然之美的光泽，会让浮躁的心平静下来，让痛苦的伤口获得抚慰，让干裂的肌肤变得润泽，让孤独的人得到温暖与慰藉……这就是珍珠的魅力所在。

然而沈志荣和他的欧诗漫产品所面对的，都是普通的大众消费者，他们几乎不会被"文学语言"和"文学情感"所迷惑，他们需要实实在在的体会和亲身感受，并且自认为真正有了实际功效后才会选择拥戴你或使用你的产品。

当代社会已经进入了人人都在追求幸福、健康和美丽的时代，权力的颠覆与选择的颠覆，让王者之路变得更加艰难和不易。

作为珍珠界和珍珠化妆品界的王者，沈志荣同样经历着种种烦恼和不易。但他就是王者，因为他确实与众不同——

欧诗漫内部的员工告诉我，改革开放后有这样一条经典标语：质量是生命，客户是上帝。通常，这样的标语会贴在外面给他人看，意思是，我们企业是讲求质量的，我们是把你们客户看作"上帝"的。这其实就是另一种广告宣传。但在欧诗漫，沈志荣董事长则把这条标语贴在自己的厂房里，贴在公司的大楼内，让员工们、高管们每天都看着这标语工作……为什么这样做？因为他是真真切切地要让自己企业的每一个人从心底里牢记这句话，并将其意融于每个生产与服务环节之中。

"没有比过硬的质量更能让人信服的了。如果珍珠没有光泽，没有那么多对人体有益的成分，谁会喜欢它呢？我们的企业和产品代表的是珍珠，就该与珍珠一样拥有过硬的品质与光泽。"沈志荣在大大小小的内部会议上，特别是在董事会和职工大会上的每一次讲话，几乎都会用类似的语言如此说。

他还有一句更实在的话："要让人相信你的珍珠产品是好用的，那最有说服力的就是先让自己和自己身边的人相信是好用的。一种产品，尤其是保健品，你自己都不敢用，用了感觉不好，还有谁会买你的产品？"

王者自信，王者自律，自古如此。沈志荣清楚这一点，所以打从珍珠粉保健产品出来后，沈志荣先在自己身上用，也要求欧诗漫的员工用——结果如何？

结果是，现今七十有二的沈志荣，从气色和皮肤来看，绝不夸张地说，比同龄人至少年轻10至15岁，尤其是从皮肤里透出的光嫩度，一般50岁后的男人极少达到他的水平。沈志荣到底用了什么灵丹妙药？他亲口告诉我："坚持吃珍珠粉。"

"就那么简单？"

"就这么简单。"

"一般人买得起珍珠粉吗？"

"能吃得起'六味地黄丸'就能吃得起珍珠粉。"

沈志荣消除了我的一些疑虑。

但他却用了很长时间，才让自己的妻子相信他的欧诗漫珍珠产品"管用"。

"珍珠是好东西这我相信，祖宗早有话写在书上。你？我没法相信……"妻子周阿仙与一心扑在珍珠事业上的丈夫结婚后，上要赡养老人，下要操心两个儿子，所以身体一直不是太好，三四十岁后一直缺钙。等孩子大了，家里的经济也宽裕些时，想补补身体，可各种办法都试过，就是不顶用。

"咱们生产的珍珠粉就是最好最实用的补药，你干啥不吃？"一天早上，沈志荣拿出从厂里带回的几盒新生产的珍珠粉，告诉妻子该怎么吃，怎么用。

妻子不由分说，一甩手，将珍珠粉推到一边："我才不信你的东西！"

"看你这脾气！"沈志荣说，"我们自己研发的东西，外人都相信它，你怎么就不信？"

妻子瞪了丈夫一眼，说："是，你弄了几十年珍珠，当了这个'代表'那个'专家'的，外面的人都相信你。可我就不相信你！"

"这是为啥？"沈志荣也瞪圆了眼。

"为啥你不晓得？"妻子把眼睛瞪得更圆了，"结婚那会儿你刚刚成功培育了人工珍珠，你拿着一颗最好的珍珠送我，说以后一定要像呵护这颗珍珠似的对我好……可这几十年里你的心思有几分钟放在我身上啊？我现在缺钙，身体一天不如一天，是当初我太信任过了头不是？"

妻子越说越生气，一边捶着腰，一边甩开丈夫去了另一间屋。

丈夫沈志荣望着妻子佝偻的背影，心头顿时涌起一阵内疚："是啊，才一转眼的工夫，我的'阿仙'如今都快成疾病缠身的老太婆了！唉……"手拿珍珠粉的沈志荣无奈地摇摇头。

也就在这个时候，他的目光无意中扫到了妻子为家人准备的早餐，已经盛好豆浆的碗中热气袅袅……"有了！"他突然灵光一闪，心头一阵高兴。

如此过了两年，妻子感觉身体大有好转，也有力气了。但她不知何故，便到杭州去做了个体检，查一下现在的身体是否还缺钙。

"你的身体很好，不仅不缺钙，而且其他指标也比同龄人要强些。"医生拿着体检表告诉周阿仙。

"到底是啥情况呀？"那天，周阿仙格外高兴，晚上沈志荣一回到家，她就拿着体检表把喜讯告诉了丈夫，又很纳闷地寻思着。

沈志荣看了看妻子的体检表，脸上露出会心的笑容，然后问妻子："你知道为啥吗？"

"为啥？"

"因为我每天趁你不注意的时候，都在你喝的豆浆中放了点珍珠粉。"沈志荣难得调皮地在妻子面前做了个鬼脸，终于透露了这个久藏的秘密。

"啥？原来是这样呀！"妻子开心地大笑起来，"看来你们的珍珠粉真管用！这回我信了！"

妻子信了，再骄傲地告诉她的亲朋好友，并且碰到那些怀疑珍珠健康产品的人，也理直气壮地站出来为丈夫和他的欧诗漫做宣传……

小帅在当欧诗漫产品的经销代理之前，曾在另一家化妆品企业跑销售。小伙子1米82的个头，人高马大，是北方人，气质性格属于很"酷"的那一类男孩。但他有个"致命"的缺憾：上中学后，他脸上就长满了消不去的"红痘痘"。为这，有三任女朋友最后都选择与他分手。这份苦恼，让小帅放弃了自己的计算机专业，竟然去到一家国际化妆品大牌公司当销售。

"我只想看看到底有什么灵丹妙药能够让我的脸变得更有尊严！"小帅抱着这样的目的在这家公司当了近两年的"代理"，其间他一直在客户和柜台的那些姑娘那里寻求可以让他"掉痘痘"的可能。然而小伙子失败了，最后十分沮丧地想重新回到他的计算机专业去谋一份"吃饭"的工作。

"你不去欧诗漫试试？据说那个产品用的是中国最好的珍珠原料，而且他们的老板是个珍珠王，许多人的邪病都治愈了，你这小痘痘算

欧诗漫珍珠化妆品

欧诗漫珍珠粉

啥？"一天，朋友闲聊时的一句话，刺激了小帅。

去吧，反正"试试"而已。彼时正好赶上欧诗漫大扩张势头，小帅的代理业务很快接到手。

确实也怪。过去小帅为国际大品牌当过销售代理，干的时间也不算短，可不说"痘痘"没治好，钱也没赚到。而当了欧诗漫化妆品的代理后，小帅发现这二三百元一瓶的"欧诗漫美白霜"竟然在二三线城市异常热销！而且那些客户除了买化妆品，同时也乐意掏腰包买珍珠粉保健品。细细观察之后，他发现客户们对欧诗漫产品既能美容又能治病的赞誉不绝于耳，这让小伙子动了心思："真那么好？自己何不也试试看？"

试吧！反正一个月花三五百元不算啥。

就这么试开了……反正按照欧诗漫人所说的坚持那么两三个月时间吧。

自打小帅代理欧诗漫后，他的业务量暴增，每天鞋底就像抹了油似的飞着走……

"我的帅哥哎，你咋干得越欢、越累，脸上却越来越光滑了呀！"同事中有许多是姑娘，她们明里暗里在关注着帅哥的一举一动和任何细微的变化。

"真的呀！我的'痘痘'到哪儿去了？哪儿去了？"小帅对着镜子，摸着自己光滑的脸庞，不敢相信。但现在的他，确实已经"帅到不知自己是谁了"！

小帅真正地帅了，帅到漂亮的姑娘们明着暗着你争我夺，穷追不舍……小伙子后面的故事在欧诗漫的"万人销售大军"中便常见很多了：他与一位同样非常漂亮的姑娘结婚、成家，如今十余年了，一直在为欧诗漫出力流汗，多次受到沈志荣董事长及集团公司的表扬。

现在的欧诗漫集团公司是个集珍珠养殖、科研生产、销售服务于一体的庞大体系，仅布在全国的销售网点就达 2 万多个。如果按每个网点那些与客户直接对话的前端服务人员在内，就达近 10 万人。沈志荣告诉我，在每个欧诗漫人身边，就有 10 个左右的亲朋好友也都在用欧诗漫产品，也就是说，仅仅这个群体就达百万人之巨。沈志荣有一个理念：欧诗漫的产品，坚持和强调的就是带给这个世界上的人健康、美丽和爱这三个核心内容，如果欧诗漫人自己都不能在这三个方面取得心满意足的收获，那其他消费者肯定也不会有多少人相信欧诗漫的产品。

"我要求和鼓励自己集团公司的人使用我们的产品，如果你用后没有效果，你就不会对我们欧诗漫产品有信心，你也就不可能有底气去向消费者推销我们的欧诗漫产品。反之则反。"沈志荣的话，听似朴实，却充满了哲学的真理，难怪他身边的人都说他像个"哲学家"。

在欧诗漫采访的时间一长，就知道了一些有关珍珠的知识，也总听沈志荣等高管人员在谈论珍珠中的"微量元素""碳酸钙"等物质对人体的作用。想起不知哪位医学专家讲过的"生男生女"受到男方和女方身体中的碳酸钙的作用和影响，于是有一天我好奇地问沈志荣："你是珍珠专家，又是河蚌繁殖的高手，既然通过科学研究把河蚌这样的生物都能繁殖成功，所以你对珍珠本身的生命物质极其了解，同时又对人体的物质十分了解，那么你能说说吃珍珠粉会对'生男生女'起作用吗？"

沈志荣笑了，说这涉及伦理问题，欧诗漫产品不会在这方面引导消费者，但从科学原理上讲，吃珍珠粉，肯定会对生男生女产生影响。

"有例子吗？"

"当然有。"

"能说说是谁？你们公司里有吗？"

"是谁就别说了，但我们公司的新一代年轻人中这种现象很多……他们需要男孩子时会按照男女双方的情况调剂吃珍珠粉的时间与多少，那样是会起到积极的作用的。"

"是绝对的作用？"

"我不能告诉你是否有绝对的作用。"沈志荣一再说这涉及伦理问题，他们的欧诗漫产品只提供对人们健康的保健，而非生殖后代的技术指导。"但一个人类生命的孕育，碳酸钙是重要的因子，这一点医学科学早已有定论。"沈志荣说。

他给我举了另外一个例子——

章某某，杭州医务工作者，曾被沈志荣聘来当欧诗漫公司产品方面的医学专家级助理。但年轻的医学女助理自己的身体方面有个缺陷：脸部皮肤凹凸较严重且肤质粗糙。作为未婚女孩子，章助理内心对此有些阴影。她来到欧诗漫兼职后，沈志荣看出了这位女助理的内心症结，有一天就把他长期对珍珠的研究及欧诗漫珍珠粉的产品机理讲述给章助理听，并且希望她坚持吃上半年左右的欧诗漫珍珠粉，说一定会产生效果。

"老实说，开始我也是将信将疑，但就是为了以往百治未好的这张脸，于是咬牙坚持天天吃欧诗漫珍珠粉……后来成了习惯，每天都能坚持按沈董事长的'方子'吃，结果也就三四个月后，脸部的皮肤真的奇迹般变得平整光滑，也更加柔嫩白净了……"章助理对自己脸部的神奇变化，说不出有多高兴！

接下去的好事不断在这位女医学专家身上出现：不到半年，对象也找到了；后来又生了个儿子，儿子的肌肤白白嫩嫩的，完全不像章助理夫妇的遗传肤色，也不像传统的东方人的肤色。这让章助理得意得不行，逢人便说："我是吃了欧诗漫的珍珠粉才有这样的效果！不信你们也试试！"

这不是广告。沈志荣说："我是搞珍珠科研出身的，对河蚌和珍珠的生成与它们的生命机理了如指掌，所以我说的话，我们欧诗漫对外宣传的所有产品说明及产品介绍，都是来自科学实验所得出的结论……"

2013 年，浙江省淡水珍珠深加工工程技术研究中心落户欧诗漫

除了欧诗漫，还没有一家化妆品、保健品生产厂家和销售商敢说这样的话，因为在全中国甚至是全世界，唯有沈志荣既是珍珠的培育者、养殖者，也是珍珠粉和珍珠保健品的研发者、生产者，科研与生产是他的"双手"。欧诗漫的强大和无敌，也正是因公司董事长沈志荣本人所具备的能力。

早在 50 多年前，沈志荣在培育人工珍珠时就已经清醒而严肃地认识到一个生物界的基本真理：对于生命和与生命相关的事，不靠科学原理与艰辛的实验，绝对不可能创造出有生命的东西和能够改变生命质量的事物。于是他也从此坚定一个方向：珍珠是有机生命孕育出的另一种生命，它对人体生命而言具有不可多得的珍贵物质，研究透、利用好珍珠的这一机理，被他视作比自己个人生命更重要的事。因为他不仅是中国淡水珍珠规模化养殖和深加工技术奠基人，也是中国珍珠产业做的最大的一个人，他的科学研究和事业，面对的是整个民族的声誉和十几亿人的生命质量，甚至是整个人类的生命质量。为此，沈志荣树立了一个信念：宁可不赚钱，宁可不做生意，也必须把珍珠的全部知识和潜能普及与开发出来；既然把珍珠培育出来并开发成了保健产品，那么就不能做一点儿对不起所有消费者的事，这是对其他所有生命的负责。对他人的生命负责，就是对自己的人生和生命的最好负责。

——这是我与沈志荣及欧诗漫接触后感受最强烈和深刻的一点。还有比这更重要的吗？当然有，那就是科学的高度和深度。

令我欣慰的是，欧诗漫的科研水平与生产设备，已经达到了国际先进水平。于是我感到记录了中国40余年伟大时代的自己的这支笔有了底气和力量——我找到了"王者"的血脉与灵魂……

这就是沈志荣和他的欧诗漫的"核心"：科学成果于生产过程，或者说珍珠的科研成果于生产、加工珍珠产品的要义。

这决定了他作为"王"的中国珍珠第一人的声誉和存在的时代价值与历史价值，也决定了他的欧诗漫产品能不能真正立于不败之地。

我的目光从那些光芒四射、琳琅满目的珍珠系列产品上深情而羡慕地滑过，开始停留在"欧诗漫珍珠研究院"和庞大的生产车间……那些有关于珍珠机理的研究逐渐深入，人眼可见及不可见的物质正在通过科研人员与生产人员的娴熟技术发生着变化，并且向着另一种生命体的健康与美丽的宏阔方向发展——那就是我们人类的生命和人类生命所期待的那些已知和未知的领域……

在现今美丽的德清县城内有一条马路叫"珍珠街"，它的旁边就是气势非凡的欧诗漫集团公司总部所在地。在离"珍珠路"很远的地方往那儿望去，就能看到金鸡独立一般的"OSM"大厦。进入这个占地300亩的大院，你能见到的除了行政大楼，就是一片庞大的封闭式的厂房和科研院所，它们的面积达20余万平方米。许多人不敢相信，像欧诗漫这样主要"卖"化妆品的企业，竟然会有如此庞大的厂区和科研机构。"不就是弄点乳液和配方，再装进瓶子里，外面包装成一个美丽的'公主'或'王子'，就可以运到市场上卖给那些爱美、怕老的人嘛！"在许多普通人的印象中，那些卖化妆品的厂家大概都是这一类形象。这些话听起来有些"损"，但跟多数化妆品企业和玩家的实际情况比较接近。

我口中的"欧诗漫大院"，其实在沈志荣和欧诗漫人的话语中叫作"欧诗漫珍珠生物产业园"。一听这名字，你就知道它的定位了。

能与"生物"挂钩的园区，获得国家有关部门批准，本身就已经证明了它的"科学"与"科技"含量。欧诗漫珍珠生物产业园位于湖州莫干山高新技术产业开发区，是浙江省重点项目，总投资达12.6亿元。这些简单的说明和金额，足见欧诗漫的实力所在。据说几年前沈志荣在董事会上提出要建这个集科研、生产、行政以及销售为一体的新园区时，许多人提出不同意见，因为那个时候作为"杭州后花园"的德清与其他城市一样，房地产高涨不止。懂行的人知道，中国的地产商都是这么玩的：拿少量自己的钱，借银行的钱，赚全体想买房的人的钱。在德清，当年就有一个靠一个亿的钱，赚了个盆满钵满的房地产商。

"董事长，你拿12个亿来搞啥生物产业园，赚珍珠产品那么一点钱，这不是傻嘛！如果12个亿投资到房地产，用不了三五年，你就是赚百亿元的大老板了呀！"劝沈志荣的不只几个人，董事会内部也有人这样提出，但遭到沈志荣的强烈反对，他坚持说："作为大股东，作为中国珍珠业和欧诗漫产业的开创者，我的本事和所有的心思只放在珍珠上，欧诗漫成与败，也皆在珍珠上，其他多大的金山银山也牵不走我的'珍珠心'。我要把这颗'中国珍珠心'，变成造福人类的金山银山！"

沈志荣的"珍珠心"的豪情与执着，感动了董事会的全体董事，也像一团永不熄灭的熊熊火炬，始终在前面引领和激励着全体欧诗漫人……

欧诗漫珍珠生物产业园区就这样拔地而起，不仅给美丽的小城德

清增添了又一个以现代生物科技为主的产业园，更重要的是珍珠生物产业园的建立还填补了中国乃至世界珍珠科技的一大产业专业园区的空白。而能够举起"珍珠生物"四个字作为产业牌子的产业园，在中国也就沈志荣一个人敢，因为在此行业无人可与他拼争。后来科技部的领导和相关专家来此参观后也感叹道：即使是国际上也无人可与之

2018 年，欧诗漫集团总部乔迁至珍珠街 9 号

相比！

何谓"高科技"？何谓"前沿产业"？看看沈志荣的"珍珠生物产业园"，你就可以领略到这一切——

在这里，你第一个最强烈的感受无疑是"珍珠"元素。不说大门口那颗硕大无比的欧诗漫形象珍珠，只要是初次入园区，你一定会对

"珍珠博物院"产生浓厚的兴趣，因为这是全世界唯一的一座珍珠专业博物院。它是沈志荣亲自策划和主张建起的一座集纳古今中外珍珠历史和实物的人文与科普博物院，占地面积 6200 平方米，耗资 6500 万元（不含藏品）。一个企业，如此大手笔，本身就说明了沈志荣心中的珍珠"欧诗漫"将是一座连接历史、开启未来的科学知识宫殿。博物院虽开馆不到一年，但已经多次成为国家级科普基地和大中小学校的实习基地，也成为了中外珍珠界向往之地。

那天我到欧诗漫产业园区采访，见珍珠博物院门口进进出出的人群络绎不绝，他们中有高级知识分子模样的，也有七八十岁的老大爷和老奶奶，更多的是青少年学生……从一张张兴奋的脸上，能感觉到他们在此获得了丰富的收获。

在珍珠博物院另一侧，分别是欧诗漫的珍珠设计院和珍珠研究院。"这是我们欧诗漫的'头'与'心脏'，也是董事长的灵魂和智库地……"杨安全副总经理说。

"出入这里的人是需要董事长批准的，它是我们欧诗漫高科技的核心部分，有诸多专利项目，属于公司甚至是我们国家的珍珠科研成果，还有正在开发的高科技项目。一般人不允许进入，你是作家，可以例外。"杨安全笑着向我解释。

但我知道即使借我十双眼睛和二十个脑袋，我也不懂里面那些科研人员干的事……我只听主人介绍说，这里现在有许多国内一流的珍珠科研专家，他们是使欧诗漫能够成为中国乃至世界的"最强"珍珠的"主力部队"。

从杨安全那里知道，沈志荣的"发家"和"发迹"，靠的完全是他对珍珠的情有独钟和执着与高超的科学钻研精神。"欧诗漫能够有今天，主打的每一张牌，都是我们董事长本人和他所带领的团队的珍珠科研成果，而且这些科研成果无一不是他和我们欧诗漫科研团队的独创，几乎没有任何借鉴。"杨安全骄傲地说。

是的，中国是珍珠之国，珍珠是我们的骄傲，就像瓷器一样。然而在以往传统的历史教科书上，人们很少看到中国的科学发现与个人的名字及行为联系在一起，因为历代帝王总喜欢把一个时代（王朝）的任何进步都归结为他和皇家的功劳，生产劳动者的创造极少记载于史书上。即使像珍珠培育这样的事，中国自己的史书上也找不到"叶金扬"的名字，倒是那些不远万里来到中国考察的外国传教士从民间获得了许多宝贵"史料"，并编入了他们的著作之中，从而全球传颂。

其实我一直认为民间的珍珠科学家沈志荣身上有几项成果是可以载入中国科学史册的，比如他成功培育人工淡水珍珠、成功繁殖三角河蚌及防治河蚌瘟疫这三项非常重要的科技成果。而且作为一个纯粹的农民或叫渔民的他，当年几乎是在赤手空拳的条件下完成了一项可以称得上伟大的生命革命——用现在流行的话叫"生物技术"，并且后来对国家的珍珠产业（今天和未来）都产生了巨大影响，使中国的珍珠科学技术与产业超过了世界上最强的日本……仅此一点，如果沈志荣的这些科研成果放在某一位大学教授或科研机构的公职人员身上，将会是怎么样呢？不提杂交水稻之父袁隆平的声望，那么把沈志荣的科研成果与由此产生的社会价值放在一起，他是否并不比一般的科学院、工程院院士差多少？

对这样的问题，我敢负责任地说：一点不差。然而沈志荣差就差在他的一个无法改变的身份。在讲究"职称"与"学术论文"的评估机制下，像袁隆平、屠呦呦这样的大科学家都无法进入院士行列，沈志荣自己说他"想都没有想过"……我之所以为他想到了这一点，是因为他让我想起了另一位改变了人类命运的人——牛顿。他的故事和命运值得我们反思——

在 23 岁时的一个秋天，牛顿独自坐在自家院中的苹果树下，面朝天穹，苦思行星绕日运动的原因，突然树上有一只苹果恰巧落下来，掉在他的脚边。这次苹果的下落，与以往无数次苹果的下落不同，因为它引起了牛顿的注意，也就是这一注意，让人类的一个伟大发现产生——牛顿从苹果落地这一理所当然的现象中找到了苹果下落的原因，即地球引力的作用。这种来自地球的无形的力量，"扯"着苹果下落，而这正如地球拉着月亮，使月球围绕地球运动一样……呵，牛顿恍然大悟！

从此伟大的"牛顿运动定律"诞生了：

定律之一：任何一个物体在不受外力或受平衡力的作用时，总是保持静止状态或匀速直线运动状态，直到有作用在它上面的外力迫使它改变这种状态为止。原来静止的物体具有保持静止的性质，原来运动的物体具有保持运动的性质，因此我们将物体具有保持运动状态不变的性质称为惯性。一切物体都具有惯性，惯性是物体的物理属性。所以此定律又称为"惯性定律"。

定律之二：物体的加速度跟物体所受的合外力成正比，跟物体的质量成反比，加速度的方向跟合外力的方向相同。

定律之三：两个物体之间的作用力和反作用力，在同一直线上，大小相等，方向相反。

之所以把"牛顿运动定律"搬到这里，是因为牛顿太伟大了，他的这一发现，改变了人类的进步旅程，让人类从愚昧和短浅的视野中脱离，奔向了整个地球的所有领域与地球之外的天体……于是才有了我们今天的生活与社会模样。

然而人们也许并不知道，牛顿之所以"伟大"和广为人知，其中一个重要原因便是上述苹果落地的故事，而这与一个人密不可分，那就是法国的哲学家、作家伏尔泰先生。他从牛顿的外甥女巴尔顿夫人那里得知了牛顿的故事后，将它写入《牛顿哲学原理》一书中，后来这一故事又被移植到了剑桥大学的教科书中，这样牛顿才被人们当作发现宇宙规律的英雄人物继而被赋予传奇色彩，牛顿的故事才广为流传。如果不是这种机遇，牛顿可能什么都不是，因为后来许多科学家也以不同方式发现了地球引力原理，但都没有像"牛顿与苹果"的故事那样流传于世，所以牛顿成为了那个时代最伟大的科学家。

中国是个具有五千年文明史的伟大国家，每个时代几乎都英雄辈出。就像今天的文学与书法一样，人们只会关注鲁迅、沈鹏等人的经典作品，怎么可能认可一个民间的诗人和书法家呢？有意思的是，如今许多书法大家的作品倘若去掉"作者介绍"，与一些民间的县级书法爱好者的作品放在一起进行对比，绝对会被无情地比下去。但谁能认可那些民间书法高手呢？若按字论价的话，有头有脸的"书法家"一个字就能卖1万元甚至10万元，而那些民间书法家就是写一年的字也卖不到1万元！这就是"名分"和"身份"的重要性。

沈志荣第一次接触人工培育珍珠的时间，与牛顿发现苹果从树上掉下来的时间整整相差300年。牛顿当时赶上了欧洲工业革命的前夜，一切有"奇想"的发明创造都被重视。然而沈志荣坐在河滩边的篷船上苦思冥想研究人工珍珠技术时，正值知识分子和科学技术被视如粪土的"文革"年代……两个不同国家的两种不同时代背景，决定了同样的科学精神的走向必然是天壤之别。当然，还有一层身份也很重要：牛顿当时已经是剑桥大学毕业的青年科学家了，而沈志荣则是位想着如何让自己家人和村上的人能够吃饱饭、多赚几个工分的泥腿子，尽管他俩都是农民出身。

> 世俗的冠冕啊，我鄙视它如同脚下的尘土，
> 它是沉重的，最多也只是一场空；
> 可是现在我愉快地迎接一项荆棘冠冕，
> 尽管刺得人痛，但刺痛比不过甜；
> 我看见光荣之冠在我的面前呈现，
> 它充满着幸福，永恒无边……

这是牛顿当年欣然勃发出巨大的科学激情而写的一首题为《三顶冠冕》的诗，从中我们可以领略到年轻的牛顿献身科学的理想及抱负。

相比之下，沈志荣研究人工培育淡水珍珠时的尴尬和苦楚，着实让人为中国民间科学工作者的条件与境地叫屈。他没有设备，连起码的实验容器也得用自己从家里端来的洗脸盆来代替；暴烈的太阳下，风浪难平的漾面上，他仅靠剪刀、镊子等最原始和廉价的用具，去进行河蚌与珍珠之间的一场惊心动魄的"生物革命"科学研究……

然而他成功了！许多在科研所、大学实验室的专家及教授花尽心思都没有做出来的人工淡水珍珠被德清雷甸水产大队的沈志荣搞成功了！成功的时间我们在前文中已经讲过，是 1967 年，这时沈志荣年仅20 岁。一个 20 岁的人，完成了一项"生物技术"发明，想想看，这种贡献是怎样的呢？

但沈志荣的身份和职业是农民，所以他不会为这样的发明创造去整天趴在桌子上写论文和总结材料，或者去向谁邀功。他有的只是与农民、渔民兄弟们那份共同的兴奋与激动，因为水产大队能够培育珍珠了，就意味着明天的日子会比今天的好，会比其他人的生活好……就是这样朴实的愿望和想法。后来他知道了全国竟然都没有人搞出这"名堂"，请改为：后来他知道了全国搞出这"名堂"的人很少，所以他就有了一种责任感——一定要把这珍珠的事做好，对得起党和毛主席。

我们走在大路上

意气风发斗志昂扬

共产党领导革命队伍

披荆斩棘奔向前方

向前进！向前进

……

这是沈志荣年轻时代的歌曲，他也会唱，而且不比别人唱得差，因为他是从心底里唱出来的，因为他从成功培育出第一批珍珠时就下定决心要把中国的珍珠发扬光大……

他唱这首《我们走在大路上》时，想着珍珠的未来，想着身边的百姓和家人过上好日子的幸福笑脸，于是他越唱越有劲头，胸膛挺得高高的，第一次感受到被人尊重的自豪。

也就是从这个时候开始，他明白和坚定了一个信仰：干事必须实实在在，干什么事都应当实实在在，想干出些名堂就必须实实在在，想永远被人尊重就一定要始终如一地实实在在！

这是他的人生观，也是后来欧诗漫的企业文化与品质，当然更是珍珠本身的品质——有耀眼的光芒，更有坚硬而宝贵的质地。

但谁也不曾想到的是，这位农民出身的珍珠专家，却对科学研究和科学技术有着格外的痴迷与"爱好"，而且极度执着。"即使到了今天这一大把年纪，他对各式各样的新科技、新玩意儿，仍然特别有兴致。比如一款新手机出来后，我们这些年轻人都不会弄时，他老人家早就玩得得心应手了！"两个儿子对老爷子的这一特长从小就异常敬佩。

关于"科技"，关于"产品"，沈志荣从第一天从事珍珠培育至今的半个多世纪里，始终对"假的真不了""真的总归要赢"的朴素道理深信不疑。而且他始终遵循一个信念：欧诗漫的起步和成功，靠的就是在珍珠培育上的科学技术领先，要想使自己的产品在同行和市场中永远保持领先地位，仍然要靠自身的科技领先。"我们不玩虚的，我们只做实的。"正是奉行这样的理念，欧诗漫从品牌创立以来，在人才和科技投入上从不惜金，而且总以最高标准打造。

还没有听说过国内有第二家化妆品企业拥有自己完备的专业科技研究院，更不用说还建立了院士专家工作站。沈志荣的主张和意见是：欧诗漫产品要成为国家著名品牌，就必须拥有一流的人才队伍。他的

沈志荣在欧诗漫珍珠研究院调研指导

企业先后与浙江大学、浙江工业大学、东南大学、中国药科大学、澳洲国立大学、比利时皇家医学院和日本美妍创新株式会社等国内外高校及科研机构牵手，多年一直保持着良好的产学研合作，因此现今欧诗漫的科研能力在国内同行中堪称无人可及。比如沈志荣的"欧诗漫珍珠研究院"，其所涉及的研究领域很广，就是一个庞大的"珍珠和珍珠产品科研院"。它由珍珠养殖技术研究中心、珍珠基础研究中心、珍珠美肤研究中心、珍珠功能性食品研究中心、珍珠废弃物综合利用研究中心、珍珠首饰研究中心、消费者体验中心等机构组成，包含了护肤品实验室、清洁与发用品实验室、彩妆实验室、中试室、分析测试室、细胞实验室、分子生物学实验室、微生物与防腐剂研究室、感官评价室、功效评价室、安全性评价室、分离提纯室、评香室、保健品开发实验室、生物质利用开发实验室、珠宝设计室等一系列完备的科研和专业机构，它们涵盖了欧诗漫珍珠产品所能涉及的全部科研问题和产品保障体系，为所有销售到消费者手中的欧诗漫产品保驾护航。

这就是沈志荣的底气，这也是欧诗漫的底气。"我们在产品质量这件事上可以给广大消费者打包票！"沈志荣已经把这句话说了 50 余年，50 余年来没有一个客户因为欧诗漫产品的质量问题而投诉过。

"我一生与珍珠打交道，我们的欧诗漫做的又都是珍珠产品。我能把中国的珍珠产业做到世界一流，我们欧诗漫珍珠产品也一定是中国和世界一流的。"没有人敢说这样的话，唯独沈志荣敢说，因为他

沈志荣在生产一线检查产品质量

欧诗漫珍珠生物产业园智能化生产车间

是"珍珠王",所以才有王者之气魄。

在53年的"珍珠之路"上,沈志荣和欧诗漫企业伴随着中国的现代化发展与崛起,一路高歌走来,也经历了几个重要的发展阶段:

——人工培育淡水珍珠成功到繁殖河蚌技术的广泛推广;

——珍珠河蚌养殖数量超日本,位居世界第一,带动当地经济发展位居全国乡村前列;

——欧诗漫产品享誉全国并稳居同行之首。

"你们现在还养殖珍珠河蚌吗?"

"已经很少了,主要是由诸暨珍珠市场供货……随着市场的完备,各个产业的分工越来越细,我们欧诗漫专做珍珠产品了。"沈志荣这样回答我的提问。

"诸暨珍珠市场非常大,全国的珍珠交易都集中在那边,但他们又有些尴尬……"副总杨安全告诉我,"那边的新市委书记是我们德清过去的。他上任伊始就到了珍珠市场,转了一圈很激动,但问到一年税收能有多少时,就很生气了。因为这位书记一听数字,发现竟然连我

欧诗漫珍珠生
物产业园GMP
生产车间

们欧诗漫一家企业一年上缴利税还不到……"

"我一生只专注做珍珠一件事！我觉得人的精力和能力是有限的，如果专注去做一件事，就有可能把它做好、做到极致。我就专注珍珠……在多年前曾经有过两次把企业内部的'边边角角'——就是那些非珍珠产业的业务全部都关停并转了，集中力量做欧诗漫珍珠产品，所以才有了今天，有了今天在同行中独领风骚的地位，而且我们希望这种势头百年不变，也就是平时我对大家常说的要把欧诗漫打造成百年老店！"沈志荣说这话的时候，目光炯炯。

一个年届古稀的长者，一脸青春容光，且目光如此炯炯有神，这是珍珠所含的氨基酸微量元素给予的恩赐，也是珍珠高贵品质给予的奖赏，所以他的目光中透出的是王者风范。而支撑这王者风范的，是欧诗漫强大而无敌的科技力量——我们可以在欧诗漫珍珠生物产业园区内眼见为实。园区内的生产车间采用了拥有自主知识产权的亚微米珍珠粉制备技术和珍珠多肽提纯工艺，引进设备均是国际一流。这里有多达 32 条按照 GMP 标准建成的护肤品生产线，9 条保健品生产线，年生产能力可达到 1 亿盒。倘若这些生产线全部开动，可新增年销售收入 23.6 亿元，上缴利税 4.3 亿元……而我所见的仅是"欧诗漫科技王国"的一角。

欧诗漫王国真正的实力与本色，在沈志荣身上，在他的脑海之中……一旦形势需要、寒袭浪击时，它就会在他身上跃然而出，化作神奇的力量，再撑一个欧诗漫的艳阳天。

从十年前的《同一首歌》活动之后，欧诗漫一路高歌猛进，无敌天下。进入 2019 己亥年之后，中国经济进入三期叠加阶段（增速换挡期、结构调整阵痛期、前期刺激政策消化期），加上受到美国挑起的中美贸易战影响，欧诗漫各地销售分公司的创新红利也出现衰减，上半年的生产和销售形势十年来首次出现指标"红箭头"往下冲的势态，于是公司内部出现了某种紧张和骚动的苗头……

全国各地的万千欧诗漫人用略带忧虑的目光看向集团公司，而集团公司总部的人则将目光投向了他们的董事长沈志荣。

"好吧，应该开个会了。"董事会上，根据大家的分析，沈志荣认为集团有必要在此时召开一次中层以上的管理干部会议。

"会议名称叫什么呢？"董事们询问沈志荣。

"就叫科学知识培训会吧！"思索片刻的沈志荣说。

"科学知识培训会？"董事们多数不解，为何不叫鼓舞士气的"动员会"之类的名称呢？

沈志荣的脸上露出微笑，说："其实，我们欧诗漫发展到今天，大家以前只看到了它蒸蒸日上的景象，并没有真正了解它蒸蒸日上的根本原因……"

什么"根本原因"？董事们又有些惊诧。

"我还是坚持这样认为：像我们的欧诗漫企业，一切发展靠的就是科学和技术。如果不是我们对珍珠和珍珠科学技术的深入了解，怎么可能把珍珠培育出来，把珍珠的产品做出来，做成全中国、全世界最好的……"沈志荣说到这儿，停顿了一下，继续道，"所以，现在我们遇到了一些困难，大家要想战胜它、克服它，还得把我们欧诗漫所有的科学技术这本经念好。念好、念懂了它，也就知道了困难面前我们该怎么做、做些什么了！"

"同意！这是个好主意！"董事会上大家一致同意沈志荣的建议，并希望他亲自来给中层以上干部讲一课。

"讲一课？那就讲一课！"沈志荣笑了笑，然后用目光征询了一下董事们的意见，"你们也有兴趣？"

"太有兴趣了！我们跟了你少则一二十年，多则三四十年，怎么说也算欧诗漫的老员工了，但唯有一点永远落在你董事长的后面，那就是对珍珠的认识和对珍珠科学的研究……"许伟荣、杨安全等争先恐后道。

"嘿嘿。"沈志荣这回没说话，只是干笑了一声，心想："是啊，你们是珍珠产业的从业者，我是啥？我是为珍珠活着的人！自然不一样嘛！"

开会的这一天是 2019 年 8 月 6 日。德清的夏季颇为炎热，但在欧诗漫总部的会堂里，座无虚席。

"同事们，同志们：2019 年，对我们国家来讲注定是不平凡的一年，是深入学习贯彻习近平新时代中国特色社会主义思想和党的十九大精神的重要一年；是决胜全面建成小康社会、进而全面建设社会主义现代化强国的时代元年；是新中国成立 70 周年。对我们欧诗漫来讲，也是非常重要的一年，是成功转代的第十年，也是实施大珍珠品牌战略的第十年……在这么一个节骨眼上要大家腾出时间来开这么一次关于公司科学知识的培训会，我觉得是非常有必要的，因为商场如战场，我们在学习发展的道路上永远不能停步！"

董事长沈志荣的开场白刚讲完，就突然话锋一转，目光扫到全体中层干部的脸上，语气严肃地问道："我们一直在讲'扬珍珠文化、树百年品牌'，那么根基在哪里？"

"是啊，根基在哪儿？"

"欧诗漫诞生了近三十余年，又辉煌了整十年，如今再要往前进，靠什么？根基在何处？"

此刻的会场台下，每一个欧诗漫人都在叩问自己，也在叩问身边的欧诗漫人……

"大家也许都在自问这个问题，有的能找到答案，有的也许找不到答案。那么，借此机会，我就跟大家交流一下我作为一个一生钟爱珍珠的人和欧诗漫的创始人内心的一些认识……"

沈志荣开始脱开稿子演讲了——

"这第一个认识就是科技自信。

"邓小平曾做出'科学技术是第一生产力'的重要论断。那么我们的这次会议，为什么参加的人员是公司所有的管理层呢？因为我发现在集团公司内部很多管理层的干部对我们自己的产品和研发技术并不了解，比如说珍珠粉是怎么做出来的，珍珠多肽是怎么提纯的，珍珠与化妆品复配到底是怎么复配的，现在的产品中都添加了哪些特殊的物质，等等，在座的你们中间许多人并不了解。一个不了解自己企业产品是什么样的人几乎是不太可能管理好、营销好企业产品的。

"在消费者那里，买你的东西，他（她）可能看到十个、二十个同类的产品，比如珍珠霜化妆品，消费者不可能只看到我们欧诗漫一家的产品，人家要货比三家嘛！可一般的消费者哪知同为'珍珠霜'，品质可能会完全不一样！我们欧诗漫的产品除了原材料所用的珍珠选择的是上等品，关键是化妆品生产时的技术与其他'珍珠霜'不同，而这个不同就是科学技术的含金量了！它也是我们欧诗漫产品的含金量。珍珠粉对人体有抗衰、美白和保健功效的关键一点是让它所具有的有机微量元素在人体中能被吸收，这与珍珠粉的粒子粗细有很大关系。而我们欧诗漫与众不同的就是在分解珍珠粒子方面具有高科技支持。一根普通头发的直径是 80 微米左右，我们欧诗漫的珍珠粉粒径则在 0.1 ~ 1 微米范围之间呈正态分布趋势，平均值小于 1 个微米。也就是说，它的颗粒大小在人体能够吸收它的最佳大小之间。能做到这一点的，在中国唯我们欧诗漫。因为我们有世界上最现代化的设备和技术团队，能使得经过亚微米粉碎后的珍珠粉再经过特殊工艺处理，让它假性团聚成微小圆球，最后利用超音速气流粉碎打散它，这样加工而成的珍珠粉无论是在吸收率还是功效发挥上都远远优于其他同类产品。我们所拥有的这项独家科技，是在 2003 年时就从当时最尖端的军工技术成果上转化过来的，并在此基础上成功开发了纳米珍珠粉。之后，我们又经过几年的努力，结合最新的生物工程技术、机械化学技术、酶工程技术、超临界萃取技术等，精准提取出了珍珠美白、抗衰、修复、保湿等复合功能因子，应用到我们的产品之后获得独到效果。加上我们的研究院对珍珠粉、珍珠多肽的功效验证都是基于细胞水平的，在化妆品的功能测试、安全性评价上也都配备了最先进的专业仪器，从检测验证结果来看，我们可以十分确凿地看到我们的珍珠粉、珍珠多肽和复配后的化妆品对人体细胞的改善和性能的提高。这些技术手段都是实实在在的，绝无点滴的弄虚作假行为。

"由此我认为：只有真正地将这些东西搞懂，你在和客户也好，和代理商也好，在跟别人讲自己家的产品的时候才能真正地有底气，真真切切地做到科技自信，从而对我们欧诗漫自己的产品有自信。

"从科技自信到产品自信，这是我们欧诗漫成功的秘诀所在……"

沈志荣讲到此处，目光再往台下看去时，他感到他团队所有人的目光开始发亮、发光。这也正是他特别期待的。

他变得兴奋起来："我一直向大家讲，'质量是生命，用户是上帝'，这其中质量是至关重要的一个环节，我们的产品质量是经得起考验的。

"大家知道，我们公司目前有 9 项国家级产品和检测标准，106 项专利，通过 CNAS 权威认证，拥有农业部企业技术创新机构、院士专家工作站、省级重点企业研究院、浙江省淡水珍珠深加工工程技术研究中心和浙江省企业技术中心等等，是行业内唯一国家级专利示范企业，珍珠美白、抗衰、保湿等功能因子的提取分离技术分别获得了国家发明专利优秀奖、省部级科学技术进步奖、省级优秀新技术一等奖，在全国化妆品企业中是凤毛麟角，这些都是值得我们骄傲的成果！"

场面已经有些欢快的骚动了……此情此景，皆在沈志荣眼中。于是，他又继续如数家珍地滔滔不绝起来——

"……我们的珍珠基础研发部和护肤品研发中心，在安全性评价的基础上，已经经过了很多年体外和人体功效的研究，也积累了许多有效的功效研究成果。在去年以来研发的许多重点产品上，都采用了经过测试验证的功效性活性成分，从而确保了产品的有效性。目前，公司的人体功效评价项目已经开展得非常成熟，特别是今年，围绕新品项目开展的功效研究工作，为产品提供了及时可靠的支持。通过内外部的功效评价，我们对自己的产品越来越有信心。

"比如，化妆品美白祛斑功效测试方法；

"化妆品影响经表皮水分流失测试方法；

"化妆品抗皱功效测试方法；

"化妆品影响皮肤弹性测试方法；

"化妆品影响皮肤表面酸碱度测试方法；

"化妆品控油功效测试方法；

"化妆品影响皮肤平滑度测试方法；

"化妆品育发功效测试方法；

"化妆品减少头皮屑功效测试方法；

"化妆品细致毛孔功效测试方法；

"化妆品祛痘功效测试方法；

"……"

"哗——"那是什么声音突然响起？沈志荣抬头一瞬间，有些激动，因为会场的每一个角落都爆发出热烈的掌声。

是的，这是他的队伍，这是他熟悉的欧诗漫队伍。他知道在他们中间他是最年长的一位，其他人都比自己年轻，但他和他们也都朝夕相处几年、十几年或几十年了，他们就是他沈志荣的影子，而他也是他们的影子。

从 53 年前第一次见到亲手培育出的珍珠那天起，他对自己和珍珠事业就有了自信。后来珍珠变成了"欧诗漫"后，他的自信更足了。也正是因他的这份自信，欧诗漫才有了今天，有了中华民族品牌和中国人可以在世界上骄傲地喊一声"我们的珍珠不差谁"的那份自信！

"哗——"掌声再次如雷鸣般响起。

"是的，我们应当有这份自信，因为我们的自信来自于我们坚实和强大的科技保障与研发成果。比如像不久前我们新推出的爆款'小白灯'系列，一经上市就销量爆燃，远超以往新品的销量，预计全年突破 150 万瓶，零售突破 3 亿元；另一款'1 + 1 美丽方程式'项目，更是以势不可当的态势点燃 CS 渠道……这就是欧诗漫产品的魅力！这就是欧诗漫科技力量的魅力！"

又是一次海啸般的掌声。

"我个人这一辈子，就在一颗珍珠上研究了 53 年了……"沈志荣已经动情了，动情后的他深情道，"你要问我欧诗漫靠的是什么，我想不用我说大家应该都知道答案。

"珍珠就是我们欧诗漫的独特元素！是我们的主心骨！是我们差异化竞争最大的武器！因为有了珍珠这独特的元素，所以我们才能连续 8 年蝉联'中国化妆品美白品类 TOP1'！所以才能入选 2018 年度'中国轻工业百强企业'和'中国轻工业科技百强企业'，并且连续 8 年入选化妆品行业十强企业榜单！

"我可以毫不客气地说，在全球的珍珠化妆品行业中没有一家企业可以和欧诗漫相比，甚至没有可比性！！！"沈志荣说这句话时，身体是前倾的，镜片后面的双目是灼热的，他的声音震荡着整个会场，甚至冲出会场，在珍珠之乡德清这块大地上空久久回荡……

回应他的不单是雷鸣般的掌声了，而是一个民族、一个时代的声音：沈志荣——中国珍珠王，你值得让人为你而骄傲；欧诗漫——中国珍珠品牌，你已经根植于广大消费者情感之中，人们喜爱你，并且永远支持你，与你相拥相伴到未来！

又一个"双十一"购物狂欢节——2019 年 11 月 11 日来到了。举国甚至是全世界的目光都聚焦在中国的互联网平台上……那确实是真正的狂欢！

从这一天的零点开始，购物平台的巨无霸"天猫"，就如飞越太空的火箭一般创造着一个又一个纪录：

开场 14 秒，成交额破 10 亿；

1 分 36 秒，成交额破 100 亿；

5 分 25 秒，成交额达 300 亿；

12 分 49 秒，成交额超 500 亿；

1 小时 3 分 59 秒，成交额超 1000 亿；

全天成交 2684 亿！

真正的疯狂世界！但在这"疯狂"的背后是中国巨大的市场，一个不可抗拒的市场，一个世界上任何国家都无法相比、无法轻视的市场！大洋彼岸的人眼红也没有用，他们只能靠其他的卑鄙手段蔑视我们的强大。

"董事长，好消息，大好消息！"在这场购物狂欢节中，欧诗漫人不仅是"节日"的观望者，更是参与者，因为欧诗漫的产品也在"天猫"上以其独特魅力向全球消费者展现着自己的光彩。当日 24 点刚过，市场部负责人便兴冲冲地向董事长沈志荣报告："'双十一'一天，欧诗漫全渠道总销售额突破 5 亿人民币！"

"比去年高出 66%！"仅用了 3 秒钟的时间，沈志荣就把 2019 年和 2018 年两个"双十一"做了比较，并立即说出了这个数据。

这时，他的脸上露出了笑容：在经济大环境下滑的趋势中，欧诗漫逆袭而进，可喜可贺！

"儿子！今天你们都过来，给你们妈妈敬一杯！"沈志荣给两个儿子打完电话，然后敞开衣扣，甩开双手，大步走出总部大门。身后，那颗硕大的"珍珠"正明晃晃地照着他前行的道路……

# 第十三章

## 小珍珠　大世界

地球很大，但在宇宙里，它就像一颗珍珠那样小；珍珠很小，却能让地球上近百亿的人为它疯狂和痴迷——自古以来皆如此。

也许没有人留意在 2019 年 12 月 3 日至 4 日这两天于伦敦召开的北约 70 周年峰会。但在这个被法国总统骂为"脑死亡"的北约峰会上有一"大"一"小"两件事情会影响到世界未来的格局与人类审美的趋势。"大"事指的是这个冷战思维残留下的西方军事同盟组织第一次把中国崛起作为议题并发表了相关声明，这一先例的"开启"，可能掀开了 21 世纪中国与以美国为代表的西方势力的"决战姿态"，它对人类未来的命运将影响巨大。"小"的这一事情，是我的观察与关注：北约峰会的头天，即 3 日晚，作为东道主的英国女王伊丽莎白设宴招待北约来宾。数百年来，英国皇室为了显示大不列颠的帝国影响力，每每遇到重大国际事务，国王设宴招待世界各国元首和他们的夫人已经成为一种惯例，这也成为各国首脑们显示财富和地位的重要场所，有时甚至比在一场正式的政治峰会上还要"较劲"。这不，世界第一大国美国的总统特朗普以北约"老大"的身份带着模特出身的美丽夫人梅拉尼娅出场，为了在北约众兄弟面前显示他"美国优先"的老大地位，其夫人在出席英国女王的宴会时也不同寻常地穿了一身罕见的"黄袍式"大披风外罩，加之她原本就有的高挑身材，其势欲压群芳。然而，谁也不曾想到，那晚93岁的英国女王则穿着墨绿色印花套装，看上去并不华丽和鲜艳，而有了她脖子上那条银光闪闪的珍珠项链的衬托，女王看上去无论如何都比身穿"黄袍"的美国第一夫人要"王气"和高贵得多——英国《泰晤士报》这样评价。

并不大的如此细节，在一个重要的国际历史关节点上，它可能成为影响世界和未来的一种"标志"意义。在北约70周年、西方"列强"第一次正视"中国威胁"的峰会期间，女王的一串珍珠项链让世界一半以上的人群（女人们）对小小的珍珠有了新的认识。

正乃"小珍珠，大世界"也。谁也不要小看一颗珍珠的影响力，因为一个自以为是的"世界老大"的总统，时时刻刻想以"软实力"压人、压势，想不到一颗并不太起眼的珍珠却颠覆了美国"老大"的意图。想想，模特出身的美国第一夫人在如此重要的场合，竟然在不经意间"输"给了一个93岁的老太太，能想象出她回到白宫后的气闷……这气如果撒在被民主党说成"神经有病"的总统特朗普的头上，他假如做出点出格的事来，难道不是影响了整个世界？确实是，我们已知在后来的这些日子里，特朗普连续批准了美国国会的对中国不利甚至将影响未来世界很长时间的所谓的"香港人权与民主法案"及"维吾尔人权政策法案"，这种危害性深远而巨大……

这难道不值得我们从另一个不经意的细节去思考吗？事实也许并非如此，特朗普对模特出身的夫人的某种心理变化可能并不在乎，但女王脖子上那串闪闪发光的珍珠项链在北约70周年峰会上的光芒和引人注目的一幕，历史已经做了记载。

珍珠永放光芒确是个事实，珍珠具有至高无上的美也是事实。珍珠永远是美和高贵的象征，这一点不会改变。女王是世界上最有钱有势的女人之一，但她并没有用金山银山来炫耀，偏偏选择了小小的珍珠来"艳压群芳",而且效果出奇地好。这很能说明珍珠确实具有永恒之美的真理。

珍珠就是美,爱美之心人皆有之。欧诗漫为美而诞生,为美而成长,为美而不遗余力——这是沈志荣创办欧诗漫企业的价值与动力,所以我们才有可能看到在德清那片土地和水域上发展起来的欧诗漫让中国的珍珠屹立在了世界珍珠业的前头,成了亿万消费者越来越喜爱的日用产品。这皆在于欧诗漫在沈志荣的领航下一直在追求美的至高境界……

欧诗漫的珍珠堪称"中国珍珠第一美",首先是因它是中国淡水珍珠培育人沈志荣亲自培育出来的;其次,欧诗漫所用的珍珠是通过国家地理标志证明商标认证的"雷甸珍珠",堪称万里挑一,"皇家之后",无可比拟,它高贵和纯正的品质令国际同行也叹为观止,自愧不如。

而这仅仅是外在的一些基本"硬件"。在沈志荣的脑海中,他所奉献给大众和这个世界的珍珠,是为"美"而生的一种理念,一种能够改变人原本状态的自信心。

活着就要美是什么理念?这当然是生活在现代社会的人类追求的一种基本生活方式。追求美是人的天性,能够获得美是人的所求之一,获得美的途径有千万条,改变人的体质与容貌是多数人所直接追求的最重要的核心目标,而珍珠及其产品所提供的正是这两个重要方面的一种机能性物质。有珍珠一般心灵的沈志荣开创了中国淡水珍珠的培育与养殖,其生产的珍珠产品更让中国那些追求美的人实现了自己"美"的目标……这是一项非常崇高甚至很神圣的事业,并且对普通民众而言,具有"解放性"的意义。

如果从有记载的4000多年前中国人发现和使用珍珠算起,到《本草纲目》,有关珍珠的所有"传说",包括国外历史上关于珍珠的种种传奇,无不说明着珍珠的两大"特性":只有高贵的皇家和贵族才能拥

珍珠饰品:《梦想》金珠吊坠

珍珠饰品:《水灵球》戒指

珍珠饰品：金珠+大溪地+淡水珍珠胸针

珍珠饰品:《月桂香》项链

有；或者只能用于治病。普通民众和百姓是不太可能拥有珍珠并让其为自己的生活和生命服务的。即使在 20 世纪六七十年代沈志荣成功培育淡水珍珠时，也仅仅是为了出口国外，为国家换回些外汇。

只有在改革开放、中国人民生活水平越来越提高的时候，珍珠才开始被作为人们日常生活的一个内容而进入普通百姓中间。这个驱动力是普通人懂得和有能力开始为自己的"美"而生活之后才有的。

对一切新鲜事物触感敏锐的中国"珍珠王"——沈志荣是最早意识到这一历史性变化的，他创造了珍珠霜产品，并以一个响彻中华大地的品牌——欧诗漫搭建起了一条让亿万普通中国人"向美而奋进"的道路……这就是我们今天看到的"欧诗漫之路"。

"美"成了欧诗漫之路的核心话语和所有行为的起点与终极目标。

那天，我专程到了沈志荣的珍珠发迹地——雷甸水产村。这个紧靠运河的村庄，今天已经是当地有名的"美丽乡村"了，村干部骄傲地带我一一参观了他们的几个村民别墅楼群与公寓新楼，而且无不自豪地告诉我这里是"中国淡水珍珠的发源地"，也是沈志荣他们欧诗漫的起家地。水产村的"珍珠村史馆"几乎就是沈志荣的事迹馆，包括现在的村委会办公楼在内的许多建筑，都是沈志荣当年创业时留下的。虽然我知道在"转制"时村民们太伤了他沈志荣的心，然而今天的水产村村民们没有忘记他，依然在谈论他的功绩——"没有沈志荣，就没有水产村的今天，更没有我们的好日子。"

"历史的共识"，只有在一定的历史阶段后才会被定论。水产村的百姓从半个世纪的变迁和亲身感受中，终于明白了沈志荣和他的珍珠给他们村庄和后代的命运带来了什么。

"美和幸福。"我问村庄的几个普通百姓时，他们笑呵呵地告诉我。

"那你们当初为什么对沈志荣做出了很差劲的事儿？"

"农民嘛，就是目光短浅！我们做错了，而且很后悔，很对不住沈老板……"村民这样反省和后悔，其实这种想法已经有很长时间了，而且如今村庄里竖起的许多新标识——"珍珠村""中国珍珠之乡"等都已经说明他们充分认可了沈志荣的贡献。

"沈志荣他还是我们的村民，我们一直与其他村民同等对待他……"村干部这样说，脸上泛起的表情应该是真诚的。

农民们所能表达的也许就这些了。我把在水产村看到的现状讲给沈志荣听时，他的表情很复杂，只是长叹了一声，没有说什么，目光向雷甸水产村的方向凝视了许久……

我看见他的眼里闪着泪花。

这是一个有爱的人，一个被刺痛和伤害过却仍有爱的人，一个已经超脱了某种低级趣味的有了大爱的人。

其实，世界上所有想美、爱美的人，内心都有一份强烈和炽热的爱。爱美的人首先一定是个有爱的人，追求美的过程就是爱的过程，只是人们会说这样的追求是为了自己个人的美。没错，人类之所以有爱、能爱、想爱，首先是对自己的爱，有了爱自己的心，才会去爱他人，甚至有爱他人超过爱自己的心与行为。一个不爱自己的人，怎么可能会懂得和明白去爱他人的意义和重要性呢？

爱美本身是纯洁和高贵的，不管你是贫贱者还是富有者，爱美在一个人的内心都是如此。让他人享受美的愉悦和幸福，是更高层次的爱美行为；用实实在在的高品质的产品去为他人实现爱美目标，是更加高级的一种爱美行为——不管这是商业行为还是施舍行为，你必须具有那种让所有爱美之人能够实现真正的美并从中获得幸福感的终极目标。

"为美而生"，沈志荣和他创建的欧诗漫正是因这样的一种有伦理精神标准和商业道德标准的行为，才能够在今天获得誉满神州的结果。

老实说，我是一个不怎么爱美的人，因为我觉得美本身是先天的，故而不太相信还有什么"药物"，更不用说某种"化妆品"能够让自己美起来，但沈志荣和他的欧诗漫让我改变了观点。

"你不用靠我们的宣传来影响你的判断。你可以看看我的脸色，看看我们之间的脸色的差异，你再看看杨安全的脸——那本来也有不少斑点，但现在没有了……"在采访沈志荣时，时间长了我们什么话题都可以说开，所以也就会"硬碰硬"谈及一些商业核心问题：珍珠粉和珍珠霜对人的美和健康到底能带来多少变化之类的。

这个时候，沈志荣是放松、自然和坦诚的，我们之间的交流也不会是客户与卖主之间的对话。他完全用的是"信不信由你""任凭风波乍起，我坦然笑迎"的风度来告诉我，他的"欧诗漫"是一点不假的真货。

我被他说服了，带着一些欧诗漫产品，准备进行一次"爱美"的旅程——每天吃两次珍珠粉胶囊，外加每晚睡前在脸上贴一块"珍珠清雅亮采水面膜"……以如此简单的方式坚持了约十天，我的家人突然惊奇地问我："你使啥魔术了？脸咋变白净了？"

"真的？"

"真的！"

"哈哈，欧诗漫没骗我！"我笑言道。其实，从第六七天时，我就已经发现了自己脸上的某种变化……

欧诗漫就是这样慢慢让消费者相信它的"魔力"的。杨安全鼓励我说："你再坚持 3 个月左右，一定会有更好的效果。"

这，我相信。

但我更对跟随了沈志荣 10 年、20 年甚至更长时间的欧诗漫人为什么能够对欧诗漫保持如此长久的"钟爱不变"感兴趣。因为这才是沈志荣的"珍珠"秘诀的关键所在。

有一档年轻人比较喜欢看的真人秀《女儿们的恋爱》，随着节目的播出，明星们在用的一款化妆品"小白灯"随之受到追捧，在市场上立即火爆起来。后来人们发现，"小白灯"其实在化妆品市场上已经有五六年的火爆效应了。而这，正是沈志荣及欧诗漫在"爱美"行动中

欧诗漫珍珠白净透润白精华液（小白灯）

推出的"珍珠白系列"之一的产品，连续 8 年蝉联美白品类"TOP1"（化妆品行业），其口碑誉满神州。

"小白灯"珍珠化妆品，像欧诗漫其他产品一样，外观高雅，品质极佳，加之还有辅助"补美"的一些"特惠"产品，特别受到女性消费者的宠爱。仅从这样一款小小产品的设计与定价（市场价 218 元），就足可以看出沈志荣和他的欧诗漫的施美"匠心"——对一个商家来说，为他人之"爱美"，就是施美行为。

从创办欧诗漫后，在某种意义上而论，沈志荣已经是一个商人了，然而他的骨子里和本质上仍然是位心中拥有共产党崇高理念与信仰的人民干部，他的那份为大众、为百姓服务的初心从未改变过。所以当年即使与村里"闹翻"，最后他依然选择了"舍家"——把创业留下的巨额有形资产（如厂房、办公楼等）全部无偿给了村里。至于他给德清留下的无形资产更无须多说，仅当年一次《同一首歌》活动，就让德清一夜之间扬名天下，由此延伸的影响力至今仍在发酵。我们当然知道，欧诗漫和珍珠现今早已成了德清的一张光彩夺目的名片。

"我们有欧诗漫！"去过德清的人，在听当地人夸过"我们有莫干山"之后，一般就是这句话了。

欧诗漫自然就是沈志荣的代名词。

走过53年"珍珠之路"的沈志荣，在2019年有两件事在他的内心起过波澜。一是在大连举行的夏季达沃斯论坛，在那个举世瞩目的论坛会上，沈志荣做了题为《匠心制造50年》的演讲，向中外嘉宾介绍了自己和欧诗漫半个世纪中从事珍珠事业的拳拳之心和科学精神，引起与会者的广泛关注。另一件事是10月24日，由工业和信息化部指导，中国工业经济联合会和中国企业联合会、浙江省有关部门在杭州萧山联合举行的第十五届中国工业论坛首届创新工匠高峰论坛上，沈志荣被评为"全国十大创新工匠"。前者，再一次证明沈志荣和欧诗漫已经被全球所瞩目并产生巨大影响力；后者的这类荣誉在过去的半个多世纪里沈志荣接受过无数次，但是他在乎"创新工匠"这四个字，因为这四个字体现了他沈志荣为人处世及欧诗漫的本质精神，也正是这种"创新工匠"精神，他和欧诗漫才稳健地走过了半个世纪。

把欧诗漫打造成驰名世界的"百年老店"口号是沈志荣在这时提出的，他以为到了时候：一则自己年逾古稀，两个儿子及他们身边的骨干团队已经成熟，很多事情他已经"放手"了；二则他一手创建的中国珍珠产业和欧诗漫已经快速而健康地走过半个多世纪，其利惠及亿万爱美的大众。从历史的长河看，"为美而生"的中国珍珠业及欧诗漫产业其实才刚刚起步，"百年老店"是个必须走的"时间点"，有了百年，才可能有千年……古人发现珍珠是宝的历史和使用珍珠的历史其实早已是千年了，只是为人类的"美"而使用珍珠、开发珍珠的历史比较短，如果在中国，也仅仅是改革开放后的人民生活富裕起来的这几十年而已。几十年，对一个人来说，可能是一生，而对一个产业、一颗珍珠来说，则仅仅是起步，未来的前景和路途还很遥远。沈志荣清醒地意识到这一点，所以他立志要把欧诗漫打造成"百年老店"，这是他的一个夙愿。

美是什么？哲学家说，它是指能引起人们美感的客观事物的一种共同的本质属性。而普通人则这样认为，它是人用于心理需要满足时的感叹和对满足心理需要的对象的肯定性评价。其实"美"是人内心那份爱的外溢认知，也就是说，一个人内心有了爱，他就会对身边和世界上的事物产生美感。50多年前，沈志荣搞珍珠培育，他为的是让村上的人能够过上好日子，这是他对父老乡亲们以及亲人们的爱；若干年后，他搞欧诗漫，为的是让千千万万的爱美之人能够用上有利于人体健康的珍珠粉，这同样是爱，更广阔的爱，更深远的爱——尽管这种爱通过商业渠道在实施，然而它始终渗透和倾注了沈志荣最开始的那份"让他人健康而美丽"的心愿，这是他的初心。

这份初心支撑了他半个多世纪。如果说欧诗漫能一直保持着旺盛的生命力并受到广大消费者的认可与喜爱，它的"硬核"之处除了科技之外，还有的就是掌舵人沈志荣的这份永不变淡的"大爱"——为他人之美而奋斗的精神。

"大家开始也并不是很理解他的执着，特别是在前十来年，房地产正值疯长期，有点钱，批块地，没有不赚的。多少人劝他是不是转型搞房地产，或者拿出部分精力和财力去圈块地做地产生意，但他坚决不做，相反倾全公司之力，搞了现在这个珍珠生物园区……"两个儿子在谈及父亲的经营之道时，这样感叹道，"他很执着，认准的事不会动摇；也有很强的前瞻意识，所做出的决策总是让我们年青一代感到有种奋进的冲动。"

"他就是个大家长，他把对珍珠的炽热与爱，也用在了他一手建起的欧诗漫这个团队上，让我们这些从全国各地聚集到他身边的人都感到家一样的温暖和幸福……"副总经理杨安全说此话时，双眼饱含泪光。

后来我听说，杨安全是欧诗漫团队中无数被沈志荣当作自己子女一般呵护过来的非德清籍人之一，也是集团中从一名普通"打工仔"成长为公司高管的佼佼者。

"其实，我们的成长之路，好比是一颗小珍珠的孕育，因为遇见了董事长，所以才有了闪闪发光的可能与机会。"杨安全说。

世界虽大，但有些事情就很巧合。1997 年从原陕西西安工程学院毕业的杨安全，原本被分配到我过去曾经工作过的部队（1983 年大裁军后集体转业归给了地方）——四川江油九〇九水文地质大队。杨安全的老家在四川广元的苍溪山区，他是当地考上大学的"零"的突破者，所以很在乎上大学的声誉和大学毕业后的工作。偏偏，那几年他所学的地质行业不景气，能够分配到一个"国企"单位是件幸事了。但因为欧诗漫的出现，杨安全"误入歧途"，到了一个远离他家乡和母校的地方——浙江德清，成为一家村办企业的"打工仔"。

"开始我一直不敢跟家里人说，更不好意思对大学同学们说……但没过几年，我露出'真相'，说在欧诗漫工作时，大家都感到惊奇和惊喜，甚至十分羡慕。"杨安全说。

20 多年前，一位大学生放弃城市工作，到一家村办企业工作，这绝对没那么容易。更何况，当时的欧诗漫还处在创业的初始阶段，仍像漂荡在商海上的一叶小舟，远没有后来那般名扬天下的名声。

"但就是在这个时候，我们的董事长就已经让我非常折服和敬佩了，一两次见面，我就把一生寄托在他和他的珍珠事业上……"杨安全如此深情地回忆起他随沈志荣走上"珍珠之路"的往事——

1996 年年末，在已经有些寒冷的西安，"人才招聘会"现场气氛倒很是热闹。作为应届毕业生的杨安全第一次与社会接触，在走进招聘会现场时，他就有些"头晕"，因为根本看不到什么单位才是自己真正想去的地方。怀揣的地质专业毕业证书，在当时的社会环境下，基本上属于无人问津的"多余货色"。好在杨安全所在学校"机灵"了一下，大二时就给学生们开设了当时很热门的"经济信息管理""财会""计算机"等专业课程。杨安全在招聘时用上它，竟然让他"碰上了好运"：他被前来西安招聘的浙江德清县招聘单位看中，并将相关档案信息资料调到了县人事局……

"这个学生不错，能给我们吗？"就在这一天，欧诗漫董事长沈志荣带着自己公司的两个工作人员一起来到了县人事局。他从人事局的人手中看到了杨安全的材料，其中有一项内容让沈志荣"心动"：杨安全是"预备党员"。

作为村党支部书记的沈志荣很看重"大学生党员"这一身份。"这样的学生至少思想品德是可靠的，他还是班干部，学习成绩肯定也不会差！我要了！"求贤若渴的沈志荣当场向人事部门要过杨安全的材料和联系方式。

"你老沈要，我们肯定开绿灯。"县人事局的工作人员二话没说，因为那个时候沈志荣和欧诗漫在德清已经是名声显赫的老典型和著名企业了。

"德清欧诗漫？"第二天，杨安全就接到一个自称是欧诗漫员工的人给他打电话，说他们的董事长想见见他，并想聘请杨安全到他们企业工作，问杨安全有没有兴趣。

"德清在什么地方，欧诗漫是什么样的企业，当时我脑子里没有一点儿概念，只想象得出那儿应该离大海比较近，因为江浙不都是'沿海'地区嘛！以前也从来没有去过沿海地区，所以对沿海地区格外向往。"杨安全说，"又听对方说，可以让我先去德清看看，如果觉得可以，就留下，如果不满意也可以回西安，来回路费欧诗漫出……最后一句话对我这样一个一直在西部生活和学习的小青年来说，非常有诱惑力，所以我就答应来一趟德清。"

"这一走，就把自己一生交给了德清这块土地，交给了珍珠事业……"杨安全感叹道。

20多年前的德清县城远不像今天这么精致与美丽。"感觉就是个小县城，但我一下火车，就感到欧诗漫的温暖：他们派了一辆'桑塔纳'来接的……"初出家门的杨安全，第一次享受有专车接站的待遇，有些受宠若惊，"到了雷甸的欧诗漫公司驻地后，他们就把我安排到'欧诗漫大酒店'的贵宾房间，那是个套间，我也是第一次住那么大的房间，感觉太豪华了！而且桌子上还有水果……"对这个细节，杨安全记了一辈子。

"套房"和"桌子上有水果"这两个细节，在当时对一个西部来的学生而言，其内心的冲击是巨大的。杨安全第一次感觉有人把他当作"贵客"相待，而且是在远离母校及亲人的异乡。

"第二天董事长就亲自来跟我谈话，这对我来说，又是很意外的。因为到了德清我才知道，欧诗漫和沈志荣董事长在当地已经是大名鼎鼎的大企业和著名人物了。他竟然为我一个小小大学生的录用亲自到房间来跟我讲了两个多小时，并且非常直率地向我介绍相关情况。头一句话就说他们是村办企业，现在的企业员工基本上是清一色的农民，没有多少文化。前些年他们的珍珠产品属于卖方市场，不用费什么心思就能卖出去。但现在搞珍珠的地方多了，变成了买方市场，所以必须要提高企业的人员素质，也因此他们准备引进像我这样的大学生。沈董事长当时就告诉我，在之前的两年，公司也已经有过大学生了，并说看了我的材料，对我有两点特满意：一是农村出来的大学生；二是党员……"杨安全说这话时笑了。

"是，我很在乎这两点。一是觉得农村出去念书的孩子实在，二是学生党员在思想品德方面把握得住。我们是村办企业，要人的标准'才'是一方面，更在意'德'，德才兼备是根本。小杨这孩子具备这两点，所以我对招聘来的他很满意。"过了20多年后的今天，沈志荣十分欣慰当初自己没"看偏眼"。

"董事长当时跟我说了很多话，其中有一句我一直记着。他说他一辈子喜欢上珍珠，就是感觉珍珠虽小，可它包容着一个大世界，这个世界就是人类的历史，因为人类的历史其实从来就没有离开过珍珠，而珍珠又对人的生命至关重要，所以说，他干的是'小珍珠'的活，其实也是在为'大世界'做点有益的事。董事长的这些话，对我永远跟随他起到了决定性作用。他那么爱珍珠，爱欧诗漫事业，就是因为他内心有一份爱这个世界的心……"杨安全点出了沈志荣的人生境界，也点出了珍珠的本质。

创造"美"去爱这个世界，去爱所有人，是他沈志荣的追求，也是他珍珠情结的精神内核。几十年来，欧诗漫的那些消费者就是通过珍珠产品这一媒介，获得了中国珍珠王的这份真诚与真切的爱。而欧诗漫的万千员工们所获得的这份爱更如春风化雨般滋润与温暖……

不是所有外表看去"气壮山河""英雄盖世"的大企业家们都能给予其员工一个家的感觉的，但在沈志荣这里，杨安全等一大批"同乡近邻""远道而来"的员工们却获得了这种家的感觉。

在我和当地政府领导交流的过程中，都说杨安全是沈志荣的第三个儿子，当我询问杨安全时，他笑而不语，我知道这是默认了。当我询问沈志荣本人时，他说不仅是小杨，还有公司青年员工，甚至合作多年的合肥代理商刘锋等等，也都认我这个老爷子。

是的，杨安全这样一个外籍大学生远离家乡到浙江德清一个村办企业工作，不得不说会遇到各式各样的事，比如找对象、谈恋爱这等年轻人必然碰到的问题如何解决，沈志荣就像管理和开发他的珍珠产品一样对待，而且许多像杨安全这样的外地青年后来在德清成家立业的事，几乎都是沈志荣一手操办的。"他在当地有影响，所以他给大家牵线搭桥的事容易成功，而且满意度还高。很多人是冲着欧诗漫企业的牌子，再就是董事长的面子很大，大家都相信他……"杨安全道出了其中的奥秘。

杨安全后来当了沈志荣的"大秘"，负责协助董事长和欧诗漫企业对内对外的各种"公共关系"以及协调集团公司内部的行政事务，在沈志荣身边前前后后干了十多年。"1997年我到欧诗漫时，我们的企业实际上已经很牛了，董事长也早已是行业内呼风唤雨的人物，但他一直保持着农民的朴素作风与性格，我们俩出差，董事长从不讲排场，乘飞机坐的是普通的经济舱，睡觉我们两个人在一个标准间……"杨安全说，"但我的体会是，他作为欧诗漫集团的'大家长'，对我们年轻人最大的爱护就是不遗余力地帮助你搭平台，给你锻炼和成长的各种机会与可能，碰到事情时像山一样给你撑腰，这是我们这些跟着他成长和成熟起来的新欧诗漫人体会最深的一点。"

　　我们听过很多关于民营企业家的"霸道"与"自私"之举，也知晓许多有能力、有才干的人纷纷"逃离狼窝"，然而在欧诗漫有个现象令我格外好奇：这里的员工都很"老"了，他们在公司干了少则几年，多则十几年，甚至二十几年。欧诗漫是个消费产品的企业，这样的行业中员工流动性是非常大的，然而欧诗漫为何不是呢？

　　我想探究其因。

　　许成，2000届法律专业大学毕业生，如今也在欧诗漫工作近20年了。他接了杨安全的班，后来也成了沈志荣的"大秘"。许成的老家也在四川，也是在西安上的大学，用他自己的话说，他是被杨安全"骗"到欧诗漫的。来到德清后，许成下决心留在沈志荣的企业的理由与杨安全几乎一样：一是沈志荣这人太把他这样的西部地区的穷孩子当回事了！二是在这里穿上皮鞋，一个星期不擦也是铮铮亮的。"人好，环境又好，所以就留在了欧诗漫……"看起来许成的性格特好，说一句话后总是带着一串笑声。

　　看得出，许成并不像杨安全那么精明机灵，他身上有点"小文人"的气质，一般来说，这样的人不容易在领导身边干长久。但许成例外，他接杨安全班后，一直留在沈志荣身边。我问他："有没有被董事长'剀'过？"

"不少，嘿嘿……"许成又笑了，但他马上转换口气道，"其实我们从心底里喜欢他。"

"真话？"我追问。

"是的。"许成重重地点头，说，"我们从懂事开始，一直在读书，而到了社会上，董事长是我们的第一个教导者，也是跟我们在一起时间最多的一个人，跟他的接触比跟父母还要多，关系直接得多。他就像父亲一样关心和帮助我们，尤其是我们这些从外地来到德清工作的青年人，既没有工作经验，也没生活经验，靠谁帮助？靠谁带你？都是靠他董事长！"

"看来你也在这里'扎根'了？！"我的意思是许成肯定也在德清成家了。

"是。"他点头，又嘿嘿地笑着道，"我是被董事长带到勾里找的对象……"

"沟里？"

"不是那个'沟里'，是勾里，这里一个镇的地名。"

这回轮到我笑了："沈董事长又把你带到'沟里'了……"

"哈哈……要用我的话说，他就是我们的好父亲！我们在欧诗漫就有一种家的温暖，所以啥地方都不想去。这里一切都很好，很满足。"许成说完这话，又特意强调，"我喜欢德清和欧诗漫，它们都不算大，但都很精致、很温暖，足够装下一个令我们感到幸福和温暖的世界。"

"它不大，但装下了一个很精致、很温暖的世界。"这大概是数以万计的欧诗漫人对沈志荣董事长及欧诗漫的最好评价。这话说得实在，又很贴心，也非常精准地显示了沈志荣的"珍珠"本质和精神风采。

在这个世界上，让人说好，让团队的人普遍说好，尤其让年轻人说好并不那么容易。沈志荣在欧诗漫数以万计的员工中受到关于"好"

的评价，我做过粗略估算，绝对数在 95% 以上。这个数字远超出那些著名大企业员工对自己"老板"的正面评价。

在我到欧诗漫采访之前，就关注到这个集团公司的营销团队——它是散布在全国各地的一支非常活跃又相当有素质的年轻队伍，且人数巨大，如果算上柜台前的客户导购人员，销售公司总经理沈国宏给出的人数是约在四五万人以上。我看过欧诗漫"美丽新干线"公众号上的一些视频和"欧诗漫头条"新闻，要说欧诗漫最引人注目的队伍就是这个群体了，她们（多数是年轻的女性）活泼可爱、美丽漂亮、能说会道又得体优雅，是推销和宣传欧诗漫最有力的团队。她们的能力如何，她们的成与败，决定了欧诗漫的市场效益和企业命运。这类队伍往往非常不稳定，人员流动性最强，然而欧诗漫例外。"我们的一线销售员虽然也有年平均 10% 左右的流动，但这在同行业中算是流动比例最小的了。"沈国宏说，"如果再把销售环节的中间代理商算上，在同行业中就业务人员的稳定性而言，我们可以毫不夸张地讲是最棒的企业！欧诗漫现在的代理商都是十几年前企业大发展的 2007、2008 和 2009 年与我们开始合作的，至今仍然联结成牢不可破的销售同盟战线……"

沈国宏是欧诗漫集团中为数不多的几个"老资格"的德清本地人，是沈志荣大儿子的"铁哥们儿"，当年与沈伟新一起闯荡东北、为建立全国分公司制立下汗马功劳的公司重要骨干之一。沈国宏说，在化妆品销售行业，一般一线的销售员，三五年不走是极少有的，而在欧诗漫，10 年、20 年继续留在公司里的大有人在。"我总结了最重要的一点，那就是我们的沈志荣董事长人情味浓。"沈国宏说，"讲人情味，是我们董事长兴业和留人的根本点。他不是没有脾气的人，他甚至还是个急脾气的人，但他对自己的员工，对我们给予的是如父亲般的严与爱。从他待人处世的日常中，即使是在处理非常严厉的事情时，你真正感受到的也是爱，父亲般的爱……有了这份父爱，谁还不真心实意、死心塌地地为欧诗漫干？"

"他的所作所为，也影响了我们日常工作和生活的所作所为，大家都变得有人情味了……这就是欧诗漫的企业文化，它是由沈志荣董事长的思想和理念铸造出的珍珠一般的精神与作风，然后我们这些骨干跟着学了过来，又形成了一颗颗'珍珠'，然后再延伸到生产部门、科研部门，一直到销售前线的最末端环节。如此串联在一起，就形成了欧诗漫牢不可破的、光彩夺目的、大大的一串'珍珠'项链……"沈国宏用自己 20 多年与欧诗漫同呼吸、共命运的真切体会，激情地为我们串联起了沈志荣打造的这条"欧诗漫珍珠项链"，令人顿悟，耳目一新。

许伟荣是欧诗漫集团除沈志荣外资格最老的高管之一，现任集团副董事长，也是公司的第二大股东。1984 年他到当时沈志荣创建的雷甸水产大队珍珠层粉厂工作，从此就一直跟随沈志荣驰骋珍珠界。他这样评价沈志荣："他就是这样一颗珍珠：放在蚌壳内，你见不到它的光艳，也不知其好在何处；当你打开蚌壳，它就有了光艳，它就成了珍宝。珍珠，其实是因为人发现了它，科学利用了它，才成了宝贝。沈志荣董事长则是因为德清这里的水和土地滋养了他，改革开放的'活水'润泽了他，所以他自己也慢慢炼成了一颗宝贵的珍珠……他又通过自己的不懈奋斗与努力，把珍珠的精神传导给了企业，传导给了我们所有欧诗漫人。"

"是，我觉得董事长就是用他那珍珠般的心灵和精神把我们这些人也打造成了珍珠一样的人，这些能为他人发光，能给他人带来温润、美丽和爱的珍珠，串在一起就是一串光彩照人的项链……"培训部部长任美芝一直是我想采访的人，这位长沙姑娘（她说她早已不是姑娘了），年轻漂亮，又利索能干，是引领和培养欧诗漫销售一线人员的"总教头"。在谈及董事长沈志荣时，她如此说。

"在公司里大家都叫我'阿美'，或者'美美'，其实我过去的脸色肌肤并不好看……"初次见面时，任美芝有些不好意思地说了这句开场白。

"用了欧诗漫就变漂亮了？！"我觉得欧诗漫的每个人都会不自觉地做广告。

"是这样。"任美芝直言道，"过去我的皮肤比较黑，也不光滑，就是坚持用了我们欧诗漫的产品后完全改变了，信不信由你，我的孩子现在皮肤好得像洋娃娃似的，有人甚至怀疑是不是我生的呢！哈哈……"她自己笑开了。这件事我听沈志荣说过，在任美芝这里得到了证实。

"真有这样的奇效？"

"确实。"任美芝肯定道，"我们董事长一直这样对我们说，如果欧诗漫产品连自己的员工都没感觉到它好，不知道它到底好到什么程度，那就证明它一定有问题。所以他提出，欧诗漫公司的员工一定要用自己的产品，要让产品首先在我们公司员工自己身上起作用，这样员工才能对我们的产品有自信，产品也才能销售得好！我非常同意这个理念，我们欧诗漫销售人员为什么那么稳定，那么有自信，产品一直以来那么受人欢迎，其奥秘也在于此。因为我们用自己的改变，用我们的美，去引导消费者使用和购买我们的产品……"

"自享，共享，分享——欧诗漫销售人员秉持的就是这个理念，用珍珠的品质去做珍珠的生意，用珍珠的精神去感化广大消费者，这就是董事长教我的一套最关键的培训理念。"任美芝向我掏出她的"王牌"秘诀。

"首先是安全的，然后是有效的，最后是持久可靠的……董事长也是用他这种研究珍珠、发现珍珠、利用珍珠的科学精神，来教导和要求我们这样向普通消费者推介欧诗漫产品的。我认为在商业界很少有人能够做到这一点，或许只有亲手培育出了珍珠和对珍珠品质研究特别深刻的沈董事长这样的人才有可能做到。"任美芝以其近 20 年在欧诗漫营销一线的深切体会说出了一个欧诗漫能够与众不同、出类拔萃的根本点。

用我的话说，它仍应是珍珠的品质。而珍珠其实是有温润之气韵的，它既有光芒四射的美丽，更有温暖人心的生命之精华。

呵，小小珍珠，包容了大千世界，因为这个世界再没有比人的生命和心灵世界更多彩的了。沈志荣，你缔造的欧诗漫，就是这样的一个世界。所以，我们有理由说你就是一颗珍珠，一颗闪耀着伟大民族精神的珍珠，一颗值得我们骄傲的中国珍珠之王！

这颗珍珠正在放射无限光芒。这颗珍珠必将永远放射光芒……

# 尾声

## 他的"珍珠世界"

人世间的事，变幻莫测，是人所不能真正掌控的。难道不是吗？比如今年发生的"新冠肺炎"疫情，如此肆虐全球，改变世界……

人类一直认为自己很聪明，而人类确实也很聪明，聪明至极，在地球上不会有更聪明的物种能与人类相提并论。然而，聪明的人类不一定就是最强大的物种。有些自然物种，是自然给予了它永恒的光芒与质地，它们的精神和自身本属于纯粹的高贵和极致。珍珠或许就是其中之一，因为它自被人所发现并利用之后，便始终保持和呈现了它应有的本色与光芒。这也许就是人类千百年来一直那么喜欢它、爱慕它，甚至将它一起融入自己的生命之体的原因，而且有些人即便进入"天国"，仍念念不忘将其佩戴于冰冷的身躯上。

这是珍珠至高无上的荣光，因为它实际上在精神和品质上胜过了人类——那种永恒的光与质地总是让人类中的智者对其敬畏，并融入自己的人生旅途。

沈志荣属于这样的少数的人类智者，因为真正能够理解和感悟出珍珠精神和质地光芒者并不多，爱上并且融进自己生命之中的人更少。沈志荣当算一位。

人世万物间有些惊人之处，有的时候不能简单地用地位和身份去衡量。特别是对一些事物的看法与判断，民间有不少伟人和智者，他们脚踩大地，平生无伟绩，然而他们对这个世界的认识很高远，也很睿智，懂得与知晓什么是真正的宝贵的东西，什么应该舍，什么应该存……在珍珠领域，沈志荣这样的人在中国恐怕找不出第二位了，因为至今没有哪位珍珠专家比他从事养殖和研究珍珠的时间更长，涉及和管理的面更宽，市场运作得更精致与到位。称他为"中国珍珠王"，恐怕不会有第二个站出来与他比肩。

但这仅仅能算表面上对沈志荣的了解。因为沈志荣不仅是个"养珍珠"的，也不仅仅是个加工生产"珍珠霜"的，更不是仅仅靠"欧诗漫"与洋化妆品、与国内其他"美妆"产业的大佬们比拼的企业家，他其实是个理想主义者——珍珠事业的理想主义者。他热爱生他养他的德清大地，并且对这块养育了他也养育了珍珠的大地有着深厚的感情。在他思想里，德清必须牢牢地、一代又一代地把"珍珠"的文章做成经典，并永远地流传下去，直到天荒地老。

在最近的一次采访中，沈志荣对我说了一句话："真想不到一晃就到了七十有余的年岁！可我的心还是相当年轻，就像当年刚刚搞珍珠一样。没想到日子会走得这么快……"说这话时，可以感觉到他思想深处有一份忧虑和感叹。

"其实沈董事长看上去很年轻，与你的同龄人相比，要年轻不少，气色更是好得多！"我这样对他说，并非奉承。其实七十多岁的他，确实看上去脸色红润、身板硬朗，走路与动作也就五十多岁的样儿。

我意识到，沈志荣并没有接我的话茬，而且似乎也没有去深层地理会我的话意。他只是颇为感慨地向窗外的那颗硕大的"珍珠"凝望了许久，说："许多人并不理解我为什么要花上亿元钱搞个'珍珠博物院'，甚至反对在欧诗漫新总部大门竖那颗大'珍珠'……他们哪里知道，我做珍珠、养珍珠，并非为了纯粹地做生意。生意当然要做，不做就无法实现我的珍珠事业。但珍珠生意是有限的，即便欧诗漫成了'百年老店'，估计它也难成'千年老店'。可中国的珍珠历史和珍珠辉煌是千秋功业、万载传世的事业。中国的珍珠要成为千秋万载大业，靠哪个地方、哪些人去做？我看唯有德清，唯有我们这些从事珍珠事业的德清人……"

沈志荣的话其实已经说得很清楚：中国珍珠大业，离不开德清这块土地，因为这里的水和漾最适合人工珍珠养殖与培育；因为这里古有叶金扬，今有他沈志荣这样痴心于珍珠、娴熟于珍珠养殖的人。是的，多数人养珍珠、育珍珠，是为了生计和生活，沈志荣不是，虽然开始他也必须朝着"效益"去努力、去把欧诗漫产业"最大化"，然而他心头最终的愿望就是要让珍珠在德清、在中国大地上永远闪闪发光。这发光有两层含义：一是珍珠本身要为人们的生活和健康服务，为社会发展贡献力量；二是人类要发扬珍珠质地的精神和闪耀它的光芒。可以说，前者是物质层面的珍珠对人类的贡献，后者则是精神层面的贡献，两者组成了珍珠的品质意义。现在，或者说越到年长之后的沈志荣心目中，他的"珍珠观"渐渐在发生变化。虽然他依然每天十分重视和关注着欧诗漫的每一个产品和市场的晴雨表，但事实上他在许多时候已经非常看淡"赚钱"的事了——赚钱的事儿，他基本都交给两个能干的儿子了，他如今心头占据最多的事情是如何将德清珍珠、将中国珍珠事业的根扎牢固，把珍珠的精神实实在在地传承下去。而这，又是"砸"钱的事，通常不被人看好。

"我不仅在欧诗漫总部大门口设了一颗硕大的珍珠，而且要它昼夜发光、闪闪发光，目的是强化我们欧诗漫人的珍珠意识，就是你要热爱珍珠、爱惜珍珠、崇尚珍珠，要把珍珠嵌入到你的日常生活和工作中去，做个了解熟悉珍珠和配得上珍珠品质的员工……"那天，我们在总部主楼的顶层畅谈，沈志荣指着头顶的又一颗硕大的"珍珠"说："我们这楼在德清开发区内是最高的楼宇，这么高的地方再垒嵌一颗十里八乡都能望得见、看得到的大珍珠，也是想让德清人有种'珍珠之乡'的意识，并为之骄傲。不是为了让大家知道今天的欧诗漫，而是要让大家想着我们德清明天的珍珠业……"

瞧，这就是沈志荣内心的那个波澜壮阔的"珍珠世界"——它壮美而又充满旋律，它激情而又坚韧恒固，它丰富而又灵动多彩。自然，它的根本是在于一种根植于沈志荣内心的中国画面和中国精神。

走进他亲自设计、亲自布置和亲自筹资过亿元打造的世界最大的珍珠博物院，你就会领略到沈志荣所有想体现的心思了：这里是珍珠世界史，这里更是珍珠中国史，也是珍珠德清史和他沈志荣的珍珠史。你可以在这里学到和懂得什么叫"珍珠"和世界上最好的珍珠是什么。其实，每一个人都可以在此获得相关的珍珠知识，而一次又一次参观过后，我在这里看到的越发不是珍珠本身，而是从事珍珠业的人。当然，这个最闪耀光芒的人，就是他沈志荣。

并非刻意奉承。细想一下：假如德清和中国没有沈志荣，那么当代世界珍珠史是不是就有中国的篇章？是不是中国还会是珍珠大国？是不是"珍珠之乡"还会与德清有关？答案是显而易见的。然而，沈志荣的 53 年努力，把一个即将失去的事实拉了回来，变成了今天的现实！仅此份功劳，足可以让沈志荣名载千秋。

现在，沈志荣建起的"珍珠博物院"，以及在他故乡雷甸和小山寺等地建起的一个又一个珍珠文化地标建筑，已经牢牢地将德清珍珠概念镌刻在这块美丽的大地上，而且越发光亮、越发充满魅力。

这是沈志荣所期待的。他的目光现在比任何时候都看得远，看得高，看得深刻……

2020 年开启之时，注定也掀开了人类历史上的一段不平静的风云岁月。

临近春节时，沈志荣带着老夫人和二儿子一家到海南岛度假。刚到那儿，一场突如其来的"新冠肺炎"疫情席卷全国。

春节那天刚起床不久，一直在关注疫情发展的沈志荣有些焦躁不安了。他对二儿子沈伟良说："看来这股疫情有些不同以往，你要趁早回德清了，否则可能回不去了！武汉已经'封城'，其他许多地方也都会严控的。我们的产品和市场不能断了线……更不能没人管！"

"爸，我跟您想的一样，昨晚半夜里我就想要回去了。您现在这么一说，我就马上可以准备走了！"儿子与老子的心如此相通，这是他们多年来形成的一种默契。

正月初三（1月27日）那天，负责欧诗漫生产和销售的沈伟良火速回到德清，坐在办公室里和在家值班的哥哥等一起，立即开始与回到各地的员工们进行联系，敦促他们在做好自己的防疫工作同时，重要骨干能够回到公司……这是一场与疫情抢时间的特殊战斗，同样也是为欧诗漫在疫情中抢夺主动权的殊死决战！

"沈总，我报到来了！"

"啊，是余本新啊！你赶回来了！好！太好了！"沈伟良抬头一看，是家在湖北的设计总监余本新出现在他的面前，这兴奋劲儿别提了！

因为按照父亲的指令，沈伟良也才刚刚回到"欧诗漫"总部办公室，他的心情仍在忐忑不安之中。几小时前他从机场到德清，再到自己公司所在的"欧诗漫珍珠小镇"，这一路的情形让沈伟良内心充满了巨大的空荡之感：昔日热热闹闹、熙熙攘攘的人都到哪儿去了嘛！

疫情下的人间确实挺吓人的。而从大年三十到春节假期这几天恰恰又是武汉疫情最混乱和严重的时刻，全国一片惊恐，杭州附近和小县城德清同样紧张万分，所有的人都异常惊恐地"宅"在家里，唯恐病毒袭击到自己……这一幕会让习惯了忙忙碌碌的世界瞬间改变颜色。平日指挥千军万马的沈伟良自然对这种强烈的反差在心头莫名地产生一种恐惧和不祥之感。

"你是怎么出来的？"沈伟良一边请自己的得力助手坐下，一边关切地问道，"你身体没事吧？"

"没事！"余本新拍拍自己的身板，说，"我年前从这里回到自己老家，武汉那边的疫情好像还没有往周边市县扩散，但也开始紧张了！这不，你和董事长一声令下，我立即背起行囊就往这边跑。刚出省境半小时，湖北全省就严出严进了……"

"妙！"沈伟良握起右拳头，当着助手的面，挥舞起来，道，"你先主动隔离几天，观察一下身体。同时，想一想下一步如何在疫情之下重启我们的销售网络……"

"好的。这一路上我也一直在思考：疫情如此严重，人们谁都不敢出门的情况下，我们的门店销售必然受到极大的打击。但同时大家都'宅'在家里，恰恰又给我们网上销售提供了一个极大的空间……"

"是啊，疫情一下将挑战和机遇同时摆在面前，我们得好好研究对策。"沈伟良说这话时，一脸严峻，"到底如何做，我马上与哥哥等其他董事一起商议后，再向董事长请教。"

庚子年的春天，这场谁也没有料到的疫情，影响之大、范围之大、时间之长，史无前例。沈志荣先生告诉我，他人在海南，耳闻全国、全世界，心系欧诗漫和它的市场变化，每天都要向公司总部和董事会发去指导意见。

"按往年，春节过后的元宵节，是我们产品的一个销售热点；过了元宵节，马上就是'情人节'，这又是我们化妆产品的大卖时间点！但今年的形势完全变了，2月9日是元宵节，全国的疫情丝毫没有大的改观，形势仍然十分严峻。从元宵节到'情人节'，只有5天时间，而在失去春节和元宵两个销售时间点后，如果再失去'情人节'的机会，那全年的销售形势就会出现大颠覆！"沈志荣说，"说句实话，当时我们董事会里的每个人对公司面临的严峻形势，心头都极其颤动，甚至可以说大家的内心是透凉的……"

"我爸说得对。疫情来得确实太突然、太快。"沈伟良回忆道，"记得去年 12 月 31 日这一天，我们的美容科技有限公司为了迎接新一年的到来和创造新一年的销售奇迹，在公司的年度年终总结销售会上，沈国宏总经理做了题为《乘势而为，决战百亿》的主题报告，他总结和回顾了 2019 年化妆品市场经历严寒与冲击、实体店遇冷、新零售疯狂增长等种种新业态，对我们'欧诗漫'而言，可以说是'一个野蛮生长的激情岁月过去，真正的深水区正在朝我们迫近'。我们以为的'深水区'可能是由于人们生活习性的心迹而影响到了市场形态的变化，这是我们当时所想到的主要挑战。也因为这一挑战，所以我爸这个'时尚达人'这些年就特别关注网络发展且坚定地支持公司尝试展开网络销售，而且我们公司有关部门也早在 2006 年就开展网络销售并摸索出了一定的经验，取得初步收效。"

"但一跨进 2020 年，形势的变化远远超出了所有人的意料。"沈伟良的口气变了，说，"你知道我们在 2010 年提出过一个奋斗目标：再用 10 年时间，实现百亿销售！为了这个奋斗目标，我爸和我们全体欧诗漫人真的年年都在拼着干！ 2020 年是目标实现年，本来压力就已经很大了，哪想到一场疫情袭来后，整个市场完全处于瘫痪和半瘫痪状态，人都不出门了，卖东西的人怎么个卖法？卖给谁呀？当时我们下面的实体门店确实一片惊恐，不知所措。我们总部的人也在担心，担心我们花费了多少年才建立和完善的 20000 家销售门店全面陷入崩溃……"

"真是有点要命呵！"我不由得跟着一声感叹。

"可不是'有点'哟，是真要命啊！"沈伟良纠正我的说法。

"怎么办呢？"感叹何用？办法才是出路。

沈伟良笑了笑，说："好在我们公司在前一两年已经按照我爸的意见，初步建起了一套网络销售的模式，有了一定经验，也跟几个互联网平台建立了关系。为了适应疫情带来的社会生活形态，我们马上启动了以网络销售为主体的营销模式……"

"但是作为企业，并不光是销售一块，销售的后面是产品生产，

2011年，欧诗漫集团"十年百亿"战略恢宏启动

产品跟不上、没人生产，何来销售？所以我关注的是如何在疫情条件下复工的问题。这是关键一着！我们欧诗漫必须要在严控疫情的前提下，勇敢地走出复工这一步。所以元宵节一过，我马上要求总部那边组织好材料和生产车间的复工，2月10日，我们的生产车间和材料部门正式复工，这在德清地区是最早的一批……"

　　大胆出招，谨慎行动，步步为营，沈志荣在大疫面前再次显示了他的大智大勇的胆识和过人的判断力。"当时我的压力是很大很大的呀！因为年前有一家供销商，要我20万瓶产品，如果我们不能及时生产出来，一方面意味着违约，另一方面又将失去一个重要的客户市场。但疫情又是全局和全国性的，我们作为一家企业，不可能独善其身。所以疫情造成我们多方压力。怎么办？只有迎着困难往前赶，否则只能被淘汰。疫情使整个世界格局和大家的生活行为发生了巨变，好像都一下子回不到以前那个样了！但绝大多数人还活着，还要更加健康地活着，更加美丽地活着。只要大家有这份心，我们欧诗漫的天下还会是一片阳光明媚。我对此有足够的信心，因为无论世界千变万变，珍珠的光芒永远不变，它总在给人类以健康与美好。你认识到了珍珠世界里的这份光芒和美丽，你就不会为一时的阴晴圆缺而困惑、而丧失信心。我这个人就是沉浸在珍珠世界里，所以我的心头，永远光明，永远充满信心和力量！"疫情让沈志荣的内心世界更加宽阔和强大，明亮和仁爱。

他的心胸广阔，他的"珍珠世界"也在疫情的峭寒中放射异彩——

1月31日（正月初七）这一天，正处疫情严重时刻，德清的一则新闻消息传遍了千家万户："欧诗漫"董事长沈志荣和他的公司向当地红十字会捐赠300万元专项资金和100万元物资（其中沈志荣个人捐款100万元）。这消息一出，在德清当地和浙江省，乃至在全国化妆品行业都引起极大反响，许多人都对沈志荣在国家大难之际向社会释放出的善意表示了崇高敬意。

"武汉加油！中国加油！我们一定赢！"沈志荣通过视频说的这几句话，也给予了欧诗漫数万员工和德清百万民众以极大的鼓励。

2月10日，一封《战"疫"，我们一直在》的公开信在欧诗漫集团内部传扬开来：

"考验如火，正淬炼真金。面对这场生死考验，全体欧诗漫人必须坚守岗位，挺身而出。从今天开始，我们要高度紧张地投入'战备'状态，正式开启云办公的新模式。"

"我们要用心、用情地关心上下游合作伙伴……"

"我们要'营销云全面升级'。"

"我们要'小程序赋能线下'。"

"我们要更人性化的政策落地。"

"我们要……"

沈志荣和总部的一道道"战令"频频发向全国各地的每一个身处战"疫"之中的欧诗漫人。

"新冠肺炎"疫情期间欧诗漫集团捐赠

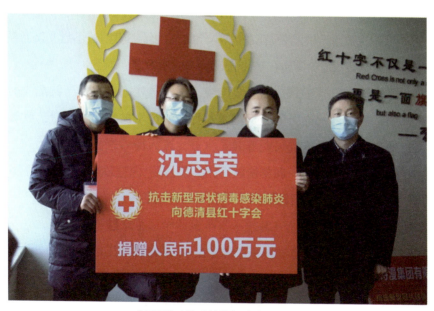

"新冠肺炎"疫情期间沈志荣捐赠

2月13日，公司总部的物流仓库全线复工。这意味着"命脉中枢"运营畅通，欧诗漫生产与销售全面进入正常状态！

2月17日，生产车间正式复工。400多名员工到达岗位。"我们欧诗漫又活起来啦！"市场一线人员和供销商们听到这一消息，犹如被打了一剂强心针：爽！

而与此同时，首场"网红直播"获得空前成功！20万盒美白淡斑面膜被网红李佳琦"瞬间"清仓！

"疫"中的沈志荣，脸上再现笑颜。而这一回他的笑颜一直延续到现在……

"疫"情下的中国"五一"劳动节，抖音"达人"朱瓜瓜这么美丽地一"抖"，就把欧诗漫的2500万物品给"抖"到了消费者手中……

这一天，沈志荣就在"现场"，他从头到尾没有收敛住笑容，乐得连嘴都合不拢。

5月下旬，当我再度来到欧诗漫时，握手之际，我问沈志荣先生："疫情形势下，你的欧诗漫产销如何？打击一定不小吧？"

沈董事长竟然说："现在我们24小时连轴转加班都忙不过来啊！"

"真的？"我惊愕。

"一点不假！"他说，"网络销售，一次网红现场直播，就把我的仓库里的货全部出空，而且远远不够！他们吆喝出来的销售量，我就是动员全体人员每天24小时干都无法赶出产品哟！"

这等好事，简直少有！疫情下倒闭和停业的厂家，衰落的销售市场，比比皆是。沈志荣和他的欧诗漫真能独善其身？

"不假，只是利润低了些……"他的儿子坦言。

沈志荣不甚同意："份额成倍扩大后，相对的单品种利润下降点，仍然是好上加好！我们的方向走对了……"

"这是绝对的！"两个儿子和董事会的人在这一点上观点一致，所以我看到的疫情下的欧诗漫，又是与众不同，它气度不凡，傲然挺立，生机勃勃，市场巨增！

2020 年末时，当我再次来到"珍珠之乡"时，恰巧德清被评为全国文明城市，并名列第一名。这样的荣誉十分不易，也绝非一般工作和精神所能实现的。在北京接受中宣部、中央文明办主办的《中国文明网》采访时，记者向德清县委书记、县长敖煜新问了如下问题："若用一个生动的比喻来形容德清创造全国文明城市的过程，你觉得是什么？为什么？"敖煜新这样说："我觉得创建全国文明城市就是'培育珍珠'的过程。德清是珍珠文化的发源地，和培育珍珠一样，文明创建也需要多年的悉心投入。育优蚌体是珍珠生长的基础，这就好比我们加强基层基础设施建设，不断为创建夯实基础；水质决定了珍珠成色，德清的文明成色就体现在 65 万'人有德行，如水至清'的百姓身上；阳光养料保障珍珠生长，正如精准的政策、完善的机制保障着文明德清不断进步。这次收获了全国文明城市这颗'最耀眼的珍珠'，接下来我们会继续精细管理、精益求精，努力让这珍珠继续闪亮下去。"

德清能够成为全国文明城市之冠，从某种意义上讲，与沈志荣自身的"珍珠人生"和所创造的"珍珠精神"有着直接的关联，这就是：假如没有沈志荣在德清为中国成功培育珍珠和创立的中国珍珠事业在这片土地上生根、开花和全面结果，就不可能让德清像今天这样快速发展的文明城市，自然也不可能有德清位居全国文明城市之冠的发展水平。事实上，沈志荣除了通过成功培育出淡水珍珠和让中国的淡水珍珠养殖事业具有了世界领先地位、致富了所有养殖珍珠产业的广大人民、增强了我国作为全世界第一淡水珍珠养殖大国的地位之外，还通过他和他所带领的"欧诗漫"团队，经过多年的不懈努力、精心谋划、无私奉献，而且投入巨大精力与资金，为德清成功地申请了德清淡水珍珠系统的国家级重要农业文化遗产以及中国全球重要农业文化遗产预备名单……所有这些，所充分显示了沈志荣对珍珠、对故乡德清的赤子情怀。他的半个多世纪的"珍珠情怀"，是以行动和精神影响着德清的每一个人，并且激励着这块土地上的一代代干部与群众、老人与孩子，都以培育珍珠的精神与情操，来建设自己的美丽家园，向着高标准、高质量的文明城市、文明人的方向，脚踏实地、充满生机、注重实效、凸现精彩、力求完美、永攀高峰地前进。

在德清，在湖州，在浙江……沈志荣和沈志荣的珍珠事业，既是经济发展的一个"拳头"，更是"浙江精神"的一块金牌，它始终在激励着人们像珍珠般放射光芒。

当我和沈志荣再度坐在他的那颗硕大的"珍珠"穹顶时，我们的话题已经不再是单纯的珍珠，而是他心中的那个"珍珠世界"……

"中国珍珠王"胸中的"世界"会是什么呢？

你也许会想那里是垒积成山的财富。

你也许会想象世界500强名单上的排名……

其实，当我开始懂得沈志荣的心思后才发现，他心底的那个世界实际上非常单纯与纯洁：希望在德清和中国这片土地上，在几百年、几千年后，人们捧起珍珠、食用珍珠时，像今天还能惦念起叶金扬一样，会想起他沈志荣的那份珍珠情与他的珍珠人生……这就是他的愿望。

他说他的心里被珍珠装满了，而他心头的"珍珠"其实就是对这片土地、对自己的祖国的赤诚之爱。

珍珠之所以不被岁月所湮没，永远放射光芒，就是因为它以无私的方式将自己奉献给了人类和自然。沈志荣说，他的一生已经被珍珠所融化，并且灵魂与精神皆成了珍珠的质地。

他与珍珠同在！

2019 年 12 月 20 日初稿于上海

2020 年 5、6 月修改于上海

2021 年 1 月定稿于北京